Helen Vossberg

Liebste Schwester

# 1994
## Charlie

Charlie bahnte sich den Weg durch das verwobene Geflecht. Ihre Schritte waren fast lautlos auf dem trockenen, von Wurzeln zerfurchten Boden. Wie Adern rankten sich Efeu und Geißblatt um die ächzenden Baumstämme, hielten sie im Würgegriff ihres gesponnenen Netzes und verschluckten die letzten Sonnenstrahlen des frühen Abends. Die Hitze vom Tag flirrte noch immer in der Luft, doch der kühle Boden und die Nähe zum Fluss verwandelten *die Insel* selbst Anfang August in ein erfrischendes Habitat.

Schon nach wenigen Schritten verdrängte das Surren der Insekten die Motorengeräusche von der Schnellstraße hinter ihr. Sie ging an der kleinen Hütte mit den eingeworfenen Fensterscheiben vorbei. Der Smiley, den sie Pac-Man getauft hatten, warf ihr von der vollgesprayten Fassade sein zahnloses Lächeln entgegen. Bereits vor Jahren hatten Jugendliche die verbeulte Metalltür des Häuschens aufgebrochen. Eingetreten hing sie schief in den Angeln. Eine Nacktschnecke bahnte sich ihren Weg über einen der unzähligen Rostflecken.

Charlie passierte das »Betreten verboten«-Schild und wich den Brennnesselbüschen aus, an denen sie sich schon etliche Male verbrannt hatte.

Die Insel, die über eine Brücke gut zu erreichen war, gehörte eigentlich zu einem alten Industriehafen. Sie teilte den Fluss an dieser Stelle in zwei breite Kanäle. Das Gelände war seit Jahren ungenutzt und nachlässig abgeriegelt. Rechter Hand stand ein ausgedienter Kran in der Nähe einer Anlegestelle. Dahinter erstreckte sich ein Areal voll von Containern.

Charlie saß oft mit ihrer Freundin am Ufer und betrachtete die behäbig vorbeiziehenden Industriefrachter.

Der Pfad mündete in eine Lichtung. In deren Mitte gab es eine von Baumstämmen umrundete Feuerstelle. Als Charlie am gewohnten Treffpunkt ankam, wirkte der Ort jedoch verlassen. Lucile, ihre Freundin, sonst immer pünktlich, war noch nicht da, aber auch Charlie hatte sich um zehn Minuten verspätet.

Sie ging zum Ufer und krempelte ihre Jeans hoch. Nachdem sie ihre Schuhe ausgezogen hatte, streckte Charlie die nackten Füße ins Wasser. Sie ertrug die stechende Kälte so lange, bis sie sich einigermaßen an die Temperatur gewöhnt hatte. Mit den Zehen fuhr sie über die glitschigen Steine, vorsichtig darauf bedacht, nicht in eine Glasscherbe oder eine scharfkantige Muschel zu treten.

Am gegenüberliegenden Ufer des Kanals brannte ein Feuer. Charlie nahm leises Gelächter und das Klirren von Flaschen wahr. Sie konnte die Gruppe Jungen von hier aus sehen, aber nicht genau erkennen, wer dort saß.

Die Natur hatte sich die Insel zurückgeholt, und vielleicht war sie gerade wegen dieser wiedererlangten Wildnis und dem Hauch des Verbotenen der beliebteste Treffpunkt sämtlicher Jugendlichen. Viele der kleinen vom Wassergras verdeckten Uferstellen boten Liebespärchen oder Cliquen, die ungestört Gras rauchen wollten, den idealen Schutz. Im Sommer, wenn man der Hitze entkommen wollte, schwammen ein paar der Übermütigen sogar von einer Seite der Insel zum Festland hinüber oder ließen sich ein Stück den Fluss hinuntertreiben. Charlie hatte es sich bislang noch nicht getraut. Im Schwimmunterricht hatte sie nicht mal ansatzweise zu den Besten gezählt, und die Strömung schien oftmals unberechenbar. Nicht zu vergessen die Temperaturen: Egal wie heiß es war, das Wasser blieb unnachgiebig kalt.

Am anderen Ufer bewegte sich das Gebüsch, ein paar ältere Jungs in Badehosen stiegen lachend die Böschung herunter und versuchten sich gegenseitig ins Wasser zu schubsen. Während Charlie sie beobachtete, hörte sie leise Geräusche hinter sich und drehte sich um. Nichts. Nach kurzem Zögern wandte sie sich ab, nur um die Geräusche wieder zu hören. Diesmal ein Knacken. Erneut drehte sie sich um und entdeckte erleichtert ihre Freundin, die den Pfad entlangkam. Lucile streifte sich eine blonde Haarsträhne aus dem Gesicht und formte ihre Lippen zu einem lautlosen »Sorry«. Zuerst verstand Charlie nicht, dann aber tauchte ein lockiger Haarschopf neben Lucile auf. Charlie entfuhr ein Seufzer, als ihr klar wurde, dass Luciles kleine Schwester Violet heute alle Aufmerksamkeit auf sich ziehen würde.

»Ich kam mit dem Buggy nicht durch und musste Madame den halben Weg tragen, weil sie zu faul zum Laufen ist.«

Charlie stieg aus dem Wasser, setzte sich auf einen der Baumstämme und schob den Rucksack mit den zwei Bierflaschen, die sie ihrem Vater aus dem Vorratsschrank geklaut hatte, zur Seite.

»Na, wie geht es meiner Lieblingsmeerjungfrau?«, erkundigte sich Charlie und nahm die Kleine zur Begrüßung in den Arm.

Luciles Schwester schmiegte sich mit einem Grinsen an Charlie und setzte sich auf deren Schoß, ihre Puppe fest umklammert. Violet war ein überraschender Nachzügler ihrer Eltern gewesen, und Charlie hatte Lucile seit jeher beim Babysitten geholfen. Seit sie der Kleinen den Film »Arielle« gezeigt hatten, war Violet besessen von der Disney-Figur und hatte deswegen ihre Meerjungfrauen-Barbie immer dabei.

»Hast du deine Mutter gefragt? Ich meine wegen dem Trip.« Charlie musterte Lucile über den Haarschopf der Vierjährigen hinweg, denn Luciles abwesender Blick versetzte sie in Unruhe.

»Was ist ein Trip?«, wollte Violet wissen und schaute Charlie mit großen Augen an.

Lucile schüttelte den Kopf, schien Charlies Blick auszuweichen. »Ich konnte sie nicht fragen, sie war wieder so ...« Sie fuchtelte mit ihren Armen durch die Luft.

»Was ist ein Tri-hip?«, quengelte Violet.

»Ein Ausflug. Charlie und ich wollen einen Ausflug ans Meer machen.«

»Darf ich mitkommen? Oh, bitte! Ich will auch an den Strand!«

»Na klar darfst du mit«, beschwichtigte Lucile sie mit einem Lächeln, um dem Quengeln ein Ende zu bereiten. »Wollen wir wieder Steinchen um die Wette werfen?«

Sie setzten sich zu dritt ans Ufer und warfen kleine Kiesel ins Wasser, dass es nur so spritzte. Violet lachte jedes Mal, wenn die Steine mit einem lauten *Plopp* unter der Oberfläche verschwanden.

»Ist deine Mutter ausgegangen?«, fragte Charlie mit Blick auf Violet. Lucile schüttelte den Kopf und warf wieder ein Steinchen ins Wasser.

»Ellen lag schon im Bett, als ich heimkam, wieder Migräne. Also hatte ich keine Wahl. Oder sollte ich den kleinen Quälgeist hier sich selbst überlassen?«, fügte Lucile hinzu und kitzelte ihre Schwester durch, bis der ein Quietschen entfuhr.

»Und Oliver?«, versuchte Charlie wie nebenbei zu fragen. Tatsächlich hatte sie fast gehofft, Luciles Bruder zu sehen.

»Ist er nicht hier?«, fragte Lucile, um im gleichen Moment aufs andere Ufer zu zeigen. »Da haben wir ihn ja.«

Charlie folgte ihrem Blick und erkannte Oliver, einen großgewachsenen Jungen, der mit einer Bierflasche am Uferrand stand. Es wirkte fast so, als würde er sich an die Flasche klammern, um nicht ins Wasser gehen zu müssen. Seit Oliver sich letztes Jahr die typischen Clark'schen Locken abgeschnitten hatte, machte er auf Charlie einen viel erwachseneren und kantigeren Eindruck. Er war nicht mehr der kleine Junge, mit dem sie Türme aus Bauklötzen gebaut hatte.

Lucile und Charlie waren Freundinnen, seit sie denken konnten, und ebenso lange hatte Luciles Mutter immer irgendwas. Mal waren es Kopfschmerzen, mal Stimmungsschwankungen. Manchmal machte ihr auch ein Kater zu schaffen. Aber im Gegensatz zu Oliver besaß Lucile als älteste Schwester ein ausgeprägtes Verantwortungsgefühl, das hin und wieder ausgenutzt wurde, und so war es selbstverständlich, dass Lucile sich die meiste Zeit um die jüngere Schwester kümmerte.

Sie blieben eine Weile am Ufer sitzen und scheuchten die lästigen Mücken weg.

»Wenn wir den Trip wirklich noch in den Ferien machen wollen, müssen wir langsam planen, Lucile«, sagte Charlie schließlich mit einem Hauch Verärgerung in der Stimme.

»Ich weiß. Ich kümmere mich schon darum«, antwortete Lucile ihrerseits genervt. Dabei verzog sie den Mund, so wie immer, wenn sie bei ihrem vollen Namen genannt wurde. Lucile war der Meinung, dass der Name eher zu einer älteren Dame mit geblümter Schürze passte, die in einem Haus voller Katzen lebte. Das wusste Charlie. Und auch, dass Lucile es ätzend fand, wenn sie mit ihrer Mutter verglichen wurde. Sie sah Ellen sehr ähnlich, was Charlie an ihrer Stelle als Kompliment betrachtet hätte. Wenn sie an Ellen dachte, sah sie deren unbändige blonde Locken vor sich, roch den Zigarettenrauch, der sich unter ihr blumiges Parfum mischte. Sie erkannte immer eine leichte Traurigkeit in Ellens Augen, auch wenn sie ihr geheimnisvolles Lächeln aufsetzte. Und natürlich dachte Charlie wie jeder an Ellens Schönheit. Die Schönheit der Clarks. Eine distanzierte, verträumte Schönheit, eine Wand, hinter der ihre Gedanken für keinen zu entziffern waren. Lucile wird Ellen einmal wie aus dem Gesicht geschnitten sein, dachte Charlie mit einer Spur Neid.

»Chaaaaali?« Violet dehnte den Namen wie einen Kaugummi, während sie an Charlies T-Shirt-Ärmel zupfte. »Mir ist so heiß. Kann ich ein Eis haben?« Um ihrer Bitte Nachdruck zu verleihen, schob sie ihre Unterlippe vor und brachte Charlie damit zum Schmunzeln.

Charlie jobbte in den Sommerferien in einer Eisdiele in der Stadt, und jedes Mal, wenn die beiden auf einen kurzen Plausch vorbeikamen, gab sie ihnen einen Probierlöffel aus.

»Wenn du mich das nächste Mal bei der Arbeit besuchst, kriegst du garantiert eins. Welche Sorte magst du am liebsten?«

Violet strahlte. »Schoko-Karamell!«, rief sie. Charlie schmunzelte. Es war jedes Mal Schoko-Karamell.

Charlie unternahm noch ein oder zwei Versuche, ein Gespräch anzufangen, aber es schien sinnlos. Die Mückenschwärme am Ufer hatten sie endgültig als Beute auserkoren, während die Sonne bereits der Abenddämmerung wich und Violet sich zwischen ihnen eindeutig zu langweilen begann. Normalerweise hätten sie geraucht oder ein Feuer gemacht, um die Insekten zu verscheuchen, aber bald würde es endgültig dunkel sein und kein geeigneter Ort für ein Kleinkind.

Charlie gab ihre Pläne für den heutigen Abend auf. »Wir können auch zu mir gehen. Ein bisschen fernschauen. Ich hab sturmfrei.«

»Au ja!«, rief Violet freudestrahlend, woraufhin Lucile erleichtert nickte. Fernsehen verwandelte kleine Kinder in Zombies, und so hätten die beiden Freundinnen endlich Zeit, um über die geplante Reise zu reden. Nur sie zwei mit Rucksäcken unterwegs, nach Brighton oder sonst wohin an die Südküste. Hauptsache ein paar Tage entspannen, nur Charlie und Lucile. Zwei Sechzehnjährige auf ihrem ersten Kurztrip ohne Eltern. Da ihr Reiseziel nur drei Zugstunden entfernt war und Charlie ihren Eltern damit den halben Sommer in den Ohren gelegen hatte, hatten diese endlich nachgegeben und ihre Erlaubnis gegeben. Doch Lucile wirkte gerade längst nicht so euphorisch wie Charlie selbst, und sie musste sich eingestehen, dass diese einseitige Freude sie kränkte. Vor allem befürchtete sie, dass Lucile es sich anders überlegt hatte und Charlie durch die geplatzte Reise ein unendlich langweiliger Sommer bevorstand. Sie war gerade dabei, sich in ihren Gedanken zu verlieren, als Lucile ihr den Ellbogen in die Seite stieß.

»Was ist denn da los?« Ihre Freundin machte eine Kopfbewegung zum anderen Ufer, und erst jetzt bemerkte Charlie den Tumult, der sich bei der Gruppe Jungs gebildet hatte. Charlie stand auf und ging näher zum Wasser. Köpfe tauchten aus dem Fluss auf und mit einem Platschen wieder ab. Die Jungs waren ein paar Meter von ihrem Ufer entfernt, an einer Stelle, die tiefer zu sein schien.

»Oli?!« Lucile rief nach ihrem Bruder, aber keiner nahm Notiz davon. Mehrere Jungen, darunter Oliver, tauchten immer wieder unter Wasser. Unverständliches Geschrei drang in Fetzen zu den Mädchen herüber. Die abendliche Ruhe am Fluss war einem Chaos aus Schreien und panischen Bewegungen gewichen. Aus dem Wasser tauchte ein Stück rot karierter Stoff auf, den die Jungs festhielten und Richtung Ufer zogen. Als einer der Jungen sich plötzlich abwandte und auf dem Gras übergab, erkannte auch Charlie, was sie aus dem Wasser gezogen hatten. Sie sah den Schopf aus dunklem Haar, der wie ein Büschel Wasseralgen über dem Gesicht einer Frau hing. Das Hemd klebte in Fetzen am leblosen Körper, entblößte kalkige Haut. Dazwischen waren wunde Stellen sichtbar, wahrscheinlich von den kantigen Steinen, gegen die sie unter Wasser gestoßen sein musste. Der Kopf kippte nach vorne, als die Jungen die Leiche gemeinsam zum Ufer hievten.

»Oh mein Gott.« Luciles Stimme war direkt neben ihr. »Schau nicht hin! Schau weg!«

Aus dem Augenwinkel nahm Charlie die hektischen Bewegungen ihrer Freundin wahr. Lucile, die sich schnell ihre Schuhe anzog und irgendetwas von einer Fernsehserie stammelte. »Vergiss deine Puppe nicht!«

Dann begriff Charlie, dass Lucile mit ihrer Schwester sprach, und wollte sich ihrer Freundin zuwenden, aber sie war nicht imstande, sich zu rühren. Sie konnte nicht wegsehen.

»Los, komm bitte!«, schrie Lucile diesmal eindeutig zu Charlie herüber, die bereits das Rascheln der Büsche hinter sich hörte.

Die zwei Jungs, die sich der Leiche angenommen hatten, zogen den Körper mit einem gewaltsamen Ruck vollends aus dem dunklen Wasser auf das Gras. Ein Unterschenkel fehlte – eine grausige Leerstelle, die sich für immer auf Charlies Netzhaut einbrennen sollte.

Die Mädchen rannten den ganzen Weg zurück, widerspenstiges Geäst schnitt ihnen in die Arme. Alles schien wie in Zeitlupe abzulaufen wie in einem dieser Albträume, in denen man nicht schnell genug wegkam.

Lucile hielt Violet vor der Brust, deren schmächtige Arme sich um ihren Hals krallten. Charlie war mehrere Meter hinter ihnen und sah die beiden blonden Haarschöpfe beim Rennen auf- und abschwingen.

Am Wachhäuschen setzte Lucile ihre Schwester in den Buggy und sie eilten den Weg hinauf zur Schnellstraße, die über eine

Brücke zur anderen Seite führte. Bei jedem Schritt wurde die Luft aus Charlies Lungen gepresst. Die Reifen des alten Buggys drohten bei dem Tempo nachzugeben. Violet fing an zu weinen – verwirrt von der Panik um sie herum. Sie begriff nicht, was passiert war. Sobald die Mädchen die Straße erreicht hatten, wies Lucile Charlie an, auf ihre Schwester aufzupassen. Dann kniete sie sich vor den Buggy. »Ich bin gleich wieder da, mein Schatz. Ich muss nach Oli schauen, und so lange bleibt Charlie bei dir, okay?«

Das Mädchen nickte tapfer. Bevor Charlie etwas sagen konnte, rannte Lucile schon den Pfad zum Ufer hinunter.

Es dauerte eine gefühlte Ewigkeit, bis sie gemeinsam mit Oliver zurückkam, den Charlie noch nie hatte weinen sehen. Er zitterte merklich und drückte sich eng an die Seite seiner großen Schwester. Auch wenn er nur knapp ein Jahr jünger war und Lucile bereits um mindestens einen Kopf überragte, wirkte er plötzlich schmächtig und kraftlos.

»Wir sollten verschwinden.« Luciles Stimme klang fest und dunkel.

»Ist sie –« Charlie brach mitten im Satz ab, als Lucile auf den Buggy deutete. Dann nickte ihre Freundin langsam.

»Was ist mit der Polizei? Ich meine, wir haben eine –« Charlie brach wieder ab. Ihr Blick glitt zwischen Lucile und Violet hin und her. Das Mädchen sank sichtlich müde immer tiefer in den Sitz des Buggys, ihre Puppe fest im Arm.

»Die anderen regeln das schon. *Wir*«, damit meinte Lucile eindeutig sich selbst und Violet, »können hier nicht bleiben.«

# 2010
# Violet

*Liebe L.,*

*ich bin tatsächlich hier. Manchmal kann ich es selbst nicht glauben, aber ich habe es wirklich geschafft. Letztendlich wurde Dad wohl bewusst, dass seine Bemühungen, mich von meinen Plänen abzubringen, von Anfang an zum Scheitern verurteilt waren. Du kennst ihn ja. Er tut immer so streng, aber im Endeffekt weiß er selbst, dass er mir nichts mehr verbieten kann. Ich hatte die Immatrikulation schon im Frühjahr in der Tasche. Und ich habe tatsächlich ein Zimmer in der Green Lodge bekommen. Obwohl ich ja weiß, dass ich nicht zum Spaß hier bin, ist Ernüchterung wohl das Positivste, was ich beim Anblick dieses Wohnheims empfinden kann. An der Green Lodge ist rein gar nichts grün. Als ich die Lupine Lane entlangging, habe ich meine Koffer an unzähligen kleinen Häuschen mit verwahrlosten Vorgärten entlanggeschleift. Die Fassade der Green Lodge erinnert eher an ein Gefängnis. Ein besserer Vergleich fällt mir beim besten Willen nicht ein. Dunkelbrauner Backstein, knallrote Gittertore. Ich musste an der Pforte klingeln, und als ich durch das surrende Gittertor hereingelassen wurde, saß hinter der Glasscheibe ein gelangweilter Securitytyp vor zwei alten Röhrenbildschirmen, auf denen der Innenhof und der Eingangsbereich zu sehen waren. Die Gegend scheint also nicht besonders sicher zu sein. Die winzigen Bildschirme und der Sicherheitsmann mit trübem Blick machten auch nicht gerade einen beruhigenden Eindruck.*

*Ich folgte den »Welcome to Green Lodge«-Zetteln und bekam in einer Gemeinschaftsküche, die zum Inforaum umfunktioniert worden war, einige Formulare zum Ausfüllen. Die Wohnheimleitung, Janet Irgendwas, hat mich überschwänglich begrüßt, mich im Wohnheim willkommen geheißen und mir versichert, mich mit allen Fragen oder Sorgen an sie wenden zu können. Kanntest du sie auch? Sieht sie Amy Winehouse nicht verdammt ähnlich, mit ihrem Lidstrich und dem Piercing über der Lippe? Nur das Haar ist anders, blond mit dunklem Ansatz.*

*Sie drückte mir ein Bündel Infoflyer in die Hand und bat einen jungen Typen, der gelangweilt an die Küchentheke gelehnt dastand, mir mein Zimmer zu zeigen. Janet rief mehrmals seinen Namen (»Quinn. Quinn!«), bis er mir mit meinen Koffern half. Auf dem Weg durch den Innenhof versuchte ich mich mit ihm zu unterhalten, aber aus seinen Kopfhörern drang derart laute Hiphop-Musik, dass ich es schnell aufgab. Abgesehen von zwei runden Holztischen und den aufgestellten Briefkästen gibt es nichts zu sehen, und »green« ist der Innenhof im Übrigen auch nicht. Ich habe gebetet, keines der Zimmer erwischt zu haben, deren Fenster auf diese Trostlosigkeit hinausgingen.*

*Quinn brachte mich zur Tür in der linken Ecke des Innenhofs. Über dem Eingang stand die Zahl »V«. Ich hab schon auf der Website der Green Lodge gelesen, dass das Wohnheim aus sechs Gebäudeabschnitten besteht.*

*Quinn deutete mit dem Finger auf die Treppe, drückte mir grinsend den Schlüssel in die Hand und machte pfeifend kehrt zum Aufnahmebereich, um weiteren Leuten zu »helfen«. Also musste ich meine beiden Koffer allein in den zweiten Stock hinauftragen und hätte mir im schmalen Treppenhaus beinahe das Genick gebrochen. Du hättest dich kaputtgelacht, wenn du das gesehen hättest. Ich habe mich so angestellt. Ein Typ namens Finley hat mir schließlich geholfen. Er wohnt auch hier und studiert Sportwissenschaften auf Lehramt. Aber dazu schreibe ich dir ein anderes Mal mehr.*

*Irgendwann habe ich dann mein Zimmer gefunden: Nummer 715. Es ist auszuhalten und zeigt zum Glück nicht auf den Innenhof. Ein großes Fenster, ein schrecklich unbequemes Bett mit quietschenden Federn und klappriges Standardmobiliar. Das war's. Wenn ich auf dem Bett liege, starre ich in zwei schmutzige Deckenlampen aus Milchglas. Der Teppich stinkt. Aber direkt vor dem Fenster steht ein blühender Baum, eine Linde, glaube ich. Jedenfalls finde ich die Aussicht sehr tröstlich. Ich habe versucht, alles ein bisschen gemütlicher einzurichten und wollte den kleinen, von Flecken übersäten Teppich entsorgen, aber darunter offenbarte sich ein Brandfleck in Form eines Bügeleisens auf dem Teppichboden. Also habe ich ihn liegen lassen. Ich habe mich ins Bett gelegt, und als ich aus meinem komatösen Schlaf wieder aufgewacht bin, waren zwei Stunden vergangen. Ich fühle mich einfach nur grässlich und plötzlich so allein. Ich weiß, du willst es nicht hören, aber ich vermisse dich. Ich kann den Druck von all dem Neuen, das vor mir liegt, spüren. Seine Bedeutung. Aber du bist es wert, L. Du bist es immer wert.*

# 2010
## Charlotte

In der Sonne schimmerte das Fell des Fuchses in rostigem Orange, ging am Hals in ein schmutziges Weiß über und verlor sich schließlich in einem Rotton. Sein Maul stand leicht offen, das linke Auge starrte auf die Straße vor ihm, aber es würde nichts mehr in diesem Leben erkennen. Als etwas über den Augapfel krabbelte und Charlotte begriff, dass es eine Fliege war, wich sie ruckartig zurück. Zwei Tage zuvor hatte Charlotte dem kleinen Kerl noch eine Portion Thunfisch ans Haus gestellt, nun würde sie einen Karton von oben holen müssen, um den toten Fuchs darin wegzubringen.

Charlotte ging über die Kieseinfahrt zum Haus mit der bröckelnden, grau gewordenen Fassade. Sie verdrängte den Gedanken, dass ihre Vermieter, die im vorderen Teil des Hauses lebten, das kleine Lebewesen vermutlich mit ihrem Kleintransporter totgefahren hatten.

Charlotte wohnte noch nicht einmal seit einer Woche hier. Der Umzug war schnell und unkompliziert über die Bühne gegangen. Nach einigen unruhigen Nächten in einem Hostel mit schnarchenden, betrunkenen Touristen war sie unendlich froh gewesen, über eine Onlineanzeige dieses kleine bezahlbare Apartment gefunden zu haben. Sie hatte die Vermieterin nur einmal am Telefon gesprochen und ihr, verzweifelt wie sie war, offenbar klarmachen können, wie dringend sie eine Wohnung brauchte. Letztendlich war es wohl eher ihr Angebot gewesen, eine Kaution von vier anstatt drei Monatsmieten in bar zu bezahlen, das den Ausschlag gab. Damit rauschte ihr Konto kräftig ins Minus. Aber wenn das der Eintrittspreis für ein neues Leben als Dozentin an der Uni war, wollte sie es in Kauf nehmen. Noch am selben Tag hatte sie den Vertrag unterzeichnet.

Charlotte schloss die Haustür auf und ging die Treppe hinauf. Ihre Schuhe sanken in den alten verzogenen Teppich ein.

Der Schrecken, den das Apartment auf Charlotte ausübte, hatte sich mittlerweile gelegt, besonders heimelig war es jedoch nicht. Die Dachschräge und die kleinen Fenster zum Hof ließen nur wenig Tageslicht hinein und vermittelten ihr ein Gefühl der Enge. Es gab kein Regal für die Bücher, so dass sie sich auf dem Boden stapelten. Die Klamotten lagen noch immer zerwühlt im Koffer.

Auf dem Weg zu einem Lebensmittelladen in der Nähe, vorbei an diversen Pubs und zwielichtigen Gestalten, war ihr außerdem der Gedanke gekommen, ob sie sich hier in der Gegend wirklich sicher fühlen konnte.

Das Vibrieren ihres Handys in der Hosentasche ließ Charlotte zusammenzucken. Sie zog es heraus und warf einen Blick auf das Display. Wie schon so oft war die Nummer unterdrückt. Hastig drückte sie den Anruf weg und steckte das Handy zurück in die Hosentasche.

Am nächsten Morgen fuhr Charlotte mit dem Bus zur Universität. Die Fakultät für Design und Medien war in einem Neubau im hinteren Bereich des Campus untergebracht. In der großen Eingangshalle mit einem gläsernen Dach entdeckte Charlotte den Infobereich, an dem sie sich einer Mitarbeiterin vorstellte. Während diese etwas in ihren Bildschirm eintippte, blickte sich

Charlotte um. Es gab eine Art Bar, an der man sich einen Kaffee holen konnte, und ein paar nüchtern gehaltene weiße Sitzecken. Vereinzelt saßen Studentinnen und Studenten in ihre Laptops vertieft an den Tischen und schlürften an ihren Getränken.

»Da hätten wir Sie, Ms Edwards«, wandte sich die Mitarbeiterin schließlich an Charlotte. »Sie können gleich in den vierten Stock fahren, das Büro von Andrew Lawson ist das erste auf der linken Seite. Und das ist Ihr Mitarbeiterausweis. Damit haben Sie Zutritt zu allen Gebäuden der Universität.«

Charlotte nahm den Ausweis entgegen und befestigte ihn an ihrer grauen Bluse. Im Aufzug sah sie nervös an sich hinunter. War sie zu förmlich gekleidet? Oder nicht lässig genug für ihren ersten Tag? Wie auch immer, jetzt war es nicht mehr zu ändern.

Charlotte hatte die Stelle als Dozentin über einen Kontakt ergattert. Lilian, die sie aus Studienzeiten kannte, hatte vor einigen Monaten eine Mail herumgeschickt. Sie suchte eine Nachfolgerin für ihren Job an der Universität im Norden Londons, und Charlotte hatte umgehend geantwortet.

Bei einem kurzen Telefonat sprachen sie über Details. Die Arbeit unter Professor Andrew Lawson beinhaltete freie Kurseinteilung und darüber hinaus die Tutorenbetreuung für die Studierenden. Lilian schwärmte von der Stelle, wollte jedoch ins Ausland. Sie leitete Charlottes Bewerbungsunterlagen gleich weiter und legte ein gutes Wort beim Fakultätsleiter ein. Zum Schluss hatte Lilian noch angedeutet, dass besagter Andrew Lawson ein harter Knochen sei. Charlotte hatte sich davon nicht abschrecken lassen, doch jetzt, wo sie an sein Büro klopfte und von einer unfreundlichen Männerstimme hereingebeten wurde, räusperte sie sich, um ihre Stimme fester klingen zu lassen.

Ein schlanker Mann von Mitte fünfzig mit ergrautem Bart blickte sie ausdruckslos an. »Ja, bitte?«

»Hallo. Ich bin Charlotte Edwards, Ihre neue Mitarbeiterin. Wir haben einen Termin.«

Er erhob sich lustlos und schüttelte kurz angebunden ihre Hand. »Ja, stimmt. Ich bin schon etwas knapp dran. Sie können gleich in den nächsten Kurs mitkommen. Hier sind Ihre Unterlagen und die Teilnehmerliste für das Tutorium. Die Kollegen stelle ich Ihnen später vor.« Ohne weitere Umschweife drückte Lawson Charlotte einen kleinen Stapel Unterlagen in die Hand, um dann in ein zu groß wirkendes schwarzes Jackett zu schlüpfen. Damit war wenigstens das knittrige Hemd bedeckt, dachte Charlotte. Sein musternder und abschätziger Blick entging ihr nicht. Er war bereits jetzt von ihr genervt.

Der erste Arbeitstag verlief anstrengend, und Andrew Lawson wurde nicht müde, Charlotte das Gefühl zu geben, seine kleine Praktikantin zu sein, was sie zunehmend wütend machte. Aber sie lächelte geduldig und versuchte, sich ihre Unruhe nicht anmerken zu lassen. Zwei Stunden lang verfolgte sie aus einer der hinteren Reihen den Kurs von Lawson, in dem er herrisch über die Arbeiten der Studenten urteilte und vor allem die Stillen unter ihnen drangsalierte. In den eingeschüchterten Blicken erkannte sie sich selbst als eine von ihnen, eine damals genauso introvertierte Studentin, der es schwergefallen war, vor einer Gruppe zu reden. Sie nahm sich vor, als Kursleiterin umso freundlicher und respektvoller zu den Studenten zu sein, und freute sich, nachmittags endlich ein paar ihrer Kursteilnehmer kennenzulernen. Es waren etwa zwölf Studenten, vor denen sie einen kleinen Vortrag über ihre Arbeit als Visual Designerin hielt und ihnen einen Auszug ihrer Projekte vorstellte. Sie versuchte das Zittern in ihrer Stimme und die anfängliche Nervosität zu unterdrücken. Doch im Gegensatz zu Andrew Lawson erkannte sie nach kurzer Zeit waches Interesse und Begeisterung für das Fach in den Augen der Studenten. Manche schrieben mit und stellten hinterher Fragen über die Semesterinhalte.

Als Charlotte ihren ersten Kurs beendet hatte und der Raum sich leerte, atmete sie erleichtert auf. Vielleicht war es ja wirklich die richtige Entscheidung gewesen, einen Neuanfang zu wagen. Vielleicht war Unterrichten tatsächlich das Richtige für sie.

Charlotte war froh gewesen, ihre letzte Stelle in einer Werbeagentur kündigen zu können und die Schikanen ihrer Chefin nicht mehr ertragen zu müssen. Ein neuer Lebensabschnitt lag vor ihr. Es würde sicher nicht auf Anhieb leicht sein, aber Charlotte hatte zum Glück immer kleine freie Projekte betreut, und nun als Kursleiterin musste sie sich erst einmal keine Sorgen mehr um ein monatliches Gehalt machen.

Gerade als Charlotte sich einen Kaffee von der Bar holen wollte, klopfte es an der Tür. Sie wusste nicht, ob man ihr die Verwirrung ansehen konnte, denn die Studentin blickte genauso verunsichert zurück. Entschuldigend wich sie einen Schritt zurück. »Ist das nicht Raum 023? Sind Sie meine Tutorin?«

Einen Augenblick lang war Charlotte sprachlos. War sie es wirklich? Nein, das konnte nicht sein, sie war zu jung, und das Gesicht stimmte nicht überein … und die Art, wie sie sprach, war anders. Aber es war, als würde Charlotte geradewegs in ihre Vergangenheit blicken.

»Ehm, einen Moment …« Charlotte versuchte sich zu sammeln. So unauffällig wie möglich warf sie einen Blick auf die Liste der Studierenden, für die sie zuständig war. Tatsächlich, da tauchte der Name auf. Sie war es. Violet Clark. Schoko-Karamell.

# 2010
# Violet

*Hey L.,*
*ich wollte mich mal wieder melden. Inzwischen habe ich mich wieder etwas gefangen. Seit ich hier bin, war ich schon auf ein paar Partys hier im Wohnheim, meistens im Innenhof. Solange es warm genug ist, möchte keiner in seinem Zimmer hocken. Ansonsten ist in dieser Gegend nicht wirklich viel los.*

*Einmal bin ich nachmittags mit Finley und ein paar anderen aus der Green Lodge in einem Pub gelandet, Henry's Place. Finley ist wirklich nett. Er hat sich darüber beklagt, dass dieses Wohnheim wie ein Labyrinth aufgebaut ist, und ich muss ihm recht geben. Das Haus hat etwas Unheimliches. Ich spüre, dass die anderen genauso empfinden. Und dabei wissen sie nicht, was ich weiß.*

*In den ersten Stockwerken sind Gitter vor den Fenstern, die Zimmer sind winzig, und die langen, engen Flure verströmen eine beklemmende Atmosphäre. Fast alle Türen sind abgeschlossen. Man kommt mit dem eigenen Schlüssel nur in seinen eigenen Hausabschnitt, ich habe jedoch schon festgestellt, dass es im ersten und zweiten Stock Schleichwege in den benachbarten Gebäudetrakt gibt. Mehrmals habe ich mich auf dem Weg zum Büro oder dem Eingang verlaufen, wenn ich mal einen anderen Weg einschlagen wollte oder schlichtweg in Gedanken war. Der Hausaufbau scheint einfach keiner Logik zu folgen. Gestern war ich auf dem Weg zu meiner Kommilitonin Lisa, um sie nach einem Föhn zu fragen. Eigentlich hätte ich nur eine Etage tiefer gehen und dann nach links abbiegen müssen. Stattdessen fand ich mich plötzlich in einem Gang wieder, der nach drei Durchgangstüren in einer Sackgasse endete. Ist das nicht seltsam?*

*An die Zustände hier werde ich mich jedenfalls nicht gewöhnen. Die Gemeinschaftsbäder im Flur sind eng und schmutzig und außerdem ständig belegt. Die Tapeten sind vergilbt und teilweise heruntergerissen. In den Aufenthaltsräumen kriechen seltsame rostfarbene Flecken unter den Fußleisten hervor. Und nur eine der Duschen in unserem Stockwerk hat heißes Wasser.*

*Wenn man aus dem Zimmer in den fensterlosen Gang tritt, muss man mehrere Sekunden in völliger Dunkelheit ausharren, bis die Lampen flackernd angehen. Ich muss mich jedes Mal zusammenreißen, um nicht laut aufzuschreien. Es ist wirklich sehr unheimlich, fast ein bisschen wie im Overlook Hotel, finde ich, so als könnte in diesen klaustrophobisch engen Fluren hinter jeder Abbiegung plötzlich jemand vor einem stehen.*

*Ich dachte eigentlich, ich hätte meine Ängste mittlerweile gut im Griff, aber ehrlicherweise habe ich bislang vor lauter Unruhe nicht besonders gut geschlafen, wenn überhaupt. Zur Sicherheit schiebe ich einen Koffer vor die Tür. Nachts höre ich oft ein seltsames Geräusch. Zuerst dachte ich, es käme aus dem Flur. Aber jetzt bilde ich mir ein, dass es von irgendwoher aus dem Gemäuer kommt. Genauer gesagt direkt aus der Wand neben meinem Bett. Mir ist klar, dass das nicht sein kann, weil mein Zimmer das letzte auf dem Gang ist. Aber etwas ist da, ich schwöre es dir. Und einmal habe ich die Tür aufgerissen, so sicher war ich, dass etwas an meiner Tür gekratzt hat. Sekundenlang stand ich allein in der Dunkelheit. Ich wäre fast gestorben vor Angst. Dann habe ich mich wieder ins Bett gelegt und weiter gelauscht. Und nein, es ähnelte keineswegs dem vertraut gluckernden Geräusch von den Wasserrohren. Dieses Geräusch taucht nur manchmal auf. Es klingt weder mechanisch noch konstant. Eher so, als würden Finger an einer Wand entlangkratzen oder als würde jemand etwas über den Boden ziehen. Die Geräusche hören jedes Mal abrupt auf, und dann ist es wieder so still, dass ich mir sicher bin, mir alles nur eingebildet zu haben. Es wäre schließlich nicht das erste Mal, nicht wahr? Ja, du hörst einen verbitterten Ton, stimmt. Aber egal, das ist vergangen.*

*Einmal bin ich aus dem Tiefschlaf aufgeschreckt, in Schweiß gebadet. Ich hatte das todsichere Gefühl, dass mich jemand durch das Fenster beobachtete. Vielleicht hatte ich im Schlaf Vögel gehört, die auf dem Dach umhertapsten, rede ich mir ein. L., ich ertrage den Gedanken nicht, dass alles wieder von vorne beginnt!*

*Und jetzt muss ich dir noch von meinem ersten offiziellen Tag an der Uni erzählen. Du wirst nicht erraten, wen ich getroffen habe. Die Welt ist wirklich ein Dorf.*

*Ich muss zugeben, es hat mich kalt erwischt. Ich habe Charlotte nicht gleich erkannt. Als ihr befreundet wart, war ich ja gerade … vier. Alles, was vor unserem Umzug passiert ist, habe ich nur noch als Erinnerungsfetzen im Kopf, und manchmal bin ich mir nicht sicher, was wirklich eine Erinnerung ist und was einfach meiner Fantasie entspringt. Vielleicht möchte ich mich auch gar nicht erinnern. Jedenfalls hat Charlotte nach dir gefragt. Wie es dir ergangen ist. Und der Familie. Ich habe behauptet, es ginge uns allen gut. Sie weiß offenbar nichts von dir. Was dir passiert ist.*

# 1994
## Charlie

Das knirschende Geräusch der Plastikräder des Buggys auf dem Asphalt hallte von den Häusern wider. Lucile marschierte festen Schrittes voran, während Charlie und Oliver versuchten, ihr Tempo zu halten. Sie eilten schweigend die Hauptstraße entlang. Charlie überlegte bei jedem vorbeifahrenden Auto, es anzuhalten und um Hilfe zu bitten, doch jedes Mal verwarf sie den Gedanken. Lucile wirkte so entschlossen, als hätte sie einen Plan und wüsste, was zu tun sei. Von der Insel war es nur eine Viertelstunde bis zur Wohnsiedlung, in der Charlie und Lucile wohnten. Das Haus der Clarks, eines der größeren Häuser im viktorianischen Stil, lag am Rand der Siedlung, idyllisch angrenzend an einen großen Park, der jetzt von den Schatten der Nacht verschluckt wurde. Charlies Haus hingegen befand sich mehr im Zentrum der Siedlung, wo hohe Holzzäune die schmalen Gärten vor neugierigen Blicken schützten. Die Luftlinie zwischen ihren Häusern betrug wahrscheinlich nicht mehr als dreihundert Meter, und dennoch waren es im Grunde zwei weit voneinander entfernte Welten.

Das hintere Gartentor, das Charlie vor Jahren mit Lucile weiß gestrichen hatte, um ihr Taschengeld aufzustocken, stand wie üblich offen. In einer Ecke des Gartens setzten sie sich an einen verwitterten Holztisch, der von einer mit Rosenranken verwachsenen Pergola geschützt war. Der sonst so schöne weitläufige

Garten der Clarks wirkte bei Nacht ganz anders als sonst. Wie verlassen lag er im dämmrigen Schein der Straßenlaternen. Ein Laufrad lag achtlos hingeworfen im Gras, auf dem Tisch standen leere Gläser und ein überquellender Aschenbecher. Der Rasen war zu einer wilden Wiese mutiert, das Gras an mehreren Stellen büschelweise fast einen halben Meter hoch.

Unwillkürlich musste Charlie an die Insel denken, an die geheimen Stellen im Dickicht und daran, was sie dort gefunden hatten.

Oliver ließ sich in einen Gartenstuhl sinken und kramte mit verlorenem Blick in seinen Hosentaschen. Eine zerknitterte Schachtel Marlboro, die Lucile ihm zuwarf, landete auf seinem Schoß. Mit dankbarem Blick griff er nach dem Feuerzeug neben dem Aschenbecher und zündete sich eine Zigarette an.

»Sollten wir nicht doch die Polizei anrufen?«, fragte Charlie in die Stille hinein.

»Einer von den anderen wollte sie rufen. Vielleicht hätte ich doch dortbleiben sollen.« Oliver starrte auf seine Finger, die die Zigarette umklammert hielten. Er zitterte nicht mehr so stark, und seine Stimme klang etwas fester, wenn auch dumpf und monoton, als wäre er in Gedanken noch woanders.

»Das hätte auch nichts genützt. Die werden sowieso hier vorbeikommen. Kannst du vielleicht Vio ins Bett bringen?«, bat Lucile ihren Bruder.

»Warum machst du das nicht selbst?«, erwiderte Oliver verwirrt und zog an seiner Zigarette.

»Ich muss dringend Ordnung schaffen. Und jemand muss Mama wecken. Oder willst du das übernehmen?«

Oliver hielt kurz inne und überlegte, was das kleinere Übel war. Er schüttelte leicht den Kopf und entschied sich für Violet, den Blick auf ein Fenster im ersten Stock des Hauses gerichtet. Das Schlafzimmer von Ellen. Die Vorhänge waren zugezogen.

Einen Moment lang kamen Charlie Zweifel, ob Ellen wirklich nur unter Migräne litt.

»Nein, *du* sollst mich ins Bett bringen«, rief Violet mit Tränen in den Augen und streckte panisch die Arme nach ihrer Schwester aus. Lucile beugte sich zu ihr hinunter und redete leise auf sie ein, bevor Oliver seine Zigarette seiner großen Schwester in die Hand drückte und Violet auf den Arm nahm. Nach kurzem Protest lehnte das Mädchen ihren Kopf schließlich doch an die Schulter ihres Bruders, während er sie ins Haus trug.

Charlie hatte die Szene beobachtet und fühlte sich mehr denn je überflüssig. »Okay. Und was kann ich machen?«

Lucile nahm einen tiefen Zug von Olivers Zigarette. Dann drückte sie den Stummel im Aschenbecher aus. »Ich brauche deine Hilfe beim Aufräumen. Allein schaffe ich das nicht, und wir müssen uns beeilen.« Lucile vermied es, ihrer Freundin in die Augen zu blicken. »Aber bitte kein Wort über die Unordnung. Es sieht gerade schlimm aus bei uns.«

Verwirrt von Luciles Ansage zuckte Charlie mit den Schultern. Richtig ordentlich war es auch sonst nicht, vor allem nicht, wenn Violets Spielsachen wie nach einem Wirbelsturm im Wohnzimmer verteilt waren. Trotzdem kam es Charlie seltsam vor. Sollten sie nicht als Erstes Ellen wecken? Oder sollte sie von hier aus sogar ihre Mutter bei der Arbeit anrufen? Gab es nicht Wichtigeres zu tun, wenn man gerade dabei zugesehen hatte, wie eine Leiche aus dem Wasser gezogen wurde, als aufzuräumen?

Doch statt zu protestieren, folgte Charlie ihrer Freundin durch die Hintertür in die Küche. Kaum hatte Lucile das Licht angemacht, fuhr Charlie zusammen. Das Erste, was sie wahrnahm, war der Geruch nach etwas süßlich Vergorenem. Eine Fliege, geweckt vom Licht der Lampe, flog über einen kleinen Korb mit schimmligen Äpfeln. Von Schmutz verkrustetes Geschirr stapelte sich in der Spüle. Auf dem Tisch stand eine offene Weinflasche, ein Sammelsurium an Gläsern und Tassen war über den ganzen Tisch verteilt. Als Charlie einen Blick an der Küche vorbei ins offene Wohnzimmer warf, fielen ihr die Teller mit hart gewordenen Nudeln und einer vertrockneten dunkelroten Soße auf dem Couchtisch auf.

»Was zum …«, Charlie schwankte zwischen Ekel und Mitleid. Sie sah geradezu vor sich, wie Violet zusammengekauert auf der Couch gesessen hatte, während der Fernseher vor sich hin flimmerte. Alles zog sich in ihr zusammen. Fassungslos zeigte sie auf das Chaos und wandte sich dann ihrer Freundin zu. »Wo ist Ellen?«

»Sie schläft, hab ich doch gesagt. Als ich von der Arbeit gekommen bin, sah es hier schon so aus.« Lucile seufzte. »Es ist nicht immer so schlimm. Aber manchmal schaffe ich es einfach nicht, gleich aufzuräumen.«

Und es ist auch nicht deine Aufgabe, dachte Charlie bitter.

Seit etwa einem Jahr arbeitete Lucile neben der Schule am Empfang eines kleinen privaten Yachthafens in der Nähe. Meist hing sie am Telefon, um den Bootsverleih zu organisieren, oder erledigte Kleinkram, der in so einem Betrieb eben anfiel.

Wann hatte Lucile sie eigentlich das letzte Mal zu sich nach Hause eingeladen? Charlie konnte sich nicht mehr erinnern. Wenn sie einander besuchten, saßen die Freundinnen eigentlich nur im Garten, vor allem im Sommer gab es bei der Hitze keinen Grund hineinzugehen. Und Lucile hatte sie auch nie hineingebeten. Nicht seit der Trennung ihrer Eltern.

Diesen Sommer waren sie ohnehin die meiste Zeit auf der Insel oder bei Charlie zuhause. Dort ging Lucile ein und aus, bediente sich ganz ungeniert aus dem Kühlschrank und übernahm regelmäßig die Herrschaft über die Fernbedienung. Luciles Anwesenheit war Charlies Eltern nur recht, blieb ihre Tochter doch oft allein zuhause. Charlies Mutter war Krankenschwester im Perinatalzentrum des hiesigen Krankenhauses. Der Kühlschrank war, statt mit Bildern von ihrer eigenen Familie, vollgeklebt mit Geburtskarten von neugeborenen Babys, bei deren Entbindung sie dabei gewesen war. Charlies Mutter erfuhr in ihrem Beruf viel Wertschätzung, aber oft war sie eben auch nachts auf der Station oder übernahm zusätzliche Schichten. Charlies Vater arbeitete als Ingenieur und war meist in ganz Europa unterwegs. Ihre Eltern ließen Charlie ihre Freiheiten, gleichzeitig erwarteten sie von ihr selbstständiges Handeln, seit sie dreizehn war. Und im Grunde hatte Charlie ihre Eltern nie enttäuscht. Sie machte nie Ärger und hatte ihnen nie Grund zur Sorge gegeben. Lucile hingegen war die Wilde von ihnen, für die Charlie sich schon die ein oder andere Ausrede hatte einfallen lassen müssen.

Die Stille in ihrem eigenen Zuhause hatte etwas Bedrückendes, an das Charlie sich mittlerweile gewöhnt hatte. Meistens übertönte sie sie mit lauter Musik oder dem Fernseher. Auch deswegen war es schön, Lucile oft bei sich zu haben.

Doch so wie hier bei den Clarks sah es bei ihr nie aus, selbst wenn sie ein komplettes Wochenende allein gewesen war. Die Erkenntnis, wie wenig sie über ihre Freundin zu wissen schien, traf Charlie hart in die Magengrube. Sie hätte gerne gefragt, was mit Luciles Mutter los war und ob bei ihnen zu Hause alles in Ordnung war, aber das war es offensichtlich nicht. Sie überlegte, seit wann das Ganze wohl schon aus dem Ruder gelaufen war und wieso ihre Freundin sich ihr nicht anvertraut hatte.

»Er hat vor einem Monat die Scheidung eingereicht«, sagte Lucile in die Stille hinein, als würde dieser Satz alles beantworten. »Jetzt ist es endgültig. Ich glaube, das hat sie aus der Bahn geworfen.« Ihre Stimme war leise, als sie über ihre Mutter sprach. Die

Worte klangen fast beiläufig. Rasch stapelte Lucile das Geschirr übereinander und schob die Essensreste von den Tellern in den Mülleimer unter der Spüle.

Charlie wusste, wie schwer es Lucile fiel, über die gescheiterte Beziehung ihrer Eltern zu sprechen. Anfangs – das war nun fast zwei Jahre her –, als klar wurde, dass Ellen und Mr Clark sich trennen würden, war Lucile regelmäßig zu ihrer Freundin geflüchtet. Nacht für Nacht hatte Lucile sich leise in den Schlaf geweint, wenn sie sicher war, dass Charlie schlief. Mr Clark hatte eine andere Frau kennengelernt und war schon bald darauf zu ihr nach London gezogen. Und auch wenn Lucile immer wieder betonte, dass sie keinen Groll gegen ihren Vater hegte, obwohl er nicht nur Ellen, sondern auch seine drei Kinder sitzengelassen hatte, sprach sie so gut wie nie von ihm. Charlie fühlte sich furchtbar. Auf die schrecklichen Ereignisse dieses Abends legte sich der erschütternde Zustand, in dem ihre Freundin offenbar lebte, und die Scham über ihre eigene Blindheit.

»Kannst du die Spülmaschine ausräumen und das schmutzige Geschirr einräumen, bitte? Den Rest spüle ich ab. Aber leise«, ermahnte Lucile ihre Freundin und warf einen Blick in den dunklen Flur. Sie wollte eindeutig nicht länger über ihre Familie reden.

»Okay, kann ich vielleicht zuerst aufs Klo?«

Lucile nickte hastig, ohne zu ihr aufzuschauen. »Aber beeil dich.«

Charlie betrat den Flur. An der Wand, die Ellen kurz nach der Trennung gelb gestrichen hatte, hingen unzählige Familienbilder, liebevoll eingerahmte Kritzeleien von Vio sowie beeindruckend detaillierte Porträts, die Lucile gezeichnet hatte. Die Fotos mit Mr Clark, Matthew, einem sympathischen Mann Anfang vierzig und mit beginnender Glatze, waren scheinbar sorgsam aussortiert und ersetzt worden. Charlie war so in die Betrachtung der Bilder versunken, dass sie über eine Ansammlung an Schuhen und Kindersandalen stolperte und sich gerade noch am Türgriff eines Garderobenschranks festhalten konnte. Charlie warf einen Blick zurück in Richtung Küche, doch Lucile schien nichts bemerkt zu haben. Mit hektischen Bewegungen und angespannter Miene wischte ihre Freundin weiterhin über die schmutzigen Oberflächen.

Vorsichtig öffnete Charlie den Garderobenschrank einen Spaltbreit. Jetzt erklärte sich, wieso die Schuhe nicht im Schrank verstaut waren. Ein ganzer Berg aus Klamotten war einfach hineingestopft worden, dazu Tücher, Handtaschen, Sonnenhüte. Einfach alles war zu einem undurchdringlichen Geflecht aus Stoffen verheddert und hinter der Schranktür versteckt worden. Auf der Treppe gegenüber, die in den ersten Stock hinaufführte, waren Violets Spielsachen verteilt. Zwischen Barbies, Bilderbüchern und Stofftieren blickte eine übergroße Puppe mit struppigen Haaren und einem halb geschlossenen Auge zu Charlie herüber. Ein leiser Aufschrei entfuhr ihr. Sofort legte sie die Hand auf den Mund und horchte nach oben. Keine Reaktion. Die Augen der Puppe, genauso starr und leblos wie die der Leiche, schienen Charlie durch den dunklen Flur zu folgen, als sie sich abwandte. Sie bahnte sich den Weg zum Badezimmer und schloss die Tür hinter sich. Auch hier hatte das Chaos um sich gegriffen: Zahnbürsten im Waschbecken, Handtücher und schmutzige Wäsche auf dem Boden. Wieder schüttelte Charlie entsetzt den Kopf, kramte in vergessenen Erinnerungen nach ihrem letzten Besuch, doch an eine solche Verwüstung konnte sie sich nicht erinnern. Wann war das Chaos über die Clarks hereingebrochen? Und wann hatte sie Ellen das letzte Mal gesehen? In einem so kleinen Ort wie Port Wilmoor lief man sich doch ab und zu über den Weg, vor allem weil Ellen den Friseurladen im Zentrum führte. Charlie erinnerte sich an einen Tag vor mehreren Wochen, als sie Ellen auf einer Parkbank in der Nähe ihres Ladens gesehen hatte, einen dampfenden Kaffeebecher in der Hand und das Gesicht samt übergroßer Sonnenbrille gen Himmel gestreckt. Die langen Beine übereinandergeschlagen, das blumige Kleid im Schoß zusammengerafft glich Ellen einem Hollywoodstar. Mehrere Passanten hatten ihr verstohlene Blicke zugeworfen. War das Lächeln auf Ellens Lippen nur Fassade gewesen?

Als Charlie in die Küche zurückkehrte, war ihre Freundin noch immer mit Aufräumen beschäftigt.

»Kannst du hier weitermachen? Ich muss im Flur aufräumen, bevor die kommen.«

*Die.* Meinte Lucile damit die Polizei? Und da begriff Charlie endlich, verstand Luciles Nervosität und ihre Hektik. Was würde die Polizei denken, wenn sie das Haus in solch einem Zustand vorfand? Bevor Charlie weiterdenken konnte, wandte sich Lucile ihr zu, die Hände voll mit Wäsche und Spielzeug. »Kannst du mir einen Gefallen tun?«

»Ich putze nicht die Toilette, damit das klar ist.« Es war als Scherz gemeint, doch Lucile entfuhr ein Seufzen. Charlie hielt inne, und ihre Stimme wurde sanfter. »Klar, was denn?«

»Wenn jemand fragt, kannst du dann sagen, dass du den Abend hier bei mir warst und ich Oliver nur kurz geholt habe? Also dass du hier bei Vio geblieben bist?«

Charlie konnte Lucile die Angst ansehen. Niemand sollte merken, dass hier etwas nicht stimmte.

Sie nickte. »Natürlich.«

# 2010
# Violet

*Weißt du noch, als wir klein waren, L.? Du warst natürlich viel älter, aber trotzdem selbst noch ein Kind, wenn ich zu dir unter die Decke gekrochen kam. Wenn es eine schlimme Nacht war. Wenn es Mama nicht gut ging. Wenn das Monster wieder da war. Ich erinnere mich daran, wie du dich vor mich gesetzt hast, wir beide im Schneidersitz, und du mir deinen Zaubertrick gezeigt hast. Wie du deine Hand an meinen Brustkorb gelegt und so getan hast, als würdest du etwas herausziehen. Wie einen Eimer aus einem Brunnen. Dann hast du die Hand geballt, bist zum offenen Fenster gegangen und hast deine Hand über dem Garten geöffnet. »Siehst du?«, hast du dann gesagt, während du das Fenster mit Nachdruck geschlossen hast. »Alle bösen Träume sind ausgesperrt.« Irgendwie wusste ich schon damals, dass das nur gespielt war, aber das schreckliche Gefühl war danach trotzdem nicht mehr so schlimm. Als könnte ich wieder durchatmen. Als hättest du mich befreit.*

*So etwas bräuchte ich jetzt, L., denn die Träume sind zurück. Wer verjagt jetzt die Albträume aus meinem Inneren und sperrt sie aus? Wo bist du? Aber das ist Quatsch, denn ich weiß ja, wo du bist. Was ich sagen will, ist: Verdammt, warum bist du nicht hier bei mir?!*

*Ich habe jemanden gesehen. Dieses Mal bin ich mir sicher. Es war wieder nach einem Abend im Pub. Ich wollte eigentlich in der Unibibliothek lernen, als Lisa mich gefragt hat, ob ich mit ihr und ein paar anderen aus dem Kurs noch auf ein Bier mitgehen würde. Es blieb natürlich nicht bei einem Bier. Aber mir war alles lieber gewesen, als in diesem Zimmer zu hocken.*

*Vor ein paar Tagen ließ sich meine Heizung nicht mehr ausstellen, egal wie ich den Regler drehte, also musste ich ins Büro, um Bescheid zu geben. Einen ganzen Tag dauerte es, bis die Handwerker endlich aufkreuzten. Ein dürrer Typ im Blaumann und ein korpulenter Kerl, dessen T-Shirt über dem Bauch spannte, klopften hilflos mit einer Zange auf der Heizung herum und gingen achselzuckend wieder, weil sie einen Dichtungsring oder was auch immer bestellen mussten. Es könnte aber ein paar Tage dauern, meinten sie. Bis dahin würde mein Zimmer also eine Sauna bleiben.*

*Aber als ich gestern Nacht nach dem Pub wieder in das Zimmer kam, war der Raum merklich abgekühlt, da die Heizung plötzlich nicht mehr auf Hochtouren arbeitete. Jemand muss in meinem Zimmer gewesen sein, L. Und ich glaube nicht, dass es die Handwerker waren. Ich hatte meinen Schlüssel nicht im Büro hinterlegt. Auch wenn die Mitarbeiter der Green Lodge einen Zweitschlüssel haben, hätten sie doch bestimmt erwähnt, wenn sie in meinem Zimmer gewesen wären. Aber müde wie ich war, habe ich darüber gar nicht nachgedacht, sondern bin einfach dankbar in mein Bett gefallen. Als ich an die Decke starrte, drehte sich alles und meine Hauptaufgabe bestand darin, den Raum zum Stillstand zu bringen, anstatt mich wie sonst verrückt zu machen. Irgendwann muss ich doch eingeschlafen sein, denn mitten in der Nacht wachte ich auf. Mein Mund war trocken, und der Magen grummelte. Ich tastete nach der Wasserflasche neben meinem Bett und stieß sie aus Versehen um. Mein Kopf dröhnte, als ich mich aus dem Bett lehnte, um die Flasche vom Boden aufzuheben, und gerade als ich wieder aufsah, hörte ich es nicht nur, ich sah es. Die Tür zu meinem Zimmer wurde leise geschlossen. Sie fiel fast lautlos ins Schloss. Es gibt keine Jalousien, ich hatte auch die Vorhänge nicht zugezogen, das*

*Licht der Straßenlaternen schien in mein Zimmer hinein. Auch wenn ich angetrunken war und vergessen hatte, meinen Koffer wie sonst vor die Tür zu schieben, so betrunken war ich nicht, dass ich mir das alles nur eingebildet hätte.*

*Ich habe es eindeutig gesehen, L. Eine schnelle Bewegung an der Tür. Finger, die sich eilig zurückzogen, bevor sie sich schloss. Ich schaltete das Licht an und starrte in den leeren Raum. Mein Herz hämmerte, innerhalb von Sekunden hatte sich zu meinen Kopfschmerzen Übelkeit gesellt. Ich war wie gelähmt. Und was hätte ich auch tun sollen? Wie eine Idiotin aus einem Horrorfilm in den dunklen Flur hinausstapfen und »Hallo« rufen? Würde irgendjemand, der offenbar keine Skrupel hatte, sich in das Zimmer einer schlafenden Studentin zu schleichen, einfach alles zugeben und sich reumütig entschuldigen?*

*Die Wahrheit ist, L., ich hatte einfach Angst. Ich habe sie noch immer. Den Rest der Nacht saß ich aufrecht in meinem Bett, die Tür fest im Blick. Ich traute mich erst hinaus, als ich meine Mitbewohner durch den Flur schlurfen und die Kaffeemaschine in der Gemeinschaftsküche gluckern hörte. Für eine Weile beruhigten mich die Geräusche, bis mir der Gedanke kam, dass es auch einer von ihnen hätte sein können.*

# 2010
## Charlotte

Charlotte stieg aus dem Bus und lief über den Busbahnhof Brent Cross. Ein Blick in den grauen Himmel verriet baldigen Regen, und noch bevor sie die automatischen Türen des Shopping-Centre passiert hatte, erwischten sie die ersten Tropfen. Sie strich ihr braunes Haar zurück und betrat den Tesco in der Nähe des Eingangs.

Ihr Arbeitstag hatte mit dem letzten Kurs um sechzehn Uhr geendet, aber sie war eher unfreiwillig in ein Gespräch mit ihrer Kollegin Christine verwickelt worden, als sie sich noch einen Kaffee an der Bar geholt hatte. Christine, eine blonde Frau mit einem sympathischen Lächeln und kaum älter als sie selbst, hatte sie gleich zu ihren ersten Eindrücken und tausend anderen Dingen befragt. Wie es ihr an der Universität gefiele. Und wo sie vorher gelebt hatte, wenn sie erst umgezogen war. Ach, Dover? Was verschlägt einen denn nach Dover?, hatte sie gelacht und Charlotte dabei entschuldigend die Schulter getätschelt.

Lügen, lauter Lügen, hätte Charlotte gern geantwortet. Stattdessen hatte sie erwidert, dass sie sich in einer Großstadt wie London einfach wohler fühle. Und tatsächlich bereute sie ihren Wegzug aus Dover nicht im Geringsten. Mit dieser Stadt verband sie ein ständiges Warten und das allgegenwärtige Gefühl des Alleinseins. Nach fünf Minuten lockeren Geplauders hatte

Charlotte die erste Gelegenheit ergriffen, das Gespräch zu beenden.

Nun schlenderte sie allein durch den Supermarkt. An einem dekorierten Tisch voller Orchideen und Grünpflanzen blieb sie stehen. Vielleicht könnte sie damit ihre kleine Wohnung etwas gemütlicher machen? Und eine Pflanze wäre etwas, worum sie sich kümmern könnte, ohne die viele Zeit aufbringen zu müssen, die ein Haustier einforderte. Gelegentliches Gießen würde sie schon hinkriegen, sprach sie sich im Stillen zu, und nahm eine rosafarbene Orchidee vom Tisch. Dann zog sie weiter und blieb vor dem Regal mit den Fertiggerichten stehen. Eigentlich war ihr, anstatt richtig zu kochen, nur nach einem schnell aufgewärmten Essen und irgendeiner Serie auf dem Laptop zumute, einer Anwaltsserie oder etwas Seichtem, das sie ablenkte. Sie wählte ein Gericht mit Nudeln und Lachsstückchen und ging dann zur Kasse.

Eine Frau hinter Charlotte räumte mit ihrer kleinen Tochter die Ware aus dem Einkaufswagen auf das Band, lauter gesundes Essen, und Charlotte kam sich mit ihrem Fertiggericht und der Topfblume lächerlich vor. Sie war einunddreißig. Und bis vor kurzem hatte sie genau von diesem Bild geträumt. Doch nun hatte sie nicht viel mehr als einen Arm voller armseliger Einkäufe zu bieten.

Als sie den Supermarkt verließ, hatte der Regen aufgehört, aber der Himmel war immer noch bewölkt und trüb.

Nach ein paar Minuten stieg sie wackligen Schrittes die Treppe des roten Doppeldeckers hinauf. Sie saß einfach gerne in den ersten Reihen und beobachtete die vorüberziehenden Straßen von oben. Hier, außerhalb des Stadtzentrums, waren die Plätze nicht so begehrt bei den Touristen wie in der Innenstadt. Sie erreichte das obere Geländer und ging zur ersten Sitzreihe. Links saß eine Frau mit blonden, vom Regen noch feuchten Haaren. Gerade als sich Charlotte auf die rechte Seite setzen wollte, fiel ihr Blick auf das Gesicht der Frau, und sie stockte. Es war Violet. Sie saß in sich zusammengesunken da, den Blick starr auf die Straße gerichtet. Charlotte sah ihre wässrigen Augen und den hoffnungslosen, verlorenen Ausdruck darin. Einen Moment überlegte sie, ob sie umkehren und so tun sollte, als hätte sie Violet nicht gesehen. Sie wollte ihr nicht zu nahetreten, außerdem fühlte sie sich erschöpft. Sie wollte weder in ihre Rolle als Dozentin schlüpfen noch in Erinnerungen schwelgen.

Doch dann überlegte sie es sich anders. »Violet?«, sagte sie aus einem Impuls heraus.

Die junge Frau schrak auf, als sie ihren Namen hörte, und wischte sich hastig über das Gesicht. »Oh, hallo.«

Unsicher setzte sich Charlotte auf die andere Seite des Mittelgangs und stellte die Orchidee auf ihren Schoß. Ein zaghaftes Lächeln umspielte Violets Lippen. Sie sah ihrer Mutter so ähnlich, dass es Charlotte schwerfiel, sie nicht weiter anzustarren.

»Ziehst du um?«

Zuerst war Charlotte irritiert, dann deutete Violet auf den Blumentopf.

»Ach das … nein, ich bin gerade erst umgezogen.«

»Sie sieht schön aus. Die Orchidee, meine ich. Vielleicht sollte ich mir auch eine zulegen.«

»Fährst du gerade in die Stadt? Oder bist du für heute fertig mit der Uni?«

Violett schüttelte den Kopf. »Ich fahre zum Green-Lodge-Studentenwohnheim. Leider.«

*Green Lodge.* Der Name kam Charlotte bekannt vor. War das nicht das Wohnheim, das schräg gegenüber ihrem Haus lag? Sie hatte nicht genau darauf geachtet, doch die vielen jungen Leute vor dem großen Backsteingebäude auf der anderen Straßenseite waren ihr nicht entgangen.

»Wieso leider? Hast du kein schönes Zimmer bekommen?«

Violet schüttelte den Kopf. »Ich weiß nicht. Ich fühle mich einfach nicht wohl dort.«

Der Bus holperte ein wenig zu schnell über die Straße. Sie kamen an einer großen abgesperrten Rasenfläche vorbei, auf der unzählige Krähen nach Essbarem suchten. Ein Spielfeld, vermutete Charlotte. Schon kurz darauf passierten sie den Pub in der Nähe von Charlottes Wohnung und des Wohnheims.

»Wenn es dir nicht gefällt, kannst du doch bestimmt einen Wechsel in ein anderes Wohnheim beantragen. Ich glaube, das geht, wenn man hartnäckig bleibt.«

Zum ersten Mal sah Violet ihr nun direkt ins Gesicht, und Charlotte erschrak angesichts des ängstlichen Blicks in ihren Augen und der dunklen Ringe.

»Das habe ich schon. Es dauert wohl mindestens drei Monate, und ich kriege mein Geld nicht zurück, wenn ich jetzt ausziehe. Aber ich möchte da nur weg.« Violet presste die Lippen aufeinander, versuchte ihre Tränen zu unterdrücken.

»Was ist denn passiert, Violet?« Charlotte war ehrlich betroffen.

Violets Unterlippe fing an zu zittern. Dann verbarg sie das Gesicht in den Händen. Sie wirkte unfassbar müde. Vielleicht war es nur der ganze Stress neuer Eindrücke: die Uni, das Wohnheim, weit weg von zuhause. Violets Vater war, wie sie bei dem Tutorentreffen erfahren hatte, schon vor Jahren mit ihr zur Familie seiner neuen Frau nach Deutschland gezogen und dort geblieben. Violet war also ganz allein hierher nach London gekommen.

Gerade als Violet etwas erwidern wollte, kündigte ein Klingeln die nächste Station an. Charlotte bemerkte erst jetzt, dass sie beide aussteigen mussten.

»Es fügt sich bestimmt alles. Was dich auch belastet, du kannst immer zu mir kommen. Wir sind ja jetzt fast Nachbarn. Wie früher«, sagte sie, unsicher, ob sie die richtigen Worte gefunden hatte. Schließlich war Violet nicht mehr das kleine Mädchen, das man mit ein paar freundlichen Worten oder einer Umarmung aufmuntern konnte. Violet war eine erwachsene junge Frau, die ihre Gedanken für sich behalten wollte.

Charlotte würde es dabei belassen, vorerst zumindest. »Hier wohne ich.« Sie deutete auf das Haus am Ende der Kiesauffahrt. »Im Dachgeschoss.«

»Sieht ja auch nicht gerade berauschend aus.«

Charlotte lachte auf. »Wem sagst du das.«

»Hallo Violet?«

Die beiden drehten sich um und sahen eine junge Frau winkend auf sie zulaufen.

»Hey«, grüßte Violet zurück und wandte sich dann zu Charlotte. »Das ist Janet, sie arbeitet in der Green Lodge. Und das hier«, sie deutete auf Charlotte, »ist meine Tutorin an der Uni.«

Janet reichte Charlotte mit breitem Lächeln die Hand, an deren Fingern unzählige Ringe steckten. Sie hatte eine Sporttasche über der Schulter hängen und trug eine Einkaufstüte. »Freut mich sehr«, sagte sie Kaugummi kauend. »Ich habe gleich Dienst und wollte mich nur erkundigen, ob deine Heizung jetzt endlich wieder funktioniert, meine Liebe. Waren die Handwerker da?«

Nach einem kurzen Seitenblick auf Charlotte nickte Violet. »Ja, sie müssen in meinem Zimmer gewesen sein, als ich in der Uni war, denke ich.«

Janet war der skeptische Tonfall nicht entgangen. »Dann haben sie den Generalschlüssel von Quinn oder jemandem aus dem

Büro bekommen. Keine Sorge, es wird alles notiert, keiner kommt einfach so in dein Zimmer.« Sie drückte kurz Violets Schulter und deutete auf das rote Eingangstor. »Kommst du mit rein?«

Violet nickte und verabschiedete sich von Charlotte.

»Hey«, Charlotte hielt Violet zurück, bevor diese sich dem Wohnheim zuwandte. »Möchtest du die hier vielleicht haben?« Sie deutete auf die Orchidee in ihrem Arm. »Vielleicht muntert sie dich ein wenig auf?«

Violet lächelte. Sie schien eine Sekunde zu überlegen, doch dann schwand das Lächeln. »Vielen Dank, Charlotte. Wirklich. Mir geht es schon besser. Da drinnen würde sie bestimmt nur eingehen.« Damit wandte sie sich ab und folgte Janet ins Haus hinein.

Am Abend saß Charlotte auf ihrer braunen Ledercouch, den Laptop vor sich und den Teller mit aufgewärmten Lachsnudeln auf ihrem Schoß. Alicia Florrick in *The Good Wife* hatte soeben gedemütigt die Pressekonferenz ihres untreuen Ehemanns ertragen, als Charlotte den Laptop zuklappte. Ihr Blick wanderte zum Fenstersims, den sie als den besten Platz für ihre Blume auserkoren hatte. Sie dachte über Violets Bemerkung nach. *Da drinnen würde sie bestimmt eingehen.* Es lag etwas so Trostloses in ihren Worten, dass Charlotte ein Schauder über den Rücken fuhr. Sollte eine junge Frau wie Violet ihre Uni-Zeit und die neu gewonnene Freiheit nicht genießen? Feiern gehen, Leute kennenlernen, all das, was sie selbst als frischgebackene Studentin getan hatte. Und sollte einem dabei ein hässliches Wohnheim nicht komplett egal sein? Violet hatte so überhaupt nichts Sorgloses an sich, dachte Charlotte. Und das war doch eigentlich etwas, das jungen Menschen per Gesetz zustand, bevor das Leben ihnen immer mehr Verantwortung aufbürdete.

Und dann erinnerte sich Charlotte an die Nacht, als sie bei Lucile übernachtet hatte. Die weit aufgerissenen Augen in ebendem Gesicht, in das sie heute geblickt hatte. Die furchtbare Angst in der Stimme eines an sich fröhlichen Kindes, das in diesem Moment um sein Leben fürchtete.

»Ich habe Angst, Charlie. Er ist hier.«

# 1994
## Charlie

Charlie beobachtete die Spinne in der Ecke, die sich schräg über ihrem Kopf ein Netz für ihre Beute webte. Dabei ließ Charlie, ein paar Meter über der Wiese, die Füße aus dem alten Baumhaus baumeln. Der Garten der Clarks war so weitläufig, dass man locker Badminton spielen konnte. Von klein auf war Charlie gerne hier zu Gast gewesen, vor allem wegen des großen Pools, der auch an den heißesten Tagen für Abkühlung sorgte. Als Charlie sieben war, hatte Mr Clark eine Schaukel im Schatten der alten Eiche aufgestellt, von der sie vor lauter Übermut gestürzt war und sich den Arm verstaucht hatte.

Nun saß Charlie auf dem Boden des alten Baumhauses und wartete auf Lucile. Es war zwei Tage her, dass die Freundinnen sich das letzte Mal gesehen hatten. Zwei Tage seit dem Ereignis am Fluss, und Charlie konnte es kaum erwarten, alle Neuigkeiten zu erfahren.

Heute am Telefon hatte sich Lucile kurz gefasst und Charlie dann zu deren Überraschung eingeladen, bei ihnen zuhause zu übernachten. Sie selbst könne nicht weg. Ihre Mutter sei abends nicht zuhause, und Lucile müsse auf ihre Schwester aufpassen. Über die Leiche oder darüber, wie ihre Mutter reagiert hatte, verlor sie kein Wort. An jenem Abend hatte Lucile sie gebeten, nach Hause zu gehen, damit sie alleine mit ihrer Mutter reden konnte.

Während Charlie beim Gedanken an den toten Körper der Atem stockte, klang ihre Freundin am Telefon ganz normal.

»Schläft sie?«, fragte Charlie, als Lucile aus der Küchentür in den Garten hinaustrat.

»Was machst du denn da oben?« Lucile kam auf die alte Eiche zu und kletterte die wackelige Holzleiter zum Baumhaus hinauf. Als Lucile noch klein war, hatte Mr Clark das Baumhaus für seine beiden Kinder gebaut. Wie oft hatten die beiden Freundinnen da oben zusammengesessen und Piratenschiff gespielt, später dann Teenie-Zeitschriften gelesen, heimlich geraucht und kichernd Geheimnisse ausgetauscht. Diese Unbeschwertheit schien ihr eine Million Jahre her zu sein.

»Ich war schon ewig nicht mehr hier oben«, seufzte Lucile und ließ sich neben Charlie auf dem Boden des Baumhauses nieder.

»Erzähl! War die Polizei bei euch?«

Lucile ließ sich Zeit mit der Antwort und kramte eine Zigarettenschachtel aus ihrer Hosentasche. Sie trug ein Batik-Shirt und ausgefranste weiße Jeansshorts. Als sie sich eine Haarsträhne zurückstrich, kamen große silberne Creolen an ihren Ohren zum Vorschein.

»Scheiße, das war was. Ja, sie kamen ungefähr eine Stunde später wegen Oliver. Ich habe ihnen alles erklärt, und sie schienen ganz zufrieden mit den Antworten. Hat sich bei dir jemand gemeldet?« Lucile warf Charlie einen prüfenden Blick zu.

»Bei mir? Wieso denn bei mir?«, fragte Charlie entgeistert, und als nicht gleich eine Antwort kam, steckte sie sich auch eine Kippe an, allerdings weniger routiniert als ihre Freundin.

»Umso besser. Ich habe ihnen gesagt, dass du da warst. Zuerst dachte ich, ich sollte dich gar nicht erst erwähnen, aber deine Mum wusste bestimmt, dass wir uns getroffen haben, oder?«

Charlie nickte. Tatsächlich war sie erst um halb elf zuhause gewesen, aber noch rechtzeitig zum Kontrollanruf ihrer Mutter, die in jeder Nachtschicht kurz durchrief, um zu fragen, ob Charlie etwas gegessen hatte und ob alles in Ordnung war. Am Telefon hatte sie kurz überlegt, ihrer Mutter alles zu erzählen. So allein zuhause hatte sich ein mulmiges Gefühl in ihr breitgemacht. Tatsächlich war sie sogar den ganzen Weg bis nach Hause gerannt und hatte dann schnell alle Türen und Fenster verschlossen.

Doch dann hatte sie überlegt, wie ihre Mutter wohl reagieren würde, wenn sie erführe, dass ihre Tochter dabei gewesen war, als man eine Leiche aus dem Wasser gezogen hatte. Keinen Fuß mehr würde sie abends aus dem Haus setzen dürfen, und auch ihre Reise an die Küste, an die sie sich im Geiste noch hoffnungsvoll klammerte, konnte sie dann mit Sicherheit vergessen. Also hatte sie erst am nächsten Abend davon erzählt, beiläufig und so, als hätte sie nur über Lucile davon erfahren.

»Wie geht es Oliver?«, erkundigte sie sich jetzt und hörte selbst, dass ihre Stimme ganz kehlig klang. »Wenn ich bedenke, dass er sie rausgezogen hat.«

Lucile zog tief an ihrer Zigarette und stieß dann Rauch in die Luft. »Er hat sich eingekriegt. Mittlerweile redet er sogar ziemlich viel davon. Wahrscheinlich will er damit prahlen, was für ein harter Typ er ist. Ich denke aber schon, dass ihn das Ganze mitgenommen hat.«

»Weiß man inzwischen, wer die Frau war?«

»Ich glaube, sie wissen gar nichts. Jedenfalls habe ich nichts gehört, und sie haben an dem Abend ständig von der ›Leiche einer Unbekannten‹ gesprochen. Wie von einer Sache. Die arme Frau. Sie muss aber von weiter her angetrieben worden sein. Hier aus dem Ort wird jedenfalls keiner vermisst.«

»Woher weißt du das?«

Lucile grinste. »Ich hab die Polizisten einfach nett angelächelt und gefragt.«

Charlie hatte sich auch das Hirn zermartert, um wen es sich bei der Leiche handeln könnte. Eines war klar: Die Identität der Unbekannten und das Rätsel um ihr Schicksal würden sie wahrscheinlich noch den ganzen Sommer über beschäftigen. In den Zeitungen las man ab und zu mal von Betrunkenen, die von der Hafenmole in den Kanal stürzten und in die Strömung gerieten. Deshalb war auch das Baden an gewissen Stellen des Kanals ausdrücklich verboten, obwohl sich so gut wie keiner daran hielt. Aber so etwas? Eine halb zerfetzte Frauenleiche, die von Jugendlichen gefunden worden war. Von so einer Story hatte sie noch nie in der Zeitung gelesen.

»Und Ellen? Sie hat sich bestimmt Sorgen gemacht, oder?«

Lucile sagte nichts, nickte nur stumm. »Ich denke schon, ja.« Sie nahm ihre Zigarette, die bereits bis zum Filter aufgeraucht war, und hielt sie nach oben an das Netz der Spinne. Diese wurde unruhig, spürte die Hitze und versuchte wegzukrabbeln, aber Lucile hielt das glimmende Ende direkt an den kleinen schwarzen Körper.

In Luciles Blick sah Charlie tiefe Ausdruckslosigkeit. Die Ruhe, mit der sie das Tier tötete, erschreckte Charlie. Sie fragte sich, ob es nicht eher Lucile war, die nicht mit dem klarkam, was sie erlebt hatten. Aber nichts in der Miene ihrer Freundin ermutigte sie dazu, eine weitere Frage zu stellen.

»Lass uns ins Haus gehen«, sagte Lucile kurz darauf. »Ich möchte meine Schwester nicht so lange allein lassen. Sie schläft gerade echt unruhig.«

Lucile kletterte die Leiter hinunter, und Charlie folgte ihr. Sie war auf das Schlimmste gefasst, doch als sie gemeinsam durch die Tür traten, bot sich ihr ein ganz anderes Bild als zwei Nächte zuvor. Diesmal war alles aufgeräumt. Kleinigkeiten, wie Violets Buntstifte, lagen zwar auf dem Tisch herum, aber es wirkte nun wie ein normaler Haushalt, weit entfernt von dem deprimierenden Durcheinander, das es vorgestern noch gewesen war. Erleichterung überkam Charlie. Vielleicht war es einfach ein schlechter Tag für alle gewesen, dachte sie und schloss die Tür.

Die Freundinnen hatten Pizza bestellt und fast bis Mitternacht vor dem Fernseher gesessen. Ellen war immer noch nicht nach Hause gekommen, als sie irgendwann beschlossen, schlafen zu gehen, und leise nach oben schlichen. Während Lucile sich im Badezimmer umzog, ließ sich Charlie im Zimmer ihrer Freundin gähnend aufs Bett fallen. Sie war wirklich schon lange nicht mehr hier gewesen. Das Zimmer wirkte so anders als in ihrer Erinnerung. Die Plakate waren von den Wänden abgehängt worden, kein einziges Kuscheltier bedeckte mehr den Fenstersims. Auf dem Schminktisch lagen teure Mascara und Make-up namhafter Marken, und verschiedene Ketten hingen am Rand des Spiegels. Gleichzeitig wirkte das Zimmer aber auch leer und unpersönlich, eher wie ein Gäste- oder Hotelzimmer, nicht wie das Zimmer einer Sechzehnjährigen.

Kaum waren die beiden in Luciles Bett eingeschlafen, fuhr Charlie hoch. Eine kleine Gestalt unmittelbar vor ihrem Gesicht zupfte sie am Arm. »Lu! Lu!«

»Ich bin nicht …« Charlie war noch völlig schlaftrunken.

»Hey, mein Spatz, hast du wieder schlecht geträumt?«, mischte sich Lucile ein und schlug die Decke zurück. »Charlie übernachtet doch heute bei uns, schon vergessen?«

Violet schaute panisch von Charlie zu Lucile und deutete immer wieder zum Fenster. »Da draußen«, wimmerte sie, »steht jemand! Er hat in mein Fenster reingeschaut.«

»Was?!«, entfuhr es ihnen beiden. Lucile nahm Violet in die Arme und strich ihr immer wieder übers Haar. Charlie bekam Gänsehaut.

»Nein, du hast bestimmt nur geträumt. Wie soll denn jemand im ersten Stock durch dein Fenster schauen? Da müsste er ja fliegen können.«

»Nein, er ist nicht geflogen, Lu«, widersprach Violet noch immer aufgeregt. »Ich hab was gehört, und dann bin ich zum Fenster gegangen. Und da saß jemand im Baumhaus und hat zu mir ins Fenster geschaut. Ich bin mir ganz sicher! Da war jemand.«

# 2010
## Violet

*Wie hast du es hier bloß ausgehalten, L.? Wenn ich könnte, würde ich sofort von hier verschwinden. Jeden Dienstag zwischen neun und elf Uhr vormittags schrillt für etwa fünf Minuten der Alarm durch das Wohnheim. Sogar mein Schreibtisch vibriert. Ich kann es kaum ertragen. Noch Minuten danach habe ich ein Klingeln in den Ohren.*

*Zum Glück bin ich dienstags meistens an der Uni, doch abgesehen davon gibt es hier mindestens einmal in der Woche einen »echten« Feueralarm. Wenn mal wieder jemand eine Pizza im Ofen vergessen hat oder nicht mit einem Gasherd umzugehen weiß. Es gibt einfach zu wenige Küchen, die von zu vielen Bewohnern in den einzelnen Hausabschnitten genutzt werden.*

*Die meisten Bewohner von Green Lodge leben eher zurückgezogen, manche sprechen nur gebrochen Englisch. Und die Leute, die aus dem gleichen Land kommen, tun sich natürlich zusammen. Ich dachte immer, in Großstädten wäre das anders. Aber ich muss zugeben, ich bin auch nicht sonderlich gesprächig oder gesellig, das weißt du ja.*

*Ich habe mir angewöhnt, die Küche nicht zu Stoßzeiten zu benutzen oder früh zu Abend zu essen.*

*Aber das ist alles nicht so wichtig. Ich weiß ja, wofür ich hier bin. Und dafür brauche ich Janet.*

*Wie das gesamte Green-Lodge-Verwaltungsteam arbeitet Janet an Wochentagen von neun bis siebzehn Uhr und macht pünktlich Schluss.*

*Janets Büro befindet sich im Erdgeschoss, direkt hinter dem Securityraum. Die Mitarbeiter vom Sicherheitsdienst hocken permanent in ihrem kleinen Bunker, außer sie gehen zum Rauchen in den Innenhof. In ihren schwarzen Jacken mit dem grell grünen Wohnheimlogo sind sie unschwer zu erkennen.*

*Die Schlösser an unseren Zimmertüren sind erbärmlich, das war bei dir damals bestimmt auch schon so. Und ohne Schlüssel kann man von außen keine der Türen öffnen. Wenn man sich also mal wieder ausgesperrt hat, weil man den Schlüssel vergessen hat, für den kurzen Gang aufs Klo oder in die Küche, darf man demütig bei der Verwaltung antanzen. Um das Gedächtnis aufzubessern, verlangt die Verwaltung ab dem dritten Vorfall eine Fünf-Pfund-Pauschale.*

*Vor ein paar Tagen gab ich »Schlösser knacken« in die YouTube-Suchleiste ein und musste fast lachen. Das Internet kann wirklich jeden zum erfolgreichen Einbrecher machen. Es gab nicht wenige Videos mit expliziten Anleitungen. Nach zwei Minuten hatte ich alles in Erfahrung gebracht, was ich wissen musste. Es gibt mehrere Möglichkeiten, aber in meinem Fall reicht schon die gute alte Heftklammer.*

*Allerdings lässt mich der Gedanke an meinen nächtlichen Besucher noch mehr als zuvor erschaudern. Ich weiß, dass ich wirklich eine bessere »Alarmanlage« für mein Zimmer brauche. Ganz so einfach wie in der Theorie war es dann doch nicht. Ich setzte mich im Zimmer an meine Tür und übte auf der Innenseite. Es dauerte etwa eine halbe Stunde, dann hatte ich den Dreh raus.*

*Gestern war es dann so weit. Ich wartete auf den nächsten Feueralarm, und ich wurde nicht enttäuscht. Abends gegen neun Uhr ertönte ein dröhnendes Schrillen. Draußen wurden Türen geknallt. Im Flur blickten mir ratlose Gesichter entgegen, und ich folgte meinen Mitbewohnern, die Hände an die Ohren gepresst, in Richtung Ausgang. Im Innenhof drängten sich die meisten Studenten frierend, teilweise nur in Bademäntel gekleidet, um die Holztische. Ich ließ meinen Blick über die Fassade schweifen, doch wie vermutet drang aus keinem der Fenster Rauch.*

*»Wahrscheinlich hat irgendein Idiot was anbrennen lassen. Die Hälfte der Leute hier weiß nicht mal, wie man Küche buchstabiert, und dann sollen sie auch noch Gasherde bedienen können«, schnaubte ein Student vor mir. Wie du dir vorstellen kannst, kam zustimmendes Gelächter und entnervtes Stöhnen aus der Runde. Ich hatte das Elend selbst erlebt. Erst vor ein paar Tagen hatte ich in einem riesigen Topf auf einer der Herdplatten Suppe köcheln sehen. Als ich abends wiederkam, stand der Topf noch immer da, und die Suppe war zu Brei zerkocht, während die zähe Masse blubbernd auf die Herdplatten spritzte.*

*Ich beobachtete die Securitymänner, die jeden Gebäudetrakt mit einer Taschenlampe und einem Feuerlöscher bewaffnet betraten. Wenig später konnten die ersten Grüppchen wieder hineingehen. Unauffällig drängte ich mich zum Eingang vor. Die Security war im Haus unterwegs, um jede Küche zu überprüfen, und so war der Überwachungsraum leer. Ich eilte daran vorbei bis zu Janets Büro. Während ich mich am Schloss zu schaffen machte, zitterten meine Hände vor Aufregung. Anders als du war ich eben schon immer ein Feigling. Ich wollte immer alles richtig machen, immer korrekt sein und bloß keine Aufmerksamkeit auf mich ziehen. Und nun tat ich genau das Gegenteil.*

*Es hat mich so viel Überwindung gekostet, L. Aber zu meiner Überraschung konnte ich die Tür einfach so öffnen, Janet muss vergessen haben, sie abzuschließen. Ich trat ein und sah zwei Schreibtische, also nehme ich an, dass sie sich das Büro mit Quinn teilt. Ich schlich an den Schreibtischen vorbei und fand in einem Schrank ziemlich schnell, wonach ich gesucht hatte: die Ordner mit allen Green-Lodge-Bewohnern der letzten Jahre. Ich blätterte sie durch und machte Fotos von den Listen, auch wenn ich nur ein bestimmtes Jahr brauchte. Das Jahr, in dem du hier eingeschrieben warst. Ich beeilte mich, so sehr ich konnte. Meine Hände zitterten. Ich musste raus, bevor die Security wieder an ihrem Platz saß. Schließlich schlich ich mich aus dem Zimmer und mischte mich wieder unter die Menge. Nach etwa zwanzig Minuten hatte die Security alle Wohnblöcke überprüft und erteilte uns die Erlaubnis, wieder auf unsere Zimmer zu gehen.*

*Zurück in meinem Zimmer sah ich mir die Fotos von den Listen an. Es waren unzählige fremde Namen. Namen, die mir nichts sagten. Bis auf deinen. Einsam und verloren stand er in einer dieser unbedeutenden Listen. Lucile Clark, eingeschrieben September 2002 bis Dezember 2002. Zimmer 1022.*

*Ich hatte gehofft, dass es bei irgendeinem der anderen Namen Klick machen würde, doch sie alle sagen mir nichts. Wieso dieses Wohnheim, L.? Weil er auch hier war? Wer hat dich hierhergelockt? Wer war dein Kontakt hier? Mit wem hast du dich ständig ausgetauscht? Und vor allem, L., wer hat dir das angetan? Fragen, die ich mir selbst beantworten muss, weil du nur noch schweigen kannst.*

# 2010
# Charlotte

Charlotte saß über die Arbeiten ihrer Studentinnen und Studenten gebeugt an ihrem Schreibtisch in der Universität. Sie hatte das ganze Wochenende damit zugebracht, ein Projekt für ihren Kurs vorzubereiten und erste Arbeiten ihrer Studenten zu sichten. Besonders Violets Arbeit hatte sie den ganzen Nachmittag beschäftigt. Ihr Projekt befasste sich mit dem Künstler Francis Bacon, seinen Werken und deren Einfluss auf die moderne Filmwelt. Ihrem Text beigefügt waren Bilder von düsteren Szenen mit schreienden, zwiegespaltenen Gesichtern, von Räumen mit fleischigen Kreaturen, die nur aus offenen Wunden und Knochen zu bestehen und in Angst und Wut zu verharren schienen. Insbesondere in ein Porträt des Malers war Charlotte längere Zeit vertieft. Es zeigte einen Mann, dessen rechtes Auge den Betrachter anstarrte, während der Rest des Gesichts zu einer Maske deformiert war. Beim Anblick dieser Bilder machte sich Charlotte immer mehr Gedanken um Violet. Warum hatte sie sich ausgerechnet für dieses Thema entschieden? Immer wieder drangen Erinnerungen aus jenem Sommer in Charlottes Bewusstsein, der Körper, den sie aus dem Wasser gezogen hatten und all das Schreckliche, was diesem Erlebnis folgen sollte.

Obwohl Charlotte ein schlechtes Gewissen hatte, konnte sie danach dem Drang nicht widerstehen, in den sozialen Medien nach Violet zu suchen, und nach einer anderen Person, die ihr nicht aus dem Kopf ging: Lucile. Violets nervöse, in sich gekehrte Art unterschied sich so sehr von ihrem damals so offenen Wesen. Bei ihrer ersten Begegnung hatte sie sich nicht getraut, Violet weiter zu ihrem Leben und vor allem zu dem ihrer Familie auszufragen, ihr war Violets Reaktion nicht entgangen, als sie sich kurz nach ihnen allen erkundigt hatte. Eine Sekunde des Innehaltens, ein schreckhafter Blick, als würde sie prüfen, ob sie sich ihrer neuen Tutorin anvertrauen konnte oder nicht. Und sie hatte sich offensichtlich dagegen entschieden.

Wieder wanderten Charlottes Gedanken zurück zu jenem Sommer, bevor ihre Freundschaft mit Lucile so abrupt beendet worden war. Wie sehr hatte sie gelitten, als ihre Anrufe und Briefe unbeantwortet geblieben waren. Charlotte hatte lange auf eine Antwort ihrer Freundin gewartet, die bis zum heutigen Tag ausgeblieben war. Und die Verletzung in ihr war immer größer geworden.

Es hatte nicht lange gedauert, Violet zu finden. Sie hatte auf den üblichen Plattformen ein Profil eingerichtet. Bis vor kurzem hatte sie tatsächlich im Süden Deutschlands gelebt. Hauptsächlich bestanden ihre Fotos aus Urlaubsschnappschüssen. Naturaufnahmen, Selfies, die sie beim Wandern zeigten oder auf Städtereisen. Aber auf keinem dieser Fotos war Lucile zu sehen gewesen, die ihrer Mutter inzwischen bestimmt bis aufs Haar glich.

Dass sie Lucile nicht gefunden hatte, musste nichts heißen. Es gab etliche Profile ohne Fotos und ohne Profilangaben, und sicher waren einige der Namen gefakt. Auch sie selbst war anonym unterwegs. Sie wusste nur zu gut, was es bedeuten konnte, sich auffindbar zu machen.

Charlotte schrak auf, als die Tür laut aufgestoßen wurde. Eine Frau, ausgestattet mit einem Putzwagen, sah Charlotte grimmig an, dann machte sie sich unwirsch an die Arbeit, ohne weiter Notiz von ihr zu nehmen. Zwischen ihren Wischutensilien war ein Radio befestigt, aus dem eine knisternde Stimme drang. Die Frau hatte wohl nicht damit gerechnet, am späten Sonntagabend in einem der Kursräume jemanden anzutreffen. Als sie sich an Charlotte vorbeidrängte, um den Papierkorb hinter ihrem Schreibtisch zu leeren, schloss Charlotte ihren Laptop. Hätte die Frau sie gefragt, was sie hier am Wochenende mache, hätte sie mit den Schultern gezuckt und die viele Arbeit als Vorwand genannt. Doch in Wirklichkeit hielt sie es allein in ihrem Apartment kaum aus. Es fiel ihr schwer, nicht die ganze Zeit auf ihr Handy zu starren oder bei jedem Summen einer eingehenden Nachricht zusammenzuzucken. Bisher waren die Nachrichten ausgeblieben, aber wie zuvor hatten die bösartigen Drohungen und Beschimpfungen ihr in alltäglichen Momenten den Boden unter den Füßen weggerissen. In ihrer Dachwohnung schienen sich die Wände um sie herum zu verengen, und so hatte sie irgendwann die Flucht in die Kurssäle ergriffen. Mit ihrem Ausweis hatte sie zum Glück rund um die Uhr Zugang zur Uni.

Als Charlotte das Gebäude verließ, wehte ihr ein kalter Wind um die Ohren und sie vergrub das Gesicht tiefer in ihrem Schal. Der Campus war menschenleer, auch im Bus saßen nur ein paar vereinzelte Fahrgäste. Umso mehr erschrak sie, als sie sich beim Aussteigen auf einer Straße voller Menschen wiederfand. Vor dem Wohnheim hatte sich eine Traube Feiernder versammelt. Kurz blieb sie stehen und ließ ihren Blick über die Menge schweifen in der Hoffnung, Violet zu entdecken, als eine laute Stimme vor dem Eingangstor die Aufmerksamkeit auf sich zog. Am oberen Ende der Treppe stand Janet, die Mitarbeiterin der Green Lodge, und winkte die Leute hinein.

»Hey, alle zusammen, die Party findet im Hof statt. Rein mit euch! Wir wollen keinen Stress wegen Ruhestörung bekommen, okay?« Sie klatschte mehrmals in die Hände, und Charlotte gewann den Eindruck, dass die zierliche kleine Janet die Folgsamkeit der Studenten genoss. Denn tatsächlich strömten die Leute in den Innenhof.

Unschlüssig blieb Charlotte stehen, blickte hinüber zum kleinen Fenster im Dachgeschoss auf der anderen Straßenseite. Unbehagen legte sich auf ihre Brust. Aus dem Wohnheim drang inzwischen laute Musik. Es war der einunddreißigste Oktober, Halloween. Das hatte sie vollkommen vergessen. Ohne noch weiter nachzudenken, lief sie auf die Mitarbeiterin zu.

»Janet, richtig?«

Es dauerte einen Moment, bis Janet reagierte. Ihr vages Lächeln verriet Charlotte, dass sie sich nicht an ihre letzte Begegnung erinnerte und keinen Schimmer hatte, wer sie da ansprach.

Charlotte stellte sich erneut vor und versuchte dabei, die Musik des Innenhofs zu übertönen. »Ich arbeite an der Uni mit Violet zusammen.«

Nach kurzem Nachdenken hellte sich Janets Gesicht auf. »Ah, natürlich, Charlotte. Wie geht's?«

»Ich wollte mich nur erkundigen, ob du vielleicht Violet gesehen hast. Ich wollte ihr noch etwas zum Unterricht morgen mitteilen, jetzt wo ich schon mal hier bin.«

»Ach so, ja klar, komm doch kurz rein. Möchtest du etwas trinken?«

Im ersten Moment wollte Charlotte automatisch verneinen – ihre reflexhafte Reaktion auf jegliche Form der Kontaktaufnahme. Worüber sollten sie reden? Was sollte sie sagen? Doch dann kam eine andere Antwort über ihre Lippen.

»Ja, warum eigentlich nicht?«

Sofort verschwand Janet im Getümmel, um nur einen Augenblick später mit einem Cider zurückzukehren.

»Vorhin habe ich sie hier noch irgendwo gesehen«, kam Janet auf Charlottes Frage zurück, nachdem sie einen großen Schluck aus ihrer Flasche getrunken hatte. »Mittlerweile habe ich leider den Überblick verloren. Aber keine Sorge, bisher haben sich hier noch die meisten gut eingewöhnt. Es ist kein Hilton, aber wir kümmern uns gut um unsere Schäfchen.«

Charlotte nickte. »Da bin ich sicher. Trotzdem hatte ich das Gefühl, dass sie sich nicht ganz wohl fühlt.«

»Ach, weißt du«, seufzte Janet und steckte sich eine Zigarette an, »am Anfang geht das allen so. Die Zimmernachbarn behagen nicht, die Regeln sind zu streng, viele sind das erste Mal von zu Hause weg und schlichtweg überfordert. Glaub mir, ich arbeite hier seit gefühlt hundert Jahren und musste schon einige Tränen trocknen.«

Sie standen noch eine Weile zusammen, während weitere Leute dazukamen. Janet plauderte mal mit dem einen, mal mit der anderen. Und Charlotte spürte, dass ihr die lockere Atmosphäre unerwartet guttat. Janet hatte eine herzliche Art und ein einnehmendes Lächeln. Charlotte konnte sich sehr gut vorstellen, dass sich junge Studierende ihr gerne anvertrauten.

Charlotte ließ den Blick erneut über die Menge schweifen. Vielleicht lag es auch am Alkohol, aber ein Anflug von Leichtigkeit überkam sie. Junge Leute, ausgelassenes Lachen, eine neu gewonnene Freiheit. Wie so oft wünschte sie sich, die Zeit zurückdrehen zu können. Noch vor einem Jahr war ihr Leben ganz anders gewesen: Sie hatte Pläne für die Zukunft gehabt, konkreter, als sie zugegeben hätte. Den Wunsch, eine Familie zu gründen. Doch alles war anders gekommen.

In diesem Moment drängelten sich zwei aufgebracht wirkende Studentinnen an Charlotte vorbei.

»Unser Essen wurde wieder geklaut. Schon wieder«, brachte

eine der beiden, eine hochgewachsene, schlanke Dunkelhaarige in einem Sportjackett, hervor.

Janets Lächeln gefror. Dann warf sie Charlotte einen bedeutsamen Blick zu. Siehst du, es gibt immer etwas zu tun, schien dieser Blick zu sagen.

»Okay, in welchem Stockwerk seid ihr?«

»Im Erdgeschoss. Haus III.«

»Hattet ihr eure Sachen beschriftet?«

Die Mädchen nickten verärgert. »Jemand macht das absichtlich. Ich hab meinen Namen sogar auf die Packung Scheibenkäse gekritzelt, aber das hält ja nicht vom Klauen ab. Sogar der Senf ist weg.«

Janet kramte den dicken Schlüsselbund aus ihrer Jackentasche hervor. »Tut mir leid, Charlotte, ich muss leider los. Es hat mich gefreut, und falls ich Violet heute noch sehe, sage ich ihr Bescheid, dass du sie gesucht hast.«

Charlotte nickte freundlich. »Danke für deine Hilfe«, verabschiedete sie sich ebenfalls, zwängte sich aus dem Innenhof hinaus und überquerte die Straße.

Kaum hatte sie die Treppe in ihrem Haus erklommen, vibrierte ihr Handy. Charlotte warf einen Blick auf das Display. Da waren sie wieder. Die Worte, denen sie zu entkommen versucht hatte und vor denen sie sich so sehr fürchtete. »Dich davonzustehlen und so zu tun, als wäre nichts passiert, wird dich auch nicht retten, du Miststück.«

# 1994
# Charlie

Charlie blickte in die verängstigten, weit aufgerissenen Augen von Violet, die sich panisch an ihre Schwester klammerte.

Behutsam strich Lucile dem verstörten Kind die Haare aus dem Gesicht. »Willst du vielleicht, dass ich mich zu dir ins Bett lege?«

Doch die Vierjährige starrte nur weiter in die Dunkelheit und ließ sich nicht beruhigen. Zu dritt stellten sie sich schließlich ans Fenster.

»Ich sehe niemanden«, sagte Lucile und seufzte laut. »Aber ich gehe kurz nach draußen und vergewissere mich, okay?«

»Nein!«, kam es zeitgleich aus Charlies und Violets Mund. »Du gehst da bestimmt nicht hinaus.« Charlie schüttelte energisch den Kopf. »Hast du schon vergessen, was vor ein paar Tagen passiert ist? Vielleicht schleicht ein Verrückter durch die Gegend«, flüsterte sie über Violets Kopf hinweg.

Lucile warf ihr einen spöttischen Blick zu, eine Augenbraue in die Höhe gezogen. »Mach dich nicht lächerlich. Wer soll denn da in unserem Baumhaus hocken? Höchstens ein betrunkener Oliver, der ausgegangen ist und wieder einmal keinen Schlüssel dabeihat. Ich sehe schnell nach, und dann können alle beruhigt ins Bett gehen.«

Ein wenig genervt stapfte sie die Treppe hinunter, gefolgt von Violet und Charlie. In der Küche verharrten sie wieder eng beieinanderstehend. Lucile beugte sich über die Spüle und versuchte durch das Küchenfenster hinauszublicken. Doch außer den Umrissen der knorrigen Eiche und dem dahinter angrenzenden Zaun war nichts zu erkennen.

»Du solltest wirklich nicht rausgehen«, bat Charlie mit Nachdruck. »Lass uns lieber auf deine Mutter warten.«

»Und was soll *die* bitte machen?«, erwiderte Lucile.

»Dann nimm wenigstens das hier mit«. Charlie hatte in das Besteckfach gegriffen und eines der Messer herausgenommen.

Lucile lachte auf. »Soll ich dem Eindringling ein Brot schmieren, oder was?« Sie verschmähte das Buttermesser, das Charlie ihr hinhielt, und nahm stattdessen ein großes Messer mit glatter Klinge aus der Schublade. »Wenn schon, dann richtig.«

Charlies Herz schlug schwer, als ihre Freundin ohne zu zögern die Tür zum Garten öffnete und hinaustrat. Zuerst waren ihre Umrisse noch zu sehen, dann verschwand sie gänzlich in der Nacht.

Charlie spürte die kleine kalte Hand, die sich in ihre schmiegte.

»Ist schon gut, sie ist gleich wieder da«, sagte sie mit zittriger Stimme. Es gelang ihr nicht, einen lockeren Tonfall anzuschlagen. Etwas stimmt hier ganz und gar nicht. Sie sollte eigentlich zu Hause sein. Und Luciles Eltern sollten sich eigentlich um ihre Vierjährige kümmern, statt sie bei der großen Schwester abzuladen. Aber keiner der Erwachsenen wusste ja, dass sie alle dabei gewesen waren, als die Leiche gefunden worden war.

Minuten vergingen, während sie in der dunklen Küche standen. Langsam steigerte sich Charlies Nervosität. Wieso kam Lucile nicht zurück? Charlie verspürte nicht die geringste Lust, selbst nach draußen zu gehen und nach ihrer Freundin zu sehen. Außerdem konnte sie Violet schlecht allein lassen. Oder mitnehmen. Aufsteigende Panik machte sich in ihr breit.

Sie ging zu einem anderen Fenster hinüber in der Hoffnung, von dort aus eine bessere Sicht nach draußen zu haben. Aber auch von hier aus war nichts zu sehen.

Gerade als sie die Hand auf den Knauf legte, um die Tür zu öffnen, war ein Knarzen zu hören. Violet und Charlie schrien auf. Sie fuhren erschrocken herum und sahen Ellen in der Tür stehen. Der Flur hinter ihr lag noch im Dunkeln, als hätte sie sich soeben erst ins Haus geschlichen.

»Was ist denn hier los?«

Kaum hatte sie die Worte ausgesprochen, hatte sich Violet schon in ihre Arme gestürzt.

»Hallo, Mrs Clark«, sagte Charlie und spürte eine Woge der Erleichterung.

Ellen ging die Hocke und strich ihrer Tochter sanft über den Kopf, während sie Charlie fragend ansah.

»Wo ist Lucile?«, fragte sie genau in dem Moment, als diese wieder in die Küche trat. »Was zum Teufel treibt ihr hier? Vio hätte doch schon seit Stunden im Bett sein sollen.«

Lucile setzte zu einer Verteidigung an, verstummte jedoch mit eisiger Miene.

Charlie sprang für sie ein. »Draußen war ein lautes Geräusch zu hören, und Violet ist wach geworden. Lucile hat sich als Einzige getraut nachzusehen, ob ein Tier oder sowas draußen im Garten ist.«

Violet sah verstohlen Charlie an. Kurz befürchtete sie, Violet würde damit herausrücken, dass sie etwas ganz anderes gesehen hatte. Lucile hatte ihr eingebläut, niemandem davon zu erzählen, was auf der Insel passiert war. Dass es ihr Geheimnis sei. Und sollte Vio sich verplappern, hatte Lucile Charlie beruhigt, würde sie einfach behaupten, die kleine Schwester hätte sich da etwas ausgedacht. Schließlich waren Vierjährige nicht die verlässlichsten Zeugen.

Ellen musterte die beiden noch einen Moment, dann wandte sie sich an Vio. »Na, dann aber jetzt rasch ins Bett.« Seufzend erhob sie sich und wandte sich zusammen mit Violet zum Gehen. Beim Umdrehen wehte Charlie eine Wolke aus Parfum und Rauch entgegen. Vermutlich kam Ellen geradewegs aus einem Pub.

Charlie hörte sie die Treppen hinaufsteigen. Die Tür zu Violets Zimmer wurde geschlossen. Mit einem Mal wurde ihr unbehaglich zumute, und sie wünschte sich in ihr eigenes Bett zurück. Vielleicht war es keine gute Idee gewesen, Luciles Einladung anzunehmen. Als sie zu ihrer Freundin hinübersah, hatte sich die Wut aus deren Gesicht verflüchtigt.

»Wo warst du denn so lange? Ich dachte schon, ich müsste dich suchen gehen.«

Lucile zuckte nur mit den Schultern. »Ich konnte in der Dunkelheit kaum was sehen. Dann bin ich aufs Baumhaus rauf, aber da war nichts und niemand, garantiert.«

Als sie schließlich wieder im Bett lagen, war die Anspannung immer noch spürbar. Charlie wusste, dass Lucile mit offenen Augen an die Decke starrte, ihre Gedanken lautlos in ihrem Kopf kreisend.

Kurz war zu hören, wie die Tür zu Violets Zimmer aufging, leise Schritte huschten über den Flur, bis vor ihre Zimmertür. Ellen schien zu lauschen, ob die Mädchen schliefen. Einen Moment später fiel die Tür zu ihrem Schlafzimmer leise zu.

»Meinst du nicht, dass es besser gewesen wäre, auf deine Mutter zu warten? Ich glaube, du hast Violet Angst gemacht, als du einfach rausgestürmt bist.«

Lucile schien sich im Bett aufzusetzen und durch die Dunkelheit zu ihr herüberzusehen. War sie wütend?

»Ich wollte ihr zeigen«, flüsterte Lucile schließlich energisch, »dass man Angst haben *darf*, aber sich deswegen nicht verkriechen soll, verstehst du? Dass sie für sich selbst einstehen muss, wenn sie ein Problem hat.«

»Sie ist erst vier. Sie hat einfach Panik gekriegt. Sie ist doch noch ein Kind.«

»Aber *wir* sind keine Kinder mehr, Charlotte. Es gibt niemanden, der uns beschützen kann, außer wir tun es selbst.« Ihre Freundin schien zur Tür zu blicken. Zum Schlafzimmer, wo ihre Mutter nun selig und nichtsahnend schlief. »Da gibt es keine Erwachsenen, die ihre schützenden Arme um uns legen, falls du es noch nicht gemerkt hast.« Nach einer kurzen Pause flüsterte sie weiter. »Sobald ich kann, werde ich ausziehen. Ich kann mich nicht ewig um meine kleine Schwester kümmern. Bald wird sie für sich selbst einstehen müssen.«

»Ich weiß«, murmelte Charlie und fühlte sich von Lucile plötzlich wie ein Kleinkind behandelt. Sie wusste, dass Lucile in vielerlei Hinsicht erwachsener war. Vorsichtig tastete sie durch die Dunkelheit und griff nach der Hand ihrer Freundin. »Aber *wir* sind füreinander da. *Wir* sind nicht allein.«

Lucile drückte sanft ihre Hand, wie zur Bestätigung.

»Schlaf jetzt«, antwortete sie leise. »Und wehe, du schnarchst.«

# 2010
## Charlotte

»Das Essen wartet bereits, Madame«. Die Nachricht auf ihrem Handy hatte ein warmes Gefühl in ihrer Brust freigesetzt. Sie hatte den Laptop zugeknallt und ihren Büroschreibtisch hinter sich gelassen. Jetzt fuhr sie mit ihrem Wagen über die Wear Bay Road, von wo aus man einen Blick auf die Kreidefelsen von Dover erhaschen konnte. Ihre Finger tippten im Takt der Musik aus dem Radio, sie summte leise die Melodie zu Coldplays »Viva la Vida« und konnte es kaum erwarten, bei Philippe anzukommen. Sie wohnten jetzt seit sechs Monaten zusammen, und Charlotte hatte noch immer ein Kribbeln im Bauch, wenn sie heimkam.

Schließlich parkte sie ihren Wagen auf dem abschüssigen Parkplatz und ging auf das Haus zu. Es hatte den ganzen Tag über geregnet, und für Anfang Mai war es hartnäckig kühl. Ihre Pumps klackerten auf dem nassen Straßenbelag. Genau jetzt begann sich in ihrem Kopf etwas zu regen. Sie blieb abrupt stehen. Vor der Eingangstür stand eine hochgewachsene Gestalt in einem dunklen Hoodie. Die Hände steckten in den Taschen der Jeans verborgen.

Charlottes Schritte wurden langsamer, sie wusste, was kommen würde, und doch war sie unfähig umzukehren. Wie fremdgesteuert näherte sie sich dem Hauseingang. In Gedanken hatte sie diese Szene bereits etliche Male durchgespielt, und doch fühlte sie sich jetzt gänzlich unvorbereitet. Die Gestalt entpuppte sich als junger Mann mit bärtigem Kinn und kantigen Gesichtszügen, den sie bereits von Fotos kannte. In seinen Augen loderte der blanke Zorn. Sie überlegte sich panisch, was sie sagen sollte. Sie wollte sich von einem Siebzehnjährigen nicht schikanieren lassen. Er musste endgültig in seine Schranken verwiesen werden. Gerade als sie mit fester Stimme ansetzen wollte, kam er auf sie zu. Breitschultrig baute er sich vor ihr auf, überragte Charlotte um mindestens zwei Köpfe. Er schürzte die Lippen, dann spuckte er ihr wie aus dem Nichts mitten ins Gesicht. Charlotte zuckte zusammen. Erstarrt in ihrer Demütigung überlegte sie fieberhaft, wie sie reagieren sollte. Tränen schossen ihr in die Augen. Dann kam er noch näher heran. Sie konnte das penetrante Deo riechen, das seinen Schweiß nicht ganz zu übertünchen vermochte.

»Bleib weg von meiner Familie, sonst mache ich dich fertig.« Er spie die Worte förmlich aus. Sie spürte seinen Atem. Aber der Schrei, den sie so gerne ausgestoßen hätte, blieb stumm in ihrer Kehle stecken. Hinter seinem Rücken zog er einen Gegenstand hervor, scharf und glänzend.

*Dich davonzustehlen und so zu tun, als wäre nichts passiert, wird dich auch nicht retten, du Miststück.*

Keuchend fuhr sie hoch, fasste sich panisch ins Gesicht. Kalter Schweiß bedeckte ihre Haut, aber es war zumindest kein fremder Speichel. Langsam kam ihr Atem zur Ruhe. Sie lag auf ihrer ausgeklappten Couch, in ihrer Wohnung in London. Zitternd bemerkte sie, wie furchtbar kalt ihr war. Ihre Decke, die sie im Schlaf abgestreift haben musste, lag zusammengeknüllt auf dem Boden.

Dieser Traum verfolgte sie, genau wie die furchtbaren Nachrichten. Tag und Nacht schien die letzte Begegnung mit Thomas sie einzuholen.

Philippe und sie hatten sich eine Wohnung gemietet, nicht direkt in Dover, wo sie beide arbeiteten, sondern in Folkestone, einem kleinen Küstenstädchen, in dem es ruhiger und beschaulicher zuging. Außerdem erschien ihr damals Philippes Vorschlag, nicht im selben Ort zu wohnen, in dem sie arbeiteten, vollkommen schlüssig. Wer wollte schon ständig seinen Kollegen über den Weg laufen, mit denen man schon den größten Teil des Tages verbrachte.

Philippe und sie hatten sechs Monate zusammengelebt, als Thomas, sein siebzehnjähriger Sohn, Charlotte vor ihrer Eingangstür aufgelauert hatte. Nach dem grausamen Übergriff auf den Stufen vor ihrem Haus war sie heulend hineingerannt. Noch jetzt konnte sie den Widerhall ihrer Schritte im Flur, ihren stoßenden Atem hören, noch immer holte sie das Gefühl ein, er sei direkt hinter ihr. Sie sah Philippe vor sich, wie er sich umdrehte und sie entgeistert ansah. Und schließlich den Ausdruck in seinem Gesicht, der sich von Entsetzen zu Bedauern wandelte.

Warum er ihm nicht nachlaufe, hatte sie ihn vollkommen entgeistert angeschrien. Wie er zulassen könne, dass sein Sohn seine neue Freundin derart bedrohe. Aber Philippe hatte sich nur mit hilflosem Blick auf die Couch fallen lassen und war sich mit der Hand immer wieder durch den Bart gefahren, eine Geste, die sie von ihm in solchen Situationen bereits kannte. Wenig später war sie aus ihrer gemeinsamen Wohnung ausgezogen.

Sie wusste, von wem all die Drohungen und Beschimpfungen kamen, wusste um die verzweifelten Angriffe eines verletzten Teenagers. Doch diese letzte Begegnung hatte ihr wirklich Angst gemacht. Philippe hatte ihr schon ein paarmal Fotos von seinen Kindern gezeigt. Sie lebten auf der anderen Seite des Kanals, in Lyon, bei ihrer Mutter. Am Wochenende besuchte er seine Kinder oft in Frankreich.

»Thomas ist fast volljährig, und Martine ist zwölf und wird die Trennung auch irgendwann verkraften.« Mehr hatte er über seine Familie nicht erzählt.

Aber Philippe hatte sich geirrt. Und so hatte Thomas irgendwann abends vor ihrer Tür gestanden und sie abgepasst. Er hatte sie zwar nicht wie in ihrem Traum mit einem Messer bedroht, doch sie spürte noch immer den feuchten Speichel im Gesicht, und seine Hassnachrichten bewirkten das Gefühl einer ständigen Bedrohung.

Charlotte zwang sich, tief durchzuatmen. Zum wiederholten Mal loderte Wut in ihr auf. Während sie sich in ihrem kleinen Apartment umsah, dachte sie an die gemeinsame Wohnung, die sie so schön eingerichtet hatte. Hier dagegen bröckelte der Putz an mehreren Stellen von den Wänden. Der Teppich war fleckig und warf Falten. Diesen Abstieg hatte sie einfach nicht verdient. Oder hätte sie es wissen sollen? Auf die Zeichen achten, die *red flags*, wie sie immer wieder in Frauenmagazinen beschrieben wurden?

Charlotte versuchte ihre Kräfte zu bündeln und wieder in die Realität zurückzufinden. Es dauerte einen Moment, bis sie sich gefasst hatte. Sie sah auf die Uhr, schaltete die Lampe auf ihrem Nachtkästchen ein und warf einen Blick auf ihr Handydisplay. Es war halb zwei.

Charlotte ging zur Küchenzeile hinüber, erhitzte Wasser und füllte ihre Wärmflasche damit. Dann schlüpfte sie zurück unter die Decke. Obwohl sie die Heizung voll aufgedreht hatte, blieb ihre Dachgeschosswohnung kalt, und durch die alten Fensterrahmen zog immer wieder kalte Luft herein.

Sie drückte ihre eisigen Füße an die Wärmflasche und dachte erneut an die Nachricht, die sie am Abend erhalten hatte. *Dich davonzustehlen und so zu tun, als wäre nichts passiert, wird dich auch nicht retten, du Miststück.*

Sie hatte alles getan, was in ihrer Macht stand. Sie war aus der Wohnung in Folkestone ausgezogen und hatte, zurück in London, niemandem von diesem Albtraum erzählt. Was wollte er denn noch? Mit der Zeit würde Gras über die Sache wachsen, hatte sie sich immer wieder gesagt. Die Wut eines Heranwachsenden würde abflauen, und er würde sich anderen Dingen widmen, jetzt, wo sie wieder verschwunden war. Und trotzdem hatte sie das Gefühl, als wäre sein Schatten einfach mit ihr nach London gezogen.

Gerade als Charlotte sich wieder beruhigt hatte, läutete es an ihrer Tür Sturm. Sie blieb reglos liegen, hielt den Atem an und lauschte. Wer stand vor ihrer Tür? War *er* es? Nein, das konnte nicht sein. Wie sollte er herausgefunden haben, wo sie wohnte? So schnell? Sie hatte kaum Zeit zu überlegen, als es erneut läutete. Schnell knipste sie die Nachttischlampe aus und zwang sich, aufzustehen. Sollte sie die Polizei anrufen? Auf leisen Sohlen schlich sie zur Wohnungstür. Unter dem Türschlitz war es dunkel, und auch der Türspion, der sonst vom Licht im Treppenhaus erhellt war, blieb schwarz. Es musste also jemand unten vor der Haustür stehen. Sie schlich hinüber zum Erkerfenster und lugte hinunter. Um jedoch die Haustür zu sehen, hätte sie sich aus dem Fenster lehnen müssen.

Die Straßenbeleuchtung warf mattes Licht auf den Kiesweg. Bis auf den abgestellten Lieferwagen ihrer Vermieter war nichts zu erkennen. Wer klingelte mitten in der Nacht bei ihr? Vielleicht waren es feierwütige Betrunkene von gegenüber, die sich in der Tür geirrt hatten? Oder Halloweenfanatiker, die nach Süßem oder Saurem verlangten? Doch sie verwarf diesen Gedanken direkt wieder. Jemand hatte gezielt ihr Klingelschild betätigt und nicht wahllos im ganzen Haus geläutet. Jemand wusste, dass sie hier war. Jemand hatte es auf sie abgesehen. Mit bebenden Atemzügen starrte sie hinaus. Da bewegte sich etwas in der Dunkelheit. Sie sah eine Gestalt in einen dunklen Mantel gehüllt durch die Einfahrt zur Straße zurücklaufen. Es war unmöglich, das Gesicht auszumachen, und schon nach wenigen Sekunden war die Gestalt verschwunden. Charlotte verharrte eine gefühlte Ewigkeit am Fenster, bevor sie sich wieder schlafen legte.

# 2010
## Violet

*Ich hatte eine schlimme Nacht, L. Zuerst wollte ich nicht, aber die anderen haben mich schließlich doch überredet, auf diese dämliche Party zu gehen. Ich kam nicht richtig in Stimmung, und auch der Alkohol half diesmal nicht. Die Jungs hatten vorher in Finleys Zimmer Gras geraucht und waren total albern. Wir saßen an einem der runden Holztische im Innenhof, ich eingequetscht zwischen ein paar Leuten aus meinem Kurs. Ich habe mich nur zufällig umgedreht, und ich bin mir sicher … ich habe ihn gesehen, L. Sein Gesicht konnte ich nicht erkennen. Es war teilweise unter einer Skelettmaske versteckt, aber er starrte mich über die Feiernden im Innenhof hinweg an. Ich weiß, es klingt seltsam, aber ich bin mir sicher, dass er mich erkannt hat. Er stand auf der anderen Seite des Hofs, an eine Wand gelehnt neben dem Hotdog-Büffet. Und als unsere Blicke sich begegnet sind, machte er so eine Bewegung mit der Hand, L. Er hielt zwei Finger an die Stirn und grüßte mich dann in einer kurzen Bewegung. Wie Piloten in Filmen manchmal. Das kann kein Zufall sein. Ich stand auf, wollte zu ihm hinübergehen, doch genau in dem Moment machte er kehrt und ging ins Wohnheim hinein. Ich bin so schnell es ging hinterher, aber als ich das Gebäude betrat, war er weg. Er muss durchs Treppenhaus verschwunden sein. Ich bin die ganzen drei Stockwerke hochgerannt und habe durch jedes Glasfenster der Flurtüren hindurchgespäht, aber er war nirgends zu sehen. Also bin ich wieder zurück zu den anderen.*

*Finley hat mich völlig entgeistert angeschaut und gefragt, ob alles in Ordnung wäre. Natürlich habe ich so getan, als wäre nichts gewesen.*

*Nach einer Weile sind wir losgezogen. Ich hatte nicht die geringste Lust, aber noch weniger wollte ich allein im Wohnheim zurückbleiben. Wir landeten in irgendeinem Club in Camden Town, wo wir uns dicht an dicht auf einer Dachterrasse zuprosteten.*

*Wärst du dabei gewesen, hättest du bestimmt für Stimmung gesorgt. Ich glaube ganz oft, dich zu sehen. Bei jeder blonden Frau, die lachend den Kopf zurückwirft, umgeben von Menschen, die an ihren Lippen hängen. Du hast immer Aufmerksamkeit auf dich gezogen, egal wo du warst. Es war deine Art, einen anzusehen, glaube ich. Natürlich auch dein Aussehen. Das hattest du von unserer Mum, während ich eher nach Dad komme. Aber das war es nicht allein. Wenn du jemanden angesehen hast, dann galt deine Aufmerksamkeit allein diesem Menschen. Jeder hat sich in deiner Anwesenheit gut gefühlt. Das fand ich immer faszinierend.*

*Finley war auch dabei, stand jedoch meist bei einer Gruppe Jungs. Er war voll in Fahrt, betrunken und nervtötend. Wieso sind die Kerle bloß so? Als ich gehen wollte, hat er mir nur einen flüchtigen Kuss gegeben und sich abgewandt. Als wäre nichts zwischen uns. Da wusste ich, dass ich ihm scheißegal bin. Irgendwann habe ich mich dann einfach verzogen. Es hat sowieso niemanden interessiert, und ich bin auch nicht hier, um Freundschaften zu schließen. Ich habe eine Aufgabe, die zu lösen ich geschworen habe.*

*Auf dem Nachhauseweg habe ich es schnell bereut, allein losgegangen zu sein. Hätte ich nicht jemanden bitten können, mich zu begleiten? Typisch ich. Zuerst handeln, dann denken. In der U-Bahn selbst war es okay, viele Leute fuhren von irgendwelchen Partys nach Hause, aber als ich dann durch die Unterführung zur Hauptstraße lief, war das Gefühl wieder da. Dieses Kribbeln im Nacken, als würde mir jemand folgen. Und tatsächlich, als ich mich umdrehte, habe ich ihn gesehen, das Gesicht unter derselben Totenkopfmaske versteckt. Ich bin gerannt, L. So schnell ich konnte. Ohne mich noch einmal umzudrehen, aber immer mit der Angst, gleich eine Hand auf der Schulter zu spüren. Meine Knöchel schmerzten, ich hatte Stiefel mit Absätzen angezogen und verfluchte mich dafür. Die Straßen waren wie ausgestorben. Im Laufen kramte ich nach meinem Schlüssel, aber ich konnte ihn nicht finden. Und dann sah ich auf die andere Straßenseite. Zu Charlottes Haus. In ihrem Erker brannte Licht. Also bin ich hingerannt und habe mehrmals geklingelt, aber sie hat nicht aufgemacht. Ich sah mich um, suchte den Hof nach dem Totenschädel ab, doch ich sah niemanden. Vielleicht werde ich einfach verrückt, L.? Wie alle Clarks. Es liegt ja angeblich in unseren Genen. Der Wahnsinn fließt durch unser Blut. Charlotte hat mir nicht aufgemacht, obwohl ich Licht bei ihr gesehen habe. Langsam glaube ich, ihr ist genauso wenig zu trauen wie den anderen hier. Irgendwann habe ich aufgegeben, bei ihr zu läuten. Von der Hauptstraße habe ich mehrere Stimmen gehört, es waren Leute, die ins Wohnheim zurückkehrten. Als ich sie sah, bin ich wieder zurückgerannt. Es tat so gut, auf sie zu treffen. Normale Menschen. Ich drängte mich dicht hinter ihnen durchs Tor und war wieder mal froh, auf meinen Instinkt gehört zu haben. Der Raum der Security lag im Dunkeln, einer der Männer saß laut schnarchend zurückgelehnt in seinem Stuhl.*

# 2010
# Charlotte

Charlotte saß im Unterrichtsraum und trommelte mit der Bleistiftspitze nervös auf ihrem Stapel Unterlagen herum. Endlich, nach einer Verspätung von über zwanzig Minuten, ging die Tür auf. Violet, mit der sie gar nicht mehr gerechnet hatte, trat ein. Gerade wollte Charlotte eine Bemerkung zu ihrer Verspätung loswerden, als sie die dunklen Augenringe und die ungesunde Blässe in Violets Gesicht bemerkte.

»Meine Güte, geht es dir nicht gut? Du siehst ja …« Sie stockte, als Violet abweisend die Hand hob.

»Nein, ich fühle mich nur nicht ganz fit. Das ist alles. Tut mir leid, dass ich zu spät bin. Ich wollte mich eigentlich krankmelden, aber irgendwie hab ich's dann doch aus dem Bett geschafft.«

»Ist schon in Ordnung«, erwiderte Charlotte. »Konntest du denn mit Janet sprechen? Über deine Situation im Wohnheim, meine ich?«

Violet schüttelte den Kopf. »Da gibt's leider nichts Neues. Aber es wird bestimmt bald besser. Ich werde mich schon irgendwie daran gewöhnen.« Sie schien sich selbst Mut zuzusprechen, aber dann verbarg sie ihr Gesicht hinter ihren Händen.

Charlotte überlegte, ob sie zu ihr hingehen und ihr aufmunternd die Hand auf die Schulter legen sollte, aber dann ließ sie es doch bleiben. Jemanden wie Violet durfte man nicht überrumpeln. »Kannst du nicht doch mit jemandem aus deiner Familie sprechen? Für eine kurze Zeit Geld für Miete borgen? Wenn du dich so unwohl fühlst, muss es doch einen anderen Weg geben.«

In Violets Augen sammelten sich Tränen. »Einen anderen Weg? Nein. Es *muss* dieses Wohnheim sein. Ich muss einfach in der Green Lodge bleiben.«

»Meintest du nicht neulich … Warum *muss* es unbedingt die Green Lodge sein?«

»Es geht nicht anders.« Fast trotzig verschränkte sie die Arme vor der Brust und lehnte sich zurück.

Charlotte musterte sie einen Moment lang. »Lucile würde dir sofort helfen, wenn du sie bitten würdest. Ich weiß, wir sind schon lange nicht mehr befreundet, aber sie war immer für einen da, wenn man sie gebraucht hat. Vor allem für ihre kleine Schwester.«

Eine Weile schauten sie einander schweigend an.

»Alles, was ich hier tue, tue ich für Lucile«, sagte Violet dann mit belegter Stimme.

Charlotte schüttelte ein wenig den Kopf. Was Violet sagte, ergab keinen Sinn. »Was tust du für Lucile? Wollte sie, dass du hierherkommst? Ist sie auch hier?«

»Du weißt wirklich nicht, was mit Lucile ist?« Violet hielt inne und musterte Charlottes Gesicht. »Als ich in der Green Lodge ankam«, fuhr sie dann fort, »wollte ich unbedingt das Zimmer 1022 haben. Aber das ging nicht.« Sie atmete tief aus, als müsste sie Kraft sammeln. »Lucile war ebenfalls in diesem Wohnheim. Vor acht Jahren war das.« Sie versuchte vergeblich, ihre Tränen wegzublinzeln. »Lucile hat damals im Zimmer 1022 gewohnt. Und genau in diesem Zimmer hat sie sich nach drei Monaten umgebracht.«

Die Worte trafen Charlotte so hart, als wäre sie auf Beton aufgeschlagen. Ungläubig schüttelte sie den Kopf. Ihre Mundwinkel zuckten, als würde sich ein hysterisches Lachen seinen Weg bahnen. »Das kann nicht sein. Nicht Lucile. Wieso sollte sie das tun?«

Violets Miene verhärtete sich, ihr Blick blieb auf Charlotte gerichtet.

Die ganze Zeit über war Lucile hier in London, dachte Charlotte. Zur gleichen Zeit wie sie selbst. Welches Jahr war das gewesen? 2002? Ja, damals hatte sie noch in London gelebt und gearbeitet. London war zwar riesig groß und unüberschaubar, aber vielleicht waren sie sich dennoch über den Weg gelaufen, ohne es zu wissen. Charlottes Magen zog sich zusammen. Wieder schüttelte sie den Kopf.

»Ich habe ihr geschrieben, nachdem ihr weggezogen seid«, sagte sie schließlich. »Aber sie hat nie auf meine Briefe reagiert. Ich habe auch angerufen, aber sie wollte nicht mit mir sprechen. Sie war so ...« Abweisend. Kalt. Sie wollte die Worte nicht aussprechen, die ihr auf der Zunge lagen. Vor Violet etwas Schlechtes über Lucile zu sagen, würde sie nicht über sich bringen. Sie wusste, dass Violet verletzt wäre. Sie hatte ihre Schwester über alles geliebt.

»Ich dachte zuerst, die Briefe seien von dir«, setzte Violet schließlich leise an. Tränen rannen ihr über die Wangen, verschmierten den Mascara. »Mit irgendjemandem war sie ständig in Kontakt. Unser Vater ist nicht nur einmal total ausgerastet wegen der Telefonrechnungen.«

Sie muss ihre Trauer lange unterdrückt haben, dachte Charlotte und reichte Violet ein Taschentuch.

»Lucile hatte sich verändert, als wir zu unserem Vater nach Deutschland gezogen sind. Er ... hatte eine neue Familie, ein Baby. Ich war noch zu klein, um das alles zu verstehen, aber Lucile war fast volljährig. Ich glaube, sie hat sich einfach abgeschrieben gefühlt.«

»Und dann ist sie zurück nach London?«

Violet schüttelte den Kopf. »Zuerst hat sie ihren Schulabschluss nachgeholt. Eine Zeitlang war sie nur noch auf Partys unterwegs gewesen, hatte mit dem Kellnern angefangen und war kaum noch zur Schule gegangen. Unser Vater hat ihr gedroht, ihr kein Geld mehr zu geben und sie rauszuschmeißen. Er hat ihr sogar angeboten, sie an einer englischsprachigen Schule anzumelden. Da hat sie nachgegeben.«

Violet straffte die Schultern. Sie schien sich für ihren plötzlichen Ausbruch zu genieren. »Kaum hatte sie ihren Abschluss in der Tasche«, fuhr sie nüchtern fort, »war sie auch schon auf dem Weg zurück nach London. Sie hat sich hier an der Uni für Architektur eingeschrieben. Und lebte in der Green Lodge.«

»Ich frage mich nur ...«, Charlotte stockte, unsicher, wie weit sie gehen konnte. »Wieso wolltest du ausgerechnet in der Green Lodge wohnen? Ausgerechnet dort, wo deine Schwester ...?«

Es erschien ihr makaber, grausam und selbstzerstörerisch, Violet in dieser von schlimmsten Geschehnissen behafteten Umgebung zu wissen. Kein Wunder war sie so durch den Wind.

Violets Miene verdunkelte sich. »Weil ich glaube«, sagte sie mit Härte in der Stimme, »dass jemand meine Schwester in den Selbstmord getrieben hat. Ich habe dir ja erzählt, dass sie ständig mit jemandem telefoniert hat. Mit jemandem hin- und hergeschrieben hat. Einen Brief habe ich mal von ihrem Schreibtisch genommen. Ich war erst acht und eifersüchtig, weil sie mich wie Luft behandelt hat.« Ihr Blick wurde leer. »Es war so was wie ein Liebesbrief. Aber irgendwie ... seltsam. Als wäre jemand besessen von ihr. Sie hat so ein Getue darum gemacht, aber ich wusste, dass sie einem Jungen schrieb.« Violet presste die Lippen zusammen. Noch immer schien die Geheimniskrämerei ihrer Schwester sie zu ärgern.

Eine beklemmende Pause entstand. Charlotte wusste nicht, was sie sagen sollte. Luciles tragisches Schicksal und Violets Kummer, in dem sie sich zu verlieren schien, ließen jeglichen Trost falsch klingen.

»Aber warum die Green Lodge? Warum denkst du, dass es ausgerechnet jemand aus der Green Lodge ist, der sie ... bedroht hat?«

Violet zupfte nervös an ihrem Pulloverärmel. »Ich war dabei, als sie sich um einen Platz in einem der Wohnheime, die zur Uni gehörten, bewarb. Sie hätte in den anderen Wohnheimen unterkommen können, die wesentlich schöner waren als die Green Lodge. Begehrter, näher an der Uni und auch nicht teurer. Stattdessen hat sie alles darangesetzt, ein Zimmer in der Green Lodge zu bekommen. Sie hat sogar angeboten, mehr Geld zu bezahlen.«

Noch bevor Charlotte etwas erwidern konnte, fuhr Violet vehement fort: »Du musst mir glauben. Sie hat verzweifelt versucht, hier zu wohnen. Und warum? Um sich drei Monate später genau hier umzubringen? Das ergibt keinen Sinn!«

»Vielleicht hatte sie andere Gründe, in die Green Lodge zu ziehen? Freunde oder ehemalige Klassenkameraden, die auch hier wohnten.«

Violet schnaubte verächtlich auf. »Lucile hatte nur Bewunderer, keine Freunde. Und eben diese eine Person, um die sie so ein Riesengeheimnis gemacht hat.«

»Okay, mag sein, dass es jemanden gegeben hat. Aber, Violet, dir scheint es dort nicht gut zu gehen. Kannst du nicht wenigstens Janet bitten, dich in einem anderen Zimmer, vielleicht näher an ihrem Büro, unterzubringen, damit du dich etwas weniger einsam fühlst?«

Violet schüttelte den Kopf. »Janet nimmt mich nicht ernst. Ich wette, sie hält mich für hysterisch. Für sie scheint es normal zu sein, dass sich jemand mit einem Generalschlüssel Zutritt zu meinem Zimmer verschafft, ohne mir vorher Bescheid zu geben.« Sie lehnte sich über den Tisch. »Mit diesem Wohnheim stimmt etwas nicht«, sagte sie dann mit gesenkter Stimme. »Ich höre Geräusche in der Nacht. Ich spüre, dass mich jemand beobachtet.« Wieder stiegen ihr Tränen in die Augen. »Ich bin nicht verrückt. Das musst du mir glauben. Ich habe Beweise. Warte ...« Sie kramte in ihrem Rucksack, hielt dann inne. »Ich habe es im Wohnheim vergessen. Verdammter Mist.« Sie blickte erneut hoch. Mittlerweile war ihr Mascara unter ihrem Lid verlaufen. »Sie hat Zeichen hinterlassen. Eine Art Code, aber ich bin gerade noch dabei, das alles zu verstehen. Vielleicht könntest du mir helfen. Vielleicht findest du eine Antwort und siehst etwas, das mir verborgen bleibt. Ich ... ich bringe alles beim nächsten Mal mit.« Nervös nestelte Violet an ihrem Rucksack herum.

Entsetzt versuchte Charlotte ihre Gedanken zu sortieren. Am liebsten hätte sie zu ihrem Telefon gegriffen und sich an Janet gewandt. Auf so etwas musste die Leitung der Green Lodge reagieren. Doch offenbar hatte Violet zu niemandem in der Green Lodge Vertrauen.

»Was ist mit Oliver? Kannst du mit ihm reden?«

Violet schüttelte den Kopf. »Oli hat sich schon vor langem von uns abgewandt. Mit seinem achtzehnten Geburtstag ist er ausgezogen, fing an, in Europa herumzureisen. Gelegentlich schreiben wir uns noch E-Mails, aber ich habe ihn seit Jahren nicht mehr gesehen. Er und mein Dad, sie sind im Streit auseinandergegangen. Oliver gibt ihm die Schuld ... an allem.«

Charlotte nickte stumm. Es wunderte sie nicht, was Violet über ihren Bruder erzählte. Seit jenem Sommer damals hatte sich einfach alles verändert.

»Danke, dass du mir das alles erzählt hast. Es ist so schrecklich.

Ich kann es kaum glauben.« Unbeholfen streckte sie ihre Hand aus und legte sie sanft auf Violets.

»Wenn du dich überzeugen willst, kannst du nach Port Wilmoor fahren. Dort liegt sie, direkt neben Mum.«

Charlotte schauderte. Sie nickte, was hätte sie auch anderes tun sollen. Ratlos beobachtete sie Violet, wie sie ihre Sachen zusammenpackte und sich dann mit einem traurigen Lächeln verabschiedete, die Augen gerötet vom Weinen.

Als Charlotte die Tür hinter Violet schloss, überlegte sie, ob sie ihr wirklich geholfen hatte. Und ob die junge Frau nicht noch ganz andere Probleme hatte.

# 2010
# Violet

*Ich habe es Charlotte erzählt. Deiner Freundin, die plötzlich nicht mehr deine Freundin war. Alle hast du verstoßen. Einen nach dem anderen. Du warst nicht die Einzige, die getrauert hat. Auch ich habe Mum verloren, verstehst du, L.? Das war nicht fair! Es tat so weh, als du keine Zeit mehr mit mir verbringen wolltest. Als du dauernd verschwunden bist, ohne jemandem zu sagen, wohin du gehst. Du hast dich nach dem Umzug so verändert. Heute denke ich, dass du dich eben auch von mir lösen wolltest. Du wolltest die Rolle der Mutter nicht länger einnehmen. Bei dir habe ich mich immer sicherer gefühlt als bei Mum. Das war dir zu viel. Aber hättest du nicht einfach mit mir reden können? Stattdessen hast du mir deine Zimmertür vor der Nase zugeschlagen. Was ist hinter dieser Tür vor sich gegangen? Ich hätte dich gebraucht. Die Lucile, die du vor diesem ganzen Scheiß mit Mum warst.*

*Weißt du noch, als du mir das Schnorcheln beibringen wolltest? Es war der Sommer, nachdem unser ganzes Familienleben anfing, bergab zu gehen, so richtig bergab, meine ich. Du hattest gerade deinen Führerschein gemacht und dein erspartes Geld für ein altes Auto mit muffigen Sitzen ausgegeben. Einen Honda? Den Geruch der Duftbäumchen am Rückspiegel habe ich immer noch in der Nase. Es war die ultimative Freiheit für dich, am Steuer zu sitzen. Ich seh dein Lächeln noch vor mir.*

*Wir sind damals oft zu einem der unzähligen Baggerseen gefahren. Ich behauptete immer, dass das Wasser zu kalt war und die Schnorchelmaske mein Hirn zusammenquetschte, aber in Wahrheit hatte ich panische Angst vor dem Wasser. Das wusstest du. Ich glaube, du wolltest mir die Angst austreiben wie einen Dämon. Es gibt zwei Arten von Menschen auf dieser Welt, hast du gesagt. Die einen gehen ins Wasser und strampeln wie ein Hund, um den Kopf über der Oberfläche zu halten. Sie müssen mit der Ungewissheit, was unter ihnen ist, leben. Und dann gibt es Leute wie dich, die mit Schnorchel ins Wasser gehen. Sie müssen sehen, was unter der Wasseroberfläche ist, und verlieren so ihre Angst. Das hast du mir versprochen.*

*Willst du ein strampelnder Hund sein, Vio?, hast du mich gefragt und mir die Taucherbrille vor die Nase gehalten. Nein, L., ich wollte immer so sein wie du. Furchtlos. Schön. Entschlossen. Aber dann hast du uns alle reingelegt. Du warst immer für eine Überraschung gut, nicht wahr? Du hast dich entschlossen, es allen zu zeigen. Ich habe es nicht mal bis zum strampelnden Hund geschafft. Nach allem, was passiert ist. Aber vielleicht hast du ja recht. Vielleicht hatte unsere Familie einfach nie eine Chance.*

# 1994
## Charlie

Endlich kehrten sie wieder auf die Insel zurück, wenn auch nicht auf die Art und Weise, wie Charlie es sich vorgestellt hatte. Je näher sie der Fundstelle kamen, desto mehr musste Charlie sich konzentrieren, den aufkommenden säuerlichen Geschmack in ihrem Mund zu übergehen. Eine Woche lang war die Insel gesperrt gewesen, nach einer weiteren Woche flatterte das blaue Absperrband der Polizei an vielen Stellen bereits abgerissen im Wind. Zu viele Neugierige wollten den Ort sehen, an dem Oliver und die anderen Jugendlichen die Leiche gefunden hatten. Reporter hatten die Insel aufgesucht, genauso wie unzählige Bewohner aus der Nachbarschaft, die sich ein eigenes Bild vom Ort des Grauens machen wollten.

Nun aber war die Insel offiziell wieder freigegeben worden. Jeder wusste, um wen es sich bei der Leiche handelte. Ihr Name war Dahlia Saunders.

Charlie und Lucile waren nicht allein. Ein ganzer Pulk aus Fremden ging über den inzwischen niedergetrampelten Pfad, die meisten von ihnen Schaulustige.

Nur ein kleiner Teil der Menge waren Trauernde, die wirklich Anteil nehmen wollten. Holly Ferguson, eine Schulkameradin, hatte die Aktion gestartet, um der Verstorbenen zu gedenken. Sie hatte weiße Dahlien besorgt, die sie gegen eine kleine Spende für die Familie der Verstorbenen verteilen ließ. Holly behauptete, ihre Mum sei mit der Familie der Toten befreundet gewesen. Lucile hingegen war sich sicher, dass Holly nur in die Medien kommen wollte, und ließ ein verächtliches Schnauben verlauten, als sie von Holly die Dahlie entgegennahm. Widerwillig ließ sich auch Charlie eine der weißen Blumen aushändigen. Eigentlich wollte sie gar nicht dabei sein und war nur auf Luciles Drängen hin mitgekommen.

Weinend stellte eine Frau ein gerahmtes Porträt der Verstorbenen an einen der Bäume am Ufer. Charlie drehte sich beim Anblick der jungen Frau auf dem Foto der Magen um, die so gar nichts mit dem zerschundenen Körper gemeinsam hatte. Es war das nette Gesicht einer dunkelhaarigen Frau Mitte zwanzig mit einem runden Gesicht und freundlichen Grübchen in den Wangen. »In Gedenken an Dahlia Saunders« stand darunter.

Die Identität der Toten war kurz nach ihrem Auffinden geklärt worden. Ein roter Toyota war verlassen auf einem Parkplatz unterhalb des Rochester Viaducts, nur zwanzig Fahrminuten entfernt, aufgefunden worden. Der Parkplatz gehörte zu einem weitläufigen Industriepark mit angrenzenden Spielhallen, Restaurants, Fastfood-Ketten, Bars sowie einer Bowlinghalle. Der Mitarbeiter eines Restaurants hatte bemerkt, dass der Wagen über eine Woche am selben Platz gestanden hatte. Auf dem Beifahrersitz hatte er eine Handtasche entdeckt und daraufhin die Polizei alarmiert. Zunächst war man von einem Gewaltverbrechen ausgegangen, bis laut Medienberichten bei der Durchsuchung ihres Apartments ein kurzer Abschiedsbrief, säuberlich von Hand geschrieben, gefunden worden war.

Inzwischen hatten sich viele Menschen um die ehemalige Feuerstelle versammelt. Ein kleines Kamerateam des Lokalsenders war gekommen, um die Abschiedszeremonie zu filmen.

Ein junger Reporter stand vor der Kamera und ging seinen Text durch.

»Hey«, sagte Lucile, als Oliver hinter sie trat.

Angespannt starrte er auf das Ufer, das nun von weißen Blumen bedeckt war. »Hey«, murmelte er leise zurück.

»Ich dachte, du wolltest nicht kommen«, flüsterte Lucile.

Er schüttelte nur den Kopf und zuckte mit den Schultern, sagte jedoch nichts. An seiner Seite standen die beiden Jungen, die Charlie neulich auch gesehen hatte. Tony, der sich in die Büsche erbrochen hatte, kannte sie aus dem Basketballteam der Schule. Er überragte Oliver um mindestens einen Kopf, hatte einen Flaum um die Kinnpartie und hohle Wangen, die ihn verhärmt aussehen ließen. Neben ihm stand der andere Junge, dessen Namen Charlie nicht kannte. Er war erst seit kurzem an ihrer Schule, das wusste sie. Er hatte geholfen, die Leiche aus dem Wasser zu ziehen. Seine Haut war aschfahl, und er sah mitgenommen aus. Rastlos ließ er seinen Blick über die Menge schweifen, bis er etwas gefunden zu haben schien. Als Charlie seinem Blick folgte, stellte sie fest, dass es die ältere Frau war, die seine Aufmerksamkeit erregt hatte. Sie stand noch immer am Ufer, schützend die Arme um sich geschlungen, als würde sie sich selbst Halt geben müssen. Als der Junge Charlies Blick bemerkte, wandte er sich abrupt ab.

»Seid ihr die Jungs, die die Verstorbene geborgen haben?«, wandte sich der Reporter in diesem Moment an Oliver.

Dieser, sichtlich überrumpelt, wollte gerade etwas erwidern, als Lucile ihm zuvorkam. »Nein, das waren sie nicht. Und jetzt gehen Sie bitte weg«, fuhr sie ihn harsch an.

»Schon gut«, erwiderte der Journalist und zog überrascht die Augenbrauen hoch. Er schien einen Augenblick mit sich zu ringen, ob er einen weiteren Versuch starten sollte, gab sich jedoch geschlagen. Mit einem versöhnlichen Achselzucken ging er zurück zu seinem Team.

»Zu diesem Zeitpunkt«, sagte er mit Blick in die auf ihn gerichtete Kamera, »geht die Polizei nicht von einem Gewaltverbrechen aus, sondern von einem Suizid aus einer Beziehungskrise heraus. Letztendlich kann auch ein tragischer Unfall mit Todesfolge nicht gänzlich ausgeschlossen werden. Unzählige Freunde und Verwandte gedenken heute der Verstorbenen, die tragischerweise von einer Gruppe Jugendlicher gefunden wurde.«

»Warum lässt du mich nichts sagen«, fauchte Oliver seine Schwester an, sobald das Team mit seinen Aufzeichnungen fertig war.

Lucile strafte ihn mit einem strengen Blick. »Was wolltest du denn erzählen?«, zischte sie. »Wie ihr die Leiche sturzbesoffen aus dem Wasser gezerrt habt? Da hinten steht ihre Mutter, verdammt. Ihr kannst du dein Beileid aussprechen, wenn du unbedingt etwas sagen musst.« Mit einem Kopfschütteln wandte sie sich ab.

Nachdem alle ihre Blumen ins Wasser geworfen hatten und das Blitzlichtgewitter auf der Brücke wieder aufgehört hatte, löste sich die Menge allmählich auf.

Lucile und Charlie blieben mit einigen anderen zurück und setzten sich auf einen der Baumstämme. Schweigend schauten sie aufs Wasser hinaus, auf dem einige Dahlienblüten dahintrieben.

»Wie wahnsinnig verliebt muss man sein, um so etwas zu tun?«, fragte Lucile unvermittelt.

»Warum fragst du mich? *Du* bist doch in einer Beziehung«, erwiderte Charlie.

Mit Patrick Evans war Lucile seit dem letzten Schuljahr irgendwie zusammen, obwohl sie nie als Pärchen von sich sprachen. Patrick war ein wortkarger, etwas durchgeknallter Typ aus ihrem Jahrgang und trug außerhalb der Schulzeit immer Lederjacke und schwarze Sonnenbrille.

Lucile winkte nur ab, wie meistens, wenn das Gespräch auf Patrick kam. »Ernsthaft. Kannst du dir vorstellen, jemanden so zu lieben, dass du dir *das* antust?«, fragte sie erneut.

Charlie schlang die Arme um sich. Der Gedanke, an einem Ort zu sein, an dem man eine Leiche gefunden hatte, ließ sie frösteln. Sie konnte nur hoffen, dass sich die Insel wieder in ihren Zufluchtsort zurückverwandeln würde, sobald sich die neugierige Meute verzogen hatte, genau wie die Bilder in ihrem Kopf.

»Nein, das kann ich mir beim besten Willen nicht vorstellen«, antwortete Charlie matt.

»Mrs Peters, unsere Nachbarin, hat Verwandte in Rochester, die die Familie auch kennen. Sie meinte, diese Dahlia sei ein herzensguter Mensch gewesen. Immer fröhlich und nett, zuvorkommend. In dem Abschiedsbrief stand angeblich, dass sie ohne ihre große Liebe nicht leben könne. Aber keiner weiß, wer ihre große Liebe gewesen sein soll. Nicht mal ihren Freundinnen hat sie von einem Freund erzählt, nur angedeutet, dass es da jemanden gäbe. Ihre Mutter hat angegeben, dass Dahlia eigentlich einen Kurzurlaub geplant hatte. Im Kindergarten, wo sie arbeitete, hatte Dahlia eine Woche Urlaub eingereicht. Also hat niemand sie als vermisst gemeldet, kannst du dir das vorstellen? Sie trieb da eine Woche im Wasser …«

»Sie hat sich eine Woche Urlaub genommen, um sich dann umzubringen?«, fragte Charlie irritiert.

Lucile schüttelte den Kopf. »Es ist wohl eher so, dass sie in ihrem Urlaub sitzengelassen wurde. Der, mit dem sie zusammen in den Urlaub fahren wollte, hat sie verlassen, und deshalb …«

»Das ist doch verrückt. Vielleicht hatte sie noch andere Probleme.«

Lucile musterte Charlie mit zusammengezogenen Augenbrauen. »Na ja, vielleicht war sie einfach über die Maßen verliebt. Wie Ophelia aus *Hamlet.*«

Charlie musste an das Theaterstück denken, das sie vor nicht allzu langer Zeit mit ihren Eltern in London gesehen hatte. »Aber ist Ophelia nicht auch wahnsinnig geworden?«, wandte sie ein.

Lucile zündete sich eine Zigarette an und nickte. »Vermutlich nicht wahnsinniger als alle anderen. So verliebt zu sein muss wie eine Droge sein oder so was. Und wenn man sie dir wegnimmt, willst du nur noch sterben.«

Charlie verzog den Mund. Sie erinnerte sich noch an das erste Mal, als sie verliebt war, in Danny aus der Klasse über ihnen. Sie hatte sich in seine lächerlich blauen Augen verliebt, und später hatten sie sich auf den Schulfluren gegrüßt, einfach so. Irgendwann lief sie absichtlich Umwege, nur um ihm zu begegnen. Dieses Gefühl, ein Feuerwerk verschluckt zu haben, kannte sie nur allzu gut. Alles schien auf einmal möglich. Aber das Gefühl war trügerisch. Nach einer Weile hatte Danny aufgehört, sie zu grüßen, sondern hatte sich mit seinen Kumpels über sie lustig gemacht, wenn sie sich im Gang begegnet waren. Nicht nur einmal hatte Lucile sie auf der Schultoilette getröstet, wenn sie sich die Augen ausgeheult hatte.

Das war ihr einziger Ausflug in das Reich der Liebe gewesen. Seither blickte sie demonstrativ weg, wenn sie Danny oder einem seiner bescheuerten Kumpel auf dem Schulkorridor begegnete. Charlie wusste, dass sie unscheinbar war, nicht wie Lucile, sondern absoluter Durchschnitt, aber irgendwie hatte sie sich damit abgefunden.

So in Gedanken merkte Charlie erst jetzt, dass Lucile neben ihr lautlos weinte. Erschrocken strich sie ihr mit der Hand über den Rücken, während Luciles Körper unter dem Schluchzen bebte.

»Meine Mutter wird es nie verkraften, dass Dad sie verlassen hat«, schluchzte Lucile.

Charlie, die bis eben in ihren Gedanken an ihre dämliche unbedeutende Verknalltheit versunken gewesen war, versuchte die Freundin zu trösten. »Es wird bestimmt wieder alles gut. Ganz sicher.«

Aber in ihrem Inneren meldete sich eine Stimme, die ihr nicht unbedingt recht gab. Als Danny sie verspottet hatte, hatte sie das restliche Schuljahr daran zu knabbern gehabt. Wie musste sich Ellen dann fühlen, nach jahrzehntelanger Ehe verlassen zu werden, weil der Partner eine neue Frau gefunden hatte. Vielleicht war Liebe doch eine Droge, nach deren Wegfall nur Schwärze blieb.

# 2010
## Charlotte

Charlotte blickte durch die Windschutzscheibe ihres Ford Fiesta in den grauen, wolkenverhangenen Himmel. Vielleicht würde sie es noch vor Einbruch der Dunkelheit nach Port Wilmoor schaffen. Sie hasste es, nachts über die einsamen Landstraßen zu fahren, besonders wenn es regnete. Sie wusste selbst nicht genau, wieso sie ausgerechnet jetzt, nach dem Gespräch mit Violet, in ihr Auto gestiegen und so überhastet losgefahren war. Aber die Nachricht, dass Lucile tot war, hatte sie völlig aus der Bahn geworfen. Erstaunt stellte sie fest, wie heftig ihre Gefühle für Lucile plötzlich wieder waren. Es hatte in den vergangenen Jahren viele Tage gegeben, an denen sie sich ihre Freundin zurückgewünscht hatte, aber im Laufe der Zeit waren mindestens genauso viele Tage dabei gewesen, an denen sie überhaupt nicht mehr an Lucile gedacht hatte. Und nun war sie überstürzt nach Port Wilmoor aufgebrochen. Sie musste sich einfach selbst überzeugen, dass Violet die Wahrheit gesagt hatte.

Nach etwa zwei Stunden Fahrt lenkte Charlotte den Wagen in eine kleine Parkbucht. Ein Schild verwies auf den Wilmoor Cemetery. Der Friedhof lag etwas außerhalb der Ortschaft und wurde von schwarzen Eisengittern zwischen etlichen Backsteinsäulen begrenzt. Das letzte Mal war sie an der Seite ihrer Mutter hier gewesen.

Sobald Charlotte aus dem Auto gestiegen war, schlug ihr eisiger Regen ins Gesicht, und sie setzte ihre Kapuze auf. Dann lief sie um ihren Wagen herum und passierte das offen stehende Eingangstor. Weiße Marmorsteine ragten wie Krokodilzähne aus dem Boden. Sie ging ein Stück den Hauptweg entlang, bis sie zu einer Buche kam, die ihre kahlen Äste schützend über eine kleine Holzbank ausbreitete. Wenige Schritte entfernt erkannte sie das Grab aus dunklem Marmor, vor dem sie als Jugendliche gestanden hatte. Ellens Grabstein war erneuert worden, denn mittlerweile waren zu Charlottes trauriger Gewissheit zwei statt nur einem in den Stein gemeißelten Engel darauf angebracht worden, die Köpfe zueinander geneigt. Charlotte stellte sich vor das Grab und las die Inschrift. Ihre Augen füllten sich mit Tränen. Da waren ihre Namen. Ellen und Lucile. Direkt untereinander. Am Fuße des Grabsteins war eine kleine weiße Keramikvase mit einigen braun verwelkten Rosen platziert, von denen Regentropfen perlten.

Die Namen zu lesen, erschütterte Charlotte so sehr, als hätte sie zum ersten Mal die Dimension von Luciles Tod erfasst. Charlotte hatte ihr Leben gelebt, vielleicht noch nicht einmal an ihre Freundin gedacht, als diese sich in ihrer Verzweiflung aus dem Leben verabschiedet hatte. Trauer überwältigte sie. Frierend steckte sie die Hände in ihre Jackentaschen. Das war es also. Niemand hatte es gemerkt. Niemand hatte davon gewusst. Die Menschen hatten einfach weitergelebt, als Lucile ihrer Mutter gefolgt war. Sie brachte das ganze Schicksal der Familie Clark nicht zusammen. Wie hatte alles so enden können? Es schien, als wäre Charlotte irgendwie auf die Zuschauertribüne geraten und hätte den Abstieg der Clarks live miterlebt, als sich zuerst Ellen, dann Lucile und schließlich auch noch Violet ins Verderben stürzten.

Sie könnte es hier und jetzt beenden. Nicht wieder umkehren. Die Geschichte begraben und einen wirklichen Neuanfang wagen, auch wenn sie Violet in ihrer Verzweiflung damit nicht wirklich helfen konnte. Dann aber erinnerte sie sich daran, wie Lucile ihre Hand umklammerte, als sie sich nachts ewige Freundschaft geschworen hatten. Und an Violet, die kleine Violet, die schon als Kind gegen die Monster in ihrem Kopf ankämpfen musste.

Zerstreut stieg Charlotte wieder in den Wagen. Mit vor Kälte tauben Fingern ließ sie den Motor an, unschlüssig, ob sie direkt nach London zurückkehren sollte. Mit eigenen Augen gesehen zu haben, dass der Name ihrer toten Freundin in einen Grabstein gemeißelt war, erschütterte sie. Sie erwog, zu ihren Eltern zu fahren, aber die Fahrt dorthin würde mindestens eineinhalb Stunden in Anspruch nehmen. Sie waren kurz nach Charlottes Schulabschluss nach Southend-on-Sea gezogen und hatten sich den Traum von einem Häuschen an der Küste erfüllt. Aber unangekündigt dort aufzukreuzen und sich den besorgten Fragen ihrer Mutter ausgesetzt zu sehen, kam ihr irgendwie unpassend vor. Also beschloss Charlotte, noch einen kurzen Abstecher in das Städtchen zu machen, bevor sie nach London zurückfuhr.

Entgegen ihren Erwartungen tat es ihr gut, wieder einmal in der Heimat zu sein. Als Kind war Port Wilmoor ein Ort der Sicherheit gewesen, verkehrsberuhigte Straßen, auf denen Kinder Ball spielen konnten, vertraute Nachbarn, kleine Tante-Emma-Läden, in denen Lucile und sie sich Süßkram und Zeitschriften gekauft hatten. Erst in ihrer Jugend begannen die Grenzen bedrückend näher zu rücken und das, was ihr als Kind wie ein riesiger Abenteuerspielplatz vorgekommen war, wirkte plötzlich beengend und ohne Möglichkeiten, sich zu entwickeln.

Jetzt, Jahre später, wünschte Charlotte sich, ihr Leben hätte mehr von dieser Beschaulichkeit und Ruhe. Sie ging die Hauptstraße entlang, in der sich kleine Cafés und Geschäfte mit Wohnhäuschen abwechselten.

In der Dunkelheit entdeckte sie das heimelige Licht eines kleinen Bistros, in dem einige wenige Menschen zu Abend aßen. Unschlüssig blieb sie vor dem Fenster stehen, um die ausgestellte Menükarte zu lesen. In diesem Moment klopfte jemand von innen gegen die Scheibe. Erschrocken spähte sie hinein und sah eine Frau ihr zuwinken. Irritiert wartete Charlotte ab. Dann ging die Tür auf, und die Frau, die eben noch am Tisch gesessen hatte, streckte ihren Kopf heraus. Als sie Charlotte entgegenkam, in einen weiten purpurnen Wollmantel gehüllt, hätte Charlotte sie beinahe nicht wiedererkannt. Statt der punkigen Frisur von früher trug sie nun einen Kurzhaarschnitt, der sie ungewöhnlich normal aussehen ließ. Erwachsen, dachte Charlotte, die noch immer das Bild der rebellierenden sechszehnjährigen Josy aus der Schule vor sich sah.

»Na, sieh einer an, wer sich hier blicken lässt«, sagte Josy und drückte Charlotte in einer festen Umarmung an sich. »Hast du Zeit für einen Kaffee?«

Josys dunkle, raue Stimme verlieh ihrem Auftreten immer noch ein Selbstbewusstsein, um das Charlotte sie immer beneidet hatte. In ihrem Nasenflügel steckte ein kleines Piercing, ein Überbleibsel aus rebellischen Zeiten.

Gemeinsam setzten sie sich an einen kleinen Tisch am Fenster. Als Josy ihren Mantel auszog, sah Charlotte sie verwundert an. Unter ihrer Brust wölbte sich ein nicht zu übersehender Babybauch. »Josy! Ich ... herzlichen Glückwunsch! Ich wusste nicht ...«

Josy winkte ab. »Wie solltest du auch? Wir haben uns bestimmt seit zehn Jahren nicht mehr gesehen. So schnell war ein Zweites nicht geplant, aber ...« Sie zuckte schmunzelnd mit den Schultern.

Charlotte spürte den Stich und erinnerte sich an die Zeit, in der sie mit Philippe zusammen über ein Kind nachgedacht hatte. »Wohnst du noch immer hier?«, fragte sie, um sich von ihren Gedanken zu lösen.

»Eine Zeitlang haben wir in Edinburgh gelebt, aber jetzt mit Familie«, sie strich sich über den Bauch, »haben wir uns doch für etwas mehr Ruhe und Natur entschieden und uns hier in der Heimat ein Haus gekauft. Wir renovieren gerade, deshalb habe ich mich kurzerhand hierher geflüchtet, um ein wenig durchzuatmen«, sagte sie mit entschuldigendem Grinsen. »Und wo lebst du?«

Charlotte erzählte von ihrem Job in London und von dem winzigen Kabuff, das sie sich gerade eben leisten konnte.

Josy seufzte. »Manchmal vermisse ich die Hektik der Großstadt fast. Aber im Grunde reicht mir schon der ganz normale Einkauf. Und was verschlägt dich nun nach Port Wilmoor?«

Charlotte stockte. Sollte sie ehrlich sein? Sie hatten sich früher nicht wirklich etwas zu sagen gehabt, aber nachdem die Freundschaft zwischen Lucile und ihr in die Brüche gegangen war, hatte Josy sie zumindest ein wenig aufgefangen. Eine richtig innige Freundschaft war jedoch nie entstanden, sie waren einfach zu unterschiedlich gewesen. Charlotte erwog, einen Besuch bei den Eltern als Grund vorzugeben, entschied sich dann jedoch für die Wahrheit. Endlich konnte sie mit jemandem sprechen, der die Clarks kannte, wenn auch nicht so gut wie Charlotte selbst.

»Ich war auf dem Friedhof.« Sie hielt kurz inne. »Wusstest du, dass Lucile tot ist?«

Josys Sprachlosigkeit war Antwort genug. Ungläubig schüttelte sie den Kopf. »Wirklich? Was ist passiert? Ich hatte keinen Kontakt mehr, seit sie nach London zu ihrem Vater gezogen sind. Seit Ellen … du weißt schon.« Charlotte nickte. Lucile war offenbar in aller Stille neben ihrer Mutter begraben worden, wenn nicht mal die früheren Wegbegleiter von Luciles Tod wussten.

Charlotte erzählte von ihrer Begegnung mit Violet und was sie über Lucile erfahren hatte, während Josy mit erschütterter Miene aufmerksam zuhörte.

»Das ist wirklich unfassbar. Ich hatte keine Ahnung. Aber ich glaube, niemand hat Kontakt zu ihr gehalten.«

»Aber kannst du dir vorstellen, dass ihr jemand etwas Böses wollte? Ich meine, das ist schon ewig her …« Charlotte nippte an ihrem Tee und merkte, wie surreal sich das anhörte.

»Lucile war eigentlich immer sehr beliebt. Und selbstbewusst. Sie hat ihren Stiefel einfach immer durchgezogen, auch wenn ihr die Gefühle anderer manchmal ziemlich egal waren. Das weißt du doch nur allzu gut.« Charlotte nickte. Immerhin war es Lucile, die den Kontakt abgebrochen hatte. Sofort fingen ihre Wangen an zu glühen.

»Einmal war ich in Rochester unterwegs und habe sie gesehen«, fuhr Josy fort. »Es war irgendwann gegen Ende der Sommerferien, nachdem man die Leiche der Frau gefunden hat, weißt du noch?«

Dunkel fing Charlotte an, sich an Details zu erinnern. Lucile, wie sie von der Insel kam, obwohl sie bei ihrem Vater und seiner neuen Frau in London hätte sein sollen.

»Sie ist mit jemandem ins Kino gegangen. Einem Typen. Es war niemand, den ich kannte.«

»Das Gleiche hat Patrick damals gesagt, als sie Schluss gemacht hat. Aber mir gegenüber hat sie behauptet, sie sei nur mit Oliver unterwegs gewesen.«

»Ihr Bruder war das ganz bestimmt nicht.«

Sofort drängten sich Violets Worte in Charlottes Bewusstsein. Der geheime Freund. Es muss ihn also wirklich gegeben haben.

»Lucile hatte vieles am Laufen, wovon wir nicht wussten. Ich glaube, damit hat sie sich eine Menge Ärger eingehandelt.«

»Und du bist sicher, dass es nicht Oliver war?«

»Oh ja«, Josy verzog den Mund. »Ich habe sie nach den Ferien darauf angesprochen. Hab so eine flapsige Bemerkung fallen lassen, mit wem sie schon wieder angebandelt hat. Sie hat mir widersprochen, aber ich weiß, dass ich sie gesehen habe. Irgendwann hat sie mich am Oberarm gepackt und gesagt, dass ich nur Scheiße rede. Es klang fast wie eine Drohung. Da habe ich die Sache auf sich beruhen lassen.« Josy schüttelte den Kopf. »Die Clarks hatten wirklich verdammt viel Pech. Aber wenn das Schicksal einen erst mal ins Visier genommen hat, lässt es einen so schnell nicht wieder aus.«

Nachdem sie einen heißen Tee getrunken und eine Kleinigkeit gegessen hatten, entschieden sie aufzubrechen.

»Hättest du vielleicht noch Lust auf einen Spaziergang?«, schlug Charlotte vor. »Ich muss noch etwas erledigen.«

Josy nickte, und beinahe kam es Charlotte vor, als würde sie sich freuen, nicht gleich wieder in ihren Alltag zurückkehren zu müssen.

# 2010
# Violet

*Jemand will, dass ich den Verstand verliere. Durchdrehe, meine Sachen packe und von hier verschwinde. Ist es dieselbe Person? Bin ich zu nah dran? Oder werde ich wirklich verrückt?*

*Heute hat mich jemand mit voller Absicht im Badezimmer eingesperrt, und ich hatte so etwas wie einen Nervenzusammenbruch. Ich kann immer noch nicht daran denken, ohne dass meine Hände anfangen zu zittern.*

*Ich hatte solche Angst, L.! Wer, verdammt nochmal, war das? Wer ist hinter mir her und will mir etwas antun?*

*Es war am frühen Nachmittag. Ich ging in einen der Waschräume, um zu duschen. Mittlerweile kann ich nachts kaum noch schlafen und komme deshalb morgens schwer aus dem Bett. Die anderen Mitbewohner zu hören, beruhigt mich. Die Gespräche auf dem Flur, das Klappern der Türen. Normale Geräusche. Und auch der Duft nach Essen, wenn jemand gekocht hat. In diesen Momenten kann ich die Angst in Schach halten. Nur nachts, wenn ich die anderen Geräusche höre, ist an Schlaf nicht zu denken. Dieses Kratzen und Schaben, als würde irgendwo in der Nähe jemand einen Besen über den Boden ziehen. Ich schaffe es nicht, die Augen zu schließen, weil mich vielleicht wieder jemand von der Zimmerecke aus beobachtet. Ich weiß, dass ich mir nichts einbilde. Und das heute muss ein Beweis sein.*

*Ich habe mich also irgendwann aus dem Zimmer getraut und bin ins Bad gegangen. Wie üblich war der gesamte Linoleumboden nass, weil keiner sich nach dem Duschen darum schert, sauber zu machen. Auch diesmal stand eine Pfütze vor der Duschkabine. Bei dem Anblick sträubt sich alles in mir, irgendetwas dort zu berühren. Jedenfalls bin ich unter die Dusche gestiegen, schloss die Plastiktür hinter mir und versuchte, dem brühend heißen Strahl, der immer zuerst aus dem Duschkopf schießt, auszuweichen. Der Emailleboden der Kabine ist am Rand an mehreren Stellen gesprungen und rostig, und man muss sehr aufpassen, sich nicht zu verletzen.*

*Aber dann gelang es mir für einen Moment, alles um um mich herum zu vergessen. Das tat so gut. Das brausende Geräusch des Wasserstrahls schirmte mich von meinen eigenen quälenden Gedanken an dich ab. Ich verteilte Shampoo in den Haaren, roch den Kokosduft, der mir sofort Bilder vom Sommer zurückbrachte, bis ich ein Brennen in den Augen spürte. Fluchend hielt ich mein Gesicht direkt in den Wasserstrahl, aber das Brennen wurde nur noch schlimmer. Ich öffnete die Augen, um nach dem Handtuch zu greifen, und da sah ich jemanden hinter der beschlagenen Scheibe der Kabinentür. Es war jemand im Waschraum, obwohl ich abgeschlossen hatte.*

*Kannst du dir meine Panik vorstellen, L.? Hast du so etwas auch erleben müssen? Ich muss auch etwas geschrien haben, jedenfalls sagen das die anderen. Gerade als ich mein Handtuch neben der Kabinentür zu fassen bekam, fiel die Tür zu. Und dann hörte ich, wie sie von außen abgesperrt wurde. Ich sprang aus der Kabine, rutschte auf dem nassen Boden aus, rappelte mich wieder auf und versuchte wie verrückt, die Tür zu öffnen. Aber das Schloss war blockiert, es gelang mir nicht. Ich schrie um Hilfe, ich war völlig von Sinnen, hämmerte gegen die Tür, bis meine Handgelenke vor Schmerz pochten.*

*Irgendwann hörte ich dann Stimmen von der anderen Seite. Es waren zwei Studentinnen aus dem unteren Stockwerk. Sie mussten mich vom Treppenhaus aus gehört haben. Eine von ihnen versprach,*

*Hilfe zu holen, aber es dauerte gefühlt eine Ewigkeit, bis ich Janet leise sprechen hörte. Es wurde an der Türklinke gerüttelt, und irgendwann wies sie einen Mitarbeiter an, die Tür mit einem Werkzeug zu öffnen. Wenige Sekunden später schwang die Tür auf, und mit nichts als dem Handtuch um mich fiel ich Janet in die Arme. Es hatte sich inzwischen eine ganze Schar versammelt. Alle starrten mich ungläubig an. Wie eine Verrückte.*

*Janet strich mir immer wieder über den Arm, ich muss gezittert haben wie Espenlaub, mir war so unfassbar kalt. Was um Himmels willen denn los sei, hat sie immer wieder gefragt und mir mit einem Taschentuch ins Gesicht getupft. Erst als ich die Blutflecken sah, begriff ich, dass ich mich auf die Lippe gebissen haben musste, als ich ausgerutscht war.*

*Stotternd erklärte ich, was passiert war, doch niemand wollte mir glauben! Niemand! Janet warf einen Blick in den Waschraum und meinte, ob ich eventuell vergessen hätte, die Tür abzuschließen, und jemand aus Versehen hineingekommen war? Aber so war es nicht, L. Jemand ist in den Raum eingedrungen und hat mich beobachtet. Wer weiß, wie lang.*

*»Kann man die Tür überhaupt von außen absperren?«, hat sich Janet dann bei Quinn erkundigt.*

*»Na ja, mit einem Vierkantschlüssel wie diesem hier schon.« Er hielt sein Werkzeug in die Höhe, das ein bisschen einem Imbusschlüssel ähnelte.*

*Und weißt du, was sie dann gesagt hat? »Aber wieso sollte jemand so etwas tun? Vielleicht bist du ausgerutscht, Liebes, und dann in Panik geraten. Ich sage nicht, dass nicht wirklich jemand hier war. Das kann ja passieren, dass man vergisst, abzusperren. Herrgott, wie oft ist mir das passiert! Und diese Türen«, sie klopfte gegen das Holz, »sind nicht die neuesten. Möglicherweise hat das Schloss blockiert, weshalb du es von innen nicht aufbekommen hast.« Ich konnte ihnen kaum in die Augen sehen. Wie konnte Janet die Situation dermaßen herunterspielen? Sie glaubte mir einfach nicht. Ob ich einen Arzt brauche, hat sie dann noch gefragt. Ich habe verneint und bin in mein Zimmer zurück. Das Getuschel hinter mir war nicht zu überhören. Aber ich bin nicht verrückt, L. Ich habe keine Panikattacke bekommen, weil ich ausgerutscht bin und mir den Kopf angestoßen habe. Irgendetwas stimmt hier nicht. Und Janet ist nicht zu trauen.*

# 2010
## Charlotte

Charlotte warf einen letzten Blick über ihre Schulter, dann griff sie über den Zaun und schob den Riegel des kleinen Tors von innen nach oben.

»Mein Gott, ich fasse es nicht, dass ich das wirklich tue«, sagte Josy. »Normalerweise breche ich erst nach ein paar Dates in fremde Gärten ein.« Das Haus lag vollkommen dunkel, und nachdem Charlotte mehrmals bei den neuen Besitzern geklingelt und niemand geöffnet hatte, hatten sie beschlossen, den hinteren Garten zu betreten.

»Hör zu, du musst nicht mitkommen. Ich möchte dir keineswegs zumuten ...« Sie deutete auf Josys Bauch.

»Ich bin nur schwanger, nicht bettlägerig. Zumindest noch nicht.«

Im Dunklen wirkte der Garten der Clarks kaum verändert. Allerdings schien er akkurat gepflegt zu sein, die Büsche waren ordentlich gestutzt, nirgendwo lagen Spielsachen achtlos auf dem Rasen verteilt. Und es gab kein Baumhaus mehr, wie Charlotte mit bedauerndem Blick auf die alte Eiche feststellte. Auch die Pergola war abgerissen worden, stattdessen zierte die ehemalige Sitzecke nun ein gepflegter kleiner Teich, umringt von großen hellen Steinen und etlichen Pflanzen. Wenigstens die stämmige Eiche hatten die neuen Besitzer stehen lassen.

»Was wir hier machen, ist Einbruch – und Diebstahl«, zischte Josy, folgte ihr jedoch zaghaft zum Baum.

»Das ist kein Einbruch. Wir sind hier aufgewachsen und suchen nur nach etwas, das UNS gehört. Es ist doch kein Diebstahl, wenn ich etwas nehme, das ich selbst hier hinterlassen habe!«, flüsterte Charlotte und schaltete die Taschenlampenfunktion ihres Handys an. Dass es Lucile war, die das Versteck angelegt hatte, verschwieg sie lieber, als sie Josys sorgenvolle Miene sah.

»Du hast dich ganz schön verändert, Miss Edwards«, sagte Josy und richtete ihr Licht kurz auf Charlottes Gesicht.

»Ach ja, inwiefern?«

»Früher warst du ein verängstigtes Mäuschen, und schau dich jetzt an.«

Charlotte sah sich um. Dass das Baumhaus, auf dem sie ihre halbe Jugend verbracht hatten, nicht mehr da war, spielte keine Rolle – was sie suchte, war zwischen den knorrigen Wurzeln der Eiche versteckt. »Halt mal.« Charlotte reichte Josy ihr Handy und zog eine kleine Handschaufel aus ihrem Rucksack, die sie bei ihren Eltern im Schuppen gefunden hatte. Zuerst schob sie eine Schicht Laub weg. Aber sie kam nicht weit, als sie die Spitze der Schaufel in die Erde stieß. Der Boden war kalt und vielleicht schon angefroren. »Mist.« Hartnäckig wiederholte sie ihren Versuch, bis der Boden an einer Stelle nachgab. Schließlich fand sie eine hervorstehende Wurzel.

»Ich spüre meine Finger langsam nicht mehr«, flüsterte Josy, und Charlotte merkte, dass das Licht der Taschenlampe unkontrolliert zitterte.

»Tut mir leid. Ich hab's gleich.« Sie musste sich bäuchlings auf den Boden legen, um ihren Arm in ein Loch neben der Wurzel zu strecken. »Es muss hier irgendwo …«

Ihre Hand stieß gegen etwas Hartes. Charlotte zuckte zusammen, halb vor Erstaunen, halb vor Schreck bei dem blechernen Laut. Da war sie. Mit einem Ruck brachte sie schließlich eine von Erde verschmutzte Keksdose zum Vorschein.

»Oh Gott, was ist das denn? Eine Zeitkapsel oder so was?«

»So ungefähr.« Sie wischte mit dem Handschuh die nasse Erde weg. »Das hat Lucile mir damals gezeigt. Sie meinte, es sei das einzige Versteck, das vor ihren Geschwistern sicher sei.«

Sie ruckelte ein paar Mal an der verrosteten Dose, bis der Deckel endlich nachgab. Im Inneren fanden sie neben gefalteten Papierblättern eine goldene Kette mit einem kleinen Gingkoblattanhänger und ein Foto. Charlotte nahm das Kettchen in die Hand und spürte, wie sich ihr die Kehle zuschnürte. Das Metall war matt, und an einigen Stellen hatte sich Rost gebildet. Wie oft hatte sie die Kette an ihrer Freundin gesehen? War es nicht die Kette von Ellen gewesen, die Lucile irgendwann an sich genommen hatte? Charlotte steckte den Schmuck in ihre Jackentasche und nahm das Foto in die Hand. Sie strich es glatt und betrachtete es genau. Unscharf zu erkennen war ein eng umschlungenes Paar, das sich küsste. Die Haare der Frau erinnerten an Luciles blonde Mähne. Das Gesicht des Mannes war vollständig von ihren Haaren verdeckt, zu sehen war nur, dass er dunkle Haare hatte. Es sah aus, als hätte der Mann die Kamera von sich gestreckt und das verwackelte Foto geschossen, während sie sich küssten. Sein verschwommener Hemdsärmel endete direkt im Bild.

»Also, damit ist nichts mehr anzufangen«, sagte Josy, und jetzt erst blickte Charlotte von dem Foto auf. Sie betrachtete den kleinen Stapel Papier, an dem die Witterung der letzten Jahre deutliche Spuren hinterlassen hatte. Vermutlich handelte es sich um Briefe, aber die Tinte auf dem fleckigen Papier war verblichen und verschmiert.

»Weißt du, wer das sein könnte?« Charlotte zeigte auf das Foto.

Josy kniff die Augen zusammen, betrachtete das Bild eingehend im Licht. Dann schüttelte sie den Kopf. »Keine Ahnung. War es das, wonach du gesucht hast?«, fragte sie ungeduldig.

»Ja, ich denke schon«, antwortete Charlotte, obwohl sie mit dem Fund nicht recht zufrieden war. Aber was hatte sie erwartet? Name und Adresse von Luciles geheimem Freund etwa?

»Dann lass uns verschwinden«, drängte Josy.

So unauffällig wie möglich schlichen sie zurück. Wieder auf der Straße überlegte Charlotte, ob sie die Spuren an der Baumwurzel besser hätte beseitigen sollen. Aber, dachte sie dann, es hätte ja auch ein Fuchs sein können, der nach etwas Fressbarem gegraben hatte.

Es war weit nach Mitternacht, als Charlotte in ihre Wohnung zurückkehrte. Eigentlich dachte sie, sie würde vor Erschöpfung gleich einschlafen, doch dann merkte sie, wie aufgekratzt sie war, und kochte sich stattdessen einen Tee. Während er zog, nahm sie die Keksdose aus ihrem Rucksack. Lange betrachtete sie das Foto. Dass es sich eindeutig um Lucile handelte und nicht um ihre Mutter, schloss Charlotte aus einem Muttermal am Hals.

Wer jedoch war der Mann? Immerhin hielt Charlotte mit dem Foto einen Beweis in Händen, dass es jemanden in Luciles Leben gegeben hatte, als sie noch hier gelebt hatte. Und Patrick war es eindeutig nicht.

Aber warum hatte Lucile die Dinge hier zurückgelassen? Hatte sie ihr eigenes Versteck vergessen? Oder lag es daran, dass sie damals so überstürzt zu ihrem Vater nach London abgereist waren? Charlotte kam immer mehr zu dem Schluss, dass Violets Theorie richtig war. Es gab einen geheimen Freund, und sie würde ihn finden. Und in einer weiteren Hinsicht hatte sich die Fahrt gelohnt. Sie konnte Violet ein Andenken an ihre Schwester übergeben, die goldene Gingkokette. Vielleicht wäre das ein winziger Trost.

# 1994
## Charlie

Die Sommerferien neigten sich ihrem Ende zu, ohne dass Charlie und Lucile ihren Ausflug zur Küste machen konnten. Der Tod von Dahlia Saunders hatte dem Sommer seine Leichtigkeit genommen und sich wie eine schwere Decke über die Ortschaft gelegt. Obwohl im Lauf der Untersuchungen bewiesen wurde, dass es sich um Suizid gehandelt hatte, waren die meisten Eltern sehr besorgt. Der geheime Liebhaber blieb Gesprächsstoff im Ort, ebenso die Beziehung zwischen Dahlia und einem Mann, den sie angeblich in ihrem Abschiedsbrief erwähnt hatte. Sie war eine so hübsche junge Frau gewesen, die sich in der kirchlichen Jugendarbeit engagiert und ihr Leben doch noch vor sich gehabt hatte.

Auch Charlies Eltern waren in Sorge und mittlerweile regelmäßiger zu Hause. Charlie hatte ein Telefonat ihrer Mutter mit ihrem Vater mitbekommen, in dem sie ihn bat, die nächsten Dienstreisen doch bitte abzusagen, aus dem triftigen Grund nämlich, dass eine Leiche gefunden und die Kinder im Ort einigermaßen verstört seien.

Bei einem gemeinsamen Abendessen schlug ihre Mutter vor, ein Wohnmobil zu mieten. »Wir könnten eine schöne Reise machen«, hatte sie mit einem Lächeln gesagt und von Charlie zu ihrem Mann geblickt. Erleichtert stellte Charlie fest, dass die Gesichtszüge ihres Vaters genauso entgleisten wie ihre eigenen.

Der Gedanke, mit ihren schnarchenden Eltern auf engstem Raum eingepfercht zu sein, verursachte bei Charlie Atemnot.

Mr Edwards schüttelte vehement den Kopf. »Ich denke nicht, dass ich so spontan freinehmen kann. Und weißt du, wie viel so ein Wohnmobil kostet? Hatten wir nicht gesagt, wir machen dieses Jahr keine teure Urlaubsreise?«

»War ja nur ein Vorschlag.« Ihre Mutter nickte einsichtig und trank noch ein Glas Wein.

Charlie vermutete, dass ihre Eltern mehr Ausgaben für das Haus hatten als erwartet. Diverse Reparaturen an der Heizung und ein undichter Keller im letzten Jahr hatten ihnen Rechnungen beschert, über die sich ihre Eltern des Öfteren abends leise und mit ernsten Mienen unterhielten. Und irgendwie dachte Charlie, dass ihr Vater nicht ganz freiwillig die vielen Dienstreisen annahm, bei denen er Spesen geltend machen konnte.

Doch ihre Mutter gab nicht auf. Sie hatte für die nächsten Wochen so viele Spätdienste wie möglich weggetauscht. Regelmäßig klopfte sie nun an Charlies Zimmertür, setzte sich auf ihr Bett, um zu hören, wie es Charlie *wirklich* ging. Und Charlie versicherte ihr jedes Mal, sie würde sich bestimmt nicht wegen irgendeines Jungen in den Fluss schmeißen.

»Gibt es denn jemanden, der dir gefällt?«, fragte ihre Mutter vorsichtig und schien zutiefst erleichtert, als Charlie genervt verneinte. »Und Lucile? Wie geht es deiner Freundin?«

»Meinst du, ob sie einen Freund hat?«

»Ich meine, wie es ihr mit der Trennung ihrer Eltern geht.«

Charlie druckste herum. Was sollte sie sagen? Sie wollte nicht, dass ihre Mum schlecht über die Clarks dachte. Jedes Fünkchen Wahrheit hätte zur Folge, dass ihre Freiheiten eingeschränkt würden. Am Schluss würde ihre Mutter ihr womöglich auch noch den Kontakt verbieten, und das wollte Charlie auf keinen Fall. Unter keinen Umständen wollte sie die Freundschaft zu Lucile aufgeben. Ihr Blick wanderte sehnsüchtig zu ihrem Telefon auf der Kommode, das hartnäckig schwieg. Andererseits, dachte sie, meldete sich ihre Freundin sowieso nur, wenn es ihr in den Kram passte. Verbrachte sie die Tage wieder bei ihrem Dad? Charlie wusste es nicht. Nur, dass sie die letzte Woche komplett allein daheim verbracht hatte. Als hätte ihre Mutter geahnt, was in Charlie vor sich ging, stand sie auf und drückte sie an sich. »Lass uns doch mal wieder was zusammen unternehmen«, schlug sie vor. »Nur wir beide.«

Es war ein verregneter Spätsommertag, als Charlie sich mit ihrer Mum im Einkaufszentrum die Zeit vertrieb. Charlie hatte einen ihrer Kopfhörer im Ohr und hörte über ihren Walkman nebenbei Musik, die Lucile zusammengestellt hatte. Auf das Drängen ihrer Mutter hin betraten sie eine Boutique, die eindeutig nicht für Charlie von Interesse war. Gesichtslose Schaufensterpuppen in spießigen Tweeds starrten in die Ferne, und zwei übermäßig geschminkte Verkäuferinnen begrüßten sie mit einem gelangweilten Lächeln. Während ihre Mutter mit einer Bluse in der Umkleide verschwand, strich Charlie an den Klamottenständern entlang. In Gedanken versunken streifte sie mit ihren Fingern über den Stoff einer aufgehängten Seidenbluse, als sie abrupt stehen blieb. Drei Reihen weiter entdeckte sie Mrs Clark, die in der Dessousabteilung stand. Anstatt ihr zuzuwinken, versteckte sich Charlie rasch hinter einem Kleiderständer mit fransigen Pullovern. Wie würde das sonst wirken? *Ach, hallo Mrs Clark, schön, Sie zu sehen, oh, suchen Sie auch gerade nach Spitzenhöschen?*

Auf den ersten Blick war nicht zu erkennen, in welcher Verfassung Ellen war. Würde sie vielleicht sogar in Tränen ausbrechen, wenn man sie einfach ansprach? Oder war sie gerade dabei, ihr neues Ich zu definieren, so wie es die ganzen Frauenzeitschriften predigten?

Charlie fühlte sich sehr unbehaglich dabei, sie zu beobachten, aber Ellens Blick, der zu den tratschenden Verkäuferinnen huschte, ließ sie innehalten. Dann sah sie, wie Ellen sich einen schwarzen Spitzen-BH in die Tasche stopfte, ohne den Blick abzuwenden. Als würde sie ganz automatisch agieren.

»Was zum Teufel …«, flüsterte Charlie, als sie am Ärmel gepackt wurde. Erschrocken riss sie sich den Kopfhörer vom Ohr. Ihre Mutter sah sie fragend an. Dann folgte sie Charlies Blick. Augenblicklich versteinerte ihre Miene.

»Vielleicht sollten wir hallo sagen …«, konnte ihre Mutter noch flüstern, bevor sie von Charlie zum Ausgang bugsiert wurde.

»Lieber nicht«, zischte Charlie, und dann gingen sie schweigend in die Richtung der Einkaufspassage, aus der sie gekommen waren. Charlie dachte an Ellens strahlende Augen und wusste, dass etwas ganz und gar nicht in Ordnung war bei den Clarks.

# 2010
## Charlotte

Charlotte stand fröstelnd vor dem roten Gittertor, als Violet ihr entgegenkam. Ihr Gesicht war halb unter einem groben Strickschal vergraben, was sie schmal und zerbrechlich wirken ließ. Ihr blasser Teint und die Augenringe ließen Charlotte mutmaßen, dass Violet wohl erneut keine gute Nacht gehabt hatte. Nach einer kurzen Begrüßung gingen sie schweigend die Hauptstraße hinunter. Charlotte hatte ihr noch in der Nacht eine SMS geschrieben und um ein zeitnahes Treffen gebeten. Sie wollte Violet unbedingt die Kette übergeben, gleichzeitig war es ihr ein Anliegen zu sehen, wie es Violet nach ihrem Gefühlsausbruch in der Tutorenstunde ging.

Auf der Lupine Lane herrschte wie gewöhnlich reges Treiben, die Pubs, die sich an der Straße aneinanderreihten, schienen samstags allerdings noch mehr verwahrloste Menschen anzulocken. Schweigend gingen sie an einer Gruppe Obdachloser vorbei, die ihre Habseligkeiten in Plastiktüten verwahrt hatten, zwischen den Fingern eine Zigarette oder eine Bierflasche in der Hand.

Während sie an einer Ampel warteten, warf Charlotte einen Blick auf die Bushaltestelle auf der anderen Straßenseite. Dort hatten einige Obdachlose Schutz vor dem eisigen Wind gesucht. Zu dritt saßen sie nebeneinandergequetscht auf der Bank, während zwei von ihnen sich lallend um etwas Belangloses stritten. Sie waren in zerschlissene Mäntel gehüllt, und unter den schief sitzenden Wollmützen lugte zerzaustes Haar hervor. Charlotte spürte den abschätzigen Blick einer der Männer auf sich ruhen. In seinen Augen lag etwas Abfälliges, und sie befürchtete schon, er würde ihnen Schimpfwörter zurufen oder sie bedrängen, sobald sie näher kämen. Vielleicht hätten sie doch ins Henry's Place gehen sollen, überlegte Charlotte. Aber dort wimmelte es meistens von Studenten, und sie wollte vermeiden, dass einer ihrer Schützlinge etwas von ihrem Gespräch mitbekam.

»Sollen wir hier rein?« Violet zeigte auf ein Lokal, das mit verschiedenen Variationen von Kartoffelgerichten warb, und nickte. Drinnen war es zumindest warm, nicht überlaufen und vor allen Dingen konnte sie unter den Gästen kein bekanntes Gesicht ausmachen. Sie setzten sich an einen der hinteren Tische und gaben bei einer Kellnerin ihre Bestellung auf.

»Ich war gestern in Port Wilmoor«, fing Charlotte an und nahm einen großen Schluck von ihrer Cola, die im Handumdrehen serviert worden war. Sie versuchte, so einfühlsam wie möglich zu klingen.

Violet erstarrte und schwieg abwartend.

»Nicht weil ich dir nicht geglaubt habe«, fuhr Charlotte fort, »sondern weil ich es mit eigenen Augen sehen musste.« Der Gedanke, dass Lucile und sie einander so nahe waren und Charlotte die ganze Zeit nichts davon wusste, war noch immer unerträglich. »Ich kann es immer noch nicht fassen. Es tut mir wirklich leid«, fügte sie hinzu, bevor sie erneut einen Schluck nahm, um den Kloß in ihrer Kehle hinunterzuspülen.

Violet nickte. »Ich kenne das Gefühl sehr gut. Manchmal glaube ich es selbst nicht.«

Charlotte kramte in ihrer Tasche und zog das Kettchen heraus.

Vorsichtig legte sie das Gingkoblatt auf den Tisch und schob es zu Violet hinüber, die es zögerlich berührte. Nach einem Moment flammte die Erkenntnis in ihr auf, und Violet sah ihr Gegenüber erstaunt an. Noch vergangene Nacht hatte Charlotte es so gut es ging geputzt.

»Woher hast du das?«

Charlotte erzählte Violet von ihrem alten Versteck, das Lucile ihr damals anvertraut hatte.

»In eurem Garten, unter der Eiche, wo früher euer Baumhaus gestanden hat.«

Violet schüttelte den Kopf. Ihre Augen starrten ins Leere, als würde sie ihre Erinnerungen vergeblich nach diesem Versteck durchsuchen. »Davon weiß ich nichts.«

Charlotte kramte die Keksdose aus der Tasche. »In dem Versteck lag diese Dose. Und darin das hier.« Sie legte das Foto auf den Tisch, das Lucile mit dem Unbekannten zeigte. »Erkennst du ihn vielleicht?«

Violet nahm das Foto in die Hand, musterte es eingehend, berührte es so vorsichtig, als wäre es ein fragiles Artefakt, das jederzeit zu Staub zerfallen konnte. Dann schüttelte sie den Kopf. »Leider nicht.«

Charlotte spürte Violets Hilflosigkeit, erneut nicht weiterzukommen.

»Kein Wunder, du warst ja damals auch noch klein«, versuchte Charlotte sie zu trösten. »Ich weiß, wir können damit nichts beweisen, aber zumindest gibt es den physischen Beweis, dass Lucile tatsächlich jemanden hatte. Einen geheimen Freund. Vielleicht finden wir ihn irgendwann.«

Violet entrang sich ein Lächeln. »Kann ich den Anhänger behalten?«

Charlotte nickte und sah zu, wie Violet sich die Kette um den

Hals legte. Dabei überkam sie ein Gefühl, als würde sie neben Lucile sitzen, so ähnlich sah Violet ihrer Schwester.

»Die Kette hat sie unserer Mum geklaut. Das weiß ich noch genau, weil ich es nämlich petzen wollte.« Violets Augen blitzten kurz auf. »Dann hat sie mich mit Unmengen Eis und Süßkram bestochen, damit ich den Mund halte. Ich weiß noch, dass ich danach furchtbares Bauchweh hatte.« Sie schmunzelte.

»Ich erinnere mich noch gut an dein Faible für Karamelleis.«

Sie mussten beide lachen.

»Es gibt ein Foto von Lu und mir«, fuhr Violet fort, »da bin ich über und über mit Schokolade beschmiert. Ich denke, es könnte bei besagtem Bestechungsversuch gewesen sein.«

Charlotte lächelte. »Für Lucile hast du immer an erster Stelle gestanden. Sie hat sich sehr um dich gesorgt.«

Violet nickte. »Ich weiß. Das hat sie.« Sie tastete nach dem Anhänger um ihren Hals.

Die Geste ließ Charlotte innehalten. Für einen kurzen Moment verschwamm die Realität, so als hätte man die glatte Wasseroberfläche einer Pfütze mit einem Kieselstein zum Vibrieren gebracht.

»Stimmt was nicht?«, erkundigte sich Violet, als sie Charlottes Blick bemerkte.

»Oh nein, alles okay. Es ist nur …« Charlotte winkte ab. »Mir war kurz, als würde Lucile vor mir sitzen. Ihr seht euch wirklich sehr ähnlich. Und jetzt das Kettchen. Als hätte ich ein Déjà-vu gehabt.«

»Ich weiß genau, was du meinst. Ich erinnere mich an Dinge von damals, die ich für real gehalten habe. Jetzt weiß ich natürlich, dass es unmöglich so gewesen sein kann.« Violet nahm einen Schluck von ihrem Ginger Ale. »Ich erinnere mich noch, dass ich als Kind in ständiger Furcht vor einem Monster lebte. Ich war damals vollkommen überzeugt davon, dass es dieses Monster ohne

Gesicht gab. Es kam nachts und verursachte schlimme Geräusche im Haus. Manchmal waren es Schritte direkt neben meinem Bett. Ich weiß noch genau, wie ich die Augen fest zupresste und nicht zu atmen wagte. Ich habe diese Geräusche wirklich gehört. Das Klirren von Geschirr. Das Poltern auf der Treppe. Einmal starrte es vom Baumhaus zu uns herüber, erinnerst du dich noch?«

Charlotte nickte. »Das Monster ohne Gesicht und mit einem rot leuchtenden Punkt.« Sie spürte sogar noch die kleine Hand, die ihre so festhielt, dass es beinahe wehtat.

»Kinder haben nun mal eine blühende Fantasie. Sie können in diesem Alter oft Realität nicht von Träumen oder Albträumen unterscheiden. Und ihr habt damals viel durchgemacht«, gab Charlotte zu bedenken.

»Bei mir hat es sich aber sehr lange gehalten. Meine Fantasie, meine ich. Lucile ist mit mir von einem Psychotherapeuten zum nächsten gerannt. Letztendlich war sie es, die mich auf die richtige Spur gebracht hat. Und das macht mich so traurig. Dass *ich* ihr im Gegenzug nicht helfen konnte, obwohl sie dringend jemanden gebraucht hätte.« Violets Finger wanderten wieder zu dem kleinen Anhänger an ihrem Hals, als würde er ihr Halt geben.

»Ich weiß nur, dass Lucile sich nicht gewünscht hätte, dass es ihrer Schwester so schlecht geht. Sie hätte sich gewünscht, dass du glücklich bist und dein Leben lebst.« Violet lächelte, auch wenn ihre Augen immer noch diese Traurigkeit ausstrahlten, die Charlotte anfangs schon wahrgenommen hatte.

Den restlichen Abend über versuchte Charlotte, Violet auf andere Gedanken zu bringen. Sie sprachen über die Uni und ihre Kommilitonen, und Charlotte bemerkte ein Leuchten in Violets Miene, als diese von Finley erzählte, einem Jungen, der Sportwissenschaften studierte und ebenfalls in der Green Lodge wohnte. »Wir sind kein Paar oder so, aber er ist nett.«

Ein Lächeln huschte über Violets Gesicht und verriet Charlotte, dass er mehr als nett war. Erleichtert dachte sie, dass es für Violet vielleicht doch noch andere Themen als Lucile geben könnte.

Wieder zurück in ihrem Apartment saß Charlotte in eine Decke gehüllt an ihrem winzigen Schreibtisch und betrachtete die Startseite der Green Lodge auf ihrem Laptop.

Immer wieder fiel ihr Violets hilfesuchender Blick ein, ihre Verzweiflung. Es stand wohl außer Frage, dass Lucile ihrem Leben selbst ein Ende gesetzt hatte. Nicht einmal Violet hatte das bestritten. Aber der geheimnisvolle Kontakt, Liebesbriefe, die hin- und hergegangen waren … Charlotte wusste, dass Lucile nicht in der stabilsten Verfassung gewesen war. Zumindest nicht mehr nach allem, was den Clarks passiert war. In den Jahren, in denen die Freundinnen keinen Kontakt hatten, hatte Lucile sich bestimmt verändert. Und dann kam Charlotte der Gedanke, dass sie vielleicht selbst ein Teil der Vergangenheit war, die Lucile mit ihrem Kontaktabbruch abzustreifen versucht hatte. Vielleicht war es nicht aus Boshaftigkeit geschehen, sondern eine Art Selbstschutz gewesen. Aber warum war Lucile dann ausgerechnet nach London zurückgekehrt? Wäre es nicht viel leichter gewesen, irgendwo anders neu anzufangen?

Tatsache war nun, dass Charlotte Violet ihre Hilfe dabei zugesagt hatte, die Wahrheit über Luciles Tod herauszufinden. Über die Gründe für ihren Selbstmord, die Motivation.

Auch Charlotte hatte in den Jahren ihrer Freundschaft vermutet, dass Lucile ein Geheimnis hatte, von dem sie niemandem erzählen wollte.

Lucile war sich ihres Aussehens durchaus bewusst gewesen, hatte unentwegt geflirtet, nie aber von jemand Bestimmtem erzählt, dem ihr Interesse galt. War es immer um den geheimen Freund gegangen, von dem auch Violet gesprochen hatte? Hatte sie womöglich die ganze Zeit eine Liebesbeziehung geführt, ohne dass irgendjemand aus ihrem Umfeld davon wusste? Die Erinnerungen und das Erzählte vermischten sich zu einem undurchdringlichen Nebel. Was war Wirklichkeit und was subjektive Wahrnehmung, die nur Charlotte gesehen hatte? Was hatte sie damals übersehen?

Charlotte war sich keineswegs sicher, ob sie in die Geschichte hineingezogen werden wollte, aber während ihr Blick unbestimmt auf den Laptop fiel, wurde ihr klar, dass sie längst mittendrin war. Da konnte sie Violet auch beistehen, nicht selbst verrückt zu werden. Zumindest ein wenig auf sie Acht zu geben, wäre bestimmt sinnvoll.

Die Informationen auf der Website des Wohnheims waren mehr als überschaubar. Es gab ein paar schlechte Aufnahmen von den Zimmern, der Küche und dem Innenhof sowie einige wenige Infos zu den Kosten und den Aufnahmeformalitäten. Über die Geschichte der Green Lodge ließ sich nirgendwo etwas finden, genauso wenig natürlich über den Vorfall mit Lucile. Nach Stunden der Recherche stieß Charlotte auf einen Beitrag auf YouTube, in dem ein picklig aussehender Teenie über die gruseligsten Wohnheime und Hotels in London berichtete und den Namen der Green Lodge erwähnte, ohne aber Details zu Luciles Tod zu nennen. Vielmehr ging es darum, dass es in einem Zimmer irgendwie spuke, in dem angeblich immer wieder eine tote Studentin auftauche. Ein knapper Tweet einer Boulevard-Zeitung, den Charlotte ebenfalls fand, lautete: »Tod einer Studentin in Wohnheim im Norden von London. Selbstmordrate an Schulen und Universitäten steigt. Wer hat Schuld?«

Charlottes Verstand kreiste immer wieder um denselben Umstand: Lucile hatte in derselben Acht-Millionen-Stadt gelebt wie sie selbst. Lucile, die Schöne und Mutige. Aber auch, erinnerte sich Charlotte mit Unbehagen, Lucile, die Verschwiegene, Lucile, die Egoistische, Lucile, die das Selbstwertgefühl der jungen Charlie mit wenigen Worten zunichtemachen konnte. Und Lucile, die irgendwann beschlossen hatte, dass Charlie es nicht mehr wert war, ihre Freundin zu sein.

# 2010
## Violet

*Lucile und ihre Geheimnisse. Telefonate in der Nacht. Geflüster, das verstummte, sobald ich um die Ecke bog. Ich habe das Haus unseres Vaters genauso gehasst wie du. Unsere Stiefmutter und er in ihrem eigenen Nest und das neue Baby, das du kaum eines Blickes gewürdigt hast. Und wir in der obersten Etage, abgeschieden von unserem Vater, schön auf Distanz, so wie Nina das wollte.*

*»So bekommt ihr weniger von dem Babygeschrei mit«, hatte Dad amüsiert gesagt. Du hast immer behauptet, sie wollte unseren Vater für sich haben, und vermutlich hattest du recht. Sie war ein Biest. Aber er war derjenige, der uns verlassen hat. Der uns später widerwillig aufgenommen und anschließend uns selbst überlassen hat. Ich habe ihm vor allem nie verziehen, dass er sich nicht genug um dich gekümmert hat.*

*Es ist wirklich alles nicht besonders gut gelaufen für die Clarks. Für uns. Aber nicht alle Clarks sind verrückt. Wenn ich mir das alles einbilde, L., wieso dann all die Lügen? Wieso hast du mir so viele Regeln auferlegt, als wir noch bei Mum gelebt haben? Ich durfte nachts nicht aus meinem Zimmer raus, selbst wenn ich Stimmen gehört habe. Nicht nur deine Stimme, sondern auch die einer anderen Person. Und es war ganz sicher nicht Charlottes Stimme, sondern eine tiefere. Die eines Jungen. Du hattest ein Geheimnis, L. Einen geheimen Freund. Und dieser Freund hat dich in den Tod getrieben. Weißt du, was ich glaube? Er hat dich hierhergelockt. Zumindest einen der Briefe von da-*

*mals habe ich gefunden. Eure Liebesbriefe, die sich, jetzt wo ich sie als Erwachsene lese, wie die von Besessenen anhören. Er hat dich in die Green Lodge gelockt und dann in den Abgrund gestoßen. Auch wenn du die Tabletten selbst geschluckt hast, er hat deine Hand zum Mund geführt. Das weiß ich. Eins habe ich mit der Zeit begriffen, L. Diese Wunde, die du in mir hinterlassen hast, wird sich nicht schließen, bis ich sie mit der Wahrheit füllen kann. In Gedanken wirst du mir immer begegnen, auf der Straße wird dein Schatten mich verfolgen, und in meinen Träumen wirst du mich immer wieder um Hilfe bitten. Auch wenn du tot bist, lässt du mich einfach nicht los. Aber das will ich, L. Ich will endlich frei sein. Ich will dich gehen lassen, damit du in Frieden ruhen kannst. Damit ich in Frieden leben kann.*

*Ich gehe die Liste der Namen einen nach dem anderen durch. Das Internet ist ein zu löchriger Ort, um sich zu verstecken. Irgendwann finde ich denjenigen, der dir das alles angetan hat. Wer auch immer das ist. Und ich werde euer Geheimnis lüften, auch wenn ich Angst davor habe, was es von meiner großen Schwester offenbaren wird.*

*In den letzten Wochen habe ich es mir zur Gewohnheit gemacht, durch das Wohnheim zu streifen. Mal tagsüber, mal nachts. Auch wenn es mir anfangs vor Angst die Kehle zugeschnürt hat.*

*Vielleicht wird mir Charlotte helfen, vielleicht aber auch nicht. Ich kann schwer einschätzen, ob sie mir wirklich glaubt oder mich einfach nur für verrückt hält. Aber ich kann nicht länger hier sitzen und warten, bis ich wieder angegriffen, beobachtet oder in einem Zimmer eingesperrt werde. Ich habe Fotos gemacht und versuche, einen Plan vom Gebäude zu zeichnen. Dein Zimmer muss irgendwo im dritten Stock direkt über meinem sein. Das Fenster von 1022 geht nicht auf den Innenhof, sondern auf eine kleine Gasse, die an Backsteinwänden entlang zu einer ruhigen Straße mit einheitlichen Reihenhäusern führt.*

*In den unteren Stockwerken sind die Fenster von außen verspiegelt, so dass man nicht in die Zimmer hineinblicken kann. Auch abends sieht man nur schemenhaftes Licht und deren Bewohner, die wie Geister durch ihre Zimmer schweben. Ich stelle mir oft vor, hinter wie vielen dieser Fenster Menschen sich in den Schlaf weinen oder einsam an ihren Schreibtischen sitzen und sich vor der Welt verstecken. Das Wohnheim ist so anonym, da kann auch Janet und ihr kleines euphorisch grinsendes Team nicht helfen. Wenn ich durch die Gänge streife, kann ich die Verzweiflung fast spüren. Ob das die anderen, die nichts von dir wissen, auch so empfinden? Selten höre ich ausgelassenes Gelächter im Hof. Meistens treffen sich die gleichen Grüppchen aus Rauchern und verziehen sich danach wieder in ihre Wohnheimblöcke. Manchmal höre ich, wie ausländische Studenten hinter verschlossenen Türen mit ihren Familien oder Freunden telefonieren. Einmal hat jemand in seinem Zimmer geschluchzt. Ich blieb stehen und horchte. Beinahe hätte ich geklopft. Doch dann verstummte das Geräusch, und ich ging schnell weiter.*

*Nach dem Gespräch mit Charlotte habe ich mich gestern endlich getraut. Ich stand vor deinem Zimmer. Vor Zimmer 1022. Damals hat Dad dein Zimmer ausgeräumt. Ich durfte ihn nicht begleiten. Sie haben deinen Körper schnell weggeschafft, weil der Geruch sich auf den Flur hinaus verbreitet hatte. Du lagst hier, völlig vergessen. Genau hinter dieser Tür. Das zu wissen, schmerzt so sehr.*

*Immer wenn ich mit Dad telefoniere, muss ich meine Tränen unterdrücken. Ich würde ihn so gerne fragen, was ich tun soll. Ihm erzählen, wie es mir wirklich geht und wie sehr mich alles quält. Dad weiß nicht, dass ich hier bin. Natürlich weiß er es nicht, stell dir vor, er würde erfahren, dass seine zweite Tochter auch in die Green Lodge gezogen ist. Er würde komplett ausflippen. Er denkt, ich wäre in einer privaten WG eingezogen, und das ist gut so. Verstehen würde er es sowieso nicht, denn wir reden nicht über dich. Ich glaube schon, dass er leidet, aber er hält seinen Schmerz vor uns allen verschlossen.*

*»Nur für Personal« steht inzwischen an deiner Zimmertür, aber ich bezweifle, dass dort irgendetwas von der Verwaltung zu finden ist, so weit weg von Janets Büro.*

*Es ist das letzte Zimmer auf dem Gang, daneben befindet sich nur noch eine Abstellkammer für die Putzleute. Ob dich die knallenden Türen auch ständig aufgeweckt haben? Jedes Mal, wenn jemand in meiner Etage die Tür zum Treppenhaus benutzt, wird meine Tür durch den Luftzug bewegt. Dieses Geräusch, wenn das Schloss in der Fassung gegen den Rahmen ruckelt, erinnert mich jedes Mal an klappernde Zähne. Ob dich das auch so wahnsinnig gemacht hat?*

*Du warst immer so geräuschempfindlich, vor allem wenn du dich konzentrieren musstest. Am Küchentisch hast du mich regelmäßig ermahnt, nicht wie ein Robbenbaby zu schmatzen.*

*Als ich gestern vor deinem Zimmer stand, klopfte mein Herz so laut, als hätte ich eine Trommel unter den Rippen. Meine Hand zitterte, als ich den Türknauf berührte. Doch sie war versperrt. Natürlich. Es war Erleichterung, die ich verspürte, denn ich habe Angst, tatsächlich etwas zu finden, L., etwas Schreckliches. Oder noch schlimmer: nichts zu entdecken. Dieses Zimmer ist meine letzte Hoffnung, etwas über deinen Tod zu erfahren. Was, wenn ich niemals eine Antwort auf all die Fragen finde? Was, wenn ich mein Leben genauso ratlos weiterführen muss wie bisher? Die Wunden verheilen nicht mit der Zeit, L. Es ist nicht, wie die Leute sagen. Offene Wunden entzünden sich, und der Schmerz durchdringt den Körper und tötet ihn schließlich.*

# TEIL 2
## Verschwunden

# 2010
# Charlotte

Seit ihrem letzten Gespräch mit Violet waren drei Tage vergangen. Noch am gleichen Abend hatte Charlotte sich Violets E-Mail-Adresse herausgesucht und ihr eine Nachricht geschrieben. »Wenn du noch mal reden möchtest oder jemanden zum Zuhören brauchst, ruf mich an.« Darunter hatte sie ihre Telefonnummer geschrieben, obwohl sie wusste, dass Violet wie alle anderen Studentinnen und Studenten eine Namensliste mit den Kontaktdaten bekommen hatte. Aber die Mail war bis heute unbeantwortet geblieben. Gestern hatte sie schließlich angerufen, weil Violet nicht zu ihrem Tutorentreffen aufgetaucht war, doch jedes Mal antwortete nur die automatische Mailboxansage. Inzwischen überprüfte sie ihre E-Mails stündlich, ohne das ersehnte »Pling« einer eintreffenden E-Mail zu hören.

Gegen Mittag fuhr Charlotte mit dem Aufzug ins Erdgeschoss, um sich wie gewöhnlich etwas zu essen zu bestellen. An einem Tisch direkt an der Glasfassade entdeckte sie Mrs Pearce, ebenfalls Dozentin und Stellvertreterin von Andrew Lawson. Sie war eine kleine rundliche Dame mittleren Alters mit verschmitzten mandelförmigen Augen, die stets zu lächeln schienen. Charlotte grüßte von der Theke aus und ergriff, als Mrs Pearce freundlich zurückwinkte, die Gelegenheit und trat an den Tisch ihrer Kollegin.

»Dürfte ich Sie kurz behelligen, Mrs Pearce?«, fragte sie und nahm Platz, als diese auf den freien Platz an ihrem Tisch deutete. »Entschuldigen Sie die Störung.«

»Kein Problem«, murmelte Mrs Pearce rasch, schob ihren Salatteller zur Seite und tupfte sich mit der Serviette den Mund ab.

»Ich bin mir nicht sicher, was ich tun soll. Eine meiner Studentinnen, und wie ich der Kursliste entnehmen konnte, ist sie auch bei Ihnen, meldet sich nicht auf eine wichtige Mail, und ich frage mich …« Charlotte faltete ein Blatt Papier auseinander, »ob sie die letzten Tage bei Ihnen im Unterricht war.«

Mrs Pearce überflog die Liste mit dem farbig markierten Namen. Mit gerunzelter Stirn sah sie zu Charlotte.

»Nun, jetzt wo Sie es sagen. Tatsächlich war Violet Clark gestern auch nicht in meinem Kurs. Hm.«

Charlotte versuchte ihre wachsende Sorge nicht nach außen zu tragen.

»Normalerweise melden sich die Studenten wenigstens per E-Mail krank, in diesem Fall habe ich keine Krankschreibung bekommen. Aber Sie wissen ja, wie das ist …« Sie zuckte mit den Schultern. »Meist kommt dann am Ende der Woche ein ärztliches Attest oder eben dann, wenn sie wieder da sind. Bei mir hat sie zumindest keinen Abgabetermin verpasst.«

Charlotte war zu nervös, um die Sache auf sich beruhen zu lassen. »Ich möchte damit eigentlich ungern zu Professor Lawson gehen. Er ist immer so …« Ganz wie ihr Vorgesetzter zog sie die Augenbrauen zusammen und ballte die Hand demonstrativ zu einer Faust.

Mrs Pearce gluckste. »Das würde ich auch nicht tun.« Sie beugte sich über den Tisch. »Wissen Sie, wie die Studenten ihn nennen? Andrew, *The destroyer*«, flüsterte sie in vertraulichem

Ton. Dabei verkniff sie sich ein Lachen. »Manche Menschen sollten einfach nicht mit jungen Erwachsenen arbeiten. Aber jetzt zu Ihrem Problem. Ich würde vorschlagen, Sie warten noch ein paar Tage ab, oder Sie erkundigen sich bei einigen Kommilitonen von Ms Clark. Vielleicht hat jemand etwas von ihr gehört.«

Charlotte nickte. Sie dachte an ihr letztes Gespräch zurück. Violet hatte so aufgewühlt gewirkt und gleichzeitig so entschlossen. Genau das gab Charlotte zu denken. Verzweiflung gepaart mit blindem Aktionismus waren eine gefährliche Mischung.

Den ganzen Nachmittag wurde Charlotte das ungute Gefühl nicht los, etwas unternehmen zu müssen.

Auf dem Nachhauseweg blieb sie vor den roten Gittertoren der Green Lodge stehen. Konnte es nicht wirklich sein, dass Violet sich nur unwohl fühlte oder krank war? Vielleicht war ihr der Gefühlsausbruch unangenehm gewesen und sie brauchte Zeit, um sich zu fangen. Widerwillig stieg Charlotte die Stufen zum Empfang hoch. Durch ein schmales Fenster schaute sie in das kleine Kabuff, in dem ein Mann mit Glatze und muskulöser Statur am Computer arbeitete. Er hieß Quinn, wie das Schild an der Brusttasche seines Hemdes verriet, und gehörte zum Betreuungsteam der Green Lodge.

»Hallo?« Er sah mit ausdruckslosem, leicht genervtem Blick zu ihr auf und schob das Fenster der Durchreiche nach oben. »Ja?«

»Ich würde gerne mit Violet Clark sprechen. Sie wohnt hier.«

»Sind Sie angekündigt?« Als sie ihn nur verwirrt ansah, hielt er ihr ein Klemmbrett entgegen. »Sie müssen sich eintragen, bevor ich Sie reinlassen kann. Das hier ist kein Hotel, verstehen Sie.«

»Oh, natürlich.« Hastig kramte sie ihren Mitarbeiterausweis aus der Tasche. »Ich bin ihre Dozentin an der Uni. Ich muss sie dringend sprechen und erreiche sie weder telefonisch, noch antwortet sie auf meine E-Mails.«

Einen Moment lang sahen sie einander schweigend an. Dann erhob er sich von seinem Bürostuhl und verließ den Raum. Es vergingen Minuten, und gerade als Charlotte die Hände an das Fenster hielt, um nach ihm Ausschau zu halten, ging die Tür auf und Janet kam, gefolgt von Quinn, auf das Tor zu.

»Ach, Charlotte, hallo!« Janet hatte einen großen leuchtend roten Herbstmantel übergeworfen und trug, wie die letzten Male auch, hohe Absätze, um zu kaschieren, wie klein sie eigentlich war. »Quinn meinte, du möchtest mit Violet sprechen und kannst sie nicht erreichen?«, sagte sie mit ihrem üblichen strahlenden Lächeln und betätigte einen Schalter an der Wand neben sich. Laut summend öffnete sich das Tor. »Wir können gern mal bei ihr klopfen.«

Gemeinsam gingen sie über den Innenhof. Janet zog einen dicken rasselnden Schlüsselbund aus ihrer Manteltasche und öffnete die Tür.

Im zweiten Stock traten sie in den dunklen Korridor, erst einen Moment später reagierte der Bewegungsmelder. Vor Zimmer 715 blieben sie stehen.

Janet klopfte kurz, aber bestimmt an die Tür. »Hallo Violet, hier ist Janet von der Verwaltung«, sagte sie und drückte ihr Ohr an die Tür. Dann klopfte sie erneut. Charlotte stand schräg hinter ihr, nervös zupfte sie an einem Taschentuch in ihrer Jackentasche.

»Und du hast heute auch schon versucht, sie zu erreichen?«, erkundigte sich Janet, als sie sich wieder umdrehte. Charlotte nickte stumm.

»Hör zu.« Janet senkte die Stimme. »Ich kann schon aufschließen, aber das ist natürlich so eine Sache. Nur weil du sie nicht erreichen kannst, darf ich mich nicht gleich über die Privatsphäre unserer Bewohner hinwegsetzen, es sei denn … es gibt einen triftigen Grund?« Es war wie eine Vorlage, eine Einladung, ein passendes Argument zu liefern, für den Fall, dass Janet in Schwierigkeiten geriet.

Charlotte ließ den Blick über den Gang schweifen. Durch die Türschlitze am Boden konnte man bei einigen der Zimmer Licht schimmern sehen. An Violets Türschwelle war alles dunkel. »Bei unserem letzten Treffen an der Uni ging es ihr nicht gut. Sie war sehr aufgebracht. Und heute Mittag habe ich mit einer Kollegin gesprochen, die mir berichtete, dass sie nicht im Unterricht war. Sie hat sich nicht krankgemeldet und reagiert weder auf meine Anrufe noch auf meine E-Mails.« Sie versuchte, nicht panisch zu klingen, konnte die Nervosität in ihrer Stimme jedoch nicht ganz unterdrücken.

Janet runzelte besorgt die Stirn. »Okay«, sagte sie gedehnt. Sie musterte Charlotte prüfend und nickte schließlich, als hätten sie soeben eine stille Übereinkunft getroffen. Dann öffnete sie ein wenig fahrig Violets Zimmertür mit dem Generalschlüssel.

*Sie hat auch Angst,* wurde Charlotte plötzlich klar. *Hat sich Violet ihr doch anvertraut?*

Mit einem leisen Knarzen schwang die Tür auf. Das Licht vom Flur drang in das dunkle Zimmer hinein und wanderte über einen fleckigen Teppich.

»Hallo?«, rief Janet und schaltete die Deckenbeleuchtung ein.

Der Raum war zu klein, als dass sich jemand darin hätte verstecken können. Violet war nicht hier. Vorsichtig folgte Charlotte ihrer Begleiterin und sah sich um. Auf dem Schreibtisch lagen ein paar Stifte verteilt, daneben ein Stapel Bücher aus der Unibibliothek. Sie entdeckte einen Bildband über Francis Bacon, den Künstler, über den Violet ihre Projektarbeit schreiben wollte. Auf dem Bett lag eine grüne Wolldecke, unordentlich und wie in aller Hast hingeworfen.

Charlotte wandte sich Janet zu, die den kleinen Kleiderschrank aufgemacht hatte, und warf einen Blick auf die wenigen Kleidungsstücke. Ein blauer Rollkoffer war in der Ecke neben dem Schrank verstaut worden. »Ihr Rucksack fehlt«, bemerkte sie. »Und ihr Laptop.«

»Dann ist sie doch irgendwo unterwegs. Vielleicht was Spontanes?«

»Vielleicht.« Charlottes Blick fiel auf die Reihe ordentlich aufgestellter Schuhe hinter der geöffneten Tür. Ein Paar Sneaker, schwarze Lederboots, braune Lederstiefel mit hohen Absätzen, daneben Hausschuhe.

»Wenn du noch einen Moment hast, würde ich gerne bei ihrer Zimmernachbarin klopfen. Vielleicht kann sie uns sagen, seit wann Violet fort ist.«

»Klar«, sagte Charlotte nickend und ließ ihren Blick noch einmal durchs Zimmer wandern. Die Schranktür stand offen, in der Innenseite spiegelte sich das nachlässig gemachte Bett, das Nachtkästchen und … Charlotte stutzte. Etwas lag unter dem Bett, vom Bettpfosten ein wenig verdeckt. Rasch trat sie ans Bett und ging in die Hocke. Und tatsächlich, da lag, ein Stück nach hinten geschoben, ein schwarzes Notizbuch.

Charlotte hörte das leise Gemurmel von Janet auf dem Flur, während ihre Finger das Buch vorsichtig heranzogen. Dann aber hielt sie in ihrer Bewegung inne. Ihre Fingerkuppen waren über etwas Glattes gefahren. Ein glänzendes Küchenmesser, wie sie erschrocken feststellte.

Bemüht, das Messer nicht noch einmal zu berühren, zog Charlotte das Buch schließlich vollends unter dem Bett hervor. Es war ein in Leder gebundenes Notizbuch. Als sie die erste Seite aufschlug, sah sie direkt in die Augen von Lucile. Ein Bild von den beiden Schwestern an der Eiche in ihrem Garten. Die kleine Violet lag bäuchlings im Baumhaus am oberen Ende der Leiter, das Kinn auf die Hände gelegt, und lachte zu ihrer Schwester hinunter. Lucile stand unten, einen Fuß auf eine Sprosse gestellt, und blickte in die Kamera. Charlottes Finger glitten über das dünne linierte Papier. Die folgenden Seiten enthielten handschriftlich verfasste Briefe und begannen alle mit der gleichen Anrede: Liebe L.

In diesem Moment verabschiedete Janet sich von der Zimmernachbarin, die wieder in ihrem Zimmer verschwand. Blitzschnell traf Charlotte eine Entscheidung, noch immer die Seite mit der Fotografie aufgeschlagen. Sie klappte das Notizbuch zu und ließ es in ihre Handtasche gleiten. Bevor Janet das Zimmer wieder betrat und leise die Tür hinter sich schloss, hatte Charlotte sich erhoben.

»Nun ...« Unentschlossen lehnte sich Janet gegen die Tür. »Ihre Zimmernachbarin kann es nicht mit Sicherheit sagen. Sie ist Violet seit ein paar Tagen nicht mehr begegnet, die allerdings so leise ist, dass Sarah sich nie sicher war, ob das Zimmer überhaupt belegt ist.«

Angespannt stand Charlotte da und nickte stumm, das Geheimnis in ihrer Tasche wog schwer.

»Ich würde vorschlagen, wir warten erst einmal ab. Ich werde Quinn und die anderen bitten, genau aufzupassen, wer hier in den nächsten Tagen ein oder aus geht.«

Janet wirkte nicht mehr ganz so unsicher, als hätten ihre eigenen Worte sie beruhigt. Sie klimperte mit dem Schlüsselbund und griff nach dem Türknauf, für Charlotte ein Signal, dass sie hier nun fertig waren. Kein Grund zur Sorge. Aber ihr Brustkorb fühlte sich hart und eng an, als hätte jemand sie fest im Griff.

Als sie wieder am Eingang angekommen waren, nahm Charlotte einen Zettel aus ihrer Tasche und notierte ihre Nummer. »Bitte ruf mich sofort an, wenn du Violet siehst. Oder komm einfach vorbei. Ich wohne direkt gegenüber.« Sie deutete in Richtung ihres Hauses. »Ich mache mir wirklich Sorgen.«

Janets wirkte nachdenklich. »Vor ein paar Tagen gab es einen kleinen Vorfall. Die Tür zu einem der Waschräume hat geklemmt, als Violet geduscht hat, und sie ist nicht rausgekommen. Quinn musste die Tür von außen öffnen. Sie war vollkommen aufgelöst und hat behauptet, dass jemand mit ihr im Waschraum war und sie dann eingesperrt hat.« Sie verschränkte die Arme vor der Brust. »Das halte ich aber für mehr als unwahrscheinlich. Dazu hätte man gezielt mit einem Werkzeug das Schloss manipulieren müssen. Jedenfalls könnte ich mir vorstellen, dass sie nach diesem Vorfall für ein paar Tage rausmusste. Vielleicht besucht sie Freunde oder ihre Familie. Vielleicht braucht sie eine kurze Auszeit.«

»Janet …« Charlotte rang mit sich, unsicher, wie weit sie gehen sollte. Was konnte sie ihr erzählen? Tatsächlich schien Janet keine Verbindung zwischen Violet und Lucile und dem Vorfall vor acht Jahren herzustellen. Was, wenn sich in ein paar Tagen alles in Wohlgefallen aufgelöst und sie Violets Familiengeheimnis ausgeplaudert hätte. Unterlag sie nicht auch der Schweigepflicht? »Ich weiß deine Hilfe wirklich zu schätzen.« Charlotte lächelte kurz und verabschiedete sich.

Als das Tor hinter Charlotte zufiel, ging ihr der harte Klang durch Mark und Bein.

# 1994
## Charlie

Lustlos stocherte Lucile in ihrem Kartoffelgratin herum. Sie saßen abseits der größeren Gruppen in der Schulkantine, was eindeutig mit Luciles schlechter Laune zu tun hatte. Den ganzen Vormittag über war sie schon einsilbig und in sich gekehrt gewesen. Charlie hatte lange überlegt, Lucile von dem Vorfall mit ihrer Mutter zu erzählen, aber jedes Mal, wenn sie dazu ansetzte, dachte sie, wie sehr es ihre Freundin verletzen würde, auch wenn sie es nie zugeben würde. Die Clarks hatten keine finanziellen Probleme. Sie hatten immer zwei Autos besessen. Mr Clark hatte die beiden Mädchen einmal mit seinem BMW-Cabriolet in die Stadt gefahren. Charlie hatte hinten gesessen und die makellosen Ledersitzbezüge bewundert, während der Fahrtwind ihr die Haare ins Gesicht geweht hatte. Auch nach der Scheidung konnte Ellen nicht wirklich arm sein. Und wenn doch, gab es nicht wichtigere Dinge zu klauen als Unterwäsche? Ellen war schon immer alles andere als konservativ gewesen. Sie hatte ihren eigenen Stil, sah ganz und gar nicht aus wie etwa Charlies Mutter. Ellen hatte etwas Wildes an sich mit ihren lockigen Haaren und dem geheimnisvollen Lächeln. Während Charlies Mutter eher praktisch oder sportlich gekleidet war, in bequemen Hosen und unauffälligen Blusen herumlief, in Farbkombinationen, die Charlie manchmal die Augen verdrehen ließ, trug Ellen ausschließlich Kleider oder Röcke,

Riemchensandalen, die sich um ihre schlanken Knöchel schnürten, im Winter Stiefel mit Absätzen und Strumpfhosen. Ihre Kleidung war figurbetont und feminin, und Charlie ertappte sich oft dabei, wie sie Ellen um ihre Erscheinung beneidete. Die Clarks waren eine schöne Familie, sie waren L. O. V. E., wie Mr Clark seine Frau und Kinder neckisch zu nennen pflegte. Lucile, Oliver, Violet, Ellen. Jeden von ihnen umgab eine Aura, etwas Besonderes zu sein. Doch diese Aura hatte Risse bekommen.

Lucile ließ die Gabel sinken. Ihr Essen war noch immer kaum angerührt. »Ich werde die nächsten Wochenenden nicht hier sein«, verkündete sie mit ausdrucksloser Stimme.

»Wieso nicht?«, fragte Charlie überrascht und auch ein wenig panisch wegen der trüben Aussicht, die meiste Zeit allein daheim zu sitzen.

Lucile atmete schwer aus. »Ich soll zu meinem Vater nach London. Er will einen auf Familie machen, und *sie* wird auch da sein.«

»Warum fährst du überhaupt hin?«, fragte Charlie geknickt.

»Ich bin auch neugierig auf sie. Außerdem«, erklärte Lucile und schob ihren Teller lustlos beiseite, »kann ich Ellen gerade nicht ertragen.« Seit dem Sommer hatte Lucile aufgehört, ihre Mutter »Mum« zu nennen.

»Ich könnte mal mitkommen, wenn du willst?«, bot sich Charlie an und hoffte, nicht allzu verzweifelt zu klingen. Die Vorstellung, gemeinsam mit ihrer Freundin London unsicher zu machen, hatte definitiv ihren Reiz.

Aber Lucile zuckte nur abweisend mit den Schultern. »Ja, irgendwann bestimmt.«

So blieb Charlie nichts anderes übrig, als die Wochenenden vor dem Fernseher oder mit ihrer Mutter zu verbringen, und ihr fiel umso mehr auf, dass sie eigentlich keine einzige andere Freundin hatte. Keine wahre Freundin. In der Schule hingen sie meist mit

Patrick und Josy ab, die Lucile merkwürdigerweise auch in ihren Kreis geschlossen hatte. Josy fiel vor allem durch ihr Aussehen auf. Ohne es darauf anzulegen, war sie in der Schule äußerst beliebt. Vielleicht genau weil es ihr egal war, wie sie ankam. Sie spielte in der Theater-AG mit, und nicht selten war sie von den Lehrern für ihre Haarexperimente gerügt und nach Hause geschickt worden, weil sie an der Schuluniform herumgepfuscht hatte. Absurderweise schaffte sie es trotzdem, einen extrem guten Notendurchschnitt zu halten.

Charlie konnte kaum ein Wort mit Josy wechseln, so eingeschüchtert war sie von deren Erscheinung. Wenn Lucile und Josy sich unterhielten, kam sich Charlie jedes Mal fehl am Platz vor. An Tagen, an denen Lucile in der Schule fehlte, waren die Pausen eine Tortur für Charlie, weil sie sich nirgends richtig zugehörig fühlte. Mit niemandem konnte sie so lachen wie mit Lucile, und niemand kannte ihre albernen Insiderwitze.

Manchmal hatte sie den Eindruck, in Luciles Augen irgendwie noch ein Kind zu sein. Das mochte an ihren Outfits liegen, für die sie spitze Bemerkungen erntete, oder daran, dass Charlie bis auf einen harmlosen Kuss auf einer Party noch nichts mit einem Jungen gehabt hatte. Immer aber verzieh sie ihrer Freundin sämtliche Bosheiten.

Dass Lucile sie angelogen hatte, fand Charlie erst später heraus. An einem Samstagabend kam Charlie aus der Videothek, wo sie sich ein paar Filme ausgeliehen hatte, und fuhr mit dem Fahrrad über die berüchtigte Schnellstraßenbrücke. Plötzlich sah sie Lucile unten auf der Insel aus dem Dickicht kommen. Sie hielt an und beobachtete über die Brüstung hinweg, wie sich ihre Freundin am Anfang des Waldwegs eine Zigarette drehte, obwohl sie doch Charlie versprochen hatte, sich zu melden, sobald sie wieder daheim war.

»Solltest du nicht in London sein?«, rief Charlie.

»Verdammte Scheiße!« Lucile zuckte zusammen. »Was machst du denn hier?«

»Das Gleiche könnte ich dich auch fragen!«

Aber Charlie wusste es besser. Verräterisch sah Lucile über ihre Schulter.

»Hattest du etwa ein Date?«

»Hast du auch ein eigenes Leben?«, konterte Lucile schroff, dann winkte sie genervt ab. »Tut mir leid. Ich musste einfach mal für mich sein. Ich halte es bei meinem Vater und seiner Nina in London nicht aus und hab ihm erzählt, ich sei erkältet. Deshalb bin ich dieses Wochenende spontan hier geblieben.« Ihre Augen verengten sich zu schmalen Schlitzen, als sie weitersprach. »Nina ist eine verdammte Sirene«, meinte Lucile, während sie weiterging.

»Eine was?« Charlie versuchte oben auf der Brücke, Schritt mit ihr zu halten.

»Na, wie eines dieser Fabelwesen, die früher Schiffsfahrer angelockt und sie dann abgemurkst haben. Ich hasse sie. Mein Dad frisst ihr aus der Hand.«

In jedem Wort schwang die maßlose Enttäuschung über ihren Vater mit.

# 2010
## Charlotte

Andrew, *The destroyer*. Der Spitzname, den die Studenten ihrem Professor verpasst hatten, ergab Sinn, als Charlotte erlebte, wie eine junge Studentin unter seinem verächtlichen Blick versuchte ein Projekt vorzustellen. In holprigem Englisch und hoch nervös stellte sie ihr löchriges Konzept für eine Werbekampagne vor. Schmallippig folgte er ihren Ausführungen. Einige der Anwesenden starrten sie mitleidig oder belustigt an, andere blickten peinlich berührt zu Boden. Nach wenigen Minuten schien die Studentin endgültig den Faden verloren zu haben. Alle waren erleichtert, als der Unterricht endete.

Charlotte hatte die letzten Minuten von Andrew Lawsons Unterricht mit einem Stechen im Magen direkt neben der Tür verbracht, um ihn nach Kursende abzufangen.

Als sie ihm mitteilte, den heutigen Unterricht ausfallen lassen zu müssen, verzog er keine Miene.

»Es ist *Ihr* Unterricht. Sie müssen ihn selbst organisieren. Schreiben Sie den Kursteilnehmern eine Mail.« Er packte seine Tasche zusammen und schaute sie dabei durchdringend an. »Das erste Trimester ist noch nicht einmal vorbei, und Sie machen schon schlapp? Wollen Sie diesen Job wirklich?«

Wie vom Blitz getroffen wich Charlotte zurück. »Es tut mir wirklich leid. In diesem Fall ist es –«

»Ein Notfall?« Unwirsch unterbrach er sie und zog ungläubig die Augenbrauen hoch. »Ich bin nicht interessiert an irgendwelchen Begründungen. Machen Sie einfach Ihren Job, sonst wird Ihr Vertrag aufgelöst.« Mit diesen Worten rauschte er an ihr vorbei, ohne sie eines weiteren Blickes zu würdigen.

Mit einem Gefühl des Versagens, das sie an die eingeschüchterte Studentin aus dem Kurs erinnerte, schrieb sie allen Kursteilnehmern eine Entschuldigung und machte sich auf den Weg zum Wohnheim. Vielleicht war sie doch nicht gänzlich geeignet für den Job, doch sie konnte keine weitere Stunde unbekümmert im Unterricht sitzen, nachdem sie die SMS von Janet bekommen hatte.

»Komm sofort. Dringend«, hatte in der Nachricht von Janet gestanden, und Charlotte war beim Lesen das Herz in die Hose gesackt.

So schnell es ging, fuhr sie zum Wohnheim. Einheitlich grau und trüb hing der Himmel über der Stadt. Selbst die ersten Weihnachtsbeleuchtungen vermochten nichts dagegen auszurichten. Auch über dem Eingangstor zur Green Lodge hing eine schwach leuchtende Girlande, was das Gebäude nicht gerade einladender machte. Charlotte meldete sich beim Sicherheitsmann am Empfang an.

»Wo finde ich Janet?«

»Zweiter Stock, Gemeinschaftsküche«, raunte er ihr zu. »Die Tür ist offen.«

Sie hastete die Treppen hoch, ihr Atem ging schwer, als sie durch die Tür in den Flur trat. Was hatte Janet bewogen, Charlotte herzuzitieren? Vermutlich nichts Gutes.

Aus der Küche am Ende des Flurs fiel Licht auf den Teppich. Als Charlotte dort ankam, setzte für einen Moment ihr Herz aus. Janet saß an dem weißen Gemeinschaftstisch, ihre Hände vors

Gesicht geschlagen. Vor ihr standen zwei Polizisten in schwarzen Uniformen, die sich mit versteinerten Mienen umdrehten, als Charlotte sich räusperte.

Janet winkte sie eilig herein.

Außer den unverständlich knisternden Durchsagen, die über die Funkgeräte der Polizisten zu hören waren, herrschte beklemmende Stille. Charlottes Körper kribbelte vor Nervosität.

»Das ist Ms Edwards, Violets Lehrerin«, durchbrach Janet mit brüchiger Stimme die Stille. Ihr Haar war nicht wie sonst leicht toupiert, sondern nachlässig zu einem Zopf gebunden. Ungeschminkt sah sie viel jünger aus, vielleicht wie Ende zwanzig, dachte Charlotte. Einer der Beamten bat sie, auf einem Stuhl neben Janet Platz zu nehmen. Sie verspürte den Drang, das Fenster zu öffnen.

Beide Beamte stellten sich kurz nacheinander vor, wobei sich Charlotte nur den Namen des Mannes merken konnte, der sie direkt ansprach. Constable Miller war jung und großgewachsen und wirkte auf Charlotte einschüchternd. Seine Stimme klang hart, jedoch nicht unfreundlich.

»Ms Edwards, wir wurden gerufen, weil eine hier wohnende Studentin seit mehreren Tagen weder erreichbar noch auffindbar ist. Laut Ms Simmons«, er deutete auf Janet, »haben Sie sie über ihr Fortbleiben in Kenntnis gesetzt, ist das richtig?«

Charlotte nickte langsam.

»Wir nehmen im Moment nur die Fakten auf. Können Sie uns von Ihrer letzten Begegnung mit Ms Clark erzählen? Wann genau haben Sie die Studentin zum letzten Mal gesehen?«

Charlotte räusperte sich und fing an zu erzählen. Von der letzten Unterrichtsstunde und wie Violet in Tränen ausgebrochen war. Von ihrer Busfahrt, bei der sie über ihr Zimmer geklagt hatte. Und von ihrem Treffen im Bistro, bei dem sie, Charlotte, sich vergewissern wollte, dass es ihr besser ginge. Die Kette und ihren Fund in Port Wilmoor jedoch ließ sie unerwähnt.

Constable Miller nickte ihr aufmunternd zu, während sein Partner sich Notizen machte. Jedes ihrer Worte klang nach einer hysterischen Jugendlichen, die dabei war, komplett durchzudrehen. Charlotte verstummte. Sie fühlte sich, als hätte sie Violet hintergangen. Und warum wechselten die Constables ständig diese Blicke?

»Haben Sie schon mit ihren Eltern gesprochen?« Hilflos blickte sie von einem Polizisten zum anderen. Sie wollte sich schon korrigieren, ließ es aber bleiben. Da waren keine Eltern mehr. Nur noch ein Vater. Aber das hätte weitere unzählige Fragen aufgeworfen.

Janet knetete nervös die Hände. »Ich konnte bisher niemanden unter der Telefonnummer erreichen, die Violet als Notfallkontakt hinterlegt hat.«

»Hat sie erzählt, warum genau sie so aufgebracht war?« Der Beamte setzte die Befragung fort, ohne auf Charlottes Frage einzugehen.

Gerade als sie zu einer Antwort ansetzte, klopfte es erneut an der Tür. Constable Miller öffnete und blickte in das angstvolle Gesicht eines jungen Mannes. Hinter ihm hatten sich ein paar Kommilitonen versammelt, die nun neugierig die Hälse reckten, um etwas sehen zu können.

»Was ist passiert? Mein Zimmernachbar hat mir gesagt, die Polizei will mich sprechen.« Er machte Anstalten, den Raum zu betreten, wurde aber vom Constable harsch zurückgehalten.

»Wie heißen Sie?«

»Finley Adams.«

Der Student wirkte besorgt, sein Blick wanderte von den Beamten zu Janet und schließlich zu Charlotte.

»Bitte treten Sie zurück«, wies Constable Miller ihn in barschem Ton an. »Gehen Sie alle auf Ihre Zimmer, und Sie, Mr Adams, folgen bitte meinem Kollegen.«

»Wozu?« In Finleys Stimme mischten sich Sorge und Empörung.

»Zuerst will ich bitte wissen, was passiert ist … Janet, ist alles okay?«

Janet schüttelte nur den Kopf, sie wagte nicht, etwas zu sagen. Das Ganze erschien ihr wie ein Albtraum. Der Constable verließ mit Finley zusammen den Raum. Charlotte hörte, wie er die neugierigen jungen Männer erneut aufforderte, in ihre Zimmer zurückzugehen.

»Was ist denn mit der Security!« Der Gedanke war Charlotte ganz plötzlich gekommen. »Die Eingänge sind doch kameraüberwacht, gibt es da keine Aufnahmen? Und können Sie nicht ihr Handy orten?«

Constable Miller sah von seinem Notizblock auf.

»Es müsste noch Aufnahmen geben«, meinte Janet zerstreut.

Miller nickte und bat Charlotte dann, ihm ihre Kontaktdaten aufzuschreiben. »Ich oder einer meiner Kollegen werden uns in Kürze bei Ihnen melden. Sollten Sie etwas von Ms Clark hören, geben Sie uns bitte Bescheid.« Er legte seine Visitenkarte auf den Tisch. »Auch wenn es Ihnen nichtig erscheint.«

Janet legte Charlotte zum Abschied kurz die Hand auf die Schulter und verließ dann zusammen mit dem Constable den Raum.

Zum ersten Mal begann Charlotte zu realisieren, dass wirklich etwas passiert sein könnte. Wie in einem Traum verspürte sie den inneren Drang wegzulaufen, ohne sich bewegen zu können. Sie musste etwas tun, irgendetwas, sie musste mit jemandem sprechen … mit Mühe zwang sie ihren Körper, sich vom Stuhl zu erheben, und starrte durch das schmutzige Fenster hinunter auf die befahrene Straße. Erst jetzt merkte sie, wie erschöpft sie war.

# Silvester 1994/1995
## Charlie

Als Charlie bei Lucile läutete, warf sie ihrer Mutter einen verstohlenen Blick zu. Es hatte einiges an Überredungskunst gekostet, ihre Pläne für Silvester durchzusetzen, und noch immer schien Elizabeth alles andere als begeistert.

Mit einem strahlenden Lächeln öffnete ihnen Ellen die Tür. Sie trug ihr Haar offen, der große selbstgestrickte Pullover war über eine Schulter gerutscht. Wie immer sah sie blendend aus, auch wenn sie an diesem Abend gar nichts vorhatte.

Ellen schloss Elizabeth in die Arme und küsste sie herzlich auf die Wange, diese reagierte jedoch nur mit einem zurückhaltenden Tätscheln auf Ellens Rücken. Die beiden Frauen hatten sich eigentlich kaum etwas zu sagen, manchmal hielten sie den üblichen Smalltalk bei einer Veranstaltung in der Schule oder wenn sie sich zufällig in der Stadt trafen.

»Und das ist auch wirklich in Ordnung für dich?«, fragte Elizabeth.

»Natürlich«, erwiderte Ellen, während sie Charlie eintreten ließ. »Ich fahre die Kids nach Rochester, und spätestens um eins sind sie wieder zuhause. Ich mache mir solange einen schönen Abend mit Vio. Außerdem,« sie drehte sich um und zeigte auf Oliver, der in einem Sessel vor dem Fernseher flackte, »haben sie ja einen Beschützer dabei. Ich kenne die McFosters, die sind in Ordnung.«

Charlie betrat das Wohnzimmer der Clarks. »Lassen wir sie den Abend doch einfach Spaß haben«, hörte sie Ellen noch sagen.

»Charlie!« Violet kam aus der Küche angelaufen, die Haare perfekt zu einer riesigen Schnecke geflochten. »Schau mal, die Frisur hat Mommy mir gemacht!«

»Du siehst wunderhübsch aus«, sagte Charlie ein wenig übertrieben und bewunderte Vios Haarpracht.

Vergnügt rannte das Mädchen zu Oliver hinüber und kletterte stürmisch auf seinen Schoß.

Sie wirkt so glücklich, dachte Charlie. Im Gegensatz zu ihrem letzten Besuch war die Atmosphäre im Haus entspannt. Es war aufgeräumt, Oliver, Violet und Ellen wirkten gelöst. Ihr Zuhause war heimelig und schön.

»Mach's gut, Charlie. Und viel Spaß!«, hörte sie dann hinter sich. Sie spürte, dass ihre Mutter versuchte locker zu wirken, aber der sorgenvolle Unterton entging ihr nicht.

Charlie umarmte sie zum Abschied. »Wir werden schon nichts anstellen, Mum. Mach's gut und bis morgen!«

Kaum war Elizabeth davongefahren, kam Lucile die Treppe herunter. Sie roch nach frischem Shampoo und sah in ihren zerrissenen Jeans und einem schwarzen Top wunderschön und zugleich lässig aus.

Charlie spürte, wie Aufregung von ihr Besitz ergriff. Sie würden wirklich auf die Silvesterparty bei den McFosters gehen. Kevin, ein Schulkamerad, hatte sie alle eingeladen.

»So, Mädels«, Ellen legte ihre Arme um beide Mädchen und führte sie in die Küche, »bevor wir losfahren, kann ich euch noch hübsch machen, wenn ihr wollt.« Auf dem Küchentresen waren ein paar Schminksachen und Bürsten verteilt. »Natürlich nur, wenn du magst, Liebes.« Ellen grinste Charlie so breit an, dass ihre Wangen zu glühen begannen.

»Oliver kommt auch mit«, flüsterte Lucile ihr zu und stieß ihre Freundin mit dem Ellbogen zwinkernd in die Rippen. »Ich weiß doch, dass du ihn anschmachtest. Aber ich warne dich, er ist ein Idiot.«

»Also gut«, erwiderte Charlie leise.

Ellen deutete auf den Barhocker vor der Kücheninsel. Ein paarmal hatte sie Charlie im Salon schon die Spitzen geschnitten, und diese hatte es immer genossen, wie eine Erwachsene behandelt zu werden.

»Werden auch ein paar Jungs da sein?«, erkundigte sich Ellen, während sie Charlies Haare bürstete.

»Mum, bitte«, erwiderte Lucile, und aus ihrer Stimme war herauszuhören, wie peinlich sie die Frage fand.

»Schon gut«, sagte Ellen und pinselte Charlie mit einem weichen Pinsel einen Hauch Rouge auf die Wangen. »So, fertig. Die Jungs werden dir alle nachschauen, Charlie.« Während Ellen die Schminkutensilien wegpackte, betrachtete Charlie sich im aufgestellten Spiegel. Tatsächlich, Ellen hatte nicht viel Make-up benutzt, aber es schien, als hätte sie etwas von ihrer Schönheit an Charlie abgegeben.

Nach kaum zwanzig Minuten Fahrt kamen sie gegen acht Uhr bei den McFosters an. Bevor alle ausstiegen, wandte Ellen sich an Oliver und Lucile. »Denkt daran. Genau um halb eins holt euch das Taxi hier ab«, sagte sie, während sie ein paar Scheine aus ihrer Geldbörse nahm und Lucile reichte. »Viel Spaß! Und macht keinen Unsinn.« Sie warf Charlie noch ein Lächeln zu und drückte Oliver einen Kuss auf die Wange, der rasch das Weite suchte. Dann brauste Ellen mit der noch immer schlafenden Violet davon.

Charlie sah dem Auto nach. Irgendwie war Luciles Mutter wieder ganz die Alte gewesen, als hätte es die seltsame Ellen aus der Boutique nie gegeben. Und das fühlte sich gut an. Als hätte die Welt zwischen Erwachsenen und Kindern wieder ihre Ordnung, das Durcheinander, das sie erlebt hatte, war verschwunden. Vielleicht, dachte Charlie, hat Ellen nur eine schwere Phase durchgemacht. Sie mochte Luciles Mutter sehr und wollte die andere dunkle Version Ellens schnell wieder vergessen.

Sie liefen die Straße eine kleine Strecke stadtauswärts. Bereits von Weitem sahen sie ein paar Leute draußen auf einer kleinen Mauer sitzen, direkt vor dem Eingang des Einfamilienhauses. Josy wartete an der Haustür, und als sie die Gruppe sah, brachte sie ihnen ein genervtes »Na endlich« entgegen.

Diesmal trug sie Chucks und eine Nietenjacke passend zu ihren schwarz geschminkten Augen. Charlie kannte die meisten der Leute nur vom Sehen aus der Schule. Sie wollten gerade klingeln, als die Wohnungstür aufgerissen wurde und laut grölend ein paar Jungs mit Zigaretten im Mundwinkel herauskamen. Ohne etwas zu sagen, drängte sich Lucile an ihnen vorbei, und Josy folgte ihr mit einem kurzen Achselzucken.

Die McFosters schienen wohlhabend zu sein, das erkannte Charlie schon an der Größe des Anwesens. Mit den kantigen Giebeln und dem großen Eingangsbereich stellte es die Reihenhäuser der Nachbarschaft in den Schatten.

Drinnen war der Flur in dämmriges Licht getaucht, und sie blieben für einen Moment orientierungslos stehen. Rechts lag das Wohnzimmer, das mit dunkelbraunen Ledermöbeln ausgestattet war. An der Wand stand ein schwarzes Klavier, das genauso antik wirkte wie die Standuhr daneben. Aus einer Soundanlage, die so gar nicht zum Rest der Einrichtung passte, drang lautstark Musik. Die meisten der Gäste standen im Wohnzimmer herum oder fläzten auf dem Sofa. Gras- und Zigarettenrauch hing in der Luft.

»Da seid ihr ja!« Patrick kam auf sie zu und gab Lucile unbeholfen einen Kuss, den sie müde lächelnd erwiderte. Er zeigte auf die Bar, die voll mit Getränken stand. Lucile griff nach dem Erstbesten, was sie in die Hände bekam, und drückte es Charlie unsanft in die Hand.

»Hast du Josy gesehen?«

Charlie schüttelte den Kopf. Eben noch hatte sie Josy kurz gesehen, keine Minute später war sie jedoch im Gedränge der Leute verschwunden.

»Wir holen uns jetzt erst mal was Richtiges zu trinken!«

In der offenen Küche trafen sie auf ihren Gastgeber. Mit seinen bunt gefärbten Haaren stand Kevin im absoluten Kontrast zur spießigen Einrichtung. In der Schule wirkte er ganz nett, und auf seine Frisur angesprochen sagte er immer, es gäbe für ihn nichts Langweiligeres, als »natürlich« zu sein. Derzeit bevorzugte er Neon-Orange.

»Bist du sicher, dass du hier wohnst?«, fragte Lucile amüsiert. »Es sieht hier eher aus wie im Museum.«

Er winkte ab und reichte ihnen drei Tequilashots. »Mein Vater ist Antiquar und sammelt gefühlt alles, was älter ist als er selbst.«

Während Lucile den Inhalt ihres Glases hinunterstürzte, nippte Charlie nur angewidert daran und stellte es schließlich weg.

Verloren sah sie sich um. Mit den meisten Leuten hatte sie noch nie ein Wort gewechselt, einige waren etwas älter und gehörten zu Kevins Jahrgang. Ihr Blick blieb an Oliver hängen, der auf einer der Fensterbänke saß und sie beobachtete. Er hockte zwischen Patrick und einem anderen Mädchen mit roten Haaren und schwarzem Haarreif. Als sich ihre Blicke trafen, grinste er sie an und hob seinen Becher zum Gruß. Sofort spürte Charlie, wie ihre Wangen rot wurden. Sie nickte ihm nur kurz zu, zwang sich ein Lächeln ab und schnappte sich das nächste Getränk, Luciles

Eigenkreation, von der sie sich einen großen Schluck genehmigte. Es schmeckte scheußlich. Aber es gab nichts Schlimmeres, als auf einer Party zu sein, ohne etwas in der Hand zu halten. Man wusste einfach nicht, wohin mit seinen Händen. Olivers Blick war ihr unangenehm. Sie wusste nicht, ob er sie überhaupt für voll nahm. Eigentlich sollte es ihr egal sein, was er dachte. Immerhin war sie älter als er. Sie beschloss, sich zu Lucile und Patrick auf eines der Ledersofas zu quetschen.

Wenige Augenblicke später drückte sich auch noch Josy auf die Couch. Sie war schon ziemlich betrunken, ihre Wangen waren gerötet. Sie war so gesprächig wie in der Schule selten. Jemand unterbrach ihren Redeschwall und umarmte Lucile von hinten. Es war Kevin, der ihr einen feuchten Kuss auf die Wange drückte.

Es stimmt also nicht, dass der Gastgeber auf seiner eigenen Party am wenigsten Spaß hat, dachte Charlie. »'ne schicke Bude hat er hier«, sagte sie zu Lucile. »Aber das Haus ist irgendwie auch unheimlich.« Sie deutete auf die Wand, an der mehrere Tierhörner aufgehängt waren.

Aus dem Flur drang grölendes Gelächter, das selbst die laute Musik übertönte.

»Komm, wir sehen uns mal um.« Lucile packte Charlie an der Hand, und gemeinsam mit Kevin drängten sie sich zuerst durch den Flur und dann die Treppe hinauf.

Charlie wusste, dass Kevin ein schräger Vogel war, und als sie oben eines der Zimmer betraten, wusste sie auch warum. Es schien das Arbeitszimmer von Mr McFoster zu sein, die Bücherregale waren gefüllt mit ledergebundenen Werken. Neben einem dunklen massiven Schreibtisch blickte ihnen ein starres Skelett entgegen. An den Wänden prangten Bilder mit religiösen Motiven und okkulten Zeichen.

»Wissen deine Eltern eigentlich von der Party?«

»Von der Party schon. Nur über die Zahl der Gäste könnte es eventuell ein Missverständnis gegeben haben.« Kevin lachte und zuckte unschuldig mit den Schultern. »Meine Eltern machen eine Kreuzfahrt. Solange nicht die Polizei kommen muss, wird es sie nicht stören, schätze ich.«

»Mein Gott, ist das dein Vater?« Lucile deutete auf das Porträt von Mr und Mrs McFoster mit schwarzen Masken. »Und ich dachte, *meine* Eltern seien seltsam.«

Prustend stießen sie an.

In der Mitte des Raumes saß auf einem orientalischen Teppich eine Gruppe von Leuten um zwei junge Frauen herum. Immer wieder wurde applaudiert.

Charlie musste sich verrenken, um zu erkennen, was in der Mitte des Kreises vor sich ging. Die beiden hatten ihre Hände auf einem ovalen Holzbrett liegen, das sie mit den Fingern am Rand berührten. Am oberen Ende des Bretts war ein Bleistift eingefasst, der mit der Spitze nach unten den Tisch berührte.

»Wow, was ist das denn? Irgendein Voodoo-Kram?«, fragte Lucile in Kevins Richtung. »Nein, das ist eine Planchette.«

»Eine was?«

»Das hat mein Vater aus Amerika mitgebracht. Früher wurde es neben dem Ouija-Brett für Gespräche mit den Geistern verwendet. Seht ihr?«

Sie rückten näher an den Tisch heran und erkannten nun, dass ein Blatt Papier auf dem Tisch lag. Die beiden Jugendlichen bewegten kichernd das Oval über die Fläche, während der Bleistift unaufhörlich Striche darauf zeichnete.

»Hey, Clara, zeig mal, was der Geist euch mitteilt.« Eine der beiden hielt das Blatt lachend in die Höhe, während Kevin es begutachtete. »Ich sehe eindeutig das Wort Kevin. Das bedeutet bestimmt, dass du auf mich stehst!«

Grölendes Gelächter erfüllte den Raum.

»Das hättest du wohl gern. Ich erkenne nur das Wort Idiot.«

Charlie sah nur unleserliches Gekritzel.

»Wollt ihr auch mal?« Charlie merkte erst, dass sie gemeint war, als Lucile sie nach vorne zog. »Klar, warum nicht.«

»Oh nein, danke.« Sie wand sich aus Luciles Griff und trat wieder zurück. »Ich steh nicht auf sowas.«

»Spielverderber«, grölte es aus der Menge.

»Ich mach mit.« Josy zwängte sich neben Lucile in die Mitte. »Ich bin auch dabei.« Nun hatte sich auch Patrick dazugesellt und hockte sich zwischen Lucile und Josy in den Kreis. Sie knieten zusammen vor dem Tischchen und legten ihre Hände auf die Planchette.

»Ihr müsst eine Frage stellen. Sonst kommt wieder nur ›Kevin‹ heraus«, empfahl jemand.

»Okay«, sagte Lucile und blickte nach oben, als würde sie sich eine Frage ausdenken. »Was erwartet mich im nächsten Jahr?«

»Uuuuuuhhhh«, ging es durch die Menge. Alle schienen gespannt auf die Antwort, die sich auf dem Blatt zeigen würde.

Lucile grinste kurz zu Josy hinüber, dann legten sie die Finger auf die beiden Seiten der Planchette. Zuerst geschah nichts, dann fing das Brett an zu ruckeln.

»Hey, sachte«, sagte Josy, aber Lucile schüttelte nur den Kopf. »Das bin ich nicht.«

Die umstehenden Leute sahen gebannt zu. Die Planchette kam zur Ruhe. Nach wenigen Sekunden fing sie an, in langsam kreisenden, dann in zackigen Bewegungen über das Blatt zu fahren.

Charlie starrte gespannt auf das Papier. Die Linien ähnelten denen auf dem ersten Blatt. Plötzlich ließ ein lautes Knacken alle zusammenfahren. Enttäuschtes Aufstöhnen ging durch die Menge. »Na toll, ist der Geist jetzt kaputt?«, fragte Lucile mit gespielter Entrüstung. Sie hob das Brett hoch, und nun war zu erkennen, dass die Spitze des Bleistifts abgebrochen war. Kohle lag abgesplittert auf dem Papier.

»Okay, das reicht jetzt, glaube ich.«

Alle drei hoben ihre Finger von dem hölzernen Oval. Josy legte das Brett zur Seite, und alle beugten sich gespannt über das Blatt.

»Nicht dein Ernst«, flüsterte jemand. »Seht ihr das auch?« Charlie versuchte so gut es ging über die Köpfe hinweg einen Blick auf das Blatt zu erhaschen.

Zwischen den kritzeligen Strichen waren eindeutig drei Buchstaben zu erkennen, die Charlie zusammenfahren ließen. »Sehr witzig, Josy«, sagte Lucile. »*Du* hast das Blatt doch so bearbeitet!«

Gespanntes Getuschel erfüllte die Runde. Die Botschaft, die aus festen dunkelgrauen Strichen bestand, katapultierte Charlie zurück auf die Insel. Modriger Geruch stieg ihr plötzlich in die Nase. Was sie sah, war die Leiche von Dahlia Saunders, die sie aus leblosen, verquollenen Augen anstarrte. Die Botschaft lautete »Tod«.

Lucile war das Lächeln auf dem Gesicht erstarrt, es wirkte jetzt steif und unnatürlich. Auch ihr musste der Beigeschmack des Wortes sauer aufgestoßen sein.

»Okay, wer will als Nächstes?«, sagte sie, stand auf und drängte sich durch die sitzenden Leute hindurch. Charlie folgte ihr nach unten, wo sie sich eine Jacke überzog.

»Hey, ist alles in Ordnung?«

Lucile wickelte sich noch den Schal um den Hals und nickte. »Ja, klar. Wieso? Ich muss mal eine rauchen. Kommst du mit?« Charlie sah, wie Patrick die Stufen heruntergestapft kam, und schüttelte den Kopf. »Ich komme gleich nach. Wo ist das Bad?«

Patrick deutete auf eine schmale Tür gegenüber der Treppe und begleitete Lucile dann nach draußen.

Im Bad angekommen, war Charlie für eine Sekunde froh, das Getümmel ausgeschlossen zu haben. Jetzt erst merkte sie, wie betrunken sie schon war. Das Spiel und dessen Ausgang hatten der Party einen faden Beigeschmack gegeben, und nun fühlte sie die aufkommende Müdigkeit.

Als sie nach draußen trat, war von Lucile und Patrick nichts zu sehen. Charlie drängte sich durch die Grüppchen, die mit glimmenden Zigaretten dicht gedrängt im kleinen Vorgarten standen, doch Lucile war nirgends zu sehen. Müde setzte sie sich auf die niedrige Mauer an der Straße und kramte in ihrer Tasche. Plötzlich tippte ihr jemand auf die Schulter. Unwillkürlich schreckte sie zurück.

»Oh, entschuldige. Ich wollte dich nicht erschrecken.« Es war Kevin. »Hast du vielleicht Feuer?«

Sie schüttelte den Kopf. »Ich rauche nicht.«

»Aha. Dann kannst du dich ja mit meinem Bruder hier zusammentun«, er deutete auf den Typen neben sich. »*Eigentlich* raucht er auch nicht, dabei schnorrt er mir alle Kippen weg.« Kevins Bruder lächelte kurz und streckte Charlie die Hand entgegen. »Jacob. Der Schnorrer.«

»Charlie«, antwortete sie und drückte seine Hand. Eigentlich kannten sie einander aus ein paar Kursen der Schule, Jacob war in ihrem Jahrgang, aber gleichzeitig war er im Gegensatz zu ihr ein Überflieger in sämtlichen Fächern und kaum auf irgendwelchen Partys oder Veranstaltungen anzutreffen. Wahrscheinlich hatte er sie noch nie zuvor bemerkt. Im Gegensatz zu Kevin trug Jacob seine Haare ordentlich kurz geschnitten, er hatte eine unauffällige Brille, und seine blauen Augen sahen Charlie ernst und nachdenklich an. Auf der Suche nach einem Feuerzeug verschwand Kevin im Getümmel und ließ Charlie neben Jacob allein.

»Ein tolles Haus habt ihr«, meinte sie, weil sie sonst nichts zu sagen wusste.

Jacob lachte kurz auf. »Die meisten würden es eher als angestaubt bezeichnen. Aber unsere Eltern sind begeisterte Sammler. Sie sind oft unterwegs und kommen immer mit einer neuen Kuriosität nach Hause.«

»Wie zum Beispiel einer Planchette?«

»Ja, zum Beispiel.«

Sie blickten einander an, und Charlie konnte eine leichte Aufregung nicht unterdrücken.

Da rief jemand ihren Namen. »Charlie, da bist du ja!«

Lucile stand ein Stück weiter auf der Straße und winkte zu ihr herüber. Patrick stand neben ihr, den Blick genervt abgewandt.

»Also, hat mich gefreut«, verabschiedete Charlie sich widerwillig von Jacob.

Als sie näher kam, merkte sie, dass Lucile und Patrick sich stritten. Gerade tippte er mit den Fingern auf ihre Brust, woraufhin sie seine Hand wegschlug.

»Hey, was ist denn los?« Charlie trat zu ihnen, woraufhin beide verstummten.

Patrick kniff den Mund zusammen. Sein Ärger war ihm deutlich anzusehen. »Vergiss es«, keifte er und ließ die beiden stehen.

»Was hat er denn?«

»Ach, gar nichts.« Lucile blickte ihm nicht nach. »Komm, stellen wir uns zu den anderen.«

Charlie warf einen Blick zur Mauer, doch Jacob war nicht mehr da. Sie nippte an dem Getränk, das Lucile für sie organisiert hatte, während um sie herum der Countdown heruntergezählt wurde. Immer mehr Leute fielen mit ein. Und dann war Mitternacht.

Alle umarmten einander, wünschten sich ein glückliches neues Jahr, während ein buntes Feuerwerk den schwarzen Himmel über ihnen erleuchtete.

Dann aber merkte Charlie plötzlich, dass alles um sie herum verschwamm. Als sie sich aus der letzten Umarmung löste, wäre sie beinahe vornübergefallen, während das schrille Pfeifen aufsteigender Raketen in ihren Ohren lag. Der Rauch der gezündeten Böller trieb ihr Tränen in die Augen. Aus der Menge kam Lucile auf sie zu und drückte ihr einen Kuss auf die Wange.

»Alles okay?«

Für Charlie drehte sich Luciles fragendes Gesicht wie in einem Karussell. »Ich glaube, mir ist schlecht. Ich glaube, ich muss …« Hilfesuchend klammerte sie sich an Lucile, versuchte zur Seite zu treten, damit niemand sah, wie sie sich gleich ins neue Jahr hinein übergeben würde. Schon ein paar Meter weiter überkam sie die Übelkeit in Wellen.

»Nur raus damit«, meinte Lucile und strich ihr über den Rücken.

Nachdem das Elend abgeklungen war, wurde Charlie erst klar, dass sie ein Stück abseits von Kevins Party standen, die grölenden Stimmen der anderen waren in die Ferne gerückt. Sie saßen an ein kleines Steinmäuerchen gelehnt auf dem Gehsteig, Charlie stand der Schweiß auf der Stirn, während Lucile sich eine Zigarette anzündete und ihr ein Taschentuch reichte.

»Keine Sorge, niemand hat etwas gesehen. Aber ich schätze, du bist nicht mehr in Feierlaune, oder?«

Charlie schüttelte vorsichtig den Kopf, bedacht darauf, die Welt nicht noch mehr ins Wanken zu bringen. Die Kälte der Nacht kroch ihr langsam unter die Jacke. Für heute hatte sie definitiv genug. Während sie mit einem Blick in Luciles Handspiegel ihr verschmiertes Make-up notdürftig richtete, fiel ihr der Zettel in Luciles Hand auf. »Du glaubst doch nichts davon, was vorhin auf dem Blatt stand? Das war ein bescheuertes Spiel.«

Lucile sah gedankenverloren auf. Ihr Lächeln wirkte müde. »Natürlich nicht. Wahrscheinlich hat sich Patrick mal wieder einen seiner dummen Witze erlaubt.« Sie zerknüllte das Blatt Papier und kickte den Ball auf die Straße. »Scheiß drauf.«

Es dauerte eine weitere Unendlichkeit, bis das von Ellen bestellte Taxi kam und Charlie sicher sein konnte, dass sie keine Gefahr für den Innenraum des Wagens darstellte. Ein älterer Mann saß am Steuer. Charlie drückte die ganze Fahrt über ihre Stirn an das kalte Seitenfenster, während Lucile auf dem Beifahrersitz mit dem Fahrer Smalltalk hielt. Neben sich hörte sie Oliver leise schnarchen. Bei den Clarks angekommen, gingen sie sofort ins Bett.

Lucile stellte einen Putzeimer an Charlies Bett (»nur für den Fall«), und die Welt verschwand hinter Charlies Lidern, sobald diese sich schlossen.

Wenige Stunden später wurde sie von ihrem eigenen Herzklopfen wach. Es schlug so laut, dass sie fürchtete, ihr Inneres würde gleich explodieren wie einer der Böller. Noch nie in ihrem Leben hatte sie sich so schlecht gefühlt. Ihre Haare stanken nach Rauch, ihre Zunge war pelzig, und der Geschmack in ihrem Mund hatte etwas Bitteres. Würde sie ihren Kopf auch nur einen Zentimeter bewegen, müsste sie ganz bestimmt sterben. Doch es war nicht das Herzrasen, das sie geweckt hatte, sondern der kalte Luftzug, den sie in ihrem Rücken spürte und der ihr kalten Schweiß auf den Körper trieb. Mit geschlossenen Augen griff sie hinter sich auf Luciles Seite, doch ihre Finger fuhren nur über das leere Bettlaken.

»Was machst du hier?«, hörte sie ein Zischen, und Wortfetzen drangen an ihr Ohr. »… kann jetzt nicht.«

Ein schiebendes Geräusch. Das Fenster wurde geschlossen. Dann ein Gewicht, das die Matratze leicht hinunterdrückte. Bevor Charlie etwas fragen konnte, war sie wieder in unruhigen Schlaf abgedriftet.

# 2010
## Charlotte

Anstatt an die Uni zurückzukehren, war Charlotte in ihre Wohnung geflüchtet. Auf ihrem Schreibtisch lag noch immer das kleine Buch, das sie unter Violets Bett hervorgeholt und eingesteckt hatte. Bisher hatte sie es nicht gewagt, darin zu blättern. Es kam ihr wie die unbedachte Handlung eines Kindes vor, es einfach so eingesteckt zu haben. Wie sollte sie sich erklären, wenn Violet wieder auftauchte und merkte, dass ihr Tagebuch fehlte? Und wenn doch etwas passiert war, wie sollte sie ihr Verhalten dann der Polizei gegenüber rechtfertigen? Aber diese Notizen zwischen zwei Buchdeckeln schienen ihre einzige Verbindung zu Violet zu sein. Langsam öffnete sie das Buch und begutachtete erneut das eingeklebte Foto. Wieder ergriff sie bei Luciles Anblick ein ambivalentes Gefühl. Die Liebe zu einer engen Freundin und zugleich die Furcht vor Luciles anderer, unbekannter Seite.

Alle Einträge waren an L. gerichtet. Lucile. Das L. in der L. O. V. E.-Familie. War es makaber, dass Violet Briefe an ihre tote Schwester schrieb? Oder zeigte es nur, wie einsam Violet war, wenn die einzige Person, der sie sich anvertrauen konnte, bereits lange unter der Erde lag? Charlotte las die Texte, die seit dem Einzug in die Green Lodge geschrieben worden waren, in denen es nur um das Wohnheim ging. Zwischen den Zeilen spürte sie die wachsende Furcht. Wirkte die Handschrift anfangs noch ordentlich, waren die letzten Seiten von durchgestrichenen Worten und mit dem Kugelschreiber tief ins Papier eingedrückten Fragezeichen am Rand überzogen.

Was anfangs eine Unsicherheit gewesen sein mochte, wuchs sich zu einer ausgeprägten Angststörung aus. Violet war völlig übernächtigt. So schrieb sie von der Angst einzuschlafen und dem permanenten Gefühl, in ihrem Zimmer beobachtet zu werden. Charlotte war keine Psychologin, aber die Zeilen klangen wie die eines Menschen, der einem Nervenzusammenbruch nahe war. Konnte das am Schlafmangel liegen und an der Tatsache, dass Violet in ein für sie mit einem Trauma behaftetes Gebäude gezogen war? Irgendwann spielt einem der Verstand Streiche, oder nicht? Man sah Augenpaare in Schatten und Bewegungen, wo keine waren. Und natürlich wurde deutlich, wie sehr sie ihre Schwester zu vermissen schien. Lucile war für Violet offenbar eher eine Freundin, eine Weggefährtin gewesen als ein Familienmitglied.

Unwillkürlich dachte Charlotte an das Messer, das Violet unter ihrem Bett versteckt hatte, und ihr Magen krampfte sich zusammen. Was für eine Angst musste sie gehabt haben, wenn sie sich in ihrem eigenen Zimmer hinter verschlossener Tür derart schützte? Dann blätterte Charlotte zu den letzten beschriebenen Blättern, in der Hoffnung, dass Violet vielleicht angedeutet hatte, was ihr Plan gewesen sein könnte. Als ihre Augen über die Zeilen flogen, in denen Violet von der Party erzählte, legte sie ungläubig eine Hand an den Mund.

*Charlotte hat mir nicht aufgemacht, obwohl ich Licht bei ihr gesehen habe. Langsam glaube ich, ihr ist genauso wenig zu trauen wie den anderen hier.*

Die Worte brannten in Charlottes Augen, während sie in ihrer Erinnerung erneut das Klingeln an ihrer Haustür hörte, diesmal panisch statt fordernd, wie sie es damals fälschlicherweise interpretiert hatte. Violet war es gewesen. Violet, die verzweifelt vor einem Unbekannten weggerannt war. Die ein Licht in ihrem Fenster gesehen und verzweifelt bei Charlotte Schutz gesucht hatte. Vergeblich.

Sie, Charlotte, hatte sich in ihrer Wohnung versteckt und sich tot gestellt.

Auch von Finley, der bei ihrer letzten Begegnung in die Küche marschiert war, las sie in Violets Einträgen. Ob sie ein Paar waren, konnte sie aus den Zeilen nicht schließen, nur dass sie den Jungen mit den unbändig abstehenden Haaren und dem sommersprossigen Gesicht mochte.

Eine Welle der Schuld überrollte Charlotte. Sie schämte sich dafür, Violets Gemütszustand vielleicht nicht ernst genug genommen zu haben. Tief in ihrem Inneren hatte sie eine instabile junge Frau und dahinter das kleine verängstigte Mädchen von damals gesehen, das sich einsam und unsicher fühlte. Nun sah sie ein anderes Bild. Eine junge Frau, die verzweifelte Briefe an eine Tote geschrieben hatte und so an ihrer verstorbenen Schwester festhielt, eine junge Frau, die das Wohnheim in Todesangst Hals über Kopf verlassen hatte.

Charlotte wollte das Buch gerade zuklappen, als ihr ein Innenfach hinten im Einband auffiel. Sie öffnete es und fand mehrere zusammengefaltete Blätter darin. Es handelte sich um eine Liste, in der mehrere Namen mit farbigem Filzstift markiert oder durchgestrichen waren. An den Rändern der schlechten Fotokopie verblasste das Geschriebene. Charlotte blätterte zu einem von Violets Einträgen zurück. Darin erwähnte sie eine Liste, die sie aus Janets Büro entwendet hatte. Es handelte sich um die Namen der Green-Lodge-Bewohner aus dem Jahr 2002, dem Jahr, in dem Lucile ebenfalls im Wohnheim gewohnt hatte. Violet musste jemanden im Verdacht haben, der mit ihr in der Green Lodge wohnte. Einen Studenten also. Sie hatte ja angedeutet, dass Lucile nicht durch Zufall in genau dieses Wohnheim gezogen war.

Charlotte ging die einzelnen Namen durch, doch keiner schien ihr auch nur im Geringsten bekannt vorzukommen. Jede Zeile war außerdem mit einer Personalnummer versehen, einer Reihenfolge aus Buchstaben und Zahlen. Wahrscheinlich, so vermutete sie, spielten diese Nummern auch bei dem elektronischen Schlüssel eine Rolle. Sie hatte schon mehrfach beobachtet, wie die Bewohner einen kleinen Transponder gegen einen Sensor an der Wand gehalten hatten, woraufhin sich das Tor unter lautem Surren geöffnet hatte. Einige der Nummern waren von Violet farbig markiert worden.

Auf der letzten Seite schließlich entdeckte Charlotte ein gelbes Post-it, das mit Klebeband am Papier befestigt worden war. Darauf stand:

GHM H2E3 27^35^G<

Die Schrift kam Charlotte erschreckend bekannt vor. Sie hatten zu viele Jahre Spickzettel und Geheimbotschaften durch das Klassenzimmer wandern lassen, manchmal mehrfach gefaltetes Schmierpapier mit winzig notierten Lösungen für die Physikklausuren, um sie jetzt nicht zu erkennen. Sie konnte sich irren, aber wie es geschrieben war, erinnerte es sehr an Luciles Handschrift. Das würde auch das zusätzliche Klebeband erklären. Das Post-it war so alt, dass es nicht mehr klebte, weil Lucile es beschriftet haben musste, als sie noch am Leben war.

Hatte Violet darauf angespielt, als sie von Luciles Zeichen gesprochen hatte, die sie selbst nicht verstand? Und was hatten sie zu bedeuten? Handelte es sich um die Ausweisnummer von jemandem, der etwas mit Violets Verschwinden oder Luciles Selbstmord zu tun hatte? Wenn es überhaupt eine Ausweisnummer war. Zumindest aber war es vermutlich eine der letzten Spuren, denen Violet in ihrer Verzweiflung nachgegangen war. Eine gestohlene Liste mit Namen von Studentinnen und Studenten, die schon vor Jahren ausgezogen waren.

Ganz in die Zeichen vertieft, fuhr Charlotte zusammen, als das Zimmer plötzlich in grell blinkendes blaues Licht getaucht wurde. Sie sprang auf und eilte zum Fenster. Die Streifenwagen standen direkt vor dem Wohnheim, ihr Blaulicht beleuchtete die ganze Straße. Charlottes Herz setzte aus. Ihr schoss nur ein Satz durch den Kopf, als sie nach ihrer Jacke griff.

*Sie haben Violet gefunden.*

Achtlos ließ sie die Tür hinter sich zufallen, rannte die Stufen des Treppenhauses hinunter und auf die Straße hinaus. Wie in Trance nahm sie die erschrockenen Gesichter an den Fenstern der Green Lodge wahr.

*Bitte nicht Violet!*

Sie fuhr zusammen, als das Eisentor aufgestoßen wurde und gegen die Mauer knallte. In Begleitung einer Polizistin trat ein junger Student aus dem Wohnheim, den Charlotte bis jetzt noch nie gesehen hatte. Er wirkte ängstlich, hatte den Blick starr auf das Polizeiauto vor dem Eingangstor gerichtet. Noch bevor sie in den Wagen eingestiegen waren, gellte ein Schrei durch die Luft, hallte im Hof wider. Charlotte entdeckte Finley, der von zwei uniformierten Männern abgeführt wurde, während er mit hochrotem Kopf versuchte, sich loszureißen. Das Bild war so unwirklich, dass Charlotte an ihrer Wahrnehmung zweifelte.

»Lasst mich los, ihr verdammten Schweine!«, hörte sie Finley zetern. Tränen liefen ihm über die Wangen. Unbeeindruckt schoben die Uniformierten ihn harsch in Richtung Streifenwagen.

Charlotte sah hilfesuchend zu Janet, die kurz nach ihnen auf die Straße trat, doch auch sie schien geschockt von der Brutalität dieser Szene. Lichtblitze von Handykameras leuchteten in den Fenstern auf. Unzählige Blicke folgten Finley und dem anderen Studenten neugierig. Vor Charlottes Lidern tanzten rote Punkte, so dass sie sich schnell abwandte.

»Janet!« Sie war die Stufen hochgeeilt. »Haben sie Violet gefunden?«

Janet schüttelte den Kopf, ihren Blick noch immer starr auf die Autos gerichtet. »Es ging alles so schnell. Ich ...«

Wieder war Stimmengewirr zu hören, ein wildes Handgemenge entstand. Irgendetwas stimmte nicht. Noch während Charlotte sich abwandte, erkannte sie Finleys Gesicht. Er hatte sich von den Polizeibeamten losgerissen und eilte auf sie zu. Seine Augen waren weit aufgerissen, als sei er nicht er selbst.

»Du miese Kuh«, schrie er sie an.

Wie vom Donner gerührt stand Charlotte da, spürte die Heftigkeit seines Faustschlags, der vermutlich Janet galt.

Dann ging alles ganz schnell. Sie spürte, wie sie zu Boden ging, Arme, die nach ihr griffen.

»Oh mein Gott, alles in Ordnung? Um Himmels willen, bringen sie ihn weg!«, hörte sie jemanden schreien.

»Wo ist Violet?«, stammelte sie, und dann sah sie Janets schreckgeweitete Augen vor sich und einen Officer, der sich zu ihr kniete.

»Können Sie aufstehen? Brauchen Sie einen Arzt?«

Vorsichtig fasste Charlotte sich ans Auge, zuckte jedoch gleich zurück.

»Haben Sie das etwa nicht gesehen? Der Kerl ist auf uns losgestürzt! Wieso haben Sie ihn nicht aufgehalten?« Janets Stimme überschlug sich, als sie sich beschwerte.

Charlotte spürte das Pochen im Gesicht. »Nein, ich denke, es geht«, sagte sie zu dem Constable, der sich nicht von Janet beeindrucken ließ.

Dieser nickte und ging zurück zum Wagen. Charlotte konnte förmlich fühlen, wie Wange und das untere Lid anschwollen.

»Du musst die Stelle unbedingt kühlen«, sagte Janet, während sie Charlotte aufhalf.

Als Charlotte nicht reagierte, schob Janet sie sanft zum Eingang der Green Lodge. »Komm, ich gebe dir Eis.«

Gemeinsam betraten sie den Korridor im Erdgeschoss, bogen um eine Ecke und gelangten zu einer der schmucklosen großen Küchen. Während Charlotte sich auf einem der Stühle niederließ, öffnete Janet den erstbesten Kühlschrank und durchsuchte das Gefrierfach. Es gab keine Eiswürfel, und so gab sie sich mit einer Packung Erbsen zufrieden, auf der mit schwarzem Edding der Name »Michelle« gekritzelt stand. Janet nahm ein Geschirrtuch von der Spüle, wickelte die Packung darin ein und hielt es Charlotte hin. Zaghaft legte diese es an ihre Wange.

»Was zum Teufel war das denn?«, schimpfte Charlotte unter Tränen. Der Schlag war so unerwartet und heftig gekommen, dass sich Übelkeit in ihr breitmachte.

Glücklicherweise war Janet alles andere als in Schockstarre. Gerötete Wangen verrieten ihren Ärger.

»Die beiden Constables waren hier und haben nach Finley gefragt. Warum, haben sie nicht gesagt. Nur dass sie ihn sprechen müssen. Wir gingen also rauf zu seinem Zimmer, und als wir klopften, machte Finley einen Spaltbreit auf, um dann sofort panisch die Tür zuzudrücken.« Sie schüttelte immer noch fassungslos den Kopf. »Und ehe ich überhaupt kapiert habe, was los ist, traten sie die Tür ein, und es gab nur noch Geschrei und Gedränge. Aus dem Zimmer roch es nach Gras.«

»Es ging um Gras? Ich dachte, sie hätten …« Nun schüttelte Charlotte den Kopf, zuckte jedoch vor Schmerz zusammen.

»Haben sie denn irgendetwas gesagt, warum sie mit Finley sprechen wollen?«

Janet schüttelte den Kopf. »Nur dass es um die verschwundene Studentin geht. Und dass ab sofort niemand sein Zimmer betreten darf.«

# 1995
## Charlie

Mit dem Fahrrad waren es nicht einmal zehn Minuten zum Pale Blue Lake, aber sie beschlossen, zu Fuß zu gehen, weil die Straße an manchen Stellen zu vereist war. Der aus einem ehemaligen Steinbruch geflutete See war über die Jahre zu einem Erholungsgebiet für die Bewohner im Umkreis geworden, seit ein Freizeitsportunternehmen einen Teil des Ufers aufgekauft und dort einen Wassersportverleih aufgestellt hatte. Während die eine Seite des Pale Blue Lake einem kahlen Strand mit schottergepflastertem Parkplatz gewichen war, wurde die andere Seite des Sees natürlich belassen – eine Reaktion auf den Protest der Anwohner. Ein Dickicht aus Gebüschen und sogar ein kurzes Stück mit dichtem, schattenspendendem Baumbewuchs umsäumte diese Seite des Sees sowie eine herausstehende Halbinsel, auf der man von Büschen geschützte Uferabschnitte fand.

Charlie war selten dort, höchstens im Sommer, wenn Lucile unbedingt mal wieder an den See wollte. Aber im Grunde vermied sie es, im Bikini dort aufzutauchen, wo sie sämtlichen Schulkameraden über den Weg laufen konnte. Im Gegensatz zu Lucile hatte sie, wie sie fand, keine Bikinifigur und lag meist lesend auf ihrer Picknickdecke, während Lucile immer jemanden fand, mit dem sie im Wasser bis zu dem verankerten Floß in der Mitte schwimmen und sich dort sonnen konnte. Nun war es Mitte Januar, und der See war menschenleer – bis auf Jacob und Charlie, die eine Runde um den See drehen wollten.

Zu ihrer Überraschung hatte Jacob wenige Tage nach ihrem desaströsen Silvesterabend bei ihr angerufen und gefragt, ob sie Lust auf einen Spaziergang hätte, und Charlie hatte nervös, aber freudig zugestimmt.

Jacob hatte einen braunen Labrador namens Luke dabei, denn vor und nach der Badesaison war es erlaubt, Hunde an den See mitzunehmen. Gemeinsam beobachteten sie, wie Luke mit voller Energie ins Wasser sprang, um sich anschließend ordentlich zu schütteln und sie nasszuspritzen. Tatsächlich lockerte der tollpatschige, vor Freude sprühende Hund die Nervosität zwischen ihnen, lenkte die Aufmerksamkeit immer wieder auf sich und brachte sie zum Lachen.

Selbst wenn man gemütlich schlenderte, konnte man den See in etwa einer Stunde umrunden. Der Januar war kalt und grau, aber zumindest hatte es in den vergangenen Tagen etwas geschneit und eine zarte Decke aus Weiß hatte sich über die Landschaft gelegt. Sie liefen nebeneinanderher, Luke tänzelte immer wieder zwischen ihnen herum, bis er wieder etwas Interessantes zum Schnuppern fand. Ein kurzer Sonnenstrahl stahl sich durch die dichte Wolkendecke, um sich gleich darauf wieder hinter dunkler werdendem Grau zu verstecken. Charlie blieb stehen und betrachtete den See.

Das Wasser hatte ein unnatürlich strahlendes Türkis. Sie spürte, wie ihr der Gedanke, darin zu baden, einen Schauer über den Rücken laufen ließ.

»Jacob?«, hatte Lucile entgeistert ausgerufen, als Charlie ihr von ihrem Treffen erzählt hatte. »Dieser Nerd?« Ungläubig hatte sie den Kopf geschüttelt, eine Augenbraue war in die Höhe geschnellt und hatte Charlies Vorfreude auf ihr erstes richtiges Date unmittelbar getrübt. »Ich habe ihn noch nie zwei Sätze sprechen hören«, hatte sie achselzuckend erwidert. »Melde dich, wenn ich dich retten soll.«

Mit einem Hauch Verärgerung dachte Charlie an Luciles Worte zurück. Und daran, wie nett Jacob an Silvester gewirkt hatte. Über zwei Sätze waren sie in jener Nacht auch nicht hinausgekommen, doch war es nicht Lucile gewesen, die sie zu sich gerufen und ein mögliches Kennenlernen dadurch gestört hatte?

Nach dem Silvesterabend hatte Charlie Lucile noch einmal auf den Streit mit Patrick angesprochen, doch sie hatte kaum reagiert. Und auch als Charlie auf die nächtlichen Stimmen zu sprechen gekommen war, hatte Lucile sie nur ausgelacht und alles auf Charlies Rausch geschoben. Wut und Hilflosigkeit übermannten sie, irgendwie hatte sie keinen Zugang mehr zu ihrer Freundin. Waren sie überhaupt noch Freundinnen? Charlie hatte das Thema beendet, bevor zwischen ihnen noch ein richtiger Streit ausbrach, aber sie beschloss, Lucile nichts davon zu erzählen, wie das Treffen mit Jacob gelaufen war. Sie wollte sich nicht kaputtmachen lassen, was immer das war oder werden würde.

Etwas in ihrem Bauch kitzelte, wenn Jacob zu ihr herübersah. Seine blauen Augen versteckten sich meist hinter seiner dunkelbraunen Hornbrille, die er sich immer wieder gedankenverloren von der Nase nahm, um sie zu putzen. Sie mochte den Jungen mit dem scheuen Blick wirklich gern. Seine ruhige Art, das Lächeln, das immer wieder über sein Gesicht huschte. Am See sprachen sie über alles Mögliche. Jacob wollte später nach Cambridge oder Oxford, sein Ziel war eine der Elite-Universitäten, um dort Geschichte zu studieren. Er schien sich wesentlich mehr für den Antiquarsberuf seines Vaters zu interessieren als sein älterer Bruder Kevin. Ohne ein Außenseiter zu sein, hielt er in der Schule mit seiner reservierten Art die meisten auf Distanz. Charlie kannte

Jacob als diesen kühlen Überflieger aus der Schule, aber die Seite, die sie nun an ihm entdeckte, gefiel ihr. Mit keinem Wort schüchterte er sie ein.

»Ich bin sonst nie hier«, sagte Charlie, als sie gerade die Hälfte des Sees umrundet hatten. »Obwohl es hier echt schön ist!«, fügte sie hinzu, um nicht den Eindruck zu vermitteln, es gefalle ihr nicht.

»Ich mag es gern hier, vor allem im Winter ist man hier ungestört. Normalerweise gehe ich mit Luke eine Runde über die Insel oder am Fluss entlang, aber jetzt …«

Sie wusste, was er meinte. Diese Idylle, die Unberührtheit der Insel war dahin. Mittlerweile tauchten ständig fremde Gesichter dort auf, warum, wusste sie nicht. Es war, als hätte der Tod von Dahlia Saunders den Charme der Insel gleich mit ins Jenseits genommen. Immer wenn Charlie die Brücke mit dem Fahrrad passierte oder mit ihren Eltern im Auto an der Insel vorbeifuhr, sah sie auf die Stelle, wo Oliver und die anderen die Leiche aus dem Wasser gezogen hatten, und ihr Magen verkrampfte sich. Vor allem abends beim Einschlafen kamen die schrecklichen Erinnerungen hoch.

»Alles in Ordnung?« Jacobs Stimme riss sie aus ihren Gedanken. Er sah sie von der Seite an. »Tut mir leid, ich hätte nicht davon anfangen sollen. Mittlerweile kann man die Geschichte auch nicht mehr hören, oder?«

Sie schüttelte den Kopf. »Ich finde das Ganze immer noch so schrecklich.«

Als hätte Luke etwas gespürt, kam er direkt zu ihr hergelaufen und lehnte sich mit seinem ganzen Gewicht an ihr Bein, damit sie ihm übers nasse Fell streicheln konnte.

»Da hast du einen Freund fürs Leben gefunden.« Jacob zeigte grinsend auf Luke.

Fast hatten sie die andere Seite des Sees erreicht und betraten das schattige Waldstück, als sie Stimmen vernahmen. Sie blieben stehen, und Jacob nahm Luke an die Leine. »Sollen wir lieber umkehren?«, fragte er unsicher.

»Nein, lass uns einfach die Runde zu Ende gehen«, erwiderte sie schulterzuckend.

Einen kurzen Moment war es still, dann war eine weibliche Stimme zu hören, die laut auflachte. Dann ein gespieltes Kreischen. »Nein, nicht!«, ertönte es zwischen dem Gekicher. Langsam gingen Charlie und Jacob weiter, bis sie im Schatten zwischen den Bäumen zwei Gestalten entdeckten.

»Da«, sagte Jacob leise und zeigte auf ein flackerndes Licht am Ufer. »Komm, wir gehen lieber wieder.«

Jacob schien es unangenehm zu sein, Fremde zu belauschen, aber Charlie hätte schwören können, die weibliche Stimme zu kennen. Sie musste es wissen.

»Einen Moment noch.« Natürlich konnte sie sich irren, aber die Stimme kam ihr verdammt bekannt vor. Konnte es wirklich Lucile sein? Hatte ihre Freundin doch irgendwie mitbekommen, dass sie sich mit Jacob hier traf, und wollte ihr dazwischenfunken? Oder, überlegte sie, als sie sich vorsichtig der Stelle näherte, hatte ihre Freundin selbst ein Date, von dem sie Charlie ihrerseits nichts erzählt hatte?

Gerade als Charlie sich zu erkennen geben wollte, hielt sie inne. Sie entdeckte einen Mann, der mit nackten Füßen im eisigen Wasser stand, mit nichts anderem als Unterwäsche bekleidet, und eine Frau trug, die lachend ihren Kopf in den Nacken warf. Auch sie war fast unbekleidet. Aber es war nicht Lucile, die sie dort sah, auch wenn ihre Stimmen zum Verwechseln ähnlich waren. Es war Ellen, Luciles Mutter, die den Mann, in dessen Armen sie lag, jetzt küsste. Zu Charlies Schrecken fing der Mann an, sich ins eisige

Wasser hineinzubewegen. Was taten die beiden da bloß? Das Wasser war stellenweise gefroren, es fehlte nicht mehr viel, dann würde der See wie jeden Winter komplett mit einer Eisschicht bedeckt sein. Neben der fackelnden Laterne im Schnee sah sie nun ein Bündel Klamotten, daneben eine leere Weinflasche, die umgekippt auf dem Boden lag. Mit einem grellen Aufschrei tauchte der Mann samt Luciles Mutter unter Wasser, um dann mit einem gellenden Schrei aufzutauchen.

»Was zum Teufel machen die da?«

»Eisbaden«, erwiderte Jacob wenig überrascht. »Mein Vater hat das auch ein paar Mal gemacht, als er meinte, er müsse seine Midlife-Crisis überspielen. Es würde ihn abhärten, hat er behauptet. Und dann lag er wochenlang mit einer Lungenentzündung im Bett.« Er gab ein verächtliches Schnauben von sich.

Luciles Mutter kreischte und lachte im Wechsel, krallte sich an dem Mann fest, der sie nun mit sich ans Ufer zog. Während Ellen wieder aus dem See lief, strich sie sich ihr nasses Haar aus dem Gesicht. Sie liefen zur Decke und packten sich in große Handtücher ein.

»Nicht möglich«, entfuhr es Jacob, und nun erkannte auch Charlie, wer der Begleiter von Luciles Mutter war. »Ist das nicht der Aushilfslehrer? Mr Bernard?« Charlie hörte Jacob leise glucksen. »Meine Güte. An unserer Schule geht es wirklich heiß her.«

Charlie klopfte ihm vorwurfsvoll gegen die Brust, um ihn zum Schweigen zu bringen.

»Was denn?«, flüsterte er mit gespielter Empörung. »Ich dachte, Mrs Clark sei verheiratet?«

»Nicht mehr«, erwiderte Charlie und schüttelte den Kopf. »Sie leben in Scheidung.«

»Na, zumindest weiß ich, dass Mrs Bernard bestimmt nicht begeistert wäre. Sie wohnen nur ein paar Häuser von uns entfernt.«

Inzwischen war Luke ungeduldig geworden. Winselnd trat er auf der Stelle und wollte partout nicht mehr an der Leine gehalten werden. Die Geräusche aus dem Wasser hatten ihn nervös gemacht, und Charlie hätte wetten können, dass er selbst gern ins Wasser gerannt wäre.

»Komm, lass uns verschwinden«, sagte sie, und so traten sie schnell, aber leise den Rückweg an.

# 2010
# Charlotte

Um kurz nach fünf Uhr am frühen Abend war der graue Himmel einem dunkelblauen Schatten gewichen, der über die Dächer zog.

Als Charlotte den Kugelschreiber auf dem Papier aufsetzte, um ihren Namen auf die gekennzeichnete Stelle zu schreiben, konnte sie das Zittern ihrer Hand nicht unterdrücken.

»Es tut mir leid für die Umstände. Wir brauchen alles in schriftlicher Form, auch Ihre Aussage.«

Ihre Aussage. So hatte es Detective Inspector Wilson erklärt.

»Wie geht es Ihrer Verletzung mittlerweile?« Er deutete auf ihre Wange. »Es steht Ihnen zu, eine Strafanzeige wegen Körperverletzung gegen Mr Adams zu stellen.«

Sie schüttelte den Kopf. »Es war ein Unfall. Denke ich.«

Wilson hatte sie im Präsidium empfangen. Er und sein Team ermittelten im Vermisstenfall Violet Clark. Dass sie nicht von einem jungen Constable, sondern von einem Detective Inspector befragt wurde, ließ sie den Ernst der Lage begreifen. Der Mann war vermutlich Ende vierzig, hatte eine Halbglatze und nach seinem Bauchumfang zu urteilen verbrachte er viel Zeit am Schreibtisch.

Charlotte versuchte ihrer Kopfschmerzen Herr zu werden, die von einem leichten Pochen zu einer stets wiederkehrenden Woge des Schmerzes mutiert waren. Seit etwa zwei Stunden befand sie sich im Polizeirevier in West Hampstead. Mit einem förmlichen Anruf hatte man Charlotte einbestellt, um eine Aussage zu machen, da Violet nun offiziell als vermisst galt. Beim Betreten des Gebäudes hatte Charlotte Janet in einem der Zimmer verschwinden sehen. Sie konnten gerade noch einen kurzen besorgten Blick austauschen.

D. I. Wilson hatte ihr am Anfang des Gesprächs erklärt, dass Violets Handy seit dem Wochenende ausgeschaltet war und ihre Familie seither nichts von ihr gehört hatte. Die Kameraaufnahmen im Eingangsbereich des Wohnheims würden gerade von seinen Kollegen ausgewertet, aber bislang verrieten sie nichts über den konkreten Verbleib von Violet. »So wie es momentan aussieht, hat man sie zuletzt am Sonntag gesehen.«

Charlotte überlegte. »Ich glaube, es war Samstag, als ich ihr eine E-Mail geschrieben habe. Darauf hat sie nicht geantwortet.«

»Worum ging es da?«

Charlotte überlegte, wie offen sie sein sollte. »Ich wollte ihr nur sagen, dass ich für sie da bin. Sie war so aufgelöst wegen des Wohnheims, und ich habe meine Hilfe angeboten.«

»Wegen des Wohnheims? Was genau hat sie gesagt?« D. I. Wilson sah sie ungerührt an.

Charlotte überlegte. Würden sie genauso ernsthaft nach Violet suchen, wenn Charlotte ihren Verdacht äußerte, dass Violet einen Nervenzusammenbruch erlitten hatte? Oder wenn sie von Geräuschen in der Nacht erzählte oder davon, dass Violet auf eigene Faust versuchte ein Verbrechen aufzuklären, das offiziell als Suizid galt?

»Sie war sehr aufgebracht, weil sie sich im Wohnheim unwohl fühlte. Das alles hängt mit ihrer Familie zusammen. Haben Sie schon mit ihrem Vater sprechen können?«

Wilson horchte auf. »Wissen Sie, ob Violet ein enges Verhältnis zu ihrem Vater hat?«

Charlotte schüttelte den Kopf.

»Es ist nämlich so, dass er nichts von diesem Wohnheim wusste.«

Wilson sah Charlotte schweigend an, als würde er ihre Reaktion deuten wollen, doch Charlotte zeigte nur ehrliches Erstaunen.

»Nein, davon wusste ich nichts.«

»Hat Violet Ihnen von ihrer Schwester erzählt?«

Sie spürte, wie ihre Wangen heiß wurden. »Bei unserem letzten Gespräch hat sie von ihr erzählt, ja. Wir kennen uns von früher. Wir sind zusammen im selben Ort aufgewachsen, und durch Zufall sind wir uns hier wiederbegegnet.«

Wilson notierte etwas in seinen Unterlagen vor sich auf dem Tisch. »Ms Clark hat ihrem Vater erzählt«, fuhr er dann fort, »sie wäre in eine WG gezogen. Sie hat ihm Bilder gezeigt, die sie sich wahrscheinlich aus dem Internet heruntergeladen hat. Er wusste nichts davon, weil er ihr einen Großteil der Miete direkt auf ihr Konto überweist. Er sagte, er hätte niemals sein Einverständnis gegeben, dass Violet dort wohnt, nach allem, was seiner älteren Tochter in der Green Lodge widerfahren ist.«

Charlotte nickte nur. »Ich hatte wirklich keine Ahnung. Ich denke, sie wollte verstehen, was mit ihrer Schwester passiert ist. Oder ihr nahe sein. Deshalb ist sie in dieses Wohnheim gezogen.« Ihre Gedanken wanderten zu Violets Notizbuch und spielten Varianten durch, wie sie dem Officer erklären sollte, dass sie es gestohlen hatte. Bei dem Wort krampfte sich alles in ihrem Inneren zusammen. Ja, sie hatte es tatsächlich gestohlen und würde sich dafür früher oder später verantworten müssen.

»Hat sie etwas von einem festen Freund erzählt oder einer Person, zu der sie gefahren sein könnte?«

»Nein, gar nichts.«

»In welchem Verhältnis stand sie zu Finley Adams?«

»Ich weiß es nicht. Sie hat nicht von ihm gesprochen, und bei unseren wenigen Treffen hat sie nicht so gewirkt, als hätte sie einen Freund. Sie wirkte … einsam.«

Charlotte erwartete eine weitere Salve Fragen. Doch Detective Inspector Wilson klappte sein Notizbuch zu und lehnte sich in seinem Bürostuhl zurück.

»Was wird jetzt mit Finley passieren? Ich habe das mit dem Gras mitbekommen.«

Der Inspector musterte Charlotte einen Moment. »Als wir an seine Tür klopften, konsumierte er gerade Marihuana. Dafür wird er wahrscheinlich eine Anzeige wegen Drogenbesitzes bekommen. Außerdem leistete er Widerstand, als wir ihn befragen wollten. Die Videoaufnahmen zeigen, dass er Violet begleitete, als sie das Wohnheim betrat. Er war der Letzte, der sie dort gesehen hat. Er wird uns also noch einige Fragen beantworten müssen.«

*Der Letzte, der sie dort gesehen hat.* Die Worte hallten in Charlottes Kopf wider. Kaum hatte sie sich von D. I. Wilson verabschiedet, zückte sie ihr Handy und rief Janet an, erreichte sie jedoch nicht. Als sie aus dem Gebäude des Präsidiums trat, war der Himmel längst in ein Nachtblau getaucht. Ihr Kopf surrte, und eine Mischung aus Müdigkeit und beginnender Migräne forderte ihren Tribut. Widerwillig trat sie den Weg zur U-Bahn an. Innerlich spürte sie das plagende Gefühl der Hilflosigkeit, und sie wusste, es würde sie so bald nicht loslassen.

# 1995
# Charlie

Eigentlich hatte Charlie ausschlafen wollen, aber ein hartnäckiges Klingeln an der Haustür riss sie aus dem Schlaf. Jemand klingelte penetrant an der Tür, und als Charlie die Hoffnung aufgegeben hatte, dass irgendjemand sonst öffnen oder der unangemeldete Besucher aufgeben würde, stapfte sie im Schlafanzug die Treppe hinunter. Sie erinnerte sich, gehört zu haben, wie ihre Mutter in den frühen Morgenstunden das Haus verlassen hatte. Wie jeden Morgen duschte Elizabeth, machte sich schnell einen Kaffee, ohne etwas zu frühstücken, und lief eilig zum Auto. Sie hatte wieder einmal eine Schicht am Wochenende angenommen, und ihr Vater würde erst am späten Abend von einer Baustelle irgendwo in der Nähe von Leeds zurückkehren. Wie immer würde sie einen Zettel in der Küche vorfinden, was zu essen da war oder was sie erledigen sollte. Nach einem Blick durch den Türspion öffnete sie die Tür.

»Herrgott, du machst noch unsere Klingel kaputt«, maulte sie mit schläfriger Stimme.

Lucile lehnte ihren Rucksack gegen die Garderobe und trat an Charlie vorbei in Richtung Küche. »Das Auto deiner Mum steht nicht in der Einfahrt, ich wusste, was ich tun muss, um dich aus dem Bett zu bringen.«

Wo sie recht hatte, hatte sie recht. Charlie folgte Lucile mit einem Gähnen in die Küche und machte sich als Erstes einen Tee.

Lucile hatte bereits die Kaffeemaschine angeschaltet. Sie war seit zwei Jahren überzeugte Kaffeetrinkerin und erweckte bei Charlie damit den Eindruck, zu den stets müden Erwachsenen zählen zu wollen. Sie holten sich Toasts aus dem Vorratsschrank und Schinken und Käse aus dem Kühlschrank.

»Was hast du heute vor?«, fragte Lucile, während sie Mayo auf ihr Sandwich schmierte. Eigentlich hatte Charlie gehofft, den Samstag mit Jacob zu verbringen. Er meinte zwar, er müsse für eine Klausur in Physik lernen, aber sie könnten abends ins Kino gehen. Gerade als Charlie ansetzen wollte, hielt Lucile inne und sah sie mit leuchtenden Augen an.

»Hast du immer noch Lust auf unseren kleinen Ausflug?«

Charlie schaute sie verdattert an. »Wie … jetzt? Was ist mit Vio? Und Ellen?«

Lucile wandte sich wieder ihrem Sandwich zu. Im Hintergrund brodelte der Kaffee. »Mein Vater kommt heute. Er möchte ein Wochenende mit Vio verbringen und sie nach London mitnehmen. Ich glaube, sie wollen in den Zoo gehen. Ein perfekter Patchworkfamilientag eben.« Sie grinste Charlie breit an.

Es war klar, was sie von der neuen Familienkonstellation hielt. Charlie erwiderte nichts. Sie wusste von den Spannungen, die es bei Luciles Eltern gab. Vermutlich wollte Lucile der Begegnung aus dem Weg gehen.

»Wir müssen ja nicht über Nacht bleiben. Wir können mit dem Zug hinfahren, den Tag dort verbringen und am Abend wieder zurück.«

Noch immer verschlafen sah Charlie aus dem Fenster. Es war Februar und nasskalt draußen. Andererseits hatte sie gefühlt seit Ewigkeiten nichts mehr mit Lucile unternommen, nur sie zwei. Dann könnte sie auch endlich mit ihr über Jacob reden, ihr alles erzählen, was in ihrem Leben so los gewesen war.

»Na, komm schon, während einer Stunde Zugfahrt kannst du mich auch auf den aktuellen Stand mit Jacob bringen«, sagte Lucile mit einem Augenzwinkern, als hätte sie Charlies Gedanken gelesen. »Seine Lieblingsfarbe, sein Lieblingsbuch und was ich sonst noch nicht über ihn weiß.«

Charlie hielt drohend ihren Toast in die Luft, um ihn auf Lucile zu werfen, ließ dann aber davon ab und biss lieber hinein. Sie dachte an Jacob und musste lächeln. Seit zwei Wochen waren sie mehr oder weniger zusammen, jedenfalls waren sie bereits drei Mal ausgegangen und telefonierten regelmäßig. Nur das obligatorische Gespräch hatten sie noch nicht geführt, das ihre Beziehung besiegelte. Im Grunde sprach nichts dagegen, Lucile zu begleiten, und wer konnte ihrer Freundin schon verübeln, dass sie keine Lust auf ihre streitenden Eltern hatte?

»Kannst du mir das Geld fürs Ticket borgen?«, fragte Charlie. Ihr letztes Erspartes von ihrem Ferienjobverdienst hatte sie für neue Klamotten ausgegeben.

»Kein Problem. Ich lade dich ein.«

Bevor sie zum Bahnhof fuhren, machten sie noch einen Umweg zu Luciles Haus.

Anstatt zu klingeln, schlichen sie sich hinter dem Haus durch das Gartentor auf das Grundstück. Geduckt wie eine Einbrecherin ging Lucile zur alten Eiche hinüber.

»Kannst du mir verraten, was wir hier machen?«, fragte Charlie.

Lucile ließ sich nicht aus der Fassung bringen, setzte sich neben die Leiter zum Baumhaus, durch den dicken Baumstamm geschützt vor den Fenstern ihres Elternhauses. Dann kniete sie nieder und grub ihre Hand tief in das Wurzelgeflecht. Gerade als Charlie erneut fragen wollte, hielt ihre Freundin triumphierend eine Blechdose hoch. Mit der Handfläche wischte sie einen feuchten Film von der Oberfläche und öffnete sie.

Charlies Augen weiteten sich beim Anblick des dicken Geldbündels. »Okay? Bist du unter die Dealer gegangen?«

Die Blechdose war voll mit Pfundscheinen, die aus der Dose herausquollen. »Woher hast du das ganze Geld?«

»Mein Vater drückt mir seit ihrer Trennung permanent Geld in die Hand, wahrscheinlich damit ich brav ein Lächeln aufsetze und nichts Schlechtes über Nina sage. Ellen darf davon aber nichts wissen, sonst rastet sie wieder aus.« Sie steckte hastig ein dickes Bündel ein und verstaute die Dose wieder im Wurzelwerk. »Das ist das einzige Versteck, das vor den anderen sicher ist.« Sie deutete mit einer Kopfbewegung auf ihr Haus. »Wenn du zwei Geschwister hättest, wüsstest du, wovon ich rede.«

Gegen Mittag erreichten sie die Promenade von Brighton. Trotz der Februarkälte und des eisigen Küstenwindes herrschte reges Treiben am Brighton Palace Pier. Charlie sah über die flimmernden Leuchtreklamen der unzähligen Fahrgeschäfte und Stehimbisse hinweg in den strahlend blauen Himmel. Kreischende Möwen zogen dort ihre weiten Kreise um die Imbissbuden und die Köpfe der Besucher des Piers.

Wellen brachen sich sanft am Gerüst des Piers. Das Geschrei der Kinder auf den Karussells schallte durch die Luft. All das erinnerte Charlie an ihre Kindheit. Das letzte Mal war sie mit ihren Eltern hier gewesen, war Hand in Hand mit ihrer Mutter zu den Karussells gerannt und hatte Zuckerwatte und Schokoladen-Crêpe gegessen, bis ihr übel war.

Nach einem ersten Rundgang über den Pier gingen Charlie und Lucile zurück zur Promenade, wo sie sich in einem kleinen Restaurant eine Portion Fish and Chips teilten. Von dem Tisch an der großen Glasfront beobachteten sie das Treiben auf dem Pier. Als sie aufgegessen hatten, ging Lucile zur Theke und kehrte kurz darauf grinsend mit zwei schäumenden Pints zurück. Charlie hätte sich nie getraut, Alkohol zu bestellen, aber Lucile wirkte älter und reifer, als sie war, und das öffnete ihr immer wieder verbotene Tore.

Charlie blickte unangenehm berührt zum Barkeeper hinter der Theke, einem Typen mit gegeltem dunklem Haar und tätowiertem Hals, der ihr zuzwinkerte. Er unterhielt sich mit einem anderen Kerl, der am Tresen lehnte und genau wie der Barkeeper wesentlich älter war als Charlie und Lucile.

»Was? Das sind Freddie und Mike. Freu dich über ein kostenloses Bier«, sagte Lucile mit gespielter Empörung, als sie Charlies Blick bemerkte.

Charlie erwiderte nichts. Sie wusste nur, dass Mike und Freddie nicht zu dem Schlag Mensch gehörten, den sie kennenlernen wollte.

Nach dem Essen schlenderten sie wieder über den Pier. Popcorngeruch mischte sich unter die leicht brackige Meeresluft.

»Wie kannst du jetzt noch was essen?«, fragte Charlie lachend, als Lucile an einem Stand eine Tüte gebrannte Mandeln besorgte. Als Lucile ihr die Papiertüte unter die Nase hielt und Charlie den Duft der karamellisierten Nüsse einsog, gab sie nach. Sie gingen in die Markthalle am Ende des Piers, vor allem um sich aufzuwärmen. Im Inneren der Halle suchten sie alle Pennys zusammen und steckten sie einen nach dem anderen in einen der blinkenden Automaten. Weil nur Kleinkram zu gewinnen war, verließen Lucile und Charlie die Halle Stunden später mit einer Handvoll blinkender Jojos, Schlüsselanhängern und Plastikspielzeug. Das Highlight war eine riesige knallpinke Sonnenbrille in Flamingoform. Charlie spürte ein warmes, wohliges Gefühl. Kurz betrachtete sie ihre Freundin und sah dann zum Horizont. Sie spürte so viel Glück, das sich in ihrer Bauchgegend ausbreitete wie schon lange nicht mehr.

Sie holte die Touristenkarte von Brighton aus ihrer Tasche, die sie am Bahnhof eingesteckt hatte, und skizzierte auf die Rückseite Lucile samt Brille. Es war nichts Überragendes, aber es reichte, um den Moment festzuhalten. Und das wollte sie. Am liebsten hätte sie diesen Tag eingeschlossen und in einem Glas konserviert, um immer wieder etwas vom Glück herausholen zu können, wenn sie etwas davon spüren wollte.

»Ich wette, das wirst du später machen«, sagte Lucile und deutete auf Charlies Kritzelei. »Etwas Kreatives. Künstlerin oder Designerin oder sowas.«

Charlie zuckte mit den Schultern und legte ihre Zeichnung weg. »Und ich wette, du wirst im Fernsehen zu sehen sein. Du wirst MTV moderieren oder Schauspielerin oder sowas werden. Ein Soap-Star vielleicht.«

Sie prusteten beide los.

»Ich will auf jeden Fall nach London ziehen. Oder einfach um die Welt reisen, mit dir zusammen.« Lucile stupste Charlie zuversichtlich an.

Es fühlte sich großartig an, Zukunftspläne zu schmieden. Bald wären sie volljährig, die Welt stand ihnen offen, und zusammen mit Lucile war Charlie bereit, die Welt zu entdecken. Bei dem Gedanken an die Zukunft spürte sie ein aufregendes Kribbeln.

Nach einer Weile gingen sie weiter, bis ein riesiges Skelett vor ihnen auftauchte und sie mit weit geöffneten Armen in die Geisterbahn einlud. Aus dem Inneren ertönte immer wieder Kreischen, während aus einer Lautsprecherbox neben dem Eingang tiefes, diabolisches Lachen erklang.

»Damit bin ich zuletzt als Kind gefahren«, sagte Lucile und

zog Charlie mit sich. Sie erstanden zwei Eintrittstickets und setzten sich in den vordersten Waggon. Ruckelnd setzte sich der Zug in Bewegung. Charlie kniff die Augen zu, als sie an einer überdimensional großen Spinne vorbeifuhren, während Lucile neben ihr vergnüglich aufschrie. Kunstnebel trübte die Sicht. Skelette und Zombies tauchten aus dem Nichts auf. Das Kreischen aus den Lautsprechern und das laute Rattern der Schienen übertönten Charlies Aufschrei, als ein Häftling in einer Zelle vor ihnen auf dem elektrischen Stuhl gegrillt wurde. Charlie versuchte die Übelkeit zu unterdrücken, als die letzte Attraktion vor ihrem Wagen auftauchte. Eine in Kleiderfetzen gesteckte Puppe erhob sich senkrecht aus der Finsternis. Das Kleid war über und über mit Blut beschmiert, und sie stieß einen gellenden Schrei aus, streckte ihre krallenartigen Arme nach Charlie und Lucile aus. Bei ihrem Anblick drehte sich Charlie der Magen um. Die Puppe glich erschreckend Dahlia Saunders, die in Charlies Albträumen nach ihr griff.

»Ich muss hier raus«, flüsterte Charlie, aber da fuhren sie bereits durch das letzte Tor ins Freie. Hastig stieg sie aus und taumelte auf wackligen Beinen ans Geländer.

»Hey, alles in Ordnung?«, fragte Lucile, die nun neben sie getreten war.

»Ja, mir ist nur schlecht.«

Lucile schlug vor, ihnen etwas zu trinken zu besorgen, und bevor Charlie etwas erwidern konnte, war sie in der Menge zwischen den Buden verschwunden. Charlie zwang sich, tief durchzuatmen. Sie blickte aufs Wasser hinaus und fühlte ein Ziehen in ihrer Brust. Wieso musste sie ausgerechnet jetzt an Dahlia Saunders denken? Sie wünschte sich, jemand könnte das Geschehen dieses verdammten Sommertags aus ihrem Gedächtnis löschen.

»Hey«, ertönte da Luciles Stimme hinter ihr, und im nächsten Moment streckte ihr diese eine Flasche Cola entgegen.

»Ist dir immer noch schlecht?«

Charlie trank dankbar, bis ihr die Kehle von der Kohlensäure zu brennen begann. »Danke. Das tut gut.«

Lucile strich ihr freundschaftlich über den Rücken, und bei der Berührung überkam Charlie ein schlechtes Gewissen. In diesem Moment beschloss sie, Lucile endlich ihr Geheimnis anzuvertrauen, das sie einfach nicht mehr für sich behalten konnte. »Ich muss dir etwas sagen«, brachte sie hervor.

Lucile sah sie fragend an.

»Ich habe deine Mutter mit Mr Bernard gesehen. Das heißt, schon vor ein paar Wochen. Es war am See. Als ich mich mit Jacob getroffen habe. Sie wirkten ziemlich … vertraut miteinander.« Die Erleichterung darüber, ausgesprochen zu haben, was sie seit Wochen mit sich herumschleppte, wich der Angst, als sich Luciles Blick verfinsterte.

Sie wirkte keineswegs überrascht, vielmehr so, als hätte sie schon lange davon gewusst.

»Aber ist ja nicht so schlimm. Vielleicht tut es ihr gut, nicht ganz allein zu sein!«, fügte Charlie rasch hinzu.

»Oh Mann, kann ich nicht ein einziges Mal einfach nur Spaß haben? Einen Tag nicht über meine Mutter oder meinen nutzlosen Vater nachdenken? Ist das zu viel verlangt?«

»Ich will dir nur helfen …«

»Du hilfst mir aber nicht, wenn wir immer wieder über das Thema reden. Wenn Vio nicht wäre, würde ich gar nicht mehr in diese Irrenanstalt zurückkehren.«

»Tut mir leid. Ich hätte es nicht erzählen sollen«, meinte Charlie. »Ich wollte uns nicht den Tag verderben.«

Lucile sah sie an. Ihr Blick wurde weicher. »Das hast du nicht. Manchmal wünschte ich nur …«

Einen Moment lang hatte Charlie den Eindruck, als würde

Lucile Tränen unterdrücken. »Du kannst bei mir übernachten, wenn du willst«, sagte sie und drückte sanft den Arm ihrer Freundin.

Plötzlich wirkte Lucile alles andere als stark. Die Leichtigkeit des Tages war verschwunden, und daran war allein Charlie schuld. Lucile wirkte kraftlos und müde.

»Lass uns heimfahren«, sagte Charlie und zog Lucile behutsam Richtung Ausgang.

# 2010
# Charlotte

Am nächsten Morgen wurde Charlotte vom Summen einer eingehenden SMS geweckt. Es war Janet, die endlich auf ihre Nachricht reagierte. Sie nannte Charlotte eine Adresse unweit der Green Lodge, an der sie sich treffen könnten. Ein kurzer Blick auf ihren Stundenplan beruhigte Charlotte. Der erste Kurs begann erst um halb elf, und sie lief somit nicht Gefahr, erneut mit Andrew Lawson in Konflikt zu geraten.

Eine halbe Stunde und eine heiße Dusche später stand Charlotte ratlos vor dem schmucklosen Gebäude in der Lupine Lane. Graue Satellitenschüsseln auf den Balkonen ragten wie Pilze in die Höhe.

Ganz in der Nähe hatte sie vor kurzem mit Violet in einem Lokal gesessen. Noch einmal überprüfte sie die von Janet genannte Hausnummer und trat schließlich zwischen zwei Gebäuden hindurch in einen Hinterhof. Ein älterer Mann kam ihr entgegen und warf ihr einen müden Blick zu. Charlotte ging weiter, bis sie auf ein geöffnetes Tor stieß. Es führte zu einer Art Lagerhalle, in der Tische und Klappstühle provisorisch Sitzgelegenheit boten. Am anderen Ende der Halle entdeckte sie Janet, die vor einer Reihe Kartons mit Lebensmitteln stand und Essen an eine Gruppe Bedürftiger verteilte. Charlotte ging an der Schlange Wartender vorbei.

»Hey, hinten anstellen!«, raunte ihr jemand zu, als sie vor Janets Tisch stand.

»Ist schon gut, William, das ist eine Freundin.« Janet bedeutete ihr, sich zu ihr hinter den Tisch zu stellen, und da sah Charlotte auch, was sich in den Kartons befand. Milch, eingeschweißte Sandwiches und Obst. Einen Tisch weiter dampfte ein riesiger Topf mit heißen Würstchen.

»Ich mache gleich Pause, dann können wir reden. Kannst du vielleicht kurz mithelfen?« Sie drückte Charlotte einen Karton mit Papptellern und Besteck in die Hand.

»Oh, natürlich.« Charlotte griff hinein und fing an, die Utensilien an die Wartenden zu verteilen.

»Lady, ich hoffe, Sie haben den Kerl zum Teufel gejagt, der Ihnen das Veilchen verpasst hat.« Eine ältere Frau mit Kopftuch nahm einen Teller von Charlotte entgegen und deutete auf Charlottes Gesicht. Sie schien keineswegs überrascht beim Anblick einer misshandelten Frau.

»Sie sollten mal den anderen sehen«, erwiderte Janet, als Charlotte beschämt die Augen niederschlug. Sie würde sich wirklich wie eine misshandelte Ehefrau fühlen, wenn sie die Blicke dieser Menschen um sich herum nicht ausblendete.

»Sie brauchen sich nicht zu schämen, Liebes«, sagte die Frau mit dem Kopftuch. Sie war kaum einen Meter sechzig groß, ihr Gesicht war von tiefen Falten durchzogen, aber ihre Augen hatten etwas beruhigend Tiefes, und sie strahlte die Wärme einer freundlichen Großmutter aus. Sie wirkte nicht, als hätte sie kein Zuhause. Ihre Kleidung war alt, aber nicht zerlumpt. Sie schien einfach ein hartes Leben am Rande des Existenzminimums zu haben. Die Stofftasche, die sie um die Schulter trug, war prall gefüllt mit dem Essen, das Janet und ihre Kollegen ausgeteilt hatten. Irgendetwas an ihrer Ausstrahlung trieb Charlotte die

Tränen in die Augen. Es war alles so verdammt hart, dachte sie.

»Sie sind jung und schön«, fuhr die Frau fort. Sie berührte Charlottes Kinn und hob es sanft ein wenig an, so dass Charlotte ihr ins Gesicht sehen musste. Sie war wie eine Mutter, die ihrem Kind versicherte, dass alles gut werden würde. »Sie können immer von vorne anfangen. Schauen Sie nicht zurück, bleiben Sie nicht in der Vergangenheit hängen.«

Mit diesen Worten drehte sie sich um und deutete mit einem Nicken auf einen Mann, der allein auf einem der Klappstühle saß und ein Sandwich aß. Charlotte fiel der bärtige Obdachlose wieder ein, der sie neulich an der Bushaltestelle gemustert hatte.

»Machen Sie es nicht so wie er. Seine Frau hat sich vor vielen Jahren umgebracht, und er schafft es einfach nicht, ins Leben zurückzufinden. Dabei ist er ein so netter Kerl. Eine arme, verlorene Seele.«

Charlotte lächelte kurz, auch wenn ihr Kinn zu zittern begann. »Danke«, flüsterte sie und sah der Alten nach, die aus der Halle ging.

In diesem Moment räusperte sich Janet neben ihr. »Was für ein verdammter Albtraum«, sagte sie leise.

»Ich wollte dich nicht von der Arbeit abhalten«, setzte Charlotte an.

Janet winkte ab. »Wir machen das einmal im Monat. Essen an die Bedürftigen verteilen. Dafür bekommen wir den Raum gestellt.«

»Sehr nobel. Und wer finanziert das? Etwa die Green Lodge?« Skeptisch dachte sie an das Wohnheim, den schmucklosen Innenhof und die Zustände, von denen Violet berichtet hatte. Viel Geld schienen die Betreiber der Green Lodge nicht in das Wohnheim zu investieren, warum dann in eine Obdachlosenküche?

»Ganz selbstlos ist das Ganze natürlich nicht«, erwiderte Janet. »Die Green Lodge möchte einen besseren ersten Eindruck vermitteln. Und es hilft schon mal, wenn keine Obdachlosen vor den Toren des Wohnheims kampieren, wie das früher immer wieder der Fall war. Das Viertel ist nicht gerade einladend.«

Wie zur Bestätigung kam ein weiterer Pulk Obdachloser die Seitenstraße heruntergetorkelt.

»Na ja, wie gesagt, ich wollte dich nicht stören. Ich wollte nur wissen, ob der Inspector dir irgendetwas Neues zu Violet sagen konnte«, kam Charlotte auf ihr Anliegen zu sprechen.

Janet nickte. »Nichts hat er mir erzählt. Nur dass wir weder Violets noch Finleys Zimmer betreten und jederzeit für Fragen zur Verfügung stehen sollen. Und überhaupt, du hast für mich einen Faustschlag einkassiert. Du störst nie. Tut es noch sehr weh?« Sie begutachtete Charlottes Gesicht.

Missmutig schüttelte Charlotte den Kopf. Am liebsten würde sie ihrem Drang nachgeben, sofort nach Hause zu eilen. Mittlerweile war ein dunkler Ring unter ihrem Auge unübersehbar und die Stelle um das Jochbein besonders geschwollen. »Ich weiß, ich sehe aus wie eine verprügelte Ehefrau«, sagte sie.

Janet legte ihr die Hand auf die Schulter. »Es tut mir wirklich leid. Ich fühle mich schuldig. Du solltest diesen Pisser anzeigen.« Dann zog sie eine Packung Aspirin aus ihrer Tasche, die Charlotte nach kurzem Zögern dankend annahm.

»Danke übrigens auch für das Eis«, erwiderte sie. »Oder die Erbsen. Vielleicht haben sie das Schlimmste verhindert. Zumindest sehe ich nicht ganz aus wie Quasimodo.« Sie nahm eine Tablette aus der Verpackung und schluckte sie mit etwas Wasser aus der Flasche. »Mir haben sie gesagt, dass Finley derjenige war, mit dem Violet zuletzt gesehen wurde.«

»Das haben sie mir auch gesagt. Aber ich kann mir nicht vorstellen, dass Finley ihr im Wohnheim etwas angetan hat. Er war bisher immer so ein netter Kerl. Hielt einem die Tür auf, grüßte mit einem Lächeln. Und jetzt das.«

Charlotte kam unwillkürlich sein wutverzerrtes Gesicht in Erinnerung. War dieser Kerl wirklich dazu fähig, Frauen verschwinden zu lassen? Andererseits hatte Violet mit keinem Wort eine aggressive Seite an Finley erwähnt, geschweige denn angedeutet, sich von ihm bedroht zu fühlen.

Janet schüttelte den Kopf. »Das muss alles ein riesiges Missverständnis sein. Ich glaube nicht, dass Violet Gewalt angetan wurde. Aber wie dem auch sei. Spätestens jetzt wird es im Wohnheim chaotisch zugehen, und ich habe keine Ahnung, was ich allen sagen soll. Und dann noch diese bescheuerte Sache mit dem Gras. Ausgerechnet als die Polizei im Wohnheim aufkreuzt. Allein deswegen werde ich Finley und Andon rausschmeißen müssen. Und das in der Vorweihnachtszeit.« Sie schloss die Augen und strich sich mit der Hand über die Stirn.

»Ich habe das Gefühl, ich hätte mehr tun sollen«, sagte Charlotte. »Mehr für sie da sein. Ich kenne Violet seit unserer Kindheit. Und ich kannte auch ihre Schwester Lucile.«

Einen Moment hielt Janet inne. »Du kanntest sie?«

Charlotte erzählte kurz von Port Wilmoor und wie sie Violet durch Zufall in der Universität wieder begegnet war.

»Lucile war ihre Schwester?« Janet starrte sie ungläubig an, bis die bittere Erkenntnis sie aufstöhnen ließ. »Oh mein Gott … Violet Clark. Fuck.« Bedauernd schüttelte Janet den Kopf.

»Das ist alles ein riesiger Scheiß. Weißt du, dass man ein Messer unter ihrem Bett entdeckt hat?«, fuhr Janet fort und atmete tief durch. »Ich hätte deine Sorgen ernster nehmen sollen. Und Violets natürlich auch. Vor allem in meiner Rolle als Aufsichtsperson. Ich habe auf ganzer Linie versagt. Clark. Ich hätte in meine verdammten Unterlagen schauen sollen. Sie sieht ihr ja sogar ähnlich. Aber Clarks gibt es wie Sand am Meer.«

»Kanntest du Lucile denn auch?«

Janets Augen wurden schmal, dann ließ sie den Blick durch die Halle schweifen. »Es ist eine Ewigkeit her. Ich war gerade mit meiner Ausbildung fertig und erst ein paar Monate in der Green Lodge.«

Charlotte schwieg abwartend.

»Lucile war ausgesprochen hübsch, das weiß ich noch. Man fand sie im Dezember. Das weiß ich auch noch, weil wir kurz zuvor kleine Schokoweihnachtsmänner vor alle Zimmer gestellt hatten. Ihrer lag nach Tagen noch immer da …« Sie stockte. »Fuck, es war so schrecklich.« In ihren Augen blitzte selbst nach all den Jahren Entsetzen auf.

»Violet hat erwähnt, dass sie nicht glaubt, dass es sich um Selbstmord gehandelt hat.«

Janet entfuhr ein leises Schnauben. »Ich war dabei, als man das Zimmer aufgemacht hat. Eine Nachbarin hat sich über den Geruch beschwert. Es war überall im Gang. Dieser süßlich bittere Geruch. Sie lag in ihrem Bett, neben sich ein Haufen Tabletten auf dem Nachtkästchen. Ihre Augen waren geöffnet, das war das Schrecklichste. Als würde sie irgendetwas ganz konzentriert anstarren, und ihr Mund … stand offen. Schaum hing in ihrem Mundwinkel. Es war eindeutig Selbstmord, glaub mir.« Sie sah auf Charlottes blasses Gesicht. »Tut mir leid. Ich weiß nicht, warum ich dir das alles erzähle. Aber diese Bilder wird man niemals los.« Sie schüttelte den Kopf. »Ich weiß, dass es schwer zu akzeptieren ist, wenn so etwas passiert. Hätte sie sich mir doch nur anvertraut, verdammt. Aber die Polizei hat keinerlei Hinweise auf Fremdeinwirkung gefunden. Es *war* Selbstmord.«

Charlotte nickte. Sie wusste nur zu gut, wie es war, wenn sich

Bilder im Gehirn einbrannten und völlig unvermutet immer wieder auftauchten. Vor dem Einschlafen, mitten in der Nacht oder in Momenten größter Einsamkeit. Der tote Körper, der aus dem Wasser gezogen wurde. Der abgetrennte Unterschenkel. Es war fast, als könnte sie das Plätschern des Flusses hören.

An diesem Abend ging Charlotte ohne Hoffnung auf Schlaf ins Bett. Ihre Gedanken kreisten unentwegt um Violet und die Green Lodge. Sie fand einfach keine Ruhe. Schließlich zeigte ein Blick auf die Uhr, dass es schon kurz vor zwei war. Als sie endlich in unruhigen Schlaf sank, sah sie sich im Traum vor Zimmer 715. Die Tür stand einen Spaltbreit offen, und sie wusste, dass sie keine andere Wahl hatte, als hineinzugehen. Sanft stieß sie die Tür auf. Die Füße waren das Erste, was sie im Zimmer erblickte. Zierliche Füße, dann die Beine in dunklen Schlafshorts. Ein Arm, der aus dem Bett hing, die Finger erschlafft und kurz davor, den fleckigen Teppich zu berühren. Charlotte spürte, wie ihre eigenen nackten Füße über den rauen Teppich schlichen und sich dem Bett näherten, bis sie direkt davorstand. Voller Angst blickte sie in das Gesicht vor sich. Es waren Luciles blondgelockte Haare, die einen Kranz auf dem Kopfkissen bildeten. Ihre makellose Haut, um die sie ihre beste Freundin immer beneidet hatte.

In ihrer Hand spürte sie etwas Hartes. Als sie an sich hinuntersah, glänzte der polierte Stahl des Messers, das sie unter dem Bett gefunden hatte. Sie wollte weglaufen, aber wie so oft im Traum schaffte sie es weder den Verlauf zu kontrollieren noch daraus zu erwachen. Die Hand, die gerade noch leblos herabgehangen hatte, erwachte zum Leben und erhob sich. Fest umgriff die Tote Charlottes Unterarm. Luciles Augen öffneten sich und starrten sie eiskalt an. Dann färbte sich das Blau ihrer Augen dunkel, und es war Violets flehender Blick.

»Er ist noch immer hier«, flüsterte sie, ohne dass sich ihr Mund bewegte.

Und dann spürte Charlotte einen kalten Zug hinter sich, eine Bewegung in unmittelbarer Nähe.

# 1995
## Charlie

Sie war am Vormittag von ihren Kopfschmerzen aufgewacht, während Lucile neben ihr leise und gleichmäßig atmete. Ohne ein Geräusch von sich zu geben, blieb sie liegen. Am liebsten wäre sie nach unten gegangen und hätte sich ein Frühstück zubereitet, gleichzeitig wollte sie das Gespräch mit ihren Eltern so lange wie möglich aufschieben. Ärger würde es sowieso geben, und das musste ja nicht vor Lucile geschehen. Als sie am Abend nach Hause gekommen waren, war es bereits dunkel gewesen und ihre Mutter krank vor Sorge, weil sie nicht Bescheid gegeben hatte.

Charlie kramte ihren Walkman hervor und stopfte sich die Ohrstöpsel in die Ohren. Keine zehn Minuten später klopfte es an der Tür. Elizabeth lugte ins Zimmer, wandte sich direkt an Lucile, die von dem Geräusch aufgewacht war und sich durchs zerzauste Haar fuhr.

»Liebes, Oliver wartet unten auf dich. Er sagt, er muss mit dir sprechen.«

Lucile und Charlie wechselten einen Blick, dann hastete Lucile aus dem Bett und hob rasch die Klamotten vom Boden auf. Fahrig schlüpfte sie in ihre Jeans.

Als Charlie ihre Mutter mit einem unfreundlichen Blick strafte, schloss Elizabeth mit skeptischer Miene die Tür.

Auch Charlie erhob sich vom Bett und zog sich ein übergroßes Sweatshirt an.

»Ich dachte, sie wären bei deinem Dad? Was ist denn los?«, rief Charlie, als Lucile wortlos nach ihrer Tasche griff und sich ihre Strickjacke überwarf. Ihr Blick war unruhig.

»Ich weiß nicht«, antwortete sie gehetzt und war bereits verschwunden. Die Treppenstufen knarzten, als sie die Treppe hinunterlief.

Charlies Magen zog sich zusammen. Oliver war noch nie einfach so bei ihnen aufgetaucht. Normalerweise sagte er kaum mehr als ein paar Worte. Als sie ihr Zimmer verließ, hörte sie bereits ihre Mutter unten mit jemandem reden. Sie erreichte den Fuß der Treppe und sah Oliver nervös in der Haustür stehen. Sein Blick verharrte auf Lucile, die direkt neben ihm stand.

Jetzt sah Charlie auch, mit wem ihre Mutter so freundlich sprach. Es war die kleine Violet, die mit ungekämmtem Haar und offener Jacke verschüchtert und verloren im Flur stand. Unter ihrer Jacke trug sie einen gestreiften Schlafanzug. Sie mussten überstürzt losgegangen sein. Elizabeth hatte sich zu ihr gekniet und strich dem Mädchen über den Rücken, während sie in die Küche deutete.

Olivers Blick wanderte von Lucile zu Charlie. »Du hättest sie nicht mit ihr allein lassen dürfen«, fauchte Oliver und tippte Lucile harsch mit dem Zeigefinger auf die Brust.

»Das ist nicht meine verdammte Schuld. Wo warst *du* denn?«, zischte Lucile zurück und schlug seine Hand weg.

»Was ist denn los?«, fragte Charlie nervös.

»Irgendwas stimmt nicht mit Mum«, sagte Lucile, bevor Oliver antworten konnte. Sie hatte bereits ihren Mantel von der Garderobe genommen und band sich die Schuhe zu.

Charlies Mutter folgte dem Geschehen mit ernster Miene. »Soll ich mitkommen? Oder euren Dad anrufen?«

Lucile setzte ihre gespielt sorglose Miene auf. »Nein, nicht nötig, vielen Dank«, sagte sie mit schriller Stimme. »Ich möchte nur rasch nach dem Rechten sehen. Eigentlich hätte mein Vater gestern kommen sollen, aber …« Sie rang sich ein Lächeln ab, während sie Violet ansah. »Aber irgendetwas scheint ihm dazwischengekommen zu sein.« Oliver hatte den Blick gesenkt, vermied es, jemandem in die Augen zu schauen.

»Elizabeth, darf Violet vielleicht kurz hierbleiben, während ich zuhause …?«

»Aber natürlich.« Dann wandte Charlies Mutter sich Violet zu, die immer noch reglos im Flur stand. »Möchtest du mit mir Pfannkuchen zum Frühstück machen?« Behutsam half sie der Kleinen dabei, Jacke und Schuhe auszuziehen, und nahm sie an der Hand mit in die Küche. Der besorgte Blick, den sie Lucile zugeworfen hatte, war Charlie nicht entgangen.

Lucile war schon halb durch die Tür, als Charlie sie zurückhielt. »Soll ich dich begleiten?«

Lucile schien abzuwägen, wie schlimm es war und ob sie die Sache allein meistern konnte. Angst spiegelte sich in ihren Augen wider. »Lieber nicht. Ich melde mich, sobald ich weiß, was los ist, okay?«

Charlie nickte. Natürlich war es eine Familienangelegenheit, das verstand sie. Trotzdem empfand sie Enttäuschung. Und Sorge, nicht zu wissen, was los war.

Sobald die Tür hinter den beiden zugefallen war, ging Charlie unentschlossen in die Küche. Dort hatte ihre Mutter bereits einen Stuhl an den Küchentresen gestellt und bereitete mit der kleinen Violet den Pfannkuchenteig zu. Das Mädchen rührte unbeholfen in einer großen Schüssel.

Elizabeth warf ihrer Tochter einen strengen Blick zu. Charlie wusste, sie würde sich später eine Standpauke abholen müssen.

Das Telefon klingelte etwa eine halbe Stunde später. Charlie rannte in den Flur und nahm das Telefon von der Ladestation auf der Anrichte ab. Luciles Stimme war kaum wiederzuerkennen, rau und belegt, als hätte sie geschrien oder geweint, als wäre ihre Stimme in den vergangenen Minuten derart beansprucht worden, dass sie nun aufgebraucht schien.

»Kann Violet noch etwas länger bei euch bleiben? Ich glaube, meine Mutter muss ins Krankenhaus.«

»Großer Gott, was ist denn passiert?«

Charlie sah Violets Haarschopf in der Küche und versuchte ihre Stimme zu mäßigen.

Lucile schluchzte. »Ich weiß es nicht. Sie … sie ist nicht sie selbst. Ich glaube, mein Dad und sie hatten gestern Streit.« Dann räusperte sie sich. »Oliver und ich müssen sie ins Krankenhaus begleiten. Ich versuche schon die ganze Zeit, meinen Dad zu erreichen, aber er geht verdammt noch mal nicht ans Telefon.« In ihrer Stimme schwang hilflose Wut mit. »Sobald ich ihn erreicht habe, wird er Violet bei euch abholen.«

Charlie krallte sich an den Telefonhörer, unschlüssig, was sie sagen oder tun könnte, um ihrer Freundin eine Stütze zu sein. Sie wusste nur, dass ihr Ausflug gestern ein Riesenfehler war.

»In Ordnung. Dann melde dich einfach wieder, wenn du …«

»Danke.«

Bevor Charlie noch etwas sagen konnte, hatte Lucile bereits aufgelegt.

Der Tag verging in behäbiger Langsamkeit. Charlie wartete auf einen Anruf von Mr Clark, der bis in den späten Nachmittag ausblieb. Hatte Lucile ihn wirklich nicht erreicht, oder war es ein Vorwand dafür, dass Violet bei ihnen bleiben konnte? Charlie hatte die neue Nummer von Mr Clark nicht, und es wäre ihr auch sehr unangenehm gewesen, bei ihm und seiner neuen Freundin anzurufen. Einmal hatte sie bei den Clarks durchgeläutet, sich aber nicht gewundert, dass niemand abhob. Bestimmt waren sie bei Ellen im Krankenhaus.

Die kleine Violet taute nur langsam aus ihrer Schweigsamkeit auf. Charlies Mutter backte mit ihr, las ihr aus den Kinderbüchern vor, die sie noch in den Regalen stehen hatten, während Charlie ein altes verstaubtes Puppenhaus vom Dachboden hinuntergebracht hatte, das die Kleine mit großen Augen bestaunte.

»Es sieht fast aus wie unser Haus«, sagte sie.

Charlie wischte es mit einem Tuch sauber und betrachtete ihr einst so geliebtes Spielzeug. Es war ein dreistöckiges Haus, nach vorne offen, mit detailgetreuen Möbeln und Puppen, die in den einzelnen Räumen verteilt waren. Mutter, Vater, Kind. Sogar ein kleiner Hund lag in seinem Körbchen vor dem Kamin im Wohnzimmer. Im Obergeschoss lag eine kleine Puppe in ihrem winzigen Bettchen unter einer Decke mit rosa Blümchenmuster.

»Wie Mama.« Violet zeigte auf das Püppchen und strich ihr über das Haar. »Sie schläft auch viel.«

Charlies Mutter warf immer wieder einen Blick auf das stumme Telefon und fing ihre Tochter in einem günstigen Moment in der Küche ab. »Weißt du, was bei Lucile zuhause los ist? Hast du bei ihnen angerufen?«

»Ich weiß nur, dass sie sich scheiden lassen und Luciles Mutter nicht damit fertig wird.«

»Aber wie lange soll Violet bei uns bleiben? Ich muss morgen zur Arbeit, und du hast Schule.« Ungläubig schüttelte sie den Kopf. Wie kann man sein eigenes Kind vergessen?, schien ihr Blick zu sagen.

Sie wandte sich wieder Violet zu, die gerade tief versunken einen Trickfilm auf der Couch ansah. Elizabeth hatte sie in eine

Decke gehüllt und setzte sich nun wieder neben sie. Gegen sechs Uhr abends, nachdem Violet lustlos an einem Sandwich herumgenagt hatte, fing sie an zu gähnen.

»Deine Augen fallen ja gleich zu, Schätzchen. Möchtest du dich hinlegen?«

Violets Augen füllten sich mit Tränen. »Ich will nach Hause. Wo ist Mama?«

Elizabeth strich ihr bedauernd über den Rücken. »Weißt du, deiner Mummy scheint es nicht so gut zu gehen. Deshalb sind sie zum Arzt gefahren, aber sie sind bestimmt wieder da, sobald du wieder aufwachst.«

Das Mädchen rieb sich die Augen und schüttelte den Kopf. »Ich kann hier nicht schlafen. Nicht ohne Arielle.« Ihre geliebte Puppe, die sie überall mitschleppte.

»Ich kann sie schnell holen. Ich weiß, wo der Ersatzschlüssel liegt.«

Charlie sah ihre Mutter fragend an, die schließlich mit den Schultern zuckte. »Dann beeil dich.«

Mit einem mulmigen Gefühl schlüpfte Charlie in ihre Jacke und ihre Schuhe und lief los zu dem Anwesen der Clarks.

# 2010
## Charlotte

Violet tauchte nicht wieder auf. Selbst eine Woche nach ihrem Verschwinden gab es weder eine Spur noch Hinweise zu ihrem Verbleib. Es war, als hätte sie sich in Luft aufgelöst. Überall in der Universität, auch an der Bushaltestelle, klebten Vermisstenplakate mit Violets Porträt. *Wer hat Violet Clark gesehen?*

Charlotte war ein paarmal auf die Facebookseite von Violet gegangen, hatte sie jedoch schnell wieder geschlossen, nachdem sie die zahllosen Kommentare entdeckt hatte.

Eine gewisse Lisa Paulson aus der Uni hatte sogar eine Vermisstenseite ins Leben gerufen und ein Foto von Violet gepostet. *Wo ist Violet?*, lautete der Titel der Seite.

Der Beitrag wurde vielfach geteilt, so dass er sich wie ein Lauffeuer verbreitete und bald schon über zehntausend Follower hatte. Doch unter die besorgten Kommentare um Violets Verbleib hatten sich ebenso viele hetzerische Bemerkungen gemischt. Mit Schrecken stellte Charlotte fest, dass Finley in vielen Kommentaren direkt angegriffen wurde. *Na, wo hast du sie versteckt, Finley Adams?* Finleys Profil mit einem Foto von ihm auf einem Rugby-Spielfeld war nach kurzer Zeit gelöscht worden.

Janet und Charlotte hatten sich während der letzten Tage ein paarmal geschrieben, doch im Grunde gab es keine neuen Informationen. Seit ihrem letzten Treffen hatte sich ein zartes Band zwischen ihnen gebildet. Sie teilten eine Last, auch wenn Charlotte ihr Wissen nicht gänzlich mit Janet teilen wollte. Was hätte sie auch sagen sollen? *Oh, übrigens, hier ist das Tagebuch. Ich habe es mitgehen lassen, als du mir Zugang zu Violets Zimmer gewährt hast.*

Es war eine Woche nachdem sie zur Aussage auf der Polizeiwache gewesen war, als Charlotte Andon sah, den Studenten, der zusammen mit Finley abgeführt worden war. Sie stieg gerade aus dem Bus, als er auf der anderen Straßenseite, in einen dicken Parka gehüllt und die Mütze tief ins Gesicht gezogen, Richtung Uni eilte. Finley war nach dem Verhör wieder in die Green Lodge zurückgekehrt, das hatte sie von Janet erfahren, mehr aber auch nicht. Was mit Andon passiert war, wusste sie nicht. Obwohl sie eigentlich in die andere Richtung hätte gehen müssen, beschloss sie, Andon zu folgen. Vielleicht konnte er doch etwas mehr Licht in die Sache bringen, und wenn es nur bedeutete, dass er etwas über Finley zu erzählen hatte.

Er war bereits durch die Glastür im Gebäude verschwunden, als Charlotte die Treppenstufen hinaufeilte, um ihn nicht aus den Augen zu verlieren. Die Aula, ein imposanter offener Saal mit moderner Glaskuppel, war weihnachtlich geschmückt. In der Mitte war ein prächtiger Tannenbaum aufgestellt worden, der dem sonst so kühlen Raum mit seinen rotgoldenen Lichtern eine warme Atmosphäre verlieh. Kurz blieb sie stehen und sah sich um, bis sie Andon auf einer der seitlich nach oben führenden Treppen entdeckte. Charlotte hatte kurz den Eindruck, dass die umherstehenden Leute zu tuscheln begannen und dem Mann mit hochgeschlagener Kapuze irritiert nachsahen. Charlotte musste ihr Tempo beschleunigen, um nicht abgehängt zu werden. Andon passierte die von Säulen gesäumte Galerie und bog dann in einen Seitengang ein. Kurz bevor er in einem der Zimmer verschwinden konnte, hatte Charlotte ihn eingeholt. Erschrocken starrte er sie an.

»Andon? Kann ich dich einen Moment sprechen? Ich …« Charlotte war völlig aus der Puste, musste ihren Atem unter Kontrolle bringen. Sie bemerkte erst jetzt, dass sie sich vor einem der Zimmer der Univerwaltung befanden.

Andons Hand lag bereits auf der Türklinke. »Worum geht es?«, fragte er in abweisendem Ton. Er musterte ihr blaues Auge, das sie nur mäßig zu überschminken geschafft hatte, und seine Mimik verhärtete sich.

»Ich bin Charlotte Edwards, ich war … bin Violets Tutorin«, korrigierte sie sich, noch immer außer Atem.

»Ich glaube, ich sollte lieber nicht mit Ihnen reden. Ich habe der Polizei schon alles erzählt.«

Sie hob abwehrend die Hände. Sein Blick war defensiv, und er sah nicht aus, als würde er ihr auch nur einen Moment zuhören wollen. »Bitte! Nur kurz?«

Er zögerte, dann nickte er kaum sichtbar und ging den Gang entlang. Gemeinsam gelangten sie zu einer Art Warteraum mit gepolsterten Sitzgruppen, die mittels filzbezogener Stellwände voneinander getrennt waren.

Andon ließ sich auf einem Sessel nieder und sah sie fragend an. »Das mit Ihrem Auge tut mir leid, aber das Einzige, was ich falsch gemacht habe, war, mich mit Finley in seinem Zimmer zu bekiffen«, sagte er leise.

Charlotte nickte. Immerhin machte er nicht komplett dicht. Vielleicht könnte sie doch ein paar Informationen aus ihm herausbekommen. »Kurz bevor Violet verschwand, hat sie sich mir anvertraut und erzählt, dass sie furchtbare Angst im Wohnheim hatte. Ich wollte nur wissen, ob sie dir oder Finley etwas Genaueres erzählt hat. Ob es womöglich jemanden gab, von dem sie … belästigt wurde.«

Andon schüttelte den Kopf. »Anfangs ist mir nichts aufgefallen. Ich hatte nicht viel mit ihr zu tun. Ich dachte, sie wäre schüchtern oder sowas. Bei der Polizei haben sie mich nach ihrer Schwester gefragt, aber davon hatten wir alle keine Ahnung. Was sie Finley erzählt hat, weiß ich nicht. Er war nicht mit ihr zusammen, *noch* nicht jedenfalls. Sie haben sich im Wohnheim kennengelernt, und sie hat ein paar Mal bei ihm im Zimmer übernachtet, weil sie sich unwohl gefühlt hat. Das hat er mir erzählt. Und ich glaube ihm.« Er fuhr sich nervös durchs Haar. »Er mochte sie wirklich gern. Und jetzt verdächtigt ihn jeder, Violet etwas angetan zu haben. Dabei ist er ein anständiger Typ.«

Kurze Zeit schwiegen sie beide. Charlotte wusste nicht so recht, was sie sagen sollte. Die Verzweiflung in Andons Augen konnte kaum gespielt sein.

»Ist er schon einmal … ausfallend geworden?«

Andon schüttelte vehement den Kopf. »Ich schwöre, so habe ich ihn noch nie erlebt. Es muss an dem Zeug gelegen haben, das wir geraucht haben. Er ist sonst wirklich ein netter Kerl … Er ist ganz bestimmt kein …«

»… Schläger?«, beendete Charlotte den Satz.

Er nickte betroffen. »Oder Schlimmeres.«

»Und wieso haben sie euch beide dann verhaftet?«

»Die haben uns nicht verhaftet.« Er hielt einen Moment inne, als eine Angestellte mit klapperndem Namensschildchen vorbeikam und ihnen einen neugierigen Blick zuwarf. »Es war alles ein Missverständnis. Wir waren zugedröhnt, das ist alles«, fuhr er mit gemäßigter Stimme fort. »Die letzte Videoaufnahme von Violet zeigt, wie sie mit Finley zusammen die Green Lodge betritt. Danach gibt es keine weiteren Aufnahmen von ihr. Niemand hat sie gesehen. Aber wir haben nichts mit ihrem Verschwinden zu tun. Wenn Sie mich fragen«, er beugte sich ein wenig zu Charlotte herüber, »dieser Quinn und sein Kollege sind als Aufpasser für

’n Arsch. Die meiste Zeit spielen sie nur am Handy herum, wahrscheinlich schalten sie die Hälfte der Zeit die Kameras gar nicht ein. Und von wem habe ich wohl das Gras gehabt, hm?« Er hob die Augenbrauen, und Zornesröte stieg ihm ins Gesicht. »Jetzt werden wir wie Schwerverbrecher behandelt. Und Finley zudem wie ein Perverser, der sich an irgendwelchen Kommilitoninnen vergreift.«

»Was hat die Polizei in seinem Zimmer überhaupt gefunden?«

»Eine Kette von Violet. Sie hat sie vergessen, nachdem sie bei ihm geschlafen hat, hat er gesagt. Und ich glaube ihm. Wenn die uns deswegen aus dem Wohnheim schmeißen …« Er schnaubte leise auf.

Charlotte schloss einen Moment lang die Augen. Sie sah vor sich, wie Violet an dem goldenen Gingkoanhänger herumgespielt hatte. »Ich hoffe nicht, dass sie euch rausschmeißen«, sagte sie matt.

Andon fuhr sich nervös durchs Haar. »Ich wäre schon fast froh. Dieses Wohnheim ist eine einzige Bruchbude. Ich kann Ihnen sagen, dass Finley nichts mit der Sache zu tun hat. Aber die Leute werden ihn lynchen. Und mich wahrscheinlich auch.«

Charlotte hätte ihm gerne widersprochen, aber sie wusste genau, wie es war, sich verfolgt zu fühlen.

»Finley und Violet sind jetzt Gesprächsthema Nummer eins im Wohnheim und an der Uni. Ich hatte eigentlich erwartet, dass das Interesse nach ein paar Tagen abflauen würde, aber seit die Presse Bescheid weiß, sind wir richtig bekannt. Ich habe meinen Namen sogar schon in einem spanischen Onlinebericht gefunden. Fuck.« Nervös erhob Andon sich, für ihn war das Gespräch beendet.

Charlotte drückte ihm einen Zettel mit ihrer Telefonnummer in die Hand. »Falls Finley doch etwas von Violet hört, könnte er sich dann bei mir melden?«

Andon nahm den Zettel zögernd entgegen und stopfte ihn in seine Parkatasche. »Das wird er sicher nicht tun. Er zieht so bald wie möglich aus, und wenn er darf, verlässt er auch die Stadt. Sein Vater ist Anwalt und stinksauer, hat er gesagt. Aber ich werde es ihm ausrichten. Tut mir leid mit Ihrem Auge. Er ist nicht so. Alles ist einfach außer Kontrolle geraten.« Damit drehte Andon sich um und ging davon.

## 1995
## Charlie

Charlies Schritte platschten über den Asphalt, als sie eilig zum Haus der Clarks hinüberlief. Sie versuchte, den schmelzenden Schneehaufen und Pfützen auszuweichen, die der Regen hinterlassen hatte. Zum Glück beleuchteten ihr die Straßenlaternen den Weg, denn außer ihr war weit und breit niemand unterwegs. Es war Sonntag, und in den Wohnzimmern der umliegenden Häuser flimmerten in vertrauter Gewohnheit die Fernseher.

Als Charlie das Grundstück der Clarks betrat, wirkte das Gebäude vor ihr dunkel und verlassen. Das Eingangstor hieß sie mit einem rostigen Krächzen nur bedingt willkommen. In einem der benachbarten Gärten bellte monoton ein Hund, der erst verstummte, als eine Tür laut zugeknallt wurde.

Der Bewegungsmelder im Eingang reagierte, als sie vor die Tür trat. Im Lichtkegel der Wandbeleuchtung kam sie sich einmal mehr wie ein Eindringling vor. Sie betätigte die Klingel und wartete, doch das Läuten im Inneren blieb, wie sie befürchtet hatte, unbeantwortet.

Unschlüssig drehte sie sich um und machte sich auf den Weg zum hinteren Gartentor. Dass sie wusste, wo sich der Ersatzschlüssel befand – diese Behauptung stimmte nur theoretisch und war etwas voreilig gewesen. Bei einem ihrer Besuche hatte Charlie mitbekommen, wie Lucile ihren Bruder angefaucht hatte, weil er nachts, anstatt den Ersatzschlüssel unter der Laterne hinter der Terrasse zu holen, das ganze Haus wachgeklingelt hatte. Irgendwo bei dem großen Gartentisch unter der Pergola musste er also sein. Sie umrundete das Grundstück, bis sie am hinteren Garteneingang stand.

Die Fenster zum Wohnzimmer lagen wie der Rest des Hauses in dunklen Schatten verborgen. Charlie wurde von großem Unbehagen ergriffen bei dem Gedanken, gleich allein dieses riesige Haus betreten zu müssen. Sie hatte keine Ahnung, was mit Luciles Mum passiert war, aber sie hatte Olivers Gesichtsausdruck noch genau vor Augen. Er hatte es nicht geschafft, seine Panik zu verbergen. Sie erinnerte sich an den Besuch im Sommer, das Durcheinander, die Verwahrlosung. Was würde sie diesmal vorfinden?

Charlie ging über das nasse, glitschige Gras zur Sitzecke. Der Tisch war leer, nur Wasserlachen bedeckten die Oberfläche. Sie hielt Ausschau nach der Laterne und entdeckte schließlich hinter einem der Gartenstühle eine schwarz lackierte Leuchte mit einer schon ziemlich weit heruntergebrannten Kerze. Sie hob sie an, als ein Geräusch hinter ihr sie plötzlich innehalten ließ. Der Garten schien nach wie vor verwaist, und doch hatte sie das Gefühl, beobachtet zu werden. Es war eine blöde Idee, hier allein herzukommen, gestand sie sich ein. Und das nur, weil sie nicht weiter zuhause herumhocken wollte, um auf Mr Clarks Anruf zu warten. Und natürlich brauchte die kleine Vio ihre Puppe. Einen Moment harrte sie aus, den Blick auf den Garten gerichtet, aber nichts tat sich. Mach dich nicht verrückt, mahnte Charlie sich und ging in die Knie, tastete auf dem Boden herum, wo sich die Laterne befunden hatte. Zwischen mehreren Steinen ertastete sie schließlich das kalte Metall des Schlüssels. Schnell zog sie ihn heraus und lief zur Haustür.

Nach einer halben Umdrehung des Schlüssels öffnete sich die Tür mit einem leisen Klicken. Charlie tastete nach dem Lichtschalter im Flur, und als das Licht anging, musste sie die Augen zukneifen, um sich an das grelle Licht zu gewöhnen.

»Hallo?« Ihre Stimme hallte zaghaft durch den Korridor. Vorsichtig trat sie ein. Diesmal schien alles einigermaßen aufgeräumt zu sein. Aber das Licht des Korridors verlor sich im dunklen Wohnzimmer, das ihr mit seinen schwarzen Schatten erneut das Gefühl gab, nicht allein zu sein. Es würde nicht lange dauern, beruhigte sie sich. Sie musste nur nach oben gehen, in Violets Zimmer, und die Puppe holen, und dann würde sie schnell wieder gehen. Zwei Minuten, nicht länger.

Leise schlich sie die Treppe hinauf. Als sie fast oben war, vernahm sie ein seltsames Geräusch unter ihren Füßen. Ein Knirschen, als würde sie auf Chips treten. Sie blickte zu Boden und sah überall glänzende Glassplitter. Auch der Dielenboden im ersten Stock war davon bedeckt. Manche von ihnen waren so groß, dass sie darin ihr verängstigtes Gesicht erkannte. Wie ferngesteuert folgte sie den Glasscherben, die sie wie Brotkrumen zum elterlichen Schlafzimmer führten. Als sie durch die angelehnte Tür ins Innere des Zimmers spähte, offenbarte sich ihr das ganze Chaos. Ein großer Ganzkörperspiegel, der zwischen den Fenstern an der Wand gelehnt hatte, war vollkommen zersplittert. Der mit goldenen Ornamenten verzierte Holzrahmen war an mehreren Stellen gebrochen und lag wie ein verendetes Tier auf dem Boden. Bücher waren aus dem kleinen Regal an der seitlichen Wand gefegt und auf dem Boden verteilt worden, als hätte jemand wahnhaft um sich geschlagen. Das schöne Nähtischchen, das neben dem Ehebett gestanden hatte, lehnte samt Nähmaschine wie ein gefällter Baum an der Wand, die aufgerissenen Schubladen wie offene Münder. Ein süßlicher Geruch stand in der Luft, und als

Charlie sich umsah, wusste sie auch warum. Auf der gewebten Tagesdecke und an der Wand über dem Kopfende des Ehebetts waren dunkelrote Flecken verteilt. Alles voller Blut, war Charlies erster entsetzter Gedanke, bis sie die zerbrochene Weinflasche in der Ecke des Zimmers sah. Es wirkte, als hätte ein wildes Tier um sein Leben gekämpft. Hatte Ellen einen Tobsuchtsanfall gehabt? Hatte es einen Streit zwischen ihr und Mr Clark gegeben? War es gar zu Handgreiflichkeiten gekommen? Und *wann* war das alles passiert? Erst heute oder bereits gestern, als Lucile und sie nach Brighton getürmt waren?

Schnell wischte sie den Gedanken beiseite. Es war nicht ihre Schuld, dass hier so ein Chaos herrschte. Das alles konnte doch nicht passiert sein, nur weil Lucile und sie weggefahren waren. Oder doch? Charlie brachte Ellen einfach nicht mit der Verwüstung dieses Zimmers in Verbindung. Konnte diese Frau wirklich derart ausrasten, ohne Rücksicht auf Verluste? Charlie erschauderte bei dem Gedanken, hier übernachtet zu haben. Direkt neben einer unberechenbaren Frau, die jederzeit alles kleinschlagen konnte.

Sie musste die Puppe finden, ermahnte Charlie sich, damit Violet vielleicht eine ruhige Nacht hatte. Gerade als sie sich abwenden wollte, sah sie etwas unter dem geborstenen Spiegelrahmen hervorblitzen. Sie machte einen großen Schritt über die Scherben hinweg, wieder gab es ein knirschendes Geräusch, das sie zusammenfahren ließ. Mit dem Fuß schob sie den Rahmen ein wenig beiseite. Als sie erkannte, was es war, fuhr sie zurück. Eine Schere. Es war eine silberne Stoffschere, voller roter Flecken und schmieriger Sprenkel. Charlie hielt sich die Hand vor den Mund. Neben der Schere lag noch etwas. Zuerst dachte sie an zerschnittene Wollfäden, die von dem Nähtisch gefallen sein mussten, doch als sie näher hinsah, stockte sie. *Das sind Haare,* wurde

Charlie augenblicklich klar, *Ellens wunderschöne blonde Locken*. Büschelweise abgeschnitten lagen sie über den Boden verteilt. Hastig wandte Charlie sich ab und entfernte sich so schnell wie möglich aus dem Zimmer. Der Geruch. Die Haare. Alles drehte sich. Violets Puppe. Sie musste die Puppe finden, dachte sie nervös. Ihre Hände waren eiskalt, und sie wünschte sich nichts mehr, als wieder aus dem Haus zu verschwinden.

Charlie ging den Flur entlang, vorbei an Luciles verschlossenem Zimmer, und stand endlich vor der angelehnten Tür des Kinderzimmers. »Violet« stand in aufgeklebten bunten Holzbuchstaben da. Über dem »i« fehlte der Punkt. Stattdessen hatte jemand einen violetten Herzsticker angebracht. Sachte stieß sie die Tür auf und schaltete das Licht ein. Sofort war sie umgeben von einer Märchenwelt aus zartem Rosa. Charlie lief ein Schauder über den Rücken bei dem krassen Gegensatz zum Chaos im Schlafzimmer der Eltern. Das Kinderbett war mit einem rosafarbenen Baldachin ausgestattet, auf dem weichen Teppich stand ein Schaukelpferd, als hätte Violet gerade eben noch daraufgesessen. Puppen und Kuscheltiere, Teddybären und ein riesiger Elefant standen reihenweise auf einem niedrigen Regal. Alles schien liebevoll eingerichtet, genau wie der hübsch verzierte Kleiderschrank, an dem Violets Rucksack mit einer gestickten Fee hing.

Nirgendwo war eine Spur von Arielle zu sehen. Charlie hob die flauschige Bettdecke an, doch auch hier war die Puppe nicht versteckt. Nochmals sah sie sich im Raum um. Die Vorstellung, dass Violet im Haus gewesen war, als Ellen in ihrem Zimmer alles demoliert hatte, trieb ihr die Tränen in die Augen. Wo hätte sie sich als Kind versteckt, wenn sie Angst gehabt hätte? Charlie kniete langsam nieder, legte ihren Kopf auf den weichen Teppich. Etwas schnürte ihr den Hals zu.

Die Puppe lag in der hintersten Ecke an der Wand. Charlie

hatte Violet vor Augen, verängstigt und zitternd unter dem Bett, wie ein Tier, das in einer Höhle kauerte. Wie lange hatte das Kind dort unten ausgeharrt? In Panik vor der eigenen Mutter, die den Verstand verloren zu haben schien.

# 2010
# Charlotte

Ein Geräusch riss sie aus dem Schlaf. Als sie die Augen öffnete, musste sich Charlotte zunächst orientieren. Noch immer wirkten die Wohnung und der eigensinnige Geruch darin befremdlich. Das Handy auf ihrem Nachtkästchen gab ein blechernes Summen von sich. Mit verquollenen Augen griff sie danach. Hatte sie den Wecker falsch gestellt? Als sich ihre Augen an das grelle Licht des Displays gewöhnt hatten, sah sie, dass eine unbekannte Nummer sie zu erreichen versuchte. In einem ersten Impuls wollte sie den Anrufer schon wegdrücken, doch ihr Finger verharrte über der Auflegen-Taste. Ein winziges Fünkchen Hoffnung regte sich in ihr, so dass sie den Anruf schließlich annahm.

»Hallo?«, krächzte sie.

Eine Salve grauenhaft kratzender, undefinierbarer Störgeräusche drang an ihr Ohr.

»Hallo?«, rief sie, diesmal lauter, doch das Kratzen und Rauschen übertönte ihre Stimme. War das ein Scherz? Ein böser Streich, der sie vom Schlaf abhalten sollte?

»Wer ist da?«, rief sie genervt. Sie wollte die Verbindung gerade unterbrechen, als sie es hörte.

Die Worte am anderen Ende klangen dumpf und verzerrt, als würde jemand hinter vorgehaltener Hand oder durch eine Glasscheibe hindurch zu ihr sprechen: »Bist du das?«

Sofort drückte sie sich das Telefon wieder ans Ohr. »Hallo, hallo, wer spricht da? Ich kann Sie kaum verstehen!«

»Cha –« Dann brach die Verbindung abrupt ab. Fassungslos starrte Charlotte auf das Telefon. Dann wählte sie die Anruffunktion und tippte auf die Nummer, von der aus sie soeben angerufen worden war. Aber sie bekam nur die Ansage, dass unter der Nummer niemand zu erreichen sei. Hatte sie sich die Stimme bloß eingebildet? Oder war es wirklich Violet gewesen, die sie durch das Rauschen hindurch gehört hatte? Was wollte die Person ihr sagen? Cha … wie Charlotte? Sie versuchte es noch einmal mit der Wahlwiederholung, aber es kam keine Verbindung zustande. Hoffnung keimte auf, dass es wirklich Violet war, die sie versucht hatte zu kontaktieren. Doch dazu gesellte sich die Angst. Wessen Telefon war das? Wieso rief jemand mitten in der Nacht an? Was, wenn Violet in Gefahr war?

*Und was, wenn du dir alles in deinem verwirrten Geist zusammenspinnst? Wenn es Thomas war, der dich nur wieder mit Beleidigungen überhäufen wollte?*

Die leise flüsternde Stimme in ihrem Hinterkopf klang spöttisch. *Was, wenn du dich irrst? Hast du wirklich eine Stimme gehört?*

Wenn sie jetzt Detective Inspector Wilson anrufen und ihm von diesem seltsamen Anruf erzählen würde, was würde er wohl dazu sagen? Sie konnte es sich schon sehr gut vorstellen: die hochgezogenen Augenbrauen, die gerunzelte Stirn und der skeptische, ungläubige Blick. Dann startete sie einen letzten Versuch, Licht ins Dunkel zu bringen. Sie kopierte die Nummer in die Browser-Suchleiste und scrollte durch die Suchergebnisse. Auch das brachte keine weitere Erkenntnis. Sie gab sich geschlagen und legte den Kopf zurück auf ihr Kissen. Das Handy noch immer in der Hand, schlief sie nach einigen Minuten wieder ein.

Der Wecker klingelte drei Stunden später, um sechs Uhr morgens. Charlotte wollte pünktlich in der Uni sein, um in der letzten Woche vor den Weihnachtsferien noch ein paar Arbeiten durchzusehen und Aufgaben für alle Kursteilnehmer zu erstellen, die sie während der Ferien bearbeiten konnten. Die ganze Geschichte mit Violet hatte so viel von ihrer Aufmerksamkeit gefordert, dass das Unterrichten deutlich gelitten hatte. Charlotte schälte sich aus dem Bett, schlüpfte fröstelnd in die wärmsten Socken, die sie besaß, und tapste Richtung Bad. Zeitgleich mit dem Licht schaltete sich brummend der Abzugslüfter an. Sie stieg in die Dusche und zog den hellblauen Duschvorhang zu, die Ösen fuhren metallisch klirrend über die Stange. Sie hatte gelernt, sich in eine Ecke zu stellen, bevor sie den Wasserhahn aufdrehte, denn bis der Boiler ansprang, war das Wasser eiskalt. Dann aber ließ sie sich das heiße Nass über Kopf und Rücken laufen, und allmählich wärmte sich ihr Körper auf und erwachte.

Als sie sich abtrocknete und anzog, fühlte sie sich schon viel besser. Rasch ging sie in die Küche, um Kaffee aufzusetzen, und während der Kaffee laut gurgelnd in die Kanne plätscherte, föhnte sie sich die Haare und beschloss, ihrem blassen Teint ein wenig Rouge zu gönnen. Sie betrachtete sich im Spiegel. Seit der Trennung von Philippe waren die dunklen Augenringe nicht mehr aus ihrem Gesicht gewichen. Und inzwischen hatte sich noch das Veilchen dazugesellt.

Erneut dachte sie an den nächtlichen Anruf und die seltsame Stimme am Ende der Leitung. War es wirklich Violet gewesen, die sie vernommen hatte? Oder hatte ihr übernächtigter Geist sich das nur eingebildet? Im Moment wusste sie nur, dass sie vor Müdigkeit kaum mehr klar denken konnte. So durfte es jedenfalls nicht weitergehen, gestand sie sich ein. Irgendwann würde sie sich ihrer Vergangenheit stellen müssen.

Über Nacht hatte sich eine hauchdünne Schneedecke über die Straßen Londons gelegt. Es war so kalt, dass der Schnee liegen blieb und die sonst so hektischen Geräusche der Stadt zu dämpfen schien. Es war noch dunkel, als Charlotte aus dem Haus trat und zur Bushaltestelle ging. Ein paar vermummte Gestalten, die sich fröstelnd die Hände rieben, warteten ebenso auf den Bus, der mittlerweile wie vermutet Verspätung hatte. Als er kam, waren die unteren Plätze bereits besetzt, und im Mittelteil zwängten sich die Menschen an einer Frau mit Kinderwagen vorbei, also stieg Charlotte die schmale Treppe hinauf. Auch oben war kein Sitzplatz frei, und sie blieb neben zwei Mädchen stehen, die auf dem Weg zur Schule waren. Unter ihren dicken Jacken blitzten Schuluniformen hervor. Sie wirkten wie beste Freundinnen, Charlotte konnte das unsichtbare Band zwischen den beiden förmlich spüren. Das verschwörerische Kichern, das sie vom Rest der Welt trennte. Sie malten mit ihren Fingerspitzen abwechselnd Buchstaben auf die beschlagene Scheibe neben sich und kicherten dabei. *A + M* stand da, und die Tröpfchen des Kondenswassers rannen bereits am Fenster hinunter. *Alice + Michelle? Allison + Mona?* Charlotte musste unwillkürlich schmunzeln. Kurz war ihr, als würde sie sich selbst neben Lucile sehen, sie und ihr junges unbeholfenes Ich. *L + C.*

Sie war so in Gedanken versunken, dass das abrupte Bremsen des Busses sie völlig überraschte. Sie prallte gegen die vor ihr stehende Frau. »Entschuldigung!«, stammelte sie sofort.

»Oh, Scheiße!«, rief jemand vorne im Bus. Die Menschen in der ersten Sitzgruppe erhoben sich, und die Mädchen, die sie zuvor beobachtet hatte, wischten hektisch über die Scheibe, so dass die Buchstaben nun verschwunden waren und auch Charlotte einen Blick nach draußen erhaschen konnte. Die Straße vor ihnen war abgesperrt. Aus einem der Gebäude auf der anderen Straßenseite drangen dicke Rauchschwaden. Der Pub im Erdgeschoss war völlig ausgebrannt, Flammen schlugen noch immer aus den Fenstern. Das Schild, »Henry's Place«, hing halb verschmort nur noch notdürftig über der Tür. Feuerwehrmänner versuchten die Flammen zu bändigen. Zwei Polizisten leiteten den Verkehr in eine Seitenstraße um. Direkt hinter den Streifenwagen standen mehrere Rettungsfahrzeuge mit blinkendem Blaulicht.

Gerade noch bevor der Bus nach links abbog, entdeckte Charlotte eine Plane am Boden, unter der sich eine Trage abzeichnete – und ein toter Körper.

# 1995
## Charlie

Charlies Schritte knirschten über den Kies. Diesmal rannte sie nach Hause, ohne auf die Pfützen zu achten. Auch wenn die Puppe keine Lösung war, würde sie den Schmerz oder die Angst der kleinen Violet vielleicht doch ein wenig lindern. Charlie hoffte inständig, dass Mr Clark sich mittlerweile endlich bei ihrer Mutter gemeldet hatte. Nun, da sie das Ausmaß von Ellens Aggressionen gesehen hatte, schnürte ihr die Angst um ihre Freundin und ihre Geschwister fast den Hals zu.

Zuhause angekommen, fand sie das Wohnzimmer leer vor. Kurz hatte sie die Hoffnung, Mr Clark hätte Violet schon abgeholt, als sie von oben das Rauschen des Wasserhahns und Violets vergnügtes Quieken hörte. Charlie lief die Stufen hinauf und öffnete die Badezimmertür. Ihre Mutter hockte vor der Badewanne, während Violet zwischen riesigen Schaumkronen herumplantschte. Ein kleiner Seufzer der Erleichterung entfuhr Charlie. Kein verstörtes Kind, das sich unter Möbeln verkroch.

»Und?«, fragte Elizabeth und sah Charlie erwartungsvoll an. »War drüben alles in Ordnung?«

Bei dieser Frage lief es Charlie eiskalt den Rücken hinunter. »Alles okay. Schau mal, Vio, was ich für dich habe.«

Violet sah auf, und ein Lächeln huschte über ihr Gesicht.

*Wie glücklich sie die Puppe zu machen scheint. Und das, obwohl ihr Elternhaus in Trümmern liegt,* dachte Charlie bitter. Gerade als sie fragen wollte, ob jemand angerufen hatte, klingelte das Telefon unten im Hausflur.

»Passt du kurz auf?« Elizabeth erhob sich und lief an Charlie vorbei. Wie selbstverständlich drückte sie dabei liebevoll die Schulter ihrer Tochter. Der Duft von Badeschaum stieg Charlie in die Nase, und sie musste an sich halten, ihre Mutter nicht an sich zu drücken, wie sie es als kleines Kind oft getan hatte. Plötzlich war sie so dankbar, eine Mum zu haben, die für sie da war.

Mit einem Seufzen hockte sie sich neben Violet auf den zugeklappten Klositz, die Puppe auf ihrem Schoß.

»Ist Mama schon zuhause?«, fragte Violet und sah sie durchdringend an. *Du hast es gesehen,* sagte ihr Blick, und in den Augen des Kindes erkannte Charlie auf einmal etwas Erwachsenes, etwas Trauriges.

»Noch nicht. Aber bestimmt rufen Lucile oder dein Dad gerade an und holen dich bald ab.«

Sie versuchte zuversichtlich zu klingen, obwohl sie sich keineswegs so fühlte. Sollte Violet wieder zurück in dieses Chaos, dorthin, wo die Verzweiflung förmlich greifbar war?

Elizabeth riss sie aus ihren Überlegungen. Sie öffnete die Tür zum Bad und kniete sich wieder vor die Badewanne.

»Also, Vio. Deiner Mummy geht es schon besser, aber sie muss noch eine Weile im Krankenhaus bleiben. Dein Dad hat vorgeschlagen, dass du heute bei uns schlafen darfst, was meinst du? Es ist schon so spät, und bis er da ist, ist es bestimmt Mitternacht! Und du bist jetzt schon so müde, oder?«

»Kann Charlie mich ins Bett bringen?« Violet sah von Elizabeth zu Charlie.

»Na klar kann ich das. Dann musst du aber langsam aus dem Wasser steigen. Zeig mir mal deine Hände.«

Das Mädchen hielt kichernd ihre kleinen Finger in die Höhe. »Ganz verschrumpelt!«

Elizabeth föhnte Violet die Haare und zog ihr statt eines Schlafanzugs ein uraltes T-Shirt und Shorts, die noch von Charlie stammten, an. Und Charlie erklärte sich einverstanden, Violet ihr eigenes Bett zu überlassen und selbst auf der unbequemen Couch im Arbeitszimmer ihres Vaters zu schlafen. Sie hatte ein altes Bilderbuch herausgekramt, doch dem Mädchen fielen fast schon die Augen zu, kaum dass sie im Bett lag. Sie bestand darauf, die Lampe auf dem Nachtkästchen anzulassen.

»War das Monster weg?« Sichtlich wehrte sich Violet gegen den Schlaf.

Charlie verstand nicht. »Welches Monster?«

»Bei uns zuhause. Das solchen Krach gemacht hat.« Violets Stimme war nur noch ein müdes Flüstern, aber ihre Augen blickten sie hellwach an.

»Da war kein Monster weit und breit. Es war alles in Ordnung.«

»Hat es Mummy wehgetan?«

»Nein. Ich glaube, deine Mummy braucht einfach ein wenig Ruhe, weißt du. Wenn du krank bist oder dich nicht gut fühlst, gehst du auch zum Arzt, und danach geht es dir besser, oder?«

Violet nickte. Sie hielt ihre Puppe fest umklammert. »Ich glaube, das Monster besucht uns manchmal. Lucile sagt, ich soll nachts nicht aus meinem Zimmer kommen. Und manchmal höre ich es reden. Es hat eine tiefe Stimme, nicht wie Mummy und Lucile. Es hört sich an wie mein Bruder, aber es ist nicht Oliver.«

Charlie stockte, unsicher, ob Violet nicht doch so etwas wie einen Schock erlitten hatte. »Meinst du, es hörte sich an wie ein Mann? Wie ein Erwachsener?« Sie versuchte Violets Ausdruck zu deuten, konnte aber nicht sagen, ob das Mädchen sich etwas zusammenspann oder tatsächlich die Wahrheit sagte. Hatte es doch einen Streit zwischen Ellen und Mr Clark gegeben und Violet hatte das Ganze mitbekommen?

»Mein Papa ist ein Mann, und das Monster hörte sich nicht an wie ein Mann. Ich glaube, es sitzt manchmal in unserem Baumhaus und wartet, bis wir schlafen. Nachts.«

»Und du bist sicher, dass es nicht doch Oliver ist?«

Violet schüttelte den Kopf. »Er zischt immer. Ganz leise, und ich kann ihn reden hören. Vor kurzem habe ich ihn wieder im Baumhaus gesehen. Da hat er so gemacht.« Violet legte zwei Finger an die Stirn und bewegte sie langsam auf Charlie zu.

»Hast du sein Gesicht gesehen?«

»Er hatte kein Gesicht. Nur Finger. Und ein rotes Licht.« Violets Augen wurden klein. Sie war kurz davor wegzudämmern. Charlie merkte jetzt erst, dass ihr Atem schneller ging. Sie hatte einen Mann ohne Gesicht gesehen? Und jemanden, der bei ihnen zuhause herumschlich? Warum durfte sie ihr Zimmer nachts nicht verlassen? Charlie hatte selbst zwar keine Geschwister, wusste aber, wie gemein sie zueinander sein konnten. Fiese Streiche, freche Spitznamen. Vor allem Lucile und Oliver wurden nicht müde, sich gegenseitig damit zu provozieren.

Doch in Violets Fall war sie nicht sicher, ob es um geschwisterliche Kabbeleien ging. Konnte sich ein Kind das alles ausdenken? Sie betrachtete Violet. Ihre kleinen Finger hatten nun den Griff um die Puppe gelockert, der Schlaf hatte Violet endlich eingeholt.

Leise schlich Charlie aus dem Zimmer und gesellte sich unten in die Küche zu ihrer Mutter. Ein Frösteln lief ihr den Rücken hinunter, und sie war froh, nicht allein zuhause zu sein.

»Und? Was hat Mr Clark gesagt?«

Elizabeth räumte die Spülmaschine ein und spülte dann die große Backschüssel ab. Auch sie wirkte erschöpft. »Es gab wohl eine Planänderung am Wochenende, und er war nicht in der Stadt, als Lucile ihn zu erreichen versuchte. Er kommt gleich morgen früh, um Violet abzuholen.« Sie gähnte herzhaft. »Ich habe vorhin mit einer Kollegin den Dienst getauscht, also bin ich da, wenn er sie abholt.«

»Mum, weißt du, was mit Mrs Clark los ist?« Charlie musterte ihre Mutter. Obwohl ihre Töchter seit dem Kindergarten beste Freundinnen waren, hatte sich nie eine engere Beziehung zwischen Ellen und ihrer Mutter entwickelt. Ahnte sie vielleicht, dass etwas mit Luciles Mum nicht stimmte? In Port Wilmoor kannten sich die meisten Leute, begegneten sich auf der Straße oder beim Einkaufen. Besonders, wenn man Kinder hatte, kam man nicht umhin, sich bei Veranstaltungen oder Kindergeburtstagen über den Weg zu laufen. Manchmal plauderten sie miteinander, wenn sie sich beim Einkaufen oder bei Elternabenden trafen, aber noch nie war Luciles Mum bei ihnen zu Besuch gewesen.

»Ich bin keine Ärztin, ich kann dir keine Diagnose nennen. Aber ich denke, ihr macht die Trennung von Mr Clark schwer zu schaffen.«

»Ja, aber die letzten Male, als ich sie gesehen habe, war sie irgendwie … sie war nicht mehr sie selbst. Sowas passiert doch nicht einfach, wenn man traurig ist.«

Ihre Mutter schien mit einem Mal angespannter zu sein. »Wie meinst du das, ›nicht sie selbst‹?«

Beinahe hätte sie erzählt, dass sie Ellen und Mr Bernard gesehen hatte, wie sie zusammen lachten und sich küssten. Sah so etwa eine traurige sitzengelassene Ehefrau aus? Anstatt etwas zu sagen, zuckte sie nur mit den Schultern. »Anders eben.«

Elizabeth schüttelte den Kopf. »Ich weiß nur, dass man nicht einfach mal eben Medikamente verschrieben bekommt und alles wieder gut ist. Sie braucht vielleicht eine Therapie. Sie muss mit jemandem über ihre Situation reden. Es ist alles andere als einfach, wenn man drei Kinder zuhause hat. Wahrscheinlich hatte sie schon vorher Probleme, auch als Mr Clark noch da war.« Ihrem Blick nach zu urteilen, war das Thema für Charlies Mutter hiermit beendet. Sie mochte es nicht, über andere Menschen zu sprechen, jeglicher Tratsch war ihr verhasst. »Manchmal wird Menschen einfach alles zu viel, Charlotte. Und wenn sie keinen stabilen Halt in ihrem Umfeld finden, kann es sein, dass sie sich selbst verlieren.«

Charlie musste darüber nachdenken. Hatte Ellen sich selbst verloren? »Weißt du, wo man sie hingebracht hat?«

»Ins Bezirkskrankenhaus, vermute ich. Wohin sie danach verlegt wurde, weiß ich leider auch nicht. Vielleicht kann ich dir morgen mehr sagen, wenn ich mit Luciles Dad gesprochen habe.«

Charlie nickte stumm.

»Möchtest du mir erzählen, was dich belastet?«, erkundigte sich ihre Mutter und strich ihr sanft über den Rücken.

Charlie schüttelte den Kopf. Noch immer konnte sie das mulmige Gefühl nicht abschütteln, das sie bei Violets Erzählung befallen hatte. Wie sollte sie so etwas ihrer Mutter erzählen, ohne dass sie durchdrehte oder gleich beim Jugendamt anrief? Ihr fiel kein Szenario ein, in dem ein Erwachsener der Geschichte über ein Monster im Baumhaus lauschen und nicken würde, ohne etwas zu unternehmen.

»Hör zu«, sagte Elizabeth und blickte Charlie fest an. »Ich möchte, dass du eine Weile nicht mehr zu den Clarks gehst.« Ein Stöhnen entfuhr Charlie, dem Elizabeth mit einer Handbewegung Einhalt gebot. »Ich möchte dir keinesfalls die Freundschaft zu Lucile verbieten. Aber die Clarks sollten sich als Familie erst wieder finden und zur Ruhe kommen, bevor du bei ihnen Zeit verbringst. Lucile kann uns jederzeit besuchen kommen.«

Sie hängte das nasse Geschirrtuch auf und gähnte erneut.

»Und jetzt lass uns schlafen gehen und beten, dass Violet durchschläft.«

Charlie sah aus dem Küchenfenster auf die Straße hinaus. Die Straßenlaternen beleuchteten den Gehweg, sie war zuhause und in Sicherheit. Aber zwischen den Lichtkegeln suchte Charlie die Umgebung nach Monstern ab.

# 2010
# Charlotte

Es war der zweite scheußliche Tee, den sie sich aus dem Automaten im Gang kaufte, aber wenigstens hielt er ihre Hände warm. Diesmal musste Charlotte auf einem der klapprigen Stühle im Eingangsbereich auf das Eintreffen von Detective Inspector Wilson warten, nachdem sie einer ernst dreinblickenden Dame am Empfang erklärt hatte, worum es ging, ohne dass die Frau von ihrem Computer aufgeblickt hätte. Charlotte hatte den Tag mit quälenden Gedanken an den heruntergebrannten Pub verbracht und an die Umrisse eines Körpers auf der Bahre, den die Rettungskräfte offenbar nur noch tot hatten bergen können. Im Laufe des Tages hatte sie immer wieder sämtliche Nachrichtenseiten aufgerufen. Darin war von einem Millionenschaden die Rede, den der Brand auf dem Gelände des Rugbyfelds sowie des daran anschließenden Pubs verursacht hatte. Und es war von mindestens einem Toten die Rede, dessen Identität nicht preisgegeben wurde.

Charlotte war in den vergangenen Wochen unzählige Male an »Henry's Place« vorbeigefahren und versuchte nun, es sich ins Gedächtnis zu rufen. Ein typisches englisches Backsteingebäude, freistehend und von einem hölzernen, verlebten Zaun abgegrenzt. Im Vorbeifahren hatte sie regelmäßig Gruppen von Leuten gesehen, die auf der kleinen Rasenfläche vor dem Eingang um einen

Heizpilz herumstanden und mit einem Bier in der Hand rauchten. Ein gut besuchter Pub, nicht allzu weit von ihrer Wohnung entfernt. Und von der Green Lodge.

Sie hatte den Tee fast ausgetrunken, als D. I. Wilson auf sie zukam. »Ms Edwards? Sie wollten mit mir sprechen?« Mit einer Handbewegung ließ er ihr den Vortritt. Sie betraten sein Büro, in dem ein unordentlicher Schreibtisch und zwei Stühle mit schwarzen Kunstledersitzen standen. Während Charlotte sich setzte, ging er um den Schreibtisch herum und öffnete seine Jacke.

»Verzeihen Sie, dass Sie warten mussten. Wir kamen kaum durch den Verkehr. Vielleicht bekommen wir doch noch ein weißes Weihnachten dieses Jahr«, sagte er, um die Stille zu durchbrechen. »Was nur mehr Arbeit bedeutet«, fügte er hinzu und verschränkte die Arme. »Was kann ich für Sie tun. Man sagte mir, es gehe um Anrufbelästigung?«

»Nein, nicht direkt. Ich wurde heute Nacht angerufen. Von einer mir unbekannten Nummer.«

»Um wie viel Uhr genau war das?« Er verschränkte seine Finger ineinander. »War die Nummer unterdrückt?«

»Nein, das ist es eben. Ich kenne sie nicht. Einen Moment.« Sie zog ihr Handy aus der Handtasche. Sie wählte das Anrufmenü und sah in rot leuchtenden Ziffern die Nummer in ihrer Wahlliste. »Jemand hat um 2:46 Uhr unter dieser Nummer angerufen.«

»Und was hat die Person zu Ihnen gesagt?«

»Zuerst hörte ich nur ein Rauschen. Und Störgeräusche. Und dann … eine Stimme. Wie von einer weiblichen Person. Kurz kam es mir so vor, als wollte sie meinen Namen sagen. Danach war die Leitung tot.«

»Darf ich?« Wilson hielt ihr die Hand hin und deutete auf ihr Telefon. Automatisch zögerte sie einen Moment. »Ich möchte nur die Nummer ablesen«, meinte er lächelnd. »Sie können sie mir aber auch durchgeben.«

»Nein, schon gut«, sagte sie.

»Ich habe mehrere Male versucht, die Nummer anzurufen, aber die Leitung war tot.«

»Wo waren Sie zu dem Zeitpunkt?« Charlotte sah ihn irritiert an, sodass er hinzufügte. »Ich meine, lag es vielleicht an *Ihrem* Empfang?«

Diese Erläuterung klang beiläufig, aber Charlotte glaubte ihm nicht. »Ich war in meiner Wohnung und habe geschlafen. Der Anruf hat mich geweckt.«

Wilson nickte kurz, dann widmete er sich erneut ihrem Handy. Er scrollte mit dem Finger die Liste der ein- und ausgehenden Anrufe durch.

Charlotte sah mit Unbehagen zu, wie er die Mobilnummer auf seiner Computertastatur eintippte. Es war fast so, als würde sie sich vor dem Polizisten entblößen. Eine Weile konzentrierte er sich auf den Bildschirm, klickte und las. Immer wieder warf er einen Blick auf das Telefon, das vor ihm auf dem Schreibtisch lag. Schließlich sah er Charlotte an. Etwas hatte sich verändert. In seinem Blick war ein Leuchten, eine Wachheit.

»Und was genau hat diese Stimme zu Ihnen gesagt? Konnten Sie etwas verstehen?«

»Ich weiß nicht genau. Es gab so viele Nebengeräusche, und dann war die Verbindung schon wieder unterbrochen.«

Schweigend wartete er, dass sie fortfuhr.

»Sie sagte so etwas wie … *bist du das*? Oder *Bist du es?* So etwas in der Art. Ich hatte kurz den Eindruck, meinen Namen zu hören, doch dann war alles weg.«

»Und die Störgeräusche, können Sie sie beschreiben?«

Charlotte sah ihn hilflos an.

»Hörte es sich an wie Straßenlärm, wie ein einfahrender Zug oder wie Stimmengewirr?«

Charlotte versuchte sich an die Stimme zu erinnern. Es war so schwer, diese paar Sekunden in ihrem Gedächtnis festzuhalten.

»Es war eher ein Rauschen. Vielleicht habe ich mir auch nur eingebildet, eine Stimme zu hören. Ich weiß es nicht.« Sie atmete tief aus. »Es hat sich angehört, als würde jemand durch eine Wand hindurch sprechen. Leise und dumpf. Wie hinter einer Glasscheibe. Dazwischen waren immer wieder krächzende, surrende Störgeräusche zu hören, so laut, dass ich das Handy vom Ohr weghalten musste.«

Er legte die Hände wie zum Gebet zusammen und musterte sie.

»Ich habe den Besitzer gefunden, auf den die Nummer registriert ist. Er ist bei uns gespeichert.«

Charlotte konnte die Spannung kaum aushalten und schüttelte fragend den Kopf.

»Können Sie sich erklären, warum Finley Adams sie angerufen hat?«

# 1995
# Charlie

Mr Clark kam erst bei den Edwards' vorbei, um seine Tochter abzuholen, als Charlie bereits in der Schule war. Insgeheim, gestand sie sich ein, gab sie Mr Clark die Schuld an allem und hätte gern gesehen, ob er sich im Klaren darüber war, was Violet miterlebt haben musste.

Nachmittags rief Lucile endlich an und erzählte, dass sie wieder zuhause sei. »Es ist echt spät geworden. Alles hat so lange gedauert im Krankenhaus«, erklärte sie mit belegter Stimme.

Dann erzählte sie, was passiert war, nachdem Oliver sie geholt hatte. Ellen habe völlig neben sich gestanden. Sanitäter mussten sie schließlich mit Medikamenten ruhigstellen, bevor sie sie in ein Krankenhaus bringen konnten.

»Ich war kurz bei euch zuhause«, sagte Charlie und wickelte das Kabel des Telefons um ihren Finger. »Violet konnte ohne ihre Puppe nicht einschlafen«, fügte sie hinzu, als Lucile nichts erwiderte. »Ich habe sie schnell geholt. Ich wusste noch, wo der Ersatzschlüssel lag.«

»Dann hast du ja alles gesehen.« Lucile seufzte.

»Was ist bloß passiert?«, flüsterte Charlie. Sie wusste nicht, ob es richtig war, Lucile auszufragen, aber die Neugier und die Angst trieben sie an.

»Meine Mutter … nimmt schon seit längerer Zeit Medikamente

gegen ihre Depressionen. Gegen ihre Launen könnte man sagen. Nur haben sie irgendwie aufgehört zu wirken, seit Dad uns verlassen hat.« Lucile hielt einen Moment inne. »Als wir rüberkamen, hat sie sich die Haare abgeschnitten. Und den Spiegel zertrümmert. Sie hat weder Oliver noch mich erkannt. Sie war … « Ein Schniefen drang durch den Hörer, Charlie hätte ihre Freundin am liebsten in den Arm genommen. »Ich habe mir geschworen, Vio genau davor zu beschützen. Ich wollte nicht, dass sie unsere Mum so sieht. Ich war nicht mehr zuhause, als Dad kurzfristig abgesagt hat, sonst wäre ich niemals auf die Idee gekommen, nach Brighton zu fahren. Ich dachte, er nimmt die beiden anderen mit, aber Oli ist kurz nach mir zu seinen Freunden abgedampft und Vio … «

*Violet war ganz allein mit ihr,* dachte Charlie mit einem Kloß im Hals. *Violet, allein unter dem Bett versteckt, mit dem Monster im eigenen Haus.*

»Ich glaube, Violet geht es ganz gut. Vielleicht hat sie nichts mitgekriegt«, log Charlie, weil sie auf irgendeine Weise Trost spenden wollte.

»Wie lange bleibt deine Mum jetzt im Krankenhaus?«

»Ich weiß es nicht. Sie wurde ins *Bethlem* verlegt.«

Von ihrer Mutter wusste Charlie, dass das eine psychiatrische Klinik war.

»Bitte sag es niemandem, okay? Auch wenn ich vermute, dass es sich sowieso schon herumgesprochen hat. Die Nachbarn haben die Polizei gerufen, als sie den Lärm hörten. Zum Glück hat Oli schnell geschaltet und ist mit Violet zu euch gegangen, sonst hätte uns die Polizei bestimmt mitgenommen.«

»Mitgenommen? Wohin denn?«

»Keine Ahnung. In ein Heim vielleicht. Eben … weg von ihr.«

Charlie verstand nicht gleich, aber dann wurde ihr klar, dass es nicht nur um Lärmbelästigung ging. Oder einen Rosenkrieg zwischen getrennten Eltern. Sondern darum, Ellen die Kinder wegzunehmen. »Sie können euch doch nicht einfach in ein Heim stecken …«

»Dann eben zu Dad, vermute ich. Aber der hatte ja Besseres zu tun. Soweit ich es verstanden habe, hat er einen Kurzurlaub mit Nina gemacht und deshalb auf seine Kinder verzichtet. Ich habe ihn noch nie so angeschrien wie gestern.« Wieder schniefte Lucile, dann zog sie die Nase hoch, als würde sie sich sammeln müssen. Selten hatte Charlie ihre Freundin so aufgelöst erlebt. Ein tiefes Ausatmen. Danach klang Luciles Stimme wieder fester.

»Dad ist immer noch hier. Wir räumen hier auf und fahren danach gemeinsam zu Mum. Ich glaube nicht, dass ich die nächsten Tage zur Schule komme. Dad besteht zwar darauf, aber er kann mich mal.«

Charlie musste wieder an das Chaos denken, dass sie gesehen hatte. Es würde bestimmt ewig dauern, das Ganze zu beseitigen. Und das Schlafzimmer müsste frisch gestrichen werden.

»Danke, dass ihr euch um Violet gekümmert habt.«

»Ist doch klar.«

*Das Monster besucht uns manchmal.*

Charlie schauderte. Sollte sie Lucile sagen, was Violet ihr am Abend von dem Monster erzählt hatte?

*Es hatte kein Gesicht. Nur Finger. Und ein rotes Licht.*

Wie hätte sie anfangen sollen? *Hör mal, weißt du, dass deine Schwester von einem Monster ohne Gesicht redet?*

Lucile verabschiedete sich mit dem Versprechen, sich bald wieder zu melden, und ließ eine ratlose Charlie zurück.

In der darauffolgenden Woche tauchte Lucile kein einziges Mal in der Schule auf, und auf Charlies Anrufe reagierte keiner im Hause Clark. Seit jenem Sonntag, an dem Ellen weggebracht worden war, hatte sie Lucile nicht mehr gesehen. Sie vermutete, dass Mr Clark die Kinder zu sich nach London gebracht hatte.

Natürlich hatte es sich herumgesprochen, dass Luciles Mutter »durchgedreht« war. Das bemerkte Charlie zunächst an dem Gemurmel und den Blicken, wenn sie die Schule betrat, und später, als sie unverhohlen darauf angesprochen wurde.

Eine Woche später, es war der Montag, war es besonders schlimm, wobei sie zunächst nicht wusste, weshalb. Charlie saß im Kunstunterricht, aber glücklicherweise hatte sie einen Arbeitstisch für sich. Sie gingen gerade perspektivisches Zeichnen durch und durften sich oder verschiedene Motive in einem Spiegel aus beliebigen Perspektiven zeichnen.

Patrick und sie waren die Einzigen, die denselben Kurs wie Lucile besuchten. Patrick saß am anderen Ende des Raumes, direkt neben dem Ausgang, was eindeutig strategisch die bessere Wahl war als Charlies Platz in der Mitte. Den Unterricht leitete dieses Jahr Mr Bernard, der Aushilfslehrer aus London. Der Lehrer, mit dem Charlie Ellen am See beobachtet hatte. Er hatte gelockte Haare, die ihm ständig ins Gesicht fielen und die er mit einer gekonnt lässigen Bewegung nach hinten strich. Sein Gang war irgendwie übertrieben lässig, wie der eines Cowboys, ließ ihn aber seltsamerweise cool wirken. Und er hatte ständig die Hände in den Hosentaschen. Sein Lächeln war so einnehmend, dass der Großteil der Schülerinnen und sogar die Lehrerinnen mädchenhaft kicherten, sobald sie mit ihm sprachen. Auch Charlie bemerkte ein aufgeregtes Gefühl, wenn er sich direkt an sie wandte und ihre Arbeit ernst nahm. Daran musste es liegen, so vermutete sie, dass er so beliebt war. Er nahm die Schüler und ihre Meinung ernst, ohne im Geringsten autoritär zu sein. Er war wie einer von ihnen, ein neugieriger Geist, nur klüger und älter, ohne dass er es erwähnen musste.

Während sie vor sich hinarbeiteten, ging die Tür des Klassenraums auf und eine junge Lehrerin eilte zu Mr Bernard. Sie flüsterte ihm etwas ins Ohr, was ihm nicht zu gefallen schien. Das verrieten die zusammengezogenen Augenbrauen.

»Fünfzehn Minuten Pause«, rief er und eilte aus dem Klassenraum.

Sobald er das Zimmer verlassen hatte, wurde aus den verhaltenen Blicken offensichtliches Starren, und es dauerte nicht lange, bis sich die ersten Giftspritzen zu Charlie setzten.

»Charlie, stimmt es, dass Mrs Clark euch angegriffen hat?«, fragte Teresa unverhohlen neugierig.

Am liebsten hätte Charlie sich abgewandt oder wäre aus dem Klassenraum gestürmt, aber sie wollte keine Schwäche zeigen. »Warum rufst du sie nicht einfach selbst an und erkundigst dich, wenn du dir solche Sorgen machst?«

Beide tauschten verstohlene Blicke.

»Nein, danke. Wäre sie normal, hätte man sie nicht nach *Bethlem* gebracht. In die Klapse. Nicht dass das ansteckend ist.« Mit dem Finger machte Teresa eine kreisende Bewegung an der Stirn.

»Soweit ich weiß, ist nur Dummheit ansteckend«, erwiderte Charlie.

Natürlich hatte Teresa absichtlich so laut gesprochen, dass alle anderen sich auch noch zu Charlie umdrehten. Charlie wusste, dass es Teresa Spaß bereitete, sie in diese Lage gebracht zu haben. Sie schaute hilfesuchend zu Patrick, doch sein Platz war leer. Er hatte sich wohl gleich zu Beginn der Pause verdrückt, um einer solchen Situation aus dem Weg zu gehen. Wie schlau von ihm.

»Willst du mir sonst noch etwas sagen, Teresa?«

»Tja, ich hatte gehofft, dass du als Luciles Freundin wenigstens

Bescheid weißt. Aber so wie es aussieht, hast du genauso wenig Ahnung.«

Charlies Hand zitterte, und sie legte vorsorglich ihren Bleistift zur Seite.

Laura sah Teresa belustigt an und gab ihr einen sanften Stoß in die Rippen. »Wir machen uns einfach Sorgen. Alle wissen von Mrs Clark.«

Charlie hielt es nicht länger aus. Empört stand sie auf, stieß dabei fast ihren Stuhl um. Sie packte ihre Tasche und eilte hinaus, nicht ohne die Tür mit gehörigem Schwung hinter sich zuzuknallen. »Blöde Kuh«, stieß sie wütend hervor. Dann atmete sie einmal tief durch und ging den Flur entlang. Als sie um die Ecke bog, sah sie Patrick.

»Hey, warte auf mich«, rief sie und versuchte ihn einzuholen, doch Patrick beschleunigte seinen Gang.

»Was denn?«, blaffte er, als Charlie ihn schließlich am Ärmel packte. Genervt drehte er sich um.

»Möchtest du deine Freundin nicht verteidigen?«

Seine Augenbrauen schnellten in die Höhe. »Freundin? Habe ich was verpasst?«

Charlie ließ seinen Ärmel irritiert los. »Ich dachte, ihr seid …«

Patrick schüttelte abfällig den Kopf. »Lucile und ich, das war was Lockeres. Und auf ihre Launen habe ich ehrlich gesagt keinen Bock mehr. Außerdem scheint sie schon jemand Neues zu haben.«

»Jemand Neues? Was meinst du? Wen?«

»Keine Ahnung. Aber Josy hat sie angeblich mit irgendwem ins Kino gehen sehen. Und ich war das eindeutig nicht.«

Bevor Charlie einhaken konnte, fuhr er fort. »Und nein, es war kein harmloses Treffen, es sah nach einem Date aus.«

Charlie schnappte nach Luft. Die bedrückende Befürchtung, ihre Freundin nicht zu kennen, schlug ihr schwer auf den Magen.

»Trotzdem. Sie ist unsere Freundin und braucht unsere Unterstützung. Ihre Familie bricht gerade auseinander. Willst du zulassen, dass Idioten wie Teresa so schlecht über sie reden?«

In diesem Moment drang lautes Geschrei durch den Gang. Charlie und Patrick sahen um die Ecke. Zwei Jungen waren in ein wildes Gerangel verwickelt. Dazwischen Mr Bernard, der außer sich vor Wut versuchte, die beiden auseinanderzubringen. An seiner Nase war Blut zu sehen.

Zu Charlies Entsetzen handelte es sich bei den beiden um Oliver und seinen Kumpel, der bei der Trauerfeier neben ihm gestanden hatte. Patrick näherte sich der Szene und packte Oliver grob am Arm.

In diesem Moment ertönte die Schulglocke.

»Sofort mitkommen«, herrschte Mr Bernard die beiden Schüler an und hielt sich die Hand vor die blutende Nase.

Charlie sah, wie Oliver, schwer atmend und hochrot im Gesicht, den Kragen seines Hemdes richtete. Der andere Kerl strich sich die Haare aus der Stirn. Mit hasserfülltem Blick starrte er Oliver an. Dann marschierten die beiden wortlos hinter dem Lehrer her.

»Siehst du?«, sagte Patrick mit Blick auf Oliver. »*Das* sind die Clarks. Die sind doch alle nicht mehr ganz dicht.« Geknickt sah Charlie dem Gespann nach. Sie ahnte, was passiert war. Oliver war von seinem Kumpel wahrscheinlich mit denselben Fragen provoziert worden wie Charlie von Teresa, doch Oliver hatte als Antwort zugeschlagen. Und Mr Bernard hatte sich eine blutige Nase beim Versuch eingefangen, die beiden zu trennen.

Noch nie hatte Charlie sich so hilflos gefühlt.

# 2010
## Charlotte

»Finley?« Sie rief sich das Gesicht des großgewachsenen Studenten vor Augen. Violets Freund. »Aber ich habe eine weibliche Stimme gehört.«

»Sind Sie sicher?«

»Na ja.« Charlotte dachte an den Anruf, der sie aus dem Schlaf geholt hatte, und an ihre Verunsicherung, ob sie überhaupt jemanden gehört hatte. »Ich dachte, es sei Violet, aber die Verbindung war wirklich schlecht.«

»Wie kommt es, dass Finley Ihre Nummer hat? War er auch einer Ihrer Studenten?«

Charlotte schüttelte den Kopf. Dann fiel ihr die Begegnung mit Andon ein und dass sie ihm zum Schluss ihre Handynummer gegeben hatte.

»Ich habe Andon, seinen Freund, in der Uni getroffen und kurz mit ihm gesprochen. Ich habe ihm meine Nummer aufgeschrieben und ihn gebeten, sie an Finley weiterzugeben.«

»Warum?«

»Ich wollte, dass er mich benachrichtigt, falls er etwas von Violet hört. Wir … kennen uns von früher, das habe ich Ihnen ja bereits erzählt.«

Wilson schwieg, und Charlotte versuchte, seinem bohrenden Blick standzuhalten. Was war hier nur los?

Schließlich lehnte sich der Detective in seinem Stuhl zurück und strich sich müde über sein Gesicht.

»Es könnte also sein, dass er Sie einfach anrufen wollte, jedoch keinen Empfang hatte«, sagte er resigniert.

Charlotte zuckte mit den Schultern. »Ich weiß es nicht. Ja, vielleicht. Aber eventuell war es doch Violet. Ich meine, wieso sollte er mich um drei Uhr nachts anrufen?«

»Haben Sie davon gehört«, wechselte Wilson das Thema, »dass es in der vergangenen Nacht einen Brand ganz in Ihrer Nähe gab?«

Charlotte nickte matt. Die Leiche. »Henry's Place«, sagte sie leise.

»Die erste Meldung über ein Feuer in der Claremont Road kam um 3:23 Uhr rein.«

Rund vierzig Minuten nach dem Anruf, überschlug Charlotte rasch.

»Die Brandursache ist noch nicht ermittelt. Und es gab einen Toten. Seine Identität ist inzwischen geklärt. Es handelt sich um Finley Adams.«

Wie betäubt schlug Charlotte sich die Hand vor den Mund. Das alles ergab keinen Sinn.

»Die Aufräumarbeiten dauern noch an. Aber wir konnten ein paar der Gegenstände, die Mr Adams bei sich hatte, sichten. Zumindest das, was davon übrig ist. Einige Dinge scheinen eindeutig nicht ihm gehört zu haben. Deshalb ist es jetzt sehr wichtig, dass Sie sich genau zu erinnern versuchen. War die Stimme, die sie am Telefon hörten, mit Sicherheit weiblich?«

Charlotte konnte keinen klaren Gedanken fassen. Dann schließlich sprach sie die Frage aus, vor deren Antwort sie sich am meisten fürchtete. »Besteht die Möglichkeit, dass noch eine Leiche gefunden wird?« Wilson schüttelte den Kopf.

Sie schloss die Augen. Versuchte sich die kurzen Momente am Telefon ins Gedächtnis zu rufen. Dann sah sie zu Wilson und nickte. »Ich bin mir eigentlich sicher, dass es eine Frauenstimme war.«

Detective Inspector Wilson griff zum Telefon.

Auf dem Weg nach Hause konnte sie an nichts anderes als D. I. Wilsons Worte denken. *War die Stimme, die sie am Telefon hörten, mit Sicherheit weiblich?* War sie sich denn sicher? Der Anruf hatte nur ein paar Sekunden gedauert.

Und doch wurde sie das Gefühl nicht los, dass es Violet war, die sich bei ihr gemeldet hatte. Bei der Leiche handelte es sich um Finley. Konnte er etwas mit Violets Verfolgungswahn zu tun gehabt haben? Erneut dachte sie an ihre letzte Begegnung zurück. Der vor Wut verzerrte Mund, die weit aufgerissenen Augen, und, nicht zu vergessen, Finleys Faust, die in ihrem Gesicht gelandet war.

Wilson hatte das Gespräch mit der Bitte beendet, Diskretion walten zu lassen. Finley war bereits an den Pranger gestellt worden, nun hatte man seine Leiche gefunden. Das konnte kaum Zufall sein. Hatte ihm jemand etwas angetan? Oder hatte Finley womöglich sogar selbst Feuer gelegt, um etwas zu vertuschen? Unzählige Fragen schwirrten Charlotte im Kopf umher. Es schien auf der Hand zu liegen, dass er etwas mit Violets Verschwinden zu tun haben musste. Er wohnte im selben Wohnheim wie Violet, hatte ihre Nähe gesucht und außer dem Gingkoanhänger waren noch weitere Gegenstände bei ihm gefunden worden, die eindeutig nicht ihm gehörten. Was konnte das sein? Irgendetwas sagte Charlotte, dass sie Violet ganz nahe gewesen war. Zumindest in der vergangenen Nacht.

Am Abend saß sie mit Janet auf der Ledercouch in ihrem Apartment.

»Hm, gemütlich«, hatte Janet kommentiert.

»Ich weiß, es ist winzig.«

»Hey, in London könnte man hieraus sogar eine WG machen. Du siehst übrigens viel besser aus.«

Charlotte musste schmunzeln. Der Bluterguss in ihrem Gesicht war mittlerweile fast vollständig verschwunden, und dank einer Schicht Make-up musste man ganz genau hinsehen, um noch Spuren davon zu erkennen.

Charlotte hatte Janet nach dem Gespräch mit Detective Inspector Wilson geschrieben. Das Alleinsein fiel ihr noch schwerer als sonst, und sie musste ihre Sorgen mit jemandem teilen.

Auch Janet wirkte betroffen. »Mein Telefon klingelt seit heute früh Sturm«, berichtete sie irritiert, nachdem sie das erste Glas Wein fast in einem Zug geleert hatte. »Die ersten Anrufer haben wenigstens den Namen der Zeitung erwähnt, für die sie arbeiten, dann wurde es immer dreister. Einer hat sich sogar als Finleys Onkel ausgegeben, der darauf bestand zu erfahren, was mit seinem Neffen passiert sei!«

Janets Wangen glühten, teils vom Wein, teils von der aufkeimenden Wut. »Ich hätte nie erwartet, dass so etwas passiert. Nicht schon wieder.« Dann hielt sie einen Moment inne. »Und wieso genau warst du erneut bei Wilson?«

Charlotte erzählte ihr von dem unbekannten Anrufer der vergangenen Nacht, auch wenn sie Wilsons Bitte, diskret zu bleiben, noch im Ohr hatte. Sie konnte nicht anders, es platzte förmlich alles aus ihr heraus. All die Verdächtigungen und die Vermutungen, er hätte etwas mit Violets Verschwinden zu tun.

»Ich weiß, was sie bei ihm gefunden haben. Ich meine, weshalb sie ihn verdächtigen.« Janet rieb sich nachdenklich über die Stirn.

»Es war ihr Schlüsselbund. Wir mussten bestätigen, dass es der Schlüssel zu ihrem Zimmer war. Außerdem hat man die Überreste eines Rucksacks bei ihm gefunden, darin einen ebenso zerstörten Laptop, der ihm nicht gehörte, und ebenjenen Schlüsselbund. Alles andere ist bis zur Unkenntlichkeit verbrannt.«

Bei der Vorstellung drehte sich Charlotte der Magen um.

»Sie haben sein ganzes Zimmer auf den Kopf gestellt. Schon wieder. Es geht mir einfach nicht in den Kopf, dass er so eine dunkle Seite hatte. Dass er ihr aufgelauert hat und womöglich noch Schlimmeres. Wie kann man sein wahres Gesicht so gut verbergen?«

»Ich weiß es nicht.« Charlotte nahm einen großen Schluck von ihrem Rotwein und zog die Beine an. Sie spürte die Wirkung des Alkohols, eine sanfte Welle, die sie tiefer atmen und sich zurücklehnen ließ. Die Anspannung des Tages ließ endlich nach. »Ich habe mich schon einmal derart in jemandem getäuscht. Habe ein wahres Gesicht nicht erkannt, bis es zu spät war.«

Bevor sie sich stoppen konnte, sprudelten die Worte nur so aus ihr heraus. Sie erzählte von Philippe, den sie bei einem Briefing in der Arbeit kennengelernt hatte. Wie sie sich danach zufällig auf dem Borough Market über den Weg gelaufen waren und schließlich einen Kaffee getrunken hatten. Wie sie ihn von Anfang an attraktiv, klug und einfühlsam fand. Einen Architekten, der zwischen Dover und Lion pendelte, wo seine beiden halbwüchsigen Kinder bei der getrenntlebenden Frau wohnten. Wie sie sogar, um ihm näher zu sein, einen Job in Dover annahm, in einer verhassten kleinen Klitsche arbeitete, um unter der Woche mit ihm zusammen sein zu können. In ihrer Erinnerung schien die Beziehung für diese kurze unbeschwerte Zeitspanne einfach perfekt. Bis sein Sohn plötzlich vor ihr stand und sie beschuldigte, die Ehe seines Vaters zerstört zu haben. Sie sah ihn noch vor sich, Thomas, den

Siebzehnjährigen, mit vor Zorn geballten Fäusten, während er ihr mit bebender Stimme erzählte, er habe sie zusammen gesehen. Wie seine Mutter in Lyon sich in den Schlaf heulte, weil ihr Ehemann sich mit einer Hure vergnüge. Ob sie sich nicht schäme? Noch immer hallte seine Stimme in ihrem Ohr wider. Ob sie sich nicht schäme, so eine verdammte Lügnerin zu sein. Eine miese Schlampe, die Familien zerstöre.

»Mein Gott, das hört sich schrecklich an.« Janet schüttelte ungläubig den Kopf. »Und du hast wirklich nichts gemerkt? Also, dass er verheiratet ist, meine ich.«

Charlotte starrte in ihr Weinglas. Hatte sie es gewusst und sich nur etwas vorgemacht? So war das wohl mit dem Verstand, dem sie nicht einmal jetzt trauen konnte. Es gab durchaus Momente, die sie stutzig hätten machen können. Wenn er zum Telefonieren aus dem Zimmer ging. Wenn er am Wochenende nicht erreichbar war, egal wann sie anrief. Bis heute konnte sie nicht sagen, ob sie es nicht wusste oder einfach nicht hatte wissen *wollen*.

»Das Problem später war nicht, dass ich es nicht gewusst habe. Das Problem war, dass mir niemand glauben wollte. Jeder hielt mich für die Schuldige. Für die Verführerin und ihn für den dummen einfältigen Ehemann, der auf eine junge Kollegin hereingefallen war. Sie hatte mich sogar einmal angerufen.«

Charlotte erinnerte sich an das Schniefen durch das Telefon, das gebrochene Englisch und wie die Ehefrau von ihr jedes Detail zu wissen verlangte und ihr am Schluss doch nicht glaubte.

»Irgendwann fingen dann die Nachrichten an. Meist anonyme SMS, in denen ich beschimpft wurde. Anrufe in der Nacht. Dann Mails an meine E-Mail-Adresse bei der Arbeit.« Charlotte kippte ein weiteres Glas Wein hinunter, um die Tränen zu unterdrücken. »Philippe und ich haben uns sofort getrennt. Ich bin ausgezogen, obwohl ich die Wohnung wirklich geliebt habe. Aber der fade Beigeschmack wäre sowieso geblieben und die Miete allein hätte ich mir auf Dauer nicht leisten können.«

Die schöne Wohnung, von der man einen Blick aufs Meer erhaschen konnte, wenn man sich weit genug aus dem Fenster lehnte. Sie hatte sich so viel Mühe mit der Einrichtung gegeben. Nebenan befand sich ein Café und sie erinnerte sich an den Duft nach Scones und Apfelkuchen, der manchmal sogar in der Luft lag. Charlotte sah den mitfühlenden Blick in Janets Augen. Obwohl sie kein Mitleid wollte, tat es gut, Verständnis zu spüren, wo sie sonst nur Missachtung gesehen hatte.

»Und bekommst du diese Nachrichten immer noch?«, erkundigte sich Janet vorsichtig.

Charlotte zuckte die Achseln. »Der Junge lässt nicht locker. Aber die Nachrichten werden seltener. Ich gebe die Hoffnung nicht auf, dass sie irgendwann ganz aufhören.«

Janet stellte ihr Glas ab. »Du solltest ihn anzeigen. Egal ob minderjährig oder nicht. Das nennt man Belästigung. Ich begleite dich zur Polizei, wenn du nicht allein gehen willst.«

Charlotte atmete tief durch. »Danke. Aber das habe ich schon getan. Ich habe eine Anzeige erstattet, nachdem er mir vor meiner Tür aufgelauert hat. Dann hat mich seine Mutter angerufen, völlig verzweifelt, und hat sich für ihn entschuldigt. Es hat sie so viel Kraft gekostet, sie hat die Worte kaum herausbekommen. Sie meinte, er habe überreagiert, so seien Jugendliche nun einmal. Ich dürfe ihm nicht seine Zukunft verbauen, indem er durch meine Anzeige eine Vorstrafe kassiert. Das hat mir irgendwie eingeleuchtet. Ich wollte ihn nicht brandmarken.«

»Aber er hat ja nicht aufgehört. Auch, wenn seine Mutter dich anbettelt. Es sind nicht die Streiche eines Fünfjährigen, sondern eines Teenagers, der zu einem Erwachsenen heranwächst.«

»Vielleicht sind es die Nachwehen. Er weiß nicht, wo ich jetzt lebe. Ich habe die Stadt verlassen und will hier eigentlich neu anfangen.«

Doch die letzte Nachricht war Charlotte noch sehr präsent. Vielleicht wollte er noch einmal nachtreten. *Dich davonzustehlen und so zu tun, als wäre nichts passiert, wird dich auch nicht retten, du Miststück.*

# 1995
## Charlie

Charlie stand vor der Tür der Clarks. Durch das kleine Fenster daneben nahm sie eine Bewegung im Flur wahr. Noch während sie zur Klingel griff, wurde die Tür geöffnet, und zu Charlies Überraschung war es Ellen, die sie begrüßte.

»Hallo Charlie, komm doch rein. Lucile wartet schon.«

Charlie gelang es nicht, den Blick von Ellens Kopf zu wenden.

Ungelenk fuhr sich Ellen durch das kurze Haar. »Ich wollte eine Veränderung. Aber sie sind ganz schön kurz geworden, nicht wahr?«, sagte sie mit einem nervösen Lächeln.

»Es sieht toll aus, Mrs Clark. Wirklich. Der Pixie-Cut steht Ihnen sehr gut«, erwiderte Charlie. Sie hatte nicht erwartet, Ellen anzutreffen. Seit dem Vorfall waren drei Wochen vergangen. Lucile war nach einer Woche Abwesenheit wieder in der Schule aufgetaucht und hatte so getan, als wäre nichts gewesen. Nur wenn sie zu zweit waren, erzählte Lucile von zuhause, von dem Arrangement, das die Eltern getroffen hatten.

»Hallo Charlie!« Kaum war sie in den Flur getreten, kam Mr Clark aus der Küche geeilt und schüttelte ihr kräftig die Hand. Er hatte sichtlich abgenommen und wirkte im Gegensatz zu früher beinahe athletisch.

*Die Trennung scheint zumindest ihm gutzutun,* dachte Charlie irritiert. Auch seine gehetzte Art vor der Trennung, die faltige

Stirn, all das war verschwunden. Trotzdem mochte sie sein breites Lächeln, das seine perfekten Zähne zeigte, nicht.

»Bist du groß geworden! Beinahe hätte ich dich nicht mehr erkannt! Komm doch rein.« Er klopfte Charlie auf die Schulter und führte sie ins Wohnzimmer, wo Violet gerade über dem Couchtisch kniete und Bilder ausmalte, während im Hintergrund der Fernseher lief. Der Geruch nach deftigem Essen, vielleicht einem Braten, stieg Charlie in die Nase. All das kam ihr beinahe so vor, als wäre sie in die Vergangenheit gereist und nun bei den Clarks von früher gelandet. Im Haus einer perfekten Familie.

»Willst du zum Essen bleiben?«

Bevor Charlie zu einer Antwort ansetzen konnte, kam ihr Lucile zuvor. Sie stand an der Treppe und beobachtete ihren Vater unbeeindruckt.

»Wir bleiben nicht zum Essen. Charlie holt mich nur ab, Dad.«

Mit einem aufgesetzt wirkenden Lächeln wandte Mr Clark sich ab und ging zurück in die Küche.

»Schon gut, schon gut. Viel Spaß im Kino. Was schaut ihr euch überhaupt an?«

Lucile verdrehte die Augen. »*Sieben.*«

Mr Clark nickte kurz, und es war klar, dass ihm der Name nichts sagte. »Okay, dann viel Spaß!«, sagte er noch einmal und blieb im Flur stehen, bis Lucile Charlie aus dem Haus gedrängt hatte.

»Mein Gott, war das peinlich.« Kaum waren sie auf der Straße, zündete Lucile sich eine Zigarette an. Charlie warf einen Blick zurück zum Haus, um sicherzugehen, dass Mr Clark sie nicht beobachtete, aber Lucile schien sich nicht weiter darum zu scheren. Sie wollte nur weg.

»Wie läuft es denn jetzt bei euch?«, erkundigte Charlie sich.

Lucile musterte sie einen Moment, ohne etwas zu sagen. »Ellen schwebt wie ein Roboter durch die Wohnung, und mein

Vater putzt unentwegt das Haus, damit er keine Sekunde mit ihr verbringen muss. Es läuft also wirklich supergut.«

Ihre Eltern hatten sich laut Lucile darauf geeinigt, dass Mr Clark unter der Woche wieder bei der Familie wohnte. Solange zumindest, bis es ihrer Mutter wieder besser ging und er sicher sein konnte, dass sie keine Gefahr mehr für sich oder die Kinder darstellte.

»Geht es deiner Mutter denn gut damit? Ich meine, dass dein Vater wieder bei euch wohnt?«

»Er wohnt ja nur unter der Woche hier. Am Wochenende fährt er nach London, und wir sollen mitkommen, damit Ellen sich ausruhen kann. Es ist ein absoluter Affenzirkus, wenn du mich fragst. Aber zumindest steht nicht mehr im Raum, dass wir ganz zu Dad ziehen.«

»Was?!«

Lucile trat ihre Zigarette auf dem Gehweg aus. »Ich hab ihm gesagt, ich werde nicht einfach mitten im Jahr die Schule wechseln. Oliver genauso wenig. Er hatte nicht wirklich ein Mitspracherecht. Und wir haben es die ganze Zeit, seit er abgehauen ist, ohne ihn geschafft. Wir brauchen ihn nicht. Aber …« Sie lächelte traurig. »Violet freut sich, dass Daddy wieder zuhause ist. Endlich ist die Familie wieder vollständig, denkt sie.«

Sie erreichten die Bushaltestelle und stiegen in den kurz darauf eintreffenden Bus Richtung Rochester.

Charlie dachte an die grauenvollen Erzählungen des kleinen Mädchens, als sie vor wenigen Wochen in ihrem, Charlies, Bett gelegen hatte, und hoffte inständig, dass Violet sich von den Strapazen erholen konnte.

»Was ist mit dir und Patrick? Habt ihr wirklich Schluss gemacht?«

»Früher oder später hätte er sich sowieso getrennt. Es war

nichts Ernstes zwischen uns, und ich glaube, als Freunde geht es uns besser.«

Charlie konnte nicht fassen, wie beiläufig Lucile von ihrer Trennung erzählte. Sie hatte Patrick seit jenem Tag in der Schule des Öfteren mit böser Miene an Lucile vorbeigehen sehen. Er schien ganz und gar nicht auf eine Freundschaft mit Lucile scharf zu sein.

»Patrick kriegt sich schon wieder ein«, sagte Lucile, als hätte sie Charlies Gedanken gelesen. »Das ist einfach ein verletztes männliches Ego.«

Am liebsten hätte Charlie Lucile einfach direkt gefragt: Hast du einen Freund, von dem keiner weiß? Aber sie wollte ihre Worte sorgfältig wählen, sonst machte Lucile womöglich gleich ganz dicht.

»Gibt es denn jemand Neues?«, fragte sie stattdessen so locker es ging.

Lucile warf ihr einen skeptischen Blick zu. »Wieso fragst du?«

»Patrick hat es erzählt. Oder besser gesagt, er meinte, Josy hätte dich mit jemandem ausgehen sehen.«

»Dann redet sie Blödsinn. Der Einzige, mit dem ich in letzter Zeit unterwegs war, ist Oliver. Er kommt mit der ganzen Geschichte unserer Eltern auch nicht besonders gut klar. Wenn er nicht aufpasst, endet er noch als kompletter Außenseiter.«

Charlie erinnerte sich an die Schlägerei in der Schule, bei der Mr Bernard eine blutige Nase davongetragen hatte. Oliver hatte daraufhin einen Verweis kassiert, konnte einem Rauswurf aber gerade noch so entkommen, weil Mr Bernard die Sache auf sich beruhen lassen wollte.

Charlie war erleichtert. Also hatte Lucile ihr doch nichts verheimlicht. Keine geheimnisvollen Dates, keine Lügen, die ihre Freundschaft belasteten.

Sie stiegen in der Nähe des Kinos aus, und Charlie spürte, wie sich in ihr freudige Aufgeregtheit breitmachte. Jacob wartete bereits vor dem Kinoeingang und lächelte sie an, als sie auf ihn zukamen. Zum ersten Mal war nicht sie das Anhängsel, heute hatte Lucile diese Rolle zu übernehmen.

# 2010
## Charlotte

Seit Tagen durchkämmten Polizeibeamte das gesamte Gelände um den abgebrannten Pub, wahrscheinlich um nach Beweisen für Violets Tod zu suchen. Es war nur wenige Tage vor Weihnachten, das erste Trimester war vorüber und Charlotte beobachtete die unzähligen Polizisten in gelben Warnwesten, die kaum einen Meter voneinander entfernt in einer Reihe über das Trümmerfeld marschierten. Noch immer gab es keine Spur von Violet und auch die Polizei hatte noch keine neuen Erkenntnisse. Detective Inspector Wilson schien anzunehmen, dass Finley sich vor seinem vermeintlichen Selbstmord bei Charlotte gemeldet, dann aber aufgelegt hatte. Seit Tagen prangte Violets Porträt – ihr Profilbild in den sozialen Medien – auf den Titelseiten der Tageszeitungen. »Liebesdrama im Studentenwohnheim?« So oder ähnlich lauteten die reißerischen Zeilen über ihrem mit einem schwarzen Balken unkenntlich gemachten Gesicht, obwohl ihr Name schon überall durchgesickert war.

Mehr denn je spürte Charlotte die Machtlosigkeit über sich hereinbrechen. Die Suche stagnierte und früher oder später würden die Beamten sich aktuelleren Fällen widmen. Frustriert machte Charlotte sich schließlich auf den Weg zurück zu ihrer Wohnung.

Als sie in ihre Straße einbog, entdeckte sie sogleich den Tumult gegenüber ihrem Haus. Erneut hatten mehrere Einsatzfahrzeuge vor der Einfahrt der Green Lodge geparkt. Lautes Bellen war zu hören. Charlotte wusste von Janet, dass noch einmal eine gründliche Durchsuchung des gesamten Gebäudes angekündigt war. Sämtliche Bewohner, die noch nicht abgereist waren, mussten das Wohnheim räumen und so war die Straße gefüllt von wartenden Studentinnen und Studenten, unter die sich unzählige Schaulustige gemischt hatten.

Am Rande der Gruppe entdeckte sie Janet, die sich mit einem Mann unterhielt. Nach kurzem Zögern überquerte Charlotte die Straße. Der Mann trug einen schwarzen Mantel und dazu einen braun karierten Schal, untypisch elegant für einen Polizeibeamten, dachte sie. Sobald Charlotte zu den beiden aufgeschlossen hatte, drehte der Mann sich um.

Als sie in das Gesicht von Mr Clark blickte, fühlte Charlotte sich augenblicklich um Jahre zurückversetzt. Anders als bei ihrer letzten Begegnung war sein von Sorgen gezeichnetes Gesicht angespannt, das Haar war inzwischen deutlich ergraut.

»Hallo Charlie«, sagte er. »Beinahe hätte ich dich nicht wiedererkannt.« Er streckte ihr die Hand entgegen und sie erwiderte seinen Handdruck. »Können wir kurz miteinander sprechen? Ungestört?« Er wirkte kein bisschen überrascht, sie hier zu sehen. Sie fragte sich, ob Violet ihm von ihrem Wiedersehen an der Uni erzählt hatte.

»Ich muss dann mal wieder rein«, entschuldigte Janet sich.

»Gehen wir ein Stück«, fragte Mr Clark mit Blick auf die umherstehenden Leute.

»Natürlich«, erwiderte Charlotte und spürte Aufregung aufkeimen. Mr Clark hier wiederzutreffen wirkte völlig surreal. Sie erinnerte sich daran, dass er etwas ganz Ähnliches bei ihrer vorletzten Begegnung zu ihr gesagt hatte, nachdem er sie an der Tür seines damaligen Hauses in Port Wilmoor begrüßt hatte. Bevor die Katastrophe endgültig über die Clarks hereingebrochen war.

»Es tut mir so leid, Mr Clark. Gibt es denn irgendetwas Neues zu Violet?«

Er schüttelte den Kopf. »Nein. Die Polizei hat alles durchkämmt und steht doch noch immer mit leeren Händen da. Ich begreife das einfach nicht. Kanntest du diesen Finley? Ms Simmons und dieser Inspector meinten, du hättest Violet an der Uni unterrichtet?«

»Ja, sie stand zufälligerweise auf meiner Tutorenliste. Finley wiederum kannte ich nur vom Sehen.«

»Hat sie irgendwann erwähnt, dass sie aus dem Wohnheim abhauen will? Ich meine, vielleicht ist sie doch einfach weggelaufen.«

Charlotte bemerkte das Zittern in seiner Stimme. »Ich habe leider keine Ahnung, wohin sie gegangen sein könnte. Ich weiß nur, dass sie sehr durcheinander war, als wir das letzte Mal miteinander sprachen.«

»Aber man sagte mir, sie hätte dich anzurufen versucht. Du hättest ihre Stimme am Telefon wiedererkannt, oder nicht?«

Charlotte nickte. »Ich bin mir nicht sicher. Es war mitten in der Nacht, und ... die Verbindung war so schlecht. Die Nummer erwies sich als Finleys.«

»Ich weiß einfach nicht, was ich glauben soll«, sagte er und fuhr sich nervös durchs Haar. Der schick gekleidete Mann, den sogar sie damals für kurze Zeit gehasst hatte, schien richtiggehend in sich zusammenzufallen. Seine Augen wurden feucht, als er sie tief verzweifelt ansah.

»Bisher hat man nichts gefunden, das auf ...« Sie stockte. *Das auf einen Mord hindeutet.* Sie brachte es nicht über sich, die Worte auszusprechen.

»Sie war schon immer in sich gekehrt«, sagte Mr Clark, und seine Stimme klang wieder fester. »Schon früh haben wir sie von einem Psychologen zum anderen geschickt. Sie war so still, so verschlossen. Nie wollte sie Freundinnen einladen oder ihre Geburtstage feiern. Als ich mich einmal als Nikolaus verkleidet habe, hat sie sich weinend hinter unserer Couch versteckt. Für Violet gab es immer nur ihre Schwester. Sie hat sich wie ein Äffchen an Lucile geklammert.«

Charlotte hörte ihm aufmerksam zu, während sie die Straße entlanggingen.

»Du weißt, dass ihre Mutter krank war. Sie wollte ihr niemals wehtun, aber es war ein Fehler, die Kinder so lange bei Ellen zu lassen. Es war *mein* Fehler. Ich hätte sie viel früher holen müssen. Dann wäre Violet vielleicht nicht so besessen von Lucile gewesen, und alles wäre anders gekommen.«

Die Besessenheit von Lucile schien auch die Erklärung zu sein, warum Violet nach Jahren genau an den Ort gekommen war, an dem Lucile ihr Leben beendet hatte. Trotzdem machte es Charlotte betroffen, was Mr Clark ihr erzählt hatte.

»Wissen Sie vielleicht etwas über Luciles Verbindungen zu dem Haus? Violet war überzeugt, dass Lucile jemanden in der Green Lodge gekannt hat und deshalb dort eingezogen ist.«

Mr Clark schüttelte den Kopf. »Nein, ich wusste von keinem ihrer Freunde damals. Ich nahm an, dass zumindest ihr beiden weiter Kontakt gehalten und euch geschrieben hättet. Aber wenn ich ehrlich bin, habe ich sie nicht viel nach ihren Freunden ausgefragt.«

Charlotte senkte den Blick. Sie verstand, was Mr Clark ihr damit sagen wollte. Es war ein Eingeständnis, dass er sich für das Leben seiner Tochter kaum interessiert hatte. Und das wurde ihm nun endgültig bewusst. Aber warum hatte Lucile ihren Vater angelogen?

»Wie lange werden Sie in London bleiben?«

Er blickte auf sein Handy. »Ich weiß es nicht. Ich muss zurück ins Präsidium. Wenn dieser Finley Adams etwas mit Violets Verschwinden zu tun hatte, werde ich hierbleiben, bis ich Gewissheit habe.«

Sie tauschten ihre Handynummern für den Fall aus, dass es Neuigkeiten geben würde, obwohl Charlottes Hoffnung von Stunde zu Stunde sank. Und als sie die breite Kreuzung erreicht hatten, dauerte es keine Minute, bis ein Taxi heranfuhr und Mr Clark einsteigen ließ. Er musste sehr verzweifelt sein, das hatte sie in seinem kummervollen Ausdruck gesehen. Lucile war tot, seine zweite Tochter verschwunden und niemand konnte ihm Auskunft zu ihrem Verbleib erteilen.

# 1995
## Charlie

Es war Samstagabend, und Charlie hatte es sich gerade mit dem Makkaroniauflauf ihrer Mutter auf der Couch gemütlich gemacht, als das Telefon klingelte. Widerwillig stapfte sie in den Flur und nahm den Hörer ab. Eine völlig verheulte Stimme drang ihr ins Ohr.

»Was ist los? Ich kann dich kaum verstehen!«

Es war Lucile, die sie von einer unbekannten Festnetznummer aus anrief. Im Hintergrund waren lautes Gegröle und dröhnende Musik zu hören. »Ich bin im Pilgrim, in dieser Bruchbude in der King's Hill Road.« Ihre Stimme klang schwer, sie sprach langsam und undeutlich.

»Was ist denn passiert?«

»Kannst du herkommen? Es ist total beschissen hier.«

Charlie kannte das *Pilgrim*, es war eine alte Scheune am Waldrand, die Jugendliche zu einer Art Treff hergerichtet hatten. Lucile hatte ihr nichts von einer Party erzählt, was Charlie einen Stich versetzte. Jacob war übers Wochenende mit seinen Eltern zu Verwandten in Leeds gefahren, und da sie keine sonstigen Pläne gehabt hatte, hatte Charlie bereits ihren Schlafanzug angezogen.

»Kommst du mich abholen? Wie oft soll ich noch bitten?«

Es waren vielleicht fünfzehn Minuten mit dem Fahrrad, aber bei der klirrenden Kälte und in der Dunkelheit wollte Charlie ungern allein fahren. Widerwillig schaute sie aus dem Fenster.

»Wie bist du denn hingekommen? Kann dich niemand anders abholen?«

Aus dem Hörer drang ein lautes Schnauben. »Ich wurde mitgenommen. Aber ich muss hier raus. Es ist einfach nur ätzend hier.«

»Ich kann meine Eltern nicht fragen, sie sind nicht da. Wir müssten den ganzen Weg zu Fuß gehen oder mit dem Rad fahren.«

»Das wäre mir egal. Ich brauche jemanden Normales hier.«

Noch immer widerstrebte es Charlie, nach draußen zu gehen.

Nach einer kurzen Pause beschloss sie, Luciles Bemerkung unkommentiert zu lassen.

»Kannst du nicht einfach deine Eltern anrufen? Deinen Dad?« Noch bevor sie es zu Ende gesprochen hatte, wusste sie, dass es das Dümmste war, was sie hätte sagen können.

Lucile lachte laut auf. »Schon verstanden«, lallte sie in den Hörer. »Du bist und bleibst die brave Tochter. Die gute alte Charlie. Ich finde schon jemanden, der mich heimbringt. Schönen Dank auch!«

Mit diesen Worten brach die Verbindung ab. Charlie verharrte im Flur, noch immer das Telefon in der Hand. Dann knallte sie es auf die Ladestation und ging zurück auf die Couch. Sie versuchte dem Film zu folgen, den sie vorhin angeschaltet hatte, aber es gelang ihr nicht. Genervt schaltete sie den Fernsehapparat stumm. Lucile hatte es geschafft, ihr den Abend zu verderben. Es war noch nicht spät, gerade acht Uhr, und wenn sie sich beeilte, wäre sie, bis ihre Mutter um halb elf aus der Arbeit kam, schon wieder zuhause.

Charlie trat in die Pedale, als sie die finstere Landstraße entlangfuhr. Ihr Dynamolicht warf einen trüben Schein auf den Asphalt. Sie hatte den Ort schon verlassen und radelte über die einsame Landstraße. Die Kälte kroch in Charlies Finger, die Knöchel traten weiß unter der Haut hervor. In ihrem übereilten Aufbruch hatte sie ihre Handschuhe vergessen. Es war bereits März, alle hofften auf den Frühling, doch die Temperaturen gingen wieder nach unten.

Endlich tauchte am Wald das schwach beleuchtete *Pilgrim* auf. Schon als Charlie den Schotterweg entlangfuhr, konnte sie Pfiffe und Musik aus dem Inneren der Scheune hören. Soweit sie wusste, gehörte die Scheune einem Mitschüler oder besser gesagt seiner Familie. Es fanden des Öfteren private Partys statt. Rauchende Grüppchen standen draußen, aber die Gesichter dazu erkannte sie nicht. Im vorderen Bereich hatte jemand eine Tischtennisplatte aufgebaut, auf der es von Plastikbechern wimmelte. Sie ging an den einzelnen Grüppchen vorbei, bis sie erleichtert auf Patrick und Josy traf. Auch wenn sie nicht in Partystimmung war, ärgerte sie der Gedanke, die Einzige zu sein, die nichts von der Feier gewusst hatte. In eine Ecke gezwängt standen sie zusammen und versuchten, gegen die Musik anzuschreien und eine Unterhaltung zu führen.

»Hey, habt ihr Lucile gesehen?«

Die beiden starrten sie nur fragend an. »Sie ist gegangen. Wieso?«

»Gegangen? Sie hat mich vor einer halben Stunde angerufen und wollte, dass ich sie abhole!« Entnervt sah sich Charlie in der Menge um. Keine Lucile weit und breit.

»Ihr ging's nicht gut. Ich glaube, sie hat etwas übertrieben.« Patrick hob eine Faust in die Höhe und spreizte den kleinen Finger sowie den Daumen ab. Dazu verdrehte er die Augen.

»Wisst ihr, wer sie abgeholt hat?«, fragte sie, doch beide schüttelten nur den Kopf.

»Ich habe gedacht, sie geht nur raus, eine rauchen, aber als ich vor die Tür ging, war sie schon weg.«

Josy zuckte mit den Schultern. »Bleib doch ein bisschen, wenn du schon mal hier bist.« Sie hielt Charlie einen Becher hin.

Charlie tat ihr den Gefallen und probierte. Sofort schmeckte sie die bittersüße Cola und Hochprozentiges. »Iiih«, rief sie angewidert.

»Hey, nichts gegen meine Mixkünste«, sagte jemand hinter ihr. Als sie sich umdrehte, stand Oliver lachend vor ihr.

»Der zweite Schluck ist erträglicher.« Der Alkohol hatte sein Gesicht gerötet und seine Zunge gelöst.

»Du solltest wissen, dass ich so gut wie nichts vertrage.« Sie verzog den Mund und stellte den Becher beiseite.

Oliver dagegen nahm einen tiefen Schluck aus dem braunen Plastikbecher. »Soll ich dir was anderes holen? Vielleicht eine Coke?«

Charlie nickte, und als er zurückkam, plauderten sie in der Runde über die Schule und bevorstehende Sommerpläne.

Charlie warf immer wieder einen Blick in die Scheune hinein, ohne jedoch etwas von Lucile zu erkennen.

Schließlich wandte sie sich an Oliver. »Hast du deine Schwester gesehen? Josy meint, sie wäre gegangen.«

Er schüttelte den Kopf. »Ich bin froh, wenn ich mal meine Ruhe von ihr hab.«

Ein mulmiges Gefühl machte sich in Charlie breit. Mit wem hatte sie die Party verlassen? Hätte sie Lucile Bescheid geben sollen, dass sie sich doch auf den Weg machte?

Sie blieb etwa eine Stunde und machte sich dann auf den Weg zu ihrem Fahrrad, das sie an einem der Bäume abgestellt hatte.

»Hey, willst du schon gehen?«

Sie drehte sich abrupt um. Hinter ihr im Schatten der Scheune stand jemand. Das Gesicht war nicht zu erkennen, nur das rote

Glimmen einer Zigarette leuchtete auf. Plötzlich kamen ihr Violets Worte in den Sinn.

*Er hatte kein Gesicht. Nur Finger. Und ein rotes Licht.*

Was, wenn wirklich jemand draußen im Baumhaus gesessen und ihr zugewunken hatte, dachte sie und ein Schauder lief ihr den Rücken hinunter.

Die Person trat aus dem Dunkeln heraus, und nun erkannte sie Oliver, dessen Profil vom Licht aus der Scheune angestrahlt wurde.

Sofort beruhigte sich ihr Herzschlag wieder. »Ich hatte gar nicht vor, herzukommen. Ich hatte nur ein schlechtes Gefühl wegen Lucile.«

Und je später es wurde, desto unangenehmer war die Rückfahrt mit dem Fahrrad durch die Nacht. Was hatten die Lehrer kurz nach Dahlia Saunders Tod gesagt? *Vermeidet, nachts allein auf die Straße zu gehen, vor allem als junge Frau. Und fragt um Hilfe.*

Oliver nickte. »Ach, mach dir keine Gedanken wegen Lucile. Die kann schon gut auf sich selbst aufpassen.«

Gerade, als Charlie sich abwenden wollte, fiel ihr noch etwas ein. »Wieso habt ihr euch neulich in der Schule eigentlich geprügelt? Du und der andere?«

Olivers Gesichtsausdruck verhärtete sich. »Weil er wie so viele ein Arschloch ist und Lügen über meine Mutter verbreiten wollte. Deshalb. Aber das ist Schnee von gestern.«

Charlie nickte.

»Bist du sicher, dass du mit dem Fahrrad nach Hause fahren willst? Ich würde dich ja begleiten, aber ich wurde auch nur mitgenommen. Ich kann aber fragen, wann die anderen aufbrechen.«

»Danke. Schon gut. Ich habe es nicht weit.«

Daraufhin nickte Oliver, immer noch mit einem Lächeln im Gesicht, und hob eine Hand zum Abschied.

Charlie setzte sich auf ihr Rad und fuhr los. Der Kies knirschte unter ihren Rädern, und einmal musste sie gegenlenken, als sie über einen größeren Stein fuhr und das Vorderrad wegdriftete. Jetzt spürte sie doch den Alkohol. Wie viel hatte sie getrunken? Den Becher hatte sie doch noch geleert, Oliver zuliebe, auch wenn sie nicht genau wusste, was für einen wilden Mix er da zusammengerührt hatte. Sie beschloss, diesmal den Weg an der Straße entlangzufahren.

Charlie trat in die Pedale, immer darauf bedacht, am Rand der Straße zu bleiben, und so bewältigte sie den kurzen steilen Aufstieg. Es fiel ihr zusehends schwer, den Lenker gerade zu halten. Außerdem bot ihr Dynamolicht nicht ausreichend Beleuchtung in der kalten Dunkelheit. Wieder ärgerte sie sich, zum *Pilgrim* gefahren zu sein, und konnte ihre Wut über Lucile und deren Egoismus nicht unterdrücken. Lucile, die nur an sich zu denken schien und sie, Charlie, immer wieder schamlos ausnutzte. Gleichzeitig ließ sich die Sorge um ihre Freundin nicht einfach abstellen.

Ein Auto näherte sich von hinten. Charlie war so in Gedanken, dass sie den Motor erst aufheulen hörte, als das Auto sie eingeholt hatte. Sie drehte sich um, wurde von den Scheinwerfern geblendet, und als sie wieder auf die Straße schauen wollte, war da keine mehr. Sie war von der Fahrspur abgekommen, sah ihr Vorderrad, wie es Richtung Böschung drehte, versuchte gegenzulenken und gab einen hilflosen Schrei von sich. Von der Straße hörte sie ein Quietschen. Reifen, die über eine nasse Fahrbahn rutschten und zu bremsen versuchten.

Ihr Rad bretterte den Abhang hinunter, schlug gegen Steine und über Schlaglöcher. Charlie konnte nichts tun, als sich am Lenkrad festzukrallen. Dann folgte ein harter Aufprall, der Lenker drehte sich weg, als sie gegen einen Steinbrocken im Gras fuhr. Der linke Griff bohrte sich in ihre Magengrube, Charlie rang nach

Luft und spürte einen noch nie dagewesenen Schmerz zwischen den Rippen. Der Horizont drehte sich, die Lichter der Sterne und der kleinen erleuchteten Fenster in der Ferne standen auf einmal Kopf. Charlie griff ins Leere, fiel und prallte gegen etwas Hartes. Kurz war nichts zu hören, dann das Aufheulen eines Motors. Danach war sie von absoluter Stille umhüllt.

Langsam versuchte sie, die Augen zu öffnen, unsicher ob die Welt um sie herum genauso dunkel war wie die hinter ihren geschlossenen Augenlidern. An ihrer Handfläche kitzelte etwas, und im ersten Moment war ihr, als würde ihre Katze über ihren Handrücken schlecken. Aber dann fiel ihr ein, dass Mimi vor fünf Jahren eingeschläfert worden war. Sie versuchte erneut die Augen zu öffnen. Allmählich erkannte sie die Umrisse ihrer Hand, die wie leblos vor ihrem Gesicht auf dem Boden lag. Etwas Weißes hatte sich über ihre Handfläche gelegt. Dann fiel es auf ihr Gesicht und blieb in ihren Wimpern hängen, bevor es schmolz. Schnee.

Ihre Welt bestand aus gellendem Schmerz. Wie lange lag sie schon hier? Unter Aufwendung aller Kräfte rappelte sie sich auf. Brustbein und Hals brannten, ihr Magen war wie benommen vom Schlag des Fahrradlenkers. Ihre Jacke war an einer Schulter völlig zerrissen, eiskalte Luft kroch darunter. Trotz der Dunkelheit sah sie, dass sie von Kopf bis Fuß mit Schmutz bedeckt war. Ihr Fahrrad lag einige Schritte entfernt wie ein verendetes Tier neben einem Steinbrocken. Im Geäst hing noch ihr Schal. Sie zitterte am ganzen Körper. Sie hob den Kopf und sah nach oben, zur Fahrbahn, von der sie abgekommen war. Es war nicht sonderlich steil, aber nun kam ihr der Aufstieg so unmöglich vor, wie den Mount Everest zu besteigen. Ihre Gelenke schmerzten vor Kälte und den Verletzungen, die sie sich beim Sturz zugezogen hatte. Aber sie musste es zur Straße schaffen. Sich mit den

Händen am gefrorenen Gras festkrallend, kroch sie den Abhang hinauf.

Als Charlie schließlich den Streifen erreichte, musste sie sich erschöpft hinsetzen. Ihr Magen und die Schulter schmerzten mittlerweile unerträglich. Sie blickte sich um. In einiger Entfernung sah sie die gleißenden Lichter eines Autos und hielt sich die Hände schützend vors Gesicht. Es überfährt mich, schoss es ihr durch den Kopf, doch sie war unfähig, sich noch einmal zu erheben. Sie erwartete den Aufprall. Ein Knallen ließ sie zusammenzucken, die Hände immer noch vor dem Gesicht haltend.

»Alles in Ordnung, Miss? Hatten Sie einen Unfall?«, erkundigte sich die Frau, die aus dem Auto gestiegen war.

Es dauerte eine Weile, bis sie die Frage verstand. Orangene Warnblinklichter erhellten in regelmäßigem Stakkato die Straße.

»Nein«, krächzte sie schließlich und deutete mit der zitternden Hand auf den Abhang. »Mein Fahrrad ... Ich ... Ich bin abgerutscht.«

Die Frau hatte sich zu ihr gekniet und ihr sanft die Hand auf die Schulter gelegt.

»Ich muss nur nach Hause.«

»Mädchen, du blutest ja! Du musst ins Krankenhaus!«

Charlie sah an sich herunter. Nun, im Licht der Scheinwerfer erkannte sie riesige rote Blutflecke auf ihrer Jacke. Sie gab einen wimmernden Laut von sich, wusste nicht, wo all das Blut herkam.

Dann nahm sie Arme wahr, die nach ihr griffen. Die Frau half ihr, sich zu erheben. »Kannst du aufstehen? Wir bringen dich ins Krankenhaus.«

Charlie wollte etwas sagen, war so dankbar, dass ausgerechnet die Frau sie von der Straße aufklaubte, aber sie brauchte ihre gesamte Kraft, um sich nochmals hochzustemmen. Gemeinsam humpelten sie zum Auto. Sie wurde auf den Beifahrersitz bugsiert und angeschnallt. Das Zittern ließ sich nicht unterdrücken. Die Frau holte eine Decke vom Rücksitz und wickelte sie fest um Charlie. Sie roch nach Hund, aber die Wärme tat so gut.

»Gleich haben wir es geschafft, Kleines. Nicht einschlafen. Nicht, dass du eine Gehirnerschütterung hast. Es ist nicht weit. Und dann helfen dir die Ärzte. Alles wird gut«, hörte sie die Stimme der netten Frau und schloss die Augen.

# 1995
## Charlie

Charlie musterte die Decke in ihrem Krankenzimmer. Ein feiner Riss zog sich wie eine Wasserader von einer Seite zur anderen. Sie konnte ihren Nacken kaum bewegen, die Verletzung, die sich von der Schulter über das Brustbein bis hin zum Hals zog, war genäht worden. Sie fühlte sich wie eine geflickte Puppe. Zu ihrer Erleichterung hatte der Sturz bis auf ein dunkelviolettes Hämatom keine inneren Verletzungen verursacht. Seit sie in jener Nacht ins Zentralklinikum eingeliefert worden war, war ihre Mutter nicht von ihrer Seite gewichen. Charlies Kopf dröhnte noch immer, jede Bewegung schmerzte. Sie versuchte viel zu schlafen, aber meistens wachte sie nach kurzer Zeit wieder auf. Die ungewohnte Umgebung, das Piepen der Monitore, die Stimmen auf dem Korridor ließen sie immer wieder hochschrecken. Ihre Hand war eingegipst, bei dem Aufprall hatte sie sich den Daumen gebrochen. Zum Glück aber würde der Bruch komplikationslos verheilen. Das hatte der nette Arzt ihr versichert, als sie wieder zu sich gekommen war. Wegen ihrer Gehirnerschütterung müsste sie allerdings mindestens eine Woche im Krankenhaus bleiben. Nun war der dritte Tag angebrochen und Charlie langweilte sich zu Tode.

»Wieso warst du überhaupt unterwegs?«, erkundigte sich ihre Mutter unvermittelt. Sie sah den Schrecken in ihren Augen und den als Sorge getarnten Ärger.

»Ich war spontan eingeladen worden. Auf eine Party. Aber ich war nur kurz dort.«

»Und wieso hast du getrunken?«

»Mum. Jeder hat dort getrunken. Ich hatte nur ein Bier.« Den Rest verschwieg sie lieber.

»Nicht mal das hättest du trinken dürfen, wenn du Fahrrad fährst.«

Charlie sah sie müde an. »Wie oft trinken Dad und du ein Glas Wein oder ein Bier, auch wenn ihr noch Auto fahren müsst?«

Elizabeth schwieg. Sie wusste, dass Charlie recht hatte. Doch dann fing sie sich wieder.

»Bei Erwachsenen ist das etwas anderes«, erwiderte sie. »Und was dich betrifft, müssen wir uns noch mit der Polizei auseinandersetzen. Du bist minderjährig und der Alkohol wurde in deinem Blut festgestellt.«

Charlie schloss die Augen. Sie wollte jetzt keine Standpauke von ihrer Mutter hören. Nicht jetzt.

»Schon gut«, lenkte Elizabeth ein, »das Allerwichtigste ist, dass du wieder gesund wirst.«

»Hat Lucile sich eigentlich gemeldet?«

»Nein, aber du solltest auch noch nicht über Besuch nachdenken. Du brauchst wirklich Ruhe.«

»Sag ihr, dass alles okay ist, wenn sie sich meldet«, flüsterte Charlie, bevor sie den Kopf zur Seite drehte, um ein wenig zu schlafen.

Ende der Woche durfte Charlie kurze Spaziergänge über den Flur der Station machen. Es ging ihr viel besser und sie hielt es kaum mehr aus im Krankenhaus. Nachdem außer ihren Eltern nur Jacob zu Besuch gekommen war, freute sie sich überschwänglich, als Josy und Patrick ins Zimmer traten.

»Hey Stuntfrau!«, rief Josy. Ihr Nietengürtel klapperte, als sie in ihren Lederboots auf Charlies Bett zustürmte. Sie hatte Blumen und Süßigkeiten dabei. Patrick hatte Zeitschriften dabei, die er auf das Nachttischchen legte. »Ich weiß noch, als ich am Blinddarm operiert wurde, habe ich mich zu Tode gelangweilt.«

Charlie bedankte sich, obwohl sie wusste, dass sie nach kurzem Lesen bereits Kopfschmerzen bekam. Und das Schlimmste war, auch Fernsehen würde eine Weile tabu sein, hatte der Arzt mit strengem Blick angedeutet.

»Wann kommst du raus?«, fragte Patrick und schob zwei Stühle an Charlies Bett.

»Vermutlich nächste Woche. Vorausgesetzt, dass ich bis dahin nicht vor Langeweile krepiert bin.«

Die beiden erzählten von der Schule, davon, was Charlie verpasst oder besser gesagt, nicht verpasst hatte. Josy kritzelte ihr einen Hund mit bandagierter Pfote auf den Gips. Und alle vermieden das eine Thema, bis Charlie es nicht mehr aushielt. Es platzte förmlich aus ihr heraus.

»Was ist mit Lucile? Wieso ist sie nicht mitgekommen?«

Josy und Patrick erstarrten förmlich, als Luciles Name fiel, wechselten wortlos Blicke.

»Herrgott, was ist denn?«, fragte Charlie genervt. Wut und Enttäuschung bahnten sich ihren Weg. »Sie hat sich hier kein einziges Mal blicken lassen.«

»Weil sie in London bei ihrem Vater ist.«

Was ist das denn für eine lahme Entschuldigung, fauchte Charlie im Stillen.

Josy knetete ihre Finger, nervös blickte sie zwischen Charlie und Patrick hin und her, der wiederum entschlossen schien, eisern zu schweigen. Seine Kiefermuskeln arbeiteten, während er Charlies Blick auswich.

»Sie ist nicht einfach so in London. Es ist etwas passiert.«

Eine kurze Weile schwiegen sie, während Charlie versuchte das Gesagte einzuordnen.

»Eigentlich hätte sie es dir selbst sagen sollen, aber vermutlich ist sie dazu nicht in der Lage.«

Schließlich fasste sich Josy ein Herz. »Ihre Mutter. Ellen. In der Nacht, als du deinen Unfall hattest, ist sie … sie ist …«

»Sie ist ertrunken. Sie ist tot«, ergänzte Patrick.

Stille.

»Wie meinst du das, ertrunken?«

»Im Pale Blue Lake. Sie wurde am nächsten Tag dort von einem Spaziergänger gefunden.«

Charlie hielt sich die Hand vor den Mund. »Aber … wie?«

»Sie war betrunken. Es heißt … ihre Klamotten wurden im Gras gefunden, und sie wollte schwimmen gehen. Dabei ist sie wahrscheinlich ertrunken.«

In Charlies Ohren dröhnte es. Sie war wieder am See, mit Jacob und Luke, der um ihre Beine tänzelte, während sie Mr Bernard und Ellen im Wasser beobachteten. Sie hörte sogar ihr Lachen, das vom Ufer heraufhallte.

»Aber es war bitterkalt. War sie wirklich allein dort?«

»Sie war …« Patrick zögerte, »sie war verrückt, das wissen wir doch alle. Es war nur eine Frage der Zeit, wenn du mich fragst. Auch wenn das jetzt grausam klingt.«

Charlie spürte die Wucht, mit der das Gesagte sie erreichte. Mit aller Macht versuchte sie ihre Tränen vor den anderen zu unterdrücken.

»Ich soll dir noch etwas von Lucile geben.« Vorsichtig kramte Josy einen kleinen länglichen Gegenstand aus der Tasche, der in braunes Packpapier gewickelt war. Charlie nahm ihn wortlos entgegen.

»Bevor sie nach London gefahren ist, hat sie bei mir geklingelt und mir das in die Hand gedrückt. Danach ist sie zu ihrem Vater ins Auto gestiegen, und weg war sie.«

Charlie nahm das Päckchen wortlos entgegen. Was es auch war, sie würde es erst später öffnen, sobald sie allein war.

»Hey, vielleicht sollten wir dich lieber ausruhen lassen«, meinte Patrick mit verständnisvollem Blick auf Charlie und zog Josy am Jackenärmel. »Tut mir leid, dass du es so erfahren musstest.«

Josy verabschiedete sich mit einem bedauerlichen Nicken, Patrick umarmte sie unbeholfen. Dann war Charlie wieder allein und machte sich daran, das kleine Päckchen aufzumachen. Tränen stiegen ihr in die Augen, als sie die pinke Flamingosonnenbrille in Händen hielt, die Lucile bei ihrem Ausflug nach Brighton gewonnen hatte. In der Schachtel befand sich ein Zettel mit einer Notiz, unverkennbar in Luciles Handschrift. »Gute Besserung, Charlie. Ich melde mich, sobald es geht« stand darauf. Mehr nicht.

Charlie verharrte unsicher vor dem Gartenzaun der Clarks. Es war Anfang April, sie war endlich wieder zuhause und trug auch keinen Gips mehr. Nur ihre Narbe machte sich manchmal bemerkbar und schmerzte. Aus dem Krankenhaus entlassen hatte sie unzählige Male versucht Lucile zu erreichen, sowohl in ihrem Haus als auch bei ihrem Vater. Einmal hatte sie Mr Clark am Telefon, dessen Stimme seltsam fremd und brüchig klang. Wie leid es ihr tue, hatte sie gestammelt, und ob sie mit Lucile sprechen könne.

»Ihr geht es gerade nicht sehr gut. Meistens schläft sie. Ich richte aus, dass du angerufen hast, und wenn sie so weit ist, ruft sie dich bestimmt zurück.«

Das war eine Woche her und noch immer hatte Lucile sich nicht gemeldet. Etwas sagte Charlie, dass Lucile sie dringend brauchte. Und obwohl sie wütend darüber war, dass sie sie nicht im Krankenhaus besucht hatte, brachte sie doch Verständnis für ihre Freundin auf. So war Lucile. Und sie hatte gerade ihre Mutter verloren.

Vielleicht sollte sie ihr einen Brief nach London schicken. Sich alles von der Seele schreiben und sie um baldigen Besuch bitten. Sie blickte hinauf zum oberen Stockwerk. Die zartgelben Vorhänge in Luciles Zimmer waren wie üblich zugezogen. Nichts ließ erahnen, welcher Schrecken sich in diesem Haus abgespielt hatte. Nichts, bis auf das »Zu Verkaufen«-Schild, das in den Rasen vor dem Haus gerammt worden war.

# TEIL 3

# Green Lodge

# 2010
## Charlotte

Obwohl der bitterkalte Wind ihre Wangen brennen ließ, blieb sie noch einen Moment im matten Licht der Straßenlaternen in ihrer Einfahrt stehen und zündete sich eine Zigarette an. Langsam musste sie aufpassen, das Rauchen nicht wieder zur Gewohnheit werden zu lassen, dachte Charlotte und warf einen Blick auf die dunklen Fenster des Wohnheims gegenüber. Es war kurz vor Mitternacht, und nirgendwo brannte Licht. Kein Wunder, wahrscheinlich waren sämtliche Bewohner über die Weihnachtsferien zu ihren Familien gefahren.

Sie würde sich morgen bei Janet melden und sich erkundigen, ob es Neuigkeiten gab, auch wenn sie immer weniger Hoffnung hatte, dass Violet wieder auftauchen würde.

Charlotte hatte die Feiertage bei ihren Eltern in Southend-on-Sea verbracht, hatte es genossen, für ein paar Tage wieder in der friedlichen Normalität ihres Elternhauses zu sein, eingehüllt in den Kokon, der an ihre Kindheit erinnerte. Und trotzdem hatte sie in jeder freien Minute die Nachrichten nach Violets Namen durchsucht. Die Green Lodge ließ sie nicht los, egal wie weit weg sie war.

Charlotte hatte überlegt, ihren Eltern von Violet zu erzählen, ließ es dann jedoch bleiben. Sie wollte unangenehme Dinge vermeiden und ihnen das Gefühl geben, dass sie ihr Leben im Griff hatte. Ihre Mutter war ohnehin seit jeher der Ansicht, dass man schlimme Dinge nicht besser machte, indem man sie zerredete. Charlotte wusste, dass auch sie selbst sich schwertat, über ihr Gefühlsleben zu sprechen. Sie hatte gelernt, einen Teil für sich zu behalten, damit andere sie nicht verletzen oder ihre Geheimnisse und Gefühle gegen sie verwenden konnten.

Auch wenn es guttat, in der wohligen Wärme des Kaminfeuers im Wohnzimmer ihrer Eltern zu sitzen und am Tisch das vertraute Essen ihrer Mutter zu sich zu nehmen, das sie bei jedem Bissen in ihre Kindheit zurückkatapultierte, fühlte sie sich nach kürzester Zeit zuhause wieder wie die fünfzehn Jahre jüngere, mit sich selbst unzufriedene, unselbstständige Charlie. Und so war sie kurz nach den Feiertagen mit einem mit Essen ihrer Mutter vollgeladenen Kofferraum wieder nach London zurückgekehrt. Zumindest verhungern würde sie in nächster Zeit nicht.

Oben in ihrer Wohnung angekommen, klappte sie ihre Couch auf und ließ sich darauf nieder. Die Luft war abgestanden, aber darum würde sie sich morgen kümmern. Mit ihren Gedanken an Violet sank sie in einen unruhigen Schlaf.

Charlotte schreckte mitten aus einem Traum hoch. Irgendetwas hatte sie so sehr verstört, dass sie sich mit pochendem Herzschlag aufsetzte. Ihr Haar klebte schweißnass am Kopf, die Haut an ihren Unterarmen juckte. Sie atmete tief durch. Sie war wach. Seit sie gestern Nacht wieder aus Port Wilmoor zurückgekehrt war, fühlte sie sich noch unwohler in ihrem kleinen Kabuff. Ihr trockener Rachen schmerzte. Kaum hatte sie die Augen geöffnet, entglitt ihr bereits die Erinnerung an ihren Traum. Nur das Gefühl des Verfolgt-Seins blieb noch zurück. Sie musste sich beruhigen. Aber irgendetwas stimmte nicht. Charlottes Blick fiel auf ihre Hände, und ihr Mund öffnete sich zu einem stummen Schrei, als sie den schwarzen Fleck auf ihrer Haut sah, der sich bewegte. Sie riss ihre

Decke zurück, und ein Wimmern entfuhr ihrer Kehle. Was eben noch über ihre Hand gekrabbelt war, bewegte sich nun auf ihrem Kopfkissen. Es war ein kleines Insekt, das aussah wie eine Kakerlake. Zwei weitere krochen an ihrer Schlafanzughose hoch.

Das, was sie gespürt hatte, waren ihre kratzigen Beine und Fühler, die sich ihren Weg hinauf zu ihrem Gesicht bahnten. Charlotte unterdrückte ein Würgen. War sie wach, oder war sie noch in ihrem Albtraum gefangen? Es war ihr Londoner Apartment, ihre Klamotten. Der muffige Geruch. Sie war sich sehr sicher, dass sie wach war. Voller Ekel sprang sie aus dem Bett, klopfte alles ab und riss sich den Schlafanzug vom Leib. Unter ihren Füßen war ein schleimiges Knacken zu hören.

Galle stieg ihr die Kehle hoch. Ihr Magen krampfte sich ein letztes Mal zusammen, sie rannte ins Bad und übergab sich. Als sie erschöpft ins Zimmer zurückkehrte, versuchte sie nicht auf die Couch zu blicken, schnappte sich Hoodie und Jeans aus dem Schrank und kramte nach ihrem Handy.

Janet stand im Türrahmen ihres Apartments, neben sich Charlotte und ihre Vermieterin Barbara, bewaffnet mit einer Atemmaske und einem Insektenpestizid. »Okay, wow. Und du bist davon aufgewacht, dass dir eines von denen über das Gesicht gekrabbelt ist?«

Janet klang fast beeindruckt. Noch wimmelte es nicht überall im Apartment von dem Ungeziefer, aber wenn man genau hinsah, entdeckte man auf der Küchenzeile und dem Boden einige der Schaben.

Charlotte schüttelte angewidert den Kopf. »Über die Hand.«

Barbara hielt ebenfalls ihre Sprühflasche wie eine Pistole vor sich und marschierte todesmutig ins Zimmer.

Charlotte hatte sie angerufen, und sie war sofort herübergekommen.

»Hast du schmutziges Geschirr oder Essen offen stehen lassen?«, fragte sie skeptisch.

»Natürlich nicht. Ich war über die Feiertage nicht da, mein Kühlschrank war leer. Ich bin gestern Nacht zurückgekommen und sofort ins Bett gefallen.«

Barbara schüttelte ungläubig den Kopf. »Wir müssen wahrscheinlich die ganze Wohnung räumen. Jemand hat hier irgendwo Essen gehortet, das sie angelockt hat.«

*Jemand.* Es gab nur eine einzige Wohnung im Dachgeschoss, und diese bewohnte Charlotte.

»Wieso sollte *jemand* so etwas tun?«

Janet lachte kurz auf. »Vor einem Jahr hat einer der Studenten im Wohnheim mehrere Töpfe mit Fleisch im Zimmer stehen lassen. Du kannst dir vielleicht vorstellen, was das zur Folge hatte.«

Barbara seufzte in ihre Maske hinein und ließ die Sprühflasche sinken. »Damit werden wir wohl wenig gegen die Viecher tun können. Das muss der Kammerjäger richten, sonst verbreiten die sich im ganzen Haus. Vielleicht kommen sie auch irgendwo aus der Wand. Du kannst gleich das Nötigste aus deinem Zimmer holen …«

»Ja, aber …« Wo sollte sie hin? Sie war gerade eben zurückgekehrt und konnte unmöglich gleich wieder die ganze Strecke bis zu ihren Eltern fahren.

»Ich kann dir nichts anderes anbieten. In ein paar Tagen kannst du bestimmt wieder in die Wohnung. Eventuell schon morgen Abend.« Kopfschüttelnd zückte Barbara ihr Handy und ging zum Telefonieren in den Flur hinaus.

»Charlotte? Sieh dir das mal an.« Janet stand an der Küchenzeile und zog eine Rolle Werbeprospekte aus dem Papiermüll. Zuerst verstand Charlotte nicht, doch als sie die Werbehefte auseinanderrollte, fiel ein löchriger großer Briefumschlag heraus, aus dem ein paar einzelne Schaben herausfielen. Angewidert legte Janet den Umschlag auf den Tisch. Es stand keine Adresse darauf, es war ein einzelner unauffälliger weißer Umschlag, ohne Inhalt.

»Kann es sein, dass dir jemand das Ungeziefer direkt in den Briefkasten geworfen hat?«

Charlotte wurde ganz anders zumute. Kurz vor ihrer Abfahrt zu ihren Eltern hatte sie den Briefkasten geleert und den Packen Werbung in den Müll geworfen. Der Brief musste sich zwischen den Prospekten befunden haben.

»Und du hast gestern nichts bemerkt, als du heimgekommen bist?«

Charlotte schüttelte den Kopf. »Ich bin todmüde gleich ins Bett gegangen.« Sie entschuldigte sich kurz und schloss sich im Bad ein. Dann zog sie ihr Handy aus der Tasche.

Mit zitternden Fingern wählte sie die Nummer, die sie sich nie wieder anzurufen geschworen hatte. Es dauerte wenige Sekunden, bis jemand abhob. »Charlotte? Bist du es?«, fragte Philippe mit gedämpfter Stimme, als könnte er nicht laut sprechen.

»Dein Sohn ist außer Kontrolle. Ich kann ihn immer noch anzeigen, damit das klar ist!« Ihre Stimme überschlug sich vor Aufregung. Sie hatte endgültig genug.

Für einen Moment blieb es still in der Leitung. Sie hörte, wie am anderen Ende eine Tür geschlossen wurde. Dann änderte sich Philippes Tonfall, jegliche Sanftheit, mit der er zuvor ihren Namen ausgesprochen hatte, war verschwunden.

»Ich habe keine Ahnung, wovon du redest. Das mit damals tut mir leid, das weißt du. Aber was auch immer jetzt bei dir los ist, Thomas hat nichts damit zu tun.«

»Er ist irgendwie in meine Wohnung gekommen!«, schrie sie.

So ungehörig kam ihr sein selbstsicherer Tonfall vor. »Er hat mir Nachrichten geschrieben. Beleidigungen. Es ist noch nicht lange her. Aber das hier … übersteigt wirklich …«

»Charlotte! Hör auf.«

Sie atmete schwer, versuchte ihre Wuttränen zurückzuhalten. Sie würde sich nichts mehr gefallen lassen.

Am anderen Ende hörte sie Philippe ausatmen. »Thomas ist seit ein paar Wochen in einer Einrichtung. Es gab einen … Vorfall in der Schule. Das Handy wurde ihm abgenommen. Selbst die Post wird überprüft. Und diesmal konnte er sich nicht herauswinden. Was ich damit also sagen will: Er kann dir nicht geschrieben oder dich angerufen haben.«

Charlotte fehlten die Worte. Verwirrt über das, was sie erfuhr, löste sich ihre Wut in Hilflosigkeit auf. In diesem Moment hörte sie eine weibliche Stimme im Hintergrund am anderen Ende der Leitung mit Philippe sprechen. »Wer ist das?«, fragte diese auf Französisch, und Charlotte erkannte sofort seine Ehefrau wieder, mit der sie nach dem Vorfall mit Thomas telefoniert hatte.

Wortlos legte sie auf. Es gab nichts mehr zu sagen.

Erschöpft verließ Charlotte das Bad.

»Alles in Ordnung? Kannst du dir vorstellen, wer das gewesen sein könnte? Vielleicht …« Janet sah sie bedauernd an. Sie brauchte es nicht auszusprechen.

Charlotte schüttelte den Kopf. Nachdem Thomas als Täter nicht mehr zur Debatte stand, kam ihr Andon in den Sinn, der sich dafür rächen wollte, dass sein bester Freund zu Unrecht verdächtigt worden war. Im Grunde hielt sie es jedoch für unwahrscheinlich, wenn sie an ihr letztes Gespräch zurückdachte. Wie auch immer, jemand hegte einen Groll gegen Charlotte und hatte sie für die nächsten Tage obdachlos gemacht.

»Was soll ich jetzt tun?«

»In ein Hotel gehen? Ich würde dich ja zu mir einladen, aber mein Freund und ich fahren über Silvester für ein paar Tage weg und haben unsere Wohnung für die Zeit über Airbnb vermietet.«

Charlotte dachte an ihr Konto, auf dem gerade wieder einmal gähnende Leere herrschte. Ihr gesamtes Erspartes, das nicht für die Miete und das Benzin draufging, hatte sie für Weihnachtseinkäufe ausgegeben. Und jetzt über Silvester waren die Hotels in London noch teurer als sonst und vor allem komplett ausgebucht.

Charlotte tat sich nicht leicht, andere um etwas zu bitten, vor allem wenn es mit einem echten Entgegenkommen verbunden war. Aber sie hatte keine andere Wahl. »Hör mal, könntest du mir einen Gefallen tun?«, wandte sie sich an Janet. »Könnte ich vielleicht für ein paar Tage im Wohnheim unterkommen?«

Janet schüttelte den Kopf und setzte an, etwas zu sagen.

Charlotte kam ihr mit einer Handbewegung zuvor. »Ich weiß, es klingt seltsam, aber ich bekomme um diese Zeit kein bezahlbares Zimmer. Und gerade sind alle in den Ferien, es sind bestimmt kaum Bewohner da, oder? Niemand würde etwas von mir mitbekommen, das *verspreche* ich dir.«

Janet sah Charlotte ernst an. »Das kann ich nicht machen. Wenn das rauskommt, bin ich meinen Job los. Hast du keine Freunde in der Stadt?«

Charlotte schüttelte den Kopf und sah zu Boden. Eine der Schaben kam über den Teppich auf sie zugekrabbelt, sodass sie angeekelt den Fuß wegzog.

»Oh, wie ekelhaft«, stöhnte Janet auf, dann sah sie Charlotte mitleidig an. »Ein paar Zimmer sind frei. Aber du erzählst keinem auch nur ein Wort.« Es schüttelte sie beim Anblick des Ungeziefers. »Und nimm am besten nichts mit, sonst trägst du die Viecher noch zu uns ins Haus.«

# 2010
# Charlotte

Gemeinsam betraten sie das Wohnheim, Charlotte mit einem Rucksack auf dem Rücken, der für die nächsten Tage gepackt war. Der allgegenwärtige Trubel der Vorweihnachtstage war einer gespenstischen Stille gewichen. Das Wohnheim wirkte menschenleer. Selbst im Hof war es seltsam still, nirgendwo traf man auf rauchende Grüppchen.

Sie klopften sich am Eingang zum Hausabschnitt I den Matsch von den Schuhen ab und hinterließen trotzdem dunkle Flecken, als sie über den hellgrauen Teppichboden liefen.

Janet blieb vor einer der hinteren Türen im Gang stehen und schloss auf. Zimmer 013. Die Tür schrammte geräuschvoll über den Boden. Die dunkelgrünen Vorhänge waren zugezogen und der Raum so stickig, als wäre seit Wochen nicht gelüftet worden. Die Deckenlampe gab ein knisterndes Geräusch von sich, bevor sie das Zimmer matt erleuchtete. Das Bett war nicht bezogen, lediglich eine grüne Tagesdecke und ein Kissen lagen am Fußende zusammengefaltet bereit.

Hier würde Charlotte also die nächsten Tage wohnen. Sie fühlte sich Violet seltsamerweise sehr nahe. Als hätten sie und Janet erst vor wenigen Tagen Violets Zimmer betreten.

Sie müsste nur über den Hof spazieren und an die Tür klopfen, wäre da nicht der Umstand, dass diese Studentin seit fast einem

Monat spurlos verschwunden und angeblich von einem inzwischen toten Studenten entführt worden war.

»Über die Feiertage sind tatsächlich die meisten weg. Aber es wäre wirklich gut, wenn du Kontakt so gut es geht meiden würdest.« Janet seufzte. »Am besten bleibst du mehr oder weniger in deinem Zimmer.«

»Ich danke dir, wirklich.« Charlotte legte ihre Hand auf Janets Arm. »Du hast mich quasi vor der Obdachlosigkeit gerettet. Oder vor dem finanziellen Ruin.«

»Detective Inspector Wilson und seine Leute haben hier schon alles durchkämmt, aber wenn sie nochmal aufkreuzen, schreibe ich dir. Und dann solltest du dich am besten unsichtbar machen, damit er keine dummen Fragen stellt.«

»Hast du mitbekommen, ob sie hier irgendetwas gefunden haben?«

»Na ja, sie haben immer noch keine Spur, wo Violet sich aufhalten könnte. Nur, dass ein paar ihrer Sachen bei Finley gefunden wurden und der jetzt …« Sie fasste sich an die Stirn. »Das ist ein absoluter Albtraum. Wo kann dieses Mädchen bloß sein?«

Charlotte schüttelte den Kopf. »Ich weiß es nicht. Manchmal denke ich, sie ist einfach abgehauen. Und manchmal …« Sie dachte an die Briefe und das Foto, das sie in Luciles Versteck gefunden hatte. Und an das Messer unter Violets Bett. Dann schüttelte sie den Kopf.

»Ich muss jetzt wirklich los. Ich hab noch einiges zu tun. Und denk dran …« Janet legte den Zeigefinger auf die Lippen. Damit verabschiedete sie sich. Mit einem Klick rastete das Schloss ein, und Charlotte war allein.

Als Erstes wollte sie lüften, merkte dabei aber, dass sich das Fenster nur kippen ließ. Dennoch drang kalte Dezemberluft in das Zimmer. Durch die fleckige Scheibe sah sie auf das benachbarte Gebäude mit einer Art Lkw-Ladezone. In die Mauer des Hauses waren Lüftungsventilatoren eingelassen, die ein monotones Surren erzeugten.

Charlotte zog ihre Jacke aus und setzte sich aufs Bett, unschlüssig, was sie als Nächstes tun sollte. Als sie ihren Laptop öffnete, fiel ihr ein, dass sie keinen Passwortzugang zum WLAN des Wohnheims hatte. Vielleicht würde sie Janet darum bitten, wenn sie sie das nächste Mal sah. Charlotte ging über ihr Handy ins Internet, aber auch hier war der Empfang mehr als langsam. Müde warf sie es neben sich aufs Bett. Sie kramte in ihrem Rucksack das Tagebuch hervor, das sie in aller Eile noch eingepackt hatte, und setzte sich, mit dem Rücken gegen die Wand, aufs Bett.

# 2010
# Charlotte

Es war bereits spät am Nachmittag, als sie sich von Violets Tagebuch losriss. Sie war Seite für Seite durchgegangen, konnte jedoch auch dieses Mal keine neuen Erkenntnisse gewinnen. Je weiter sie in ihren Einträgen zurückgegangen war, fiel auf, wie ordentlich die Schrift anfangs gewesen und wie fahrig und krakelig sie auf den letzten Seiten wirkte.

Ab und zu hörte Charlotte irgendwo eine Tür zufallen. Vom Treppenhaus her waren einmal leise Stimmen zu vernehmen. Ansonsten war es im Gebäude geradezu unheimlich still. Auf ihrem Stockwerk hatte sie keine Schritte oder Zimmernachbarn vernommen. Auf dem kleinen Schreibtisch lag der Zimmerschlüssel, den Janet ihr dagelassen hatte. Damit würde sie sowohl in ihr Zimmer, ihren Hausabschnitt I und wahrscheinlich auch durch das Eingangstor gelangen. Sie nahm ihn in die Hand und betrachtete die feinen Rillen im Metall. Ob sie damit auch in die anderen Flügel kam? Laut Violets Erzählung erreichte man durch die Korridore auch die anderen Bereiche, ohne den eigenen Hausabschnitt verlassen zu müssen.

Charlotte musste dem Drang widerstehen, sich gleich auf den Weg zu machen. Sie würde bis zum Abend warten.

In ihrem Kleiderschrank entdeckte sie neben unbenutzter Bettwäsche auch ein zusammengefaltetes Handtuch. Sie schnappte sich ihren Kulturbeutel und verharrte an der Tür, bis sie sicher war, niemanden zu hören. Der Bewegungsmelder sprang erst an, wenn man vollends nach draußen trat, so dass sie kurze Zeit orientierungslos war. Dann wandte sie sich nach links und ging den Gang entlang, musterte dabei jede einzelne Zimmertür. Wie auf allen Stockwerken befand sich am Ende des Gangs die Küche. Charlotte bog um die Ecke. Hier waren die Waschräume. Gerade wollte sie hineingehen, als sie innehielt. Durch das kleine Sichtfenster der Treppenhaustür am Ende des Gangs starrte ein Mann sie an. Charlotte hielt die Luft an, dann atmete sie tief durch, als ihr klar wurde, dass es sich um ein gerahmtes Porträt an der Treppenhauswand dahinter handelte. *Du bist kaum ein paar Stunden hier, und schon machst du dich verrückt, Edwards. Reiß dich zusammen!*

Hastig betrat sie den Waschraum und verschloss die Tür hinter sich. Das Badezimmer war übersichtlich. Ein Waschbecken und eine Nasszelle. Am seitlich angebrachten Duschkopf wuchs grünroter Rost. Charlotte schlüpfte rasch aus ihren Kleidern und stellte das Wasser an. Dauerte es in ihrer Wohnung eine gefühlte Ewigkeit, bis das Wasser warm wurde, kam es hier brühheiß aus der Leitung. Und es ließ sich kaum regulieren.

Charlotte seifte sich von Kopf bis Fuß ein. Sie wollte das Gefühl von Krabbeltieren auf ihrem Körper endgültig loswerden. Sie drehte das Wasser erst ab, als ihre Haut schon ganz rot war. Sie rubbelte sich mit ihrem Handtuch so gut es ging trocken. Schon wurde ihr wieder kalt. Rasch zog sie sich an und verließ das Badezimmer.

Als sie um die Ecke bog, blieb sie wie angewurzelt stehen. »He«, war das Einzige, was ihr entfuhr. Sie konnte die Silhouette einer Gestalt erkennen, die am Ende des Gangs verschwand, während eine Zimmertür mit einem Klacken ins Schloss fiel. Ihre Zimmertür.

Charlotte ließ Kulturbeutel und Handtuch fallen und rannte los. »He, bleib stehen!« An einem der Treppenhäuser hielt sie inne, ohne zu wissen, wohin die Person gerannt war. Weiter den Gang entlang ging es zu Janets Büro und zum Hauptausgang. Vielleicht war die Person dorthin gerannt? In diesem Moment hörte sie im Stockwerk über sich eine Tür zufallen. Zwei Stufen auf einmal nehmend lief sie die Treppe hinauf. Dann hörte sie Schritte im dritten Stockwerk und lief weiter. Sie rannte den Gang entlang, versuchte, ihre Angst zu unterdrücken.

»Verdammt noch mal, bleib stehen!«, keuchte sie.

Noch immer waren die Schritte zu hören. Charlotte lief weiter, an verschlossenen Zimmern vorbei, bis sie sah, dass die Tür vor ihr durch einen Luftzug leicht auf- und zuschwang. Als hätte dahinter jemand einen Durchzug verursacht. Sie öffnete die Tür und kam in einen schmalen, fensterlosen Raum, aus dem eine weitere Tür wieder hinausführte. Die Wände waren kahl, und sofort spürte sie die bedrückende Enge, als sie panisch den Türknauf drehte. Der Gang wenige Meter vor ihr bog nach rechts ab. In diesem Moment erlosch das Licht. Charlotte hielt irritiert inne. Der Bewegungsmelder. Jemand musste diesen Weg vor ihr genommen haben … und lauerte ihr vielleicht regungslos auf. Ein Schauder lief ihr über den Rücken. Sie machte einen Schritt. Dann noch einen. Ihr Atem kam ihr verräterisch laut vor. Endlich ging das Licht an. Sie blinzelte. Niemand war zu sehen.

»Hallo?«, sagte sie leise.

Keine Reaktion.

»Komm schon, zeig dich!«

Nichts geschah.

Charlotte nahm all ihren Mut zusammen und rannte ein paar Schritte bis zur Ecke.

Niemand stand gegen die Wand gelehnt.

Charlotte drehte sich um, um zurückzugehen, als sie wie erstarrt stehen blieb. Sie stand vor Zimmer 1022. Luciles Zimmer. Das wusste sie von Violet.

Nachdem Charlotte ihre Schockstarre überwunden hatte, entdeckte sie, dass der Raum mit der Aufschrift »Nur für Personal« ausgewiesen war. Sie hob die Hand, um zu klopfen, ließ sie dann wieder sinken und drückte vorsichtig ihr Ohr an die Tür. Nichts war zu hören. Mit nervösen Fingern umschloss sie den Türknauf. Was erwartete sie? Eine Abstellkammer voll mit Putzutensilien und Säcken für die Schmutzwäsche? Oder eine Gestalt, die sich gleich auf sie stürzte? Langsam drehte sie den Knauf und stellte erleichtert fest, dass er sich nicht bewegen ließ. Natürlich war das Zimmer verschlossen. Sie trat zurück. Noch einmal sah sie sich im Gang um, konnte das Gefühl nicht abstreifen, beobachtet zu werden.

Dann ging sie den Weg zurück, den sie gekommen war, durch den fensterlosen kleinen Raum ins nächste Treppenhaus. Dort trat sie ans Fenster, von wo aus sie die Sitzgelegenheiten im Innenhof sehen konnte, die Ansammlung rot gestrichener Briefkästen der Bewohner und, genau gegenüber, Hausabschnitt I, in dem sich ihr Zimmer befand. Ohne es zu merken, war sie durch mehrere Gebäudetrakte zu Luciles ehemaligem Zimmer gelangt. Und hatte nicht ein einziges Mal einen Schlüssel gebraucht. Charlotte lief die Treppe hinunter und trat nach draußen. Ein eisiger Wind empfing sie. Sofort zog sie ihre Strickjacke enger und lief über den Hof, als Janet ihr mit einem dicken Aktenordner entgegenkam.

»Oh, hey«, sagte Janet und sah sich nervös um. »So viel zum Thema, lass dich nicht sehen. Ist alles in Ordnung? Was machst du hier draußen?«

»Ich … du wirst mich für bescheuert halten, aber ich habe mich tatsächlich verlaufen«, log Charlotte und spürte, wie sie rot wurde.

»Wieso läufst du mit nassen Haaren herum?«, fragte Janet und musterte sie.

»Ich war duschen. Und gedankenverloren bin ich auf dem Weg zurück in mein Zimmer in die falsche Richtung gelaufen, und tja, was soll ich sagen. Ich habe nicht mehr zurückgefunden.«

Zu ihrer Erleichterung nickte Janet. »Ich weiß, das Gebäude ist irgendwie schräg. Nach dem Umbau ist es noch verschachtelter geworden. Der vordere Teil«, sie deutete auf die Fassade, die zur Straße hinausging, »gehört noch zum ursprünglichen Gebäude. Und das hier«, sie machte eine halbe Drehung, »dieses U-förmige Gebäude wurde mehr oder weniger neu gebaut, deshalb der eingekesselte Innenhof. Manchmal verirre ich mich selbst nach acht Jahren noch.«

»Wieso wurde es umgebaut?«, fragte Charlotte, vor Kälte zitternd.

»Es hatte ein Gasleck gegeben. Ein Teil des Gebäudes war danach unbewohnbar. Und als es der Träger der Green Lodge übernommen hat, wurde es zu einem großen Komplex für viel mehr Studenten ausgebaut. Ach, du Ärmste … « Sie legte ihre Hand auf Charlottes zitternden Arm. »Hast du einen Föhn dabei? Ansonsten kann ich dir einen aus unserem Fundbüro geben. Hier wird dauernd etwas vergessen.«

Zusammen betraten sie erneut Hausabschnitt I, und Charlotte folgte Janet die Treppe in den Keller hinunter.

»Findest du es nicht irgendwie gruselig hier? Ich meine, diese fensterlosen Korridore, die labyrinthartigen Gänge.«

Janet zuckte mit den Schultern. »Ach, man gewöhnt sich an alles. Dafür zahlen sie ganz gut. Und für die härtere Arbeit spanne ich Quinn oder einen der anderen Faulpelze ein.« Sie zwinkerte Charlotte zu, während sie eine Gittertür aufschloss und in den Kellerraum trat. Stühle waren hier zu schiefen Türmen gestapelt und mit Plastikfolie zugedeckt, Wäschekörbe mit Handtüchern und anderem Kram standen auf dem Boden, Kisten mit allerlei Kram in einem großen Regal. Janet durchsuchte gerade einen der unzähligen Kartons, als ein langanhaltendes Grollen ertönte. Abgepackte Gläser in einer der Kisten über ihnen klirrten. Charlotte sah irritiert zu Janet. Es war, als würde die Erde unter ihnen für einen kurzen Moment beben. Nach ein paar Sekunden war das Grollen vorüber.

»Was war denn das?«

Janet sah auf. »Die Tube«, erklärte sie, ohne die Miene zu verziehen. »Man hört sie nur hier unten. Hier«, sagte sie dann und drückte Charlotte einen alten Föhn in die Hand.

Gemeinsam gingen sie die Treppe wieder hinauf und verabschiedeten sich noch einmal voneinander.

Charlotte ging zurück zu ihrem Zimmer und schloss die Tür auf. Sie versuchte das ganze Zimmer zu erfassen. Was hatte der oder die Fremde gewollt? Sie öffnete ihren Rucksack, überprüfte den Inhalt ihres Portemonnaies, doch es schien alles da zu sein. Erschöpft setzte sie sich aufs Bett und legte sich die Tagesdecke um die Schultern. Ihr war wirklich kalt. In dem Moment wurde ihr bewusst, was fehlte. Sie durchwühlte das Bett, kniete sich auf den Boden und sah darunter nach – es war nicht da. Alles schien unverändert. Nur Violets Tagebuch war weg.

# 2010
## Charlotte

Sie hatte das ganze Zimmer auf den Kopf gestellt, jede noch so kleine Ecke des übersichtlichen Raums durchsucht. Alles war da: ihre Habseligkeiten, ihr Portemonnaie, ihr Computer. Die unbekannte Person hatte nur das Tagebuch mitgehen lassen. Sie schüttete den Inhalt ihres Rucksacks auf den Boden und stieß dabei auf die ausgedruckte Liste mit Namen, genauso wie auf den Klebezettel mit der Zeichenabfolge. Noch immer konnte sie keinen Sinn darin entdecken. War es das, wonach der Unbekannte gesucht hatte? Oder hatte Charlotte etwas in Violets Aufzeichnungen übersehen?

Jemand hatte es offenbar gezielt auf dieses Buch abgesehen, aber wer wusste, dass Charlotte es bei sich hatte? Sie versuchte sich zu erinnern, ob sie wirklich abgeschlossen hatte, als sie zum Duschen gegangen war, aber ja, sie war sich ziemlich sicher.

Für einen Moment zweifelte sie an ihrem Verstand. Sie hatte das Buch doch mitgenommen? Vor nicht einmal einer Stunde war sie hier auf ihrem Bett gesessen und hatte darin gelesen, oder nicht? Einen Moment überlegte sie, Janet zu rufen, doch was hätte sie sagen sollen? Das Tagebuch der verschwundenen Studentin, das Charlotte hatte mitgehen lassen, war nun ihr selbst gestohlen worden?

Jemand musste also, während sie geduscht hatte, mit einem

Schlüssel in ihr Zimmer eingedrungen sein und das Buch mitgenommen haben. Das hieß nicht nur, dass jemand wusste, dass sie es überhaupt hatte, sondern auch, dass sie gerade hier war. Ihr schauderte bei dem Gedanken, aus geheimen Ecken der Green Lodge Blicke auf sich zu spüren. Das Gefühl, beobachtet zu werden, nicht als Einbildung abtun zu können.

Wer sonst außer dem Personal hatte die Möglichkeit, in die Zimmer zu gelangen? Ob Janet mehr wusste, als sie preisgab? Aber Janet war von Anfang an so hilfsbereit gewesen. Charlotte tat sich schwer, ihr etwas Bösartiges zu unterstellen. Charlotte fasste sich an den Hals, fuhr die Narbe entlang, die sich bis zur Schulter zog. Hier stimmte definitiv etwas nicht, und das hatte mit Lucile und Violet zu tun.

Sie brauchte lange, um einzuschlafen. Das konstante Sirren der Lüftung wurde nur gelegentlich von den Sirenen vorbeifahrender Polizeiwagen oder Krankenwagen unterbrochen.

Tief in der Nacht fand sie sich im dunklen Gang des Wohnheims wieder. Es kam ihr vor wie ihr Stockwerk, nur, dass die Wände nicht blassgelb, sondern dunkelrot waren und die Zimmertüren schwarz. Zuerst sah sie alles verschwommen, bis sich die Schärfe wie bei einem Objektiv, das gedreht wurde, nach und nach einstellte. Sie erwartete, das schreckliche Gesicht zu sehen, die weibliche Gestalt, die sie bereits aus ihren vorherigen Träumen kannte, aber der Gang blieb leer. Langsam bewegte sie sich vorwärts. Sie blickte von einer Seite zur anderen. Die Türen trugen keine Nummern, mittels derer sie sich orientieren konnte. Am Ende des Gangs fing das Oberlicht an zu flackern. Die Tür dort schien weiterzuführen, und so bewegte sie sich in diese Richtung. Je näher sie kam, desto seltsamer war ihr zumute. Die Tür war zwar ebenso schwarz wie die anderen, aber die Struktur schien irgendwie anders zu sein. Dann wurde ihr klar, die Tür war aus Stahl, nicht aus Holz. Auf der Oberfläche traten verschobene Ornamente hervor, Rosenranken und Schlangen, die sich umeinanderwanden. Über der Tür leuchtete eine altmodische Laterne, die kaltes Licht auf den Boden warf. Etwas stand da geschrieben, im oberen Drittel der Tür. Sie trat noch einen Schritt näher. Ein Wort, in Frakturschrift. In diesem Moment wechselte das kalte Licht der Laterne in triefendes Rot. Ein kratzendes metallenes Geräusch zerriss die Stille. Jetzt konnte sie das Wort lesen. *Fahrstuhl*, stand da. Und schon kam er aus der Tiefe heraufgedonnert.

Bevor sie vor Angst weglaufen konnte, öffneten sich schwer knirschend die metallenen Türen. Dahinter kam eine schwarz lackierte Kabine zum Vorschein, die rot ausgeleuchtet war. Sie glich dem Inneren eines Sargs. Charlotte blieb davor stehen, hatte keine Ahnung, was sie tun sollte. Ihr kam es vor, als würde die Kabine eisige Kälte ausstrahlen. Als sie auf den Boden des Aufzugs blickte, stockte ihr Atem. Dort lag ein goldenes Blatt, das an einer Kette baumelte. Es war Violets Gingkoanhänger.

Sie betrat den Aufzug vorsichtig. Gerade als sie nach dem Kettchen greifen wollte, schlossen sich die Türen mit lautem Knall. Für einen Moment herrschte Stille. Dann sauste der Aufzug hinab in die Tiefe. Alles in ihr zog sich zusammen. Sie schien sich im freien Fall zu befinden, ihre Füße hoben für eine kurze Zeit sogar vom Boden ab. Als würde sie in eine Grube stürzen. Ihr eigener schriller Schrei drang an ihre Ohren. Dann aber bremste der Aufzug ab und kam unvermittelt zum Halt. Die Türen öffneten sich. Ein ebenso rot beleuchteter Gang lag vor ihr, der nach hinten dunkler wurde. Es roch modrig und feucht. Panisch trat sie aus dem Aufzug, da fiel ihr das Kettchen wieder ein. Sie sollte es mitnehmen – als Beweis. Als sie danach greifen wollte, schlossen sich die Türen. Sie konnte gerade noch ihre Hand zurückziehen, bevor ihre Finger eingeklemmt wurden. Dabei taumelte sie zurück und ging zu Boden.

Sie blickte auf ihre Hände und spürte etwas Glitschiges, Nasses, in das sie gefasst hatte. Es war kein schwarzer Teppich mehr, auf dem sie saß, sondern eine schwarze Masse, der ganze Boden war voll davon. Sie sank ein wie in Schlick. Niemand war da. Sie versuchte, sich an den Wänden hochzuziehen, rutschte aber immer wieder aus. In ihrer Verzweiflung griff sie nach einer Türklinke, rutschte erneut aus, knallte mit dem Rücken gegen die Tür und fiel rücklings in ein Zimmer hinein.

Sie spürte den Aufprall, und die Tatsache, dass sie den Boden spüren konnte, machte ihr mehr Angst als alles andere. Sie blickte sich um. Das Zimmer, in das sie buchstäblich hineingefallen war, war vollkommen in Rosa gehalten. Es war ein Kinderzimmer. In einer Ecke stand ein Schaukelpferd, von dessen Nüstern dicke Spinnweben herabhingen. Auf einer Kommode reihten sich zerschlissene Kuscheltiere mit abgerissenen Gliedmaßen aneinander, die sie aus leeren Augenhöhlen anstarrten. Charlotte ging langsam durch den Raum. Am Ende des Zimmers stand ein kleines Kinderbett. Darin lag nichts weiter als eine zerrupfte Matratze. Eine dicke Staubschicht bedeckte die Eisenpfosten des Kinderbetts. Langsam kniete sie sich nieder und blickte darunter. Zuerst sah sie nur Finsternis, dann erhoben sich die Schatten zu Formen. Charlotte erkannte große Augen, die sie unablässig aus einer Ecke heraus beobachteten. Eine kleine Gestalt kauerte in der hintersten Ecke an die Wand gepresst und starrte sie an. Die leicht gelockten Haare standen vom Kopf ab. Ein bleicher Hals, schmächtige Schultern.

Charlotte wollte etwas sagen, aber ihr Mund war wie zugeklebt. Sie befahl ihrem Körper, sich zu erheben. Obwohl sie furchtbare Angst hatte, wollten ihre Gliedmaßen ihr nicht gehorchen. Die

Gestalt rührte sich nicht, noch nicht einmal die Atembewegung war zu sehen. Es musste eine Puppe, etwas Künstliches sein. Charlotte musste sie berühren, musste spüren, dass sie kalt war, nicht real.

Aber dann kroch die Gestalt langsam unter dem Bett hervor. Eine kleine Hand streckte sich nach ihr aus. Charlotte zitterte, als sie ihr die eigene Hand entgegenstreckte. Sie berührte die winzigen Finger einer winzigen Hand. Sie war eiskalt. Sie hatte Angst, dass ihre Hand diese zarten Finger zerquetschen könnte, so zerbrechlich fühlten sie sich an.

Langsam kam die Gestalt aus dem Schatten der Matratze hervor, und voller Schrecken wurde Charlotte klar, dass es die vierjährige Violet war. Ihre Haare waren abgeschnitten, lagen auf ihren Schultern wie ausgerissene Federn. Aus tiefen, dunklen Augen blickte Violet sie an. In ihrem Blick lag Wut. »Das Monster ist hier. Es ist im Haus.«

Die Haut, vorher bleich, fast transparent, färbte sich nach und nach aschgrau. Charlotte stöhnte auf. Und dann sah sie es. Die Hand verfärbte sich dunkel, bis jeder Finger tiefschwarz war.

Charlotte schrie und schrie, auch dann noch, als sie aus ihrem Albtraum erwacht war.

# 2010
## Charlotte

Charlotte nippte an ihrem Kaffeebecher und fuhr zurück – der Kaffee war noch viel zu heiß, aber ihr Bedürfnis nach der schwarzen Flüssigkeit war nach der nahezu schlaflosen Nacht schier unermesslich. Sie schüttete zwei Päckchen Zucker in den Becher und stülpte den Plastikdeckel darüber. Die Kassiererin im Bistro gab ihr gleichgültig lächelnd und mit einem sehnsüchtigen Blick auf ihre Armbanduhr das Wechselgeld.

Charlotte setzte sich in die Eingangshalle der Fakultät für Design und Medien, ein offener Raum mit schicken Sitzgruppen, der eher einer modernen Galerie glich, und betrachtete abwesend die ausgestellten Bilder der Studierenden. Während sie auf ihren Kaffee pustete, dachte sie an die vergangene Nacht. Mit einem schrecklichen Gefühl der Beklemmung kehrte die Erinnerung an den Albtraum zurück. Die Augen der kleinen Violet verfolgten sie, ihre schmalen Lippen, die die Warnung formten: *Das Monster ist hier. Es ist im Haus.* Charlotte wusste, dass etwas in diesem Haus nicht stimmte. Violet und Lucile hatten es ebenfalls gewusst – und vielleicht war Finley nicht der Böse in dieser Geschichte, sondern war einfach in etwas hineingeraten, von dem er keine Ahnung hatte. Violet hatte sich Finley anvertraut, und er war ihretwegen ums Leben gekommen.

Was sollte sie nun tun? Sollte sie doch versuchen, noch ein

Zimmer in einem Hostel zu bekommen? Wobei ihr der Gedanke, sich in einem heruntergekommenen Zimmer mit mehreren Touristen schlafen legen zu müssen, höchst zuwider war. Nein, sie würde bleiben. Charlotte dachte an die Versprechungen ihrer längst vergangenen Freundschaft mit Lucile, erinnerte sich, wie sie sich in schlaflosen Nächten an den Händen gehalten und geschworen hatten, den anderen niemals im Stich zu lassen. Wahrscheinlich hatten sie beide, Charlotte und Lucile, ihre Versprechen gebrochen, aber nur Charlotte war noch da, um ihren Fehler wiedergutzumachen.

Sie brauchte etwas Greifbares, das sie Detective Inspector Wilson präsentieren konnte, um ihre Vermutung zu untermauern, dass etwas Seltsames in der Green Lodge vor sich ging. Bislang zwangen die Polizei und die Presse der Öffentlichkeit das Bild auf, Finley hätte Violet getötet, irgendwo verscharrt und sich hinterher selbst aus dem Leben verabschiedet. Soweit Charlotte informiert war, suchte die Polizei noch immer nach Violet, denn sie brauchten eine Leiche, um Finley einen Mord anzuhängen, aber inzwischen, vor allem nach dem Brand, war das Interesse der Medien deutlich abgeflaut.

In einem Onlineartikel hatte sie gelesen, Finley hätte Violet vermutlich in den Fluss geschmissen und man würde sie wohl in den nächsten Monaten irgendwo angespült finden.

Charlotte dachte zurück an die Zeit ihres Unfalls. Sie erinnerte sich an die Gefühle, die sie damals zu überwältigen drohten. Der Tod von Ellen, und wie ihre beste Freundin einfach aus ihrem Leben verschwunden war. Nach etlichen Versuchen der Kontaktaufnahme hatte sie sich irgendwann verboten, zurückzublicken. Sie hatte sich auf die Schule und ihre junge Beziehung zu Jacob konzentriert und das Anwesen der Clarks tunlichst gemieden.

Nun war alles bis auf das zerknitterte Foto eines sich küssenden Paares von der Zeit bis zur Unkenntlichkeit zerfressen worden.

Charlotte verbrachte den gesamten Tag in der Universität, flüchtete sich später in die Bibliothek, wo sie wenigstens Internetzugang hatte, und machte sich nach einem schnell eingenommenen Essen auf den Weg zurück zur Green Lodge. Um diese Zeit, so kurz vor Silvester, war auf den Straßen rund um das Universitätsgelände deutlich weniger los, auch in den Bussen und Bahnen blieb das übliche Gedränge aus. So hatte sie einen ungestörten Blick auf die Überreste nach dem Brand, als sie am Henry's Place vorbeifuhren. Einem Impuls folgend drückte sie auf den Halteknopf, und der Bus bremste, gerade noch an der Haltestelle, abrupt ab.

Charlotte stieg aus und trat vor den Zaun, der mittlerweile an mehreren Stellen durchbrochen und notgedrungen mit abgerissenem Absperrband verriegelt war. Sie trat durch eine der Zaunlücken und fand sich vor einem Bild der Zerstörung wieder. Das Gemäuer war sichtbar, zerborstene Fenster stierten ihr wie kaputte Augen entgegen, Stuhl- und Tischbeine stachen wie totes Geäst aus dem Schutthaufen heraus. Langsam trat sie näher, stieg vorsichtig über Glasscherben und heruntergefallene Holzbalken. Blitzartig schossen ihr Bilder aus Violets Masterarbeit ins Bewusstsein, Bilder schreiender Gestalten, Fleisch und Blut, die Gewalt, die über sie alle hineingebrochen war. Sie sah Finley vor sich, wie er schreiend im Feuer verbrannte, und hielt sich die Hand vor den Mund. Wieso hatte er diesen Weg gewählt, so qualvoll, wenn er aus dem Leben scheiden wollte? Wenn er ihre Leiche verscharrt oder vernichtet hatte, warum hatte er sich nicht einfach aus dem Staub gemacht oder eine Überdosis Tabletten genommen? Warum musste ausgerechnet ein so öffentlicher Ort als Tatort dienen?

Angeblich hatte man bei der Obduktion von Finleys Leiche einen hohen Promillewert im Blut festgestellt. Außerdem waren in den Ecken des Pubs Brennmittelreste gefunden worden. So war ein zufällig entstandener Brand schnell ausgeschlossen worden. Charlotte trat durch die klaffende Lücke im Gemäuer ins Innere des Pubs. Es war ein überschaubares Lokal gewesen, ein Tresen mit einer Bar, mehrere Sitzgruppen im Raum, ein Pooltisch im hinteren Bereich. Von all dem war nichts mehr übrig. Scherben, bis zur Unkenntlichkeit verkohlte Gegenstände sowie ein noch immer stechender Geruch beherrschten die Szenerie. Bei jedem Schritt knirschte es unter ihren Schuhen, als würde sie über hauchdünne Knochen laufen. Halb unter einem Schutthaufen vergraben, erkannte sie die Überreste von einigen Fotografien. Hier, wo sie jetzt stand, musste eine Bilderwand gewesen sein.

Vorsichtig hob sie einen der zersplitterten Bilderrahmen hoch, klopfte Schmutz von ihm ab und betrachtete die halb vom Feuer angefressene Fotografie. Es war eine Schwarzweißaufnahme von einer Gruppe Rugbyspieler in gestreiften Trikots mit Spielernummern versehen, die sich lachend in den Armen lagen. Darunter stand das Datum des Spiels und eine liebevolle Erinnerung an Tom Hester, William Morton und Jonathan McAllister. Was sie jedoch irritierte, war die Jahresangabe und die Zeile darunter. Sommer 1996. Schüler von Green Hall Manor. Sie steckte die Fotografie ein, ohne zu wissen warum. Keiner der Namen sagte ihr etwas, und die Gesichter waren durch den Ruß schlecht zu erkennen.

Charlotte erinnerte sich, dass Finley Sportstudent und begeisterter Sportler gewesen war, wahrscheinlich gehörte er auch einer der Rugbymannschaften der Green Lodge an. Und sie erinnerte sich, dass sie ein sehr ähnliches Foto bereits woanders gesehen hatte.

# 2010
## Charlotte

Dieses Mal sah keiner der Sicherheitsleute von seinem Handy auf, als sie den Eingang passierte, der Innenraum des kleinen Überwachungszimmers war nämlich leer. Auch der Innenhof der Green Lodge lag wie ausgestorben da. Der Schneeregen war einem steten Regenguss gewichen, und Charlotte beeilte sich, ins Warme zu kommen. Anspannung machte sich in ihr breit, als sie das Haus betrat, den Gang passierte, der wie bei den letzten Malen in unnatürliche Stille gehüllt war. Sie schärfte alle Sinne, um Geräusche und Bewegungen um sich herum wahrzunehmen. Unschlüssig betrat sie ihr Zimmer und setzte sich an den Schreibtisch. Sie wollte hier nicht einfach auf das nächste Ereignis warten. Auch wenn es Janet nicht recht war, schlüpfte sie wieder in ihre Stiefel, die sie wenige Minuten zuvor erst abgestreift und achtlos in die Ecke gepfeffert hatte, und ging mit einer Teetasse als Alibi in Richtung Küche.

Sie rekapitulierte in Gedanken die seltsame Verfolgung des Unbekannten, versuchte, alle Einzelheiten wieder herzuholen. Aber es war nicht der Weg, an den sie sich erinnern wollte, sondern das, was sie unmittelbar nach dem Duschen gesehen hatte. Sie betrat das Treppenhaus, das nach dem Badezimmer kam. Dort befand sich, woran sie sich im Pub erinnert hatte. Die Fotografien hier unterschieden sich deutlich von den sonst eher belanglosen Artprints.

Auf den gerahmten Fotos waren Gruppen von jungen Männern mit dem eiförmigen Rugbyball zu sehen, halsstarrig und mit erhobenem Kinn direkt in die Kamera blickend. Darunter waren die Jahreszahl und die Namen der Mannschaften notiert. Auf einem der Fotos aus jüngerer Zeit erkannte sie Finley inmitten seiner Kameraden, mit einem offenen und charmanten Lächeln im Gesicht. Sie erinnerte sich, dass Janet erzählt hatte, seit dem ersten Jahr der Gründung der Green Lodge in diesem Haus tätig zu sein, und tatsächlich fand sie ein Foto aus dem Jahr 2002. Das Jahr, in dem Lucile hierhergekommen war. Doch es gab auch wesentlich ältere Fotos, etwa aus den Jahren 1996 und 1997. »Rugbyerfolg in Green Hall Manor« lautete die Bildunterschrift. War das der Name des Hauses gewesen, bevor es der Träger der Green Lodge übernommen hatte?

Vorsichtig nahm Charlotte eines der Fotos von der Wand und klemmte es sich unter den Arm. Ein Rechteck aus Staub zeichnete einen unsichtbaren Rahmen an die Tapete. Sie löste ihren Blick von den Bildern und machte sich auf den Weg zu Janets Büro.

Auf ihr leises Klopfen folgte ein freundliches »Herein«, und als Charlotte den Kopf durch den Türspalt steckte, sah sie Janet im Wintermantel vor deren Schreibtisch.

»Hey, kann ich kurz stören?«

Janet nickte und winkte sie herein. »Natürlich. Ich wollte gerade sowieso auf einen Sprung bei dir vorbeischauen, bevor ich abdampfe. Gibt es etwa Neuigkeiten? Kannst du wieder in deine Wohnung zurück?« Sie wirkte ein wenig aufgekratzt, als könne sie es nicht erwarten, die Green Lodge für den Rest des Jahres hinter sich zu lassen.

»Leider noch nicht.« Charlotte trat ins Zimmer und wollte das gerahmte Foto auf den Tisch legen, als ihr auffiel, dass nicht ein

Zentimeter der Tischoberfläche frei war. Auf dem Schreibtisch lag eine große Sporttasche, zusammen mit einem ungeordneten Stapel Unterlagen und einem Schlüsselbund, der bestimmt an die fünfzig Schlüssel enthielt.

»Sorry für das Chaos«, meinte Janet und nahm das Bild entgegen.

Charlottes Blick blieb an dem Schlüsselbund hängen, und ihr entging nicht, dass die Schlüssel mit Kärtchen versehen waren. *Master key* stand auf einem dieser Kärtchen in roter krakeliger Schrift. Nur zögerlich riss sie sich von dem Anblick los.

»Ich schätze, ich muss noch bis morgen bleiben. Ich wollte dich etwas anderes fragen.« Sie deutete auf die Jahreszahl, die unter dem Foto geschrieben stand. »1997?«

Janet beugte sich über die Fotografie. »Ja, das ist eine Tradition des Hauses. Die Green Lodge bietet diverse Freizeitangebote an, unter anderem gibt es auch eine Rugby-Gruppe, die drüben auf dem College-Sportplatz spielt.«

»Aber 1997 gab es die Green Lodge doch noch gar nicht. Was war hier vorher in dem Gebäude, weißt du das?«

Janet runzelte die Stirn. »Eine Einrichtung für Jugendliche, soweit ich weiß. Oder ein Internat, genauer gesagt. Worauf willst du hinaus?«

Charlotte schüttelte den Kopf. Sie wusste es selbst nicht genau. Etwas hatte sie in Aufregung versetzt, als sie im heruntergebrannten Pub stand. Irgendwie hingen der Brand und das Wohnheim zusammen, das wusste sie. Und wenn es nicht die Green Lodge war, dann vielleicht Green Hall Manor.

Janet warf ihr einen fragenden und zugleich skeptischen Blick zu.

Gerade als Charlotte zu einem erneuten Versuch ansetzte, ertönte vom Eingangsbereich Quinns Stimme.

»Janet? Kannst du mal herkommen? Ich kapier dein Gekrakel nicht.«

Janet warf einen Blick zur Tür und verdrehte die Augen. »Wenn der Mann nur lesen könnte … Wahrscheinlich liegt das Haus in Trümmern, wenn ich nach Silvester wieder da bin. Warte kurz, okay?«

Sie hörte Quinn und Janet im Hintergrund über ihre Übergabeunterlagen diskutieren und überlegte fieberhaft, ob sie ihrem Impuls nachgeben sollte. Es war so einfach. *Master key.* Eine leise Stimme meldete sich in ihrem Kopf. Sie musste es jetzt tun, über den Tisch greifen, bevor es zu spät wäre. Würde es Janet auffallen, wenn ein einzelner unter den unzähligen Schlüsseln fehlen würde? Und wenn, dann würde Charlotte es vielleicht schaffen, ihn später unauffällig in ihrem Büro zu platzieren oder unter den Tisch oder im Hof fallen zu lassen. Er könnte Janet einfach vom Schlüsselbund abgefallen sein. Niemand würde sie verdächtigen. Gleichzeitig war sie schockiert über ihr Vorhaben. Dass sie mit dem Gedanken spielte, ihre einzige Vertraute hier zu bestehlen. *Das kannst du nicht tun.* Und doch griffen ihre Hände über den Tisch, und mit zitternden Fingern zog sie den Ring vom Schlüsselbund und steckte ihn in ihre Tasche.

Bevor Janet zurückkehrte, hatte Charlotte auf dem Stuhl vor dem Schreibtisch Platz genommen.

Janet warf sich die große Sporttasche über die Schulter. »Könntest du mir einen Gefallen tun und den Schlüssel in den Personalbriefkasten einwerfen, sobald du wieder in deine Wohnung zurückgehst?«

Einen Moment lang stockte Charlotte der Atem vor Angst, dann ging ihr auf, dass es um den Schlüssel für Zimmer 013 ging.

»Ja … ja klar«, antwortete sie stotternd.

»Vielleicht täte es dir gut, mal ein paar Tage aus London rauszukommen, was meinst du? Ein bisschen frischen Wind um die Nase bekommen, hm?«

Charlotte nickte stumm, griff nach dem Foto, und gemeinsam verließen sie das Büro.

»Mach dir keinen Kopf«, meinte Janet und umarmte sie flüchtig. »Es wird Zeit, nach vorne zu blicken.«

Charlotte sah Janet nach, wie sie leichtfüßig davonging. Sie wusste, sie musste der Sache auf den Grund gehen.

# 2010
## Charlotte

Das Green Hall Manor ließ sich tatsächlich im Internet finden. Es wurde als Sportinternat und weiterführende Schule für Jugendliche bezeichnet. Und es war eine Privateinrichtung nur für männliche Schüler, was erklärte, warum auf den Fotos nur Jungen zu sehen waren.

Bei ihrer Suche stieß sie auf einen Artikel, der Charlotte innehalten ließ. Darin ging es um eine Gasexplosion, die einen kleinen Teil des Gebäudes so sehr beschädigt hatte, dass die Einrichtung vorübergehend geschlossen werden musste. Von zwei Schwerverletzten war die Rede, von etlichen Personen, die sich durch eingestürzte Wände und Möbel Verletzungen zugezogen hatten, und von einem Vermissten, der möglicherweise noch unter den Trümmern begraben lag. Die Überprüfung des maroden Internats offenbarte unerträgliche Zustände, die eine Generalsanierung dringend notwendig machten. Schließlich trieben die Umbauarbeiten die Renovierungskosten dermaßen in die Höhe, dass es für den Träger der Einrichtung letztendlich leichter zu sein schien, das ganze Anwesen zu verkaufen. Und so wurde aus Green Hall Manor ab 2002 das Studentenwohnheim Green Lodge mit modernem Anbau. Auf einem Foto neben dem Artikel war das ursprüngliche Gebäude mit hohen, von Zierbögen und Pilastern geschmückten Fenstern und dem von Säulen gehaltenen Rundbogen über dem Eingangstor abgebildet. Nur ein Seitenflügel, der auf die kleine Gasse hinausging und von der Straße aus nicht zu sehen war, war von dem alten Bau heute noch erhalten.

Als Charlotte die Namen der jungen Männer eingab, fanden sich keine Treffer. Oder besser gesagt zu viele. Es gab unzählige McAllisters, Mortons und Hesters, die in keinem Zusammenhang mit dem Wohnheim zu stehen schienen.

In der Hoffnung, Josy würde vielleicht jemanden auf dem Foto erkennen, schickte Charlotte ihr das Foto der Mannschaft per SMS. Als ihr Handy jedoch nach mehreren Minuten stumm blieb, legte sie es frustriert zurück auf den Schreibtisch. Sie wurde das Gefühl nicht los, etwas zu übersehen. Teile, die sich eigentlich ineinanderfügen müssten, passten nicht zusammen. Oder war sie es, die sich in sinnlose Recherchen verbiss? Wahrscheinlich war Violet wirklich das Opfer einer Beziehungstat geworden und Finley nicht mehr in der Lage, seine Tat zu beichten. Und sie konnte nichts tun, als in diesem muffigen Zimmer auszuharren.

Es war für Charlotte ein Gräuel, in ihrem Zimmer zu sitzen. Immer wieder ging sie in die Gemeinschaftsküche, um nachzusehen, wann einer der Securitys seine Runde durch die einzelnen Hausabschnitte machte. Es war mittlerweile kurz nach ein Uhr nachts. Ein paar Mal hörte sie Türenknallen und Stimmen, die durch den Innenhof hallten. Sie bekam die Bilder des abgebrannten Pubs nicht aus dem Kopf. Und vor allem nicht das Gefühl, beobachtet zu werden. Wie in ihrem Albtraum konnte sie noch immer die Hände auf ihrer Haut förmlich spüren, die nach ihr griffen. Genauso wie die Insektenbeine der Schaben.

Die letzten Stunden in ihrer Ergebnislosigkeit waren unerträglich gewesen. Nachdem Janet gegangen war, hatte sie einen letzten Ausweg ins Auge gefasst. Sie musste jetzt fokussiert sein, um nichts Wichtiges in Luciles Zimmer zu übersehen. Sie erinnerte sich daran, wie die Gestalt den ganzen Weg bis zu Zimmer 1022 gelaufen war. Etwas musste es da geben, das zu Violet führte.

Charlotte versuchte sich mit Musik abzulenken, doch die machte sie noch nervöser. Lieber wollte sie jedes Geräusch in ihrer Umgebung wahrnehmen. Sie wollte darauf gefasst sein, wenn er kam.

Es war nach zwei Uhr, als sie sich auf den Weg machte. Die verwaisten Gänge waren in grelles flackerndes Licht getaucht. Sie ging den gleichen Weg wie das letzte Mal, passierte den schmalen Durchgangsraum und lauschte nach auffälligen Geräuschen.

So leise wie möglich stieg sie die Treppen bis zum dritten Stock hinauf und erreichte die Tür, die zum Gang und schließlich zu Luciles Zimmer führte.

Ein schreckliches Déjà-vu überkam sie. Vor nicht mal zwei Tagen hatte sie hier gestanden – nur scheinbar allein. Ihr Herz klopfte wie verrückt, aber sie versuchte ihre Aufregung zu unterdrücken.

»Alles okay«, sprach sie sich flüsternd Mut zu. »Ich sehe mich nur kurz um und gehe wieder.« Der Schlüssel passte ins Schloss und ließ sich mit geringem Widerstand drehen. Bei der Erinnerung, wie sie an den Schlüssel gekommen war, brandete Scham in ihr auf. Dann aber erinnerte sie sich an Violets verheultes Gesicht, und sie beruhigte sich. Zumindest tat sie es, um einer Freundin zu helfen, und nicht, um sich selbst zu profilieren. Sie wollte nichts anderes, als die verdammte Wahrheit ans Licht zu bringen und eine Spur zu finden, die zu Violet führte. Sie öffnete die Tür einen Spaltbreit, huschte hinein und tastete nach dem Lichtschalter, ließ jedoch die Hand wieder sinken. Das Licht wäre unter der Türschwelle zu sehen. Und so entschied sie sich, nur die Taschenlampenfunktion an ihrem Handy zu verwenden. So leise wie nur möglich schloss sie die Tür hinter sich. Sie sah sich im Raum um, in dem es noch viel muffiger roch als in ihrem Zimmer.

Obwohl an der Tür unter der Zimmernummer »Nur für Personal« stand, unterschied sich dieses Zimmer nicht wesentlich von den anderen Räumen der Studierenden, außer, dass eine dicke Schicht Staub auf dem Mobiliar sogar im lauen Licht der Lampe erkennbar war. Charlotte begutachtete alle Wände. Grob geschätzt müsste Violets Zimmer irgendwo unter diesem hier im selben Flügel sein. Sie konnte es sich nicht erklären, aber sie hatte das Gefühl, nicht im richtigen Zimmer zu sein. Damals in Violets Zimmer stand sie in einem Raum mit dem Schreibtisch seitlich am Fenster. Sie wusste es noch so genau, weil ihre Umrisse sich vor dem Fenster abgezeichnet hatten. Dieser Raum hier war ganz anders aufgebaut, obwohl er den gleichen Grundriss hatte. Am Fenster stand ein Schrank, der Schreibtisch war rechts neben der Zimmertür.

»Irgendetwas muss hier doch sein …«, murmelte sie nach einigen Sekunden der Stille vor sich hin. »Ich verstehe das nicht …«.

Etwas fühlte sich falsch an, aber sie konnte nicht sagen, was. Der Lichtkegel ihres Handys wanderte vom Bett links in der Ecke über den Teppich bis zum Schrank und zum Schreibtisch. Sie trat an den Tisch. Wie in jedem Zimmer befand sich darüber eine Pinnwand.

Violets Zimmer kam ihr in den Sinn. An ihre Pinnwand hatte Violet etliche Fotos gehängt, von denen Charlotte niemanden außer den sehr gealterten Mr Clark erkannt hatte. Es versetzte ihr einen Stich ins Herz, an Violets lachendes Gesicht zu denken. Wahrscheinlich war sie längst tot, genau wie Finley. War er in ihrem Zimmer gewesen? Hatte er sie beobachtet, als sie schlief, oder sich in ihrem Zimmer aufgehalten?

Charlotte merkte, wie ihr Körper vor Angst und Kälte anfing zu zittern. In diesem Zimmer war die Heizung seit Jahren nicht mehr angetastet worden. *Du musst fokussiert bleiben. Bitte dreh jetzt nicht durch. Sieh genau hin.* Sie schloss einen Moment die Augen und atmete tief durch. Langsam ließ sie das Licht über die Wand in die andere Richtung gleiten. Ihr Handy zitterte so sehr, dass das Licht der Taschenlampe in leichtem Zickzack sprang. Als der Kegel den Schrank berührte, war es fast, als könnte sie Luciles Stimme hören. *Du kommst näher.*

Sie trat an den Eichenschrank heran und öffnete die Türen. Er war vollkommen leer. Unten im Schrankboden, wo sonst wahrscheinlich Schuhe oder Taschen ihren Platz fanden, sammelte sich ein Knäuel aus Staub und Teppichfusseln. Charlotte drückte vorsichtig an die Rückwand des Schranks, doch sie gab nicht nach. Ratlos schloss sie die Türen wieder und trat ein paar Schritte zurück, um sich noch einmal umzusehen. Ihre Taschenlampe wechselte zwischen Schrank und Schreibtisch. Ihr Blick blieb an der Wand dazwischen hängen. Dort hing ein kleines Eichenregal mit zwei schmalen Ablageflächen für Bücher. Warum hing es direkt neben dem Schrank? Das machte doch gar keinen Sinn. In ihrem Zimmer hing es über dem Tisch und bei Violet, soweit sie sich erinnerte, ebenso. Es machte einfach keinen Sinn. *Sehr nah.*

»Ich glaube, der Schrank wurde verschoben.« Ihre eigene Stimme kam ihr eigenartig fremd vor, als sie die Worte laut aussprach. *Vielleicht wurde er verschoben, um etwas zu verbergen.* Mittlerweile wusste sie vor lauter Aufregung nicht mehr, ob sie laut redete oder nur in Gedanken sprach.

Aber wie bitte sollte sie das Ding wegschieben? Sie lehnte sich gegen den Schrank und drückte mit aller Kraft. Und tatsächlich, der Schrank bewegte sich knarzend ein Stück von der Wand weg.

Ihr schien das Geräusch so laut zu sein, dass sie immer wieder nervös zur Tür hinüberblickte.

Dennoch schob sie erneut, und der Spalt zwischen Schrank und Wand wurde größer. Noch ein paar Zentimeter. Ihr Atem war zu einem Keuchen geworden. Aus dem Augenwinkel glaubte sie etwas durch den Spalt erkennen zu können. Ihr Herz fing an zu pochen. *Sieh hin.* Das musste es sein.

Sie drückte sich ein letztes Mal gegen den Schrank, so dass das Möbelstück gefährlich ächzte. Als sie mit ihrem Handy dahinterleuchtete, erkannte sie eine etwa sechzig mal sechzig große metallene Tür. Oben links war ein kleines Schlüsselloch angebracht. Sie rüttelte daran. Mit dem Handy leuchtete sie gegen die hintere Schrankwand, und Charlottes Blick blieb an einem Schriftzug auf der Holzfläche hängen. Bei genauerem Hinsehen erkannte sie einen Stempel, der in schwarzer Tinte am unteren Rand der Wand aufgedruckt worden war. *Eigentum Green Hall Manor.* Darunter hatte jemand mit schwarzem Filzmarker die Raumnummer notiert. *Raum* 35. Ihr Herz pochte. Es war das erste Mal, dass sie das Gefühl hatte, einer richtigen Spur nachzugehen. Wieder wandte sie sich der kleinen Tür zu. Sie zog noch einmal an dem Schloss, doch es gab nicht nach. Sie versuchte es erneut, als plötzlich ein Scheppern auf dem Gang sie zusammenfahren ließ.

# 2010
## Charlotte

Das Geräusch, das sie vernommen hatte, war eindeutig vom Treppenhaus gekommen. Wie erstarrt stand Charlotte da, wagte kaum zu atmen. Die Schritte, die den Flur entlanggekommen waren, waren direkt vor ihrer Tür verstummt. Zwei Schatten zerschnitten den schmalen Streifen Licht unter der Tür. Jemand stand direkt davor und horchte. Sie war doch zu laut gewesen. *Was habe ich mir in meinem Wahn nur gedacht*, ärgerte sie sich über ihre eigene Leichtsinnigkeit. Momente der vollkommenen Stille dehnten sich zu Minuten, und Charlotte spürte, wie ein einzelner Schweißtropfen ihren Nacken hinunterrann und zwischen ihren Schulterblättern im T-Shirt versiegte. Jemand würde gleich dieses Zimmer betreten und sie erwischen – und dann? War es einer der Sicherheitsmänner? Hatte Janet gemerkt, dass einer ihrer Schlüssel fehlte, und Quinn oder einen anderen Mitarbeiter informiert? Oder war es jemand ganz anderes, jemand, bei dem sie mehr zu befürchten hatte, als eine Anzeige wegen unerlaubten Betretens zu kassieren? Gerade als sie mit dem Gedanken spielte, sich irgendeine plausible Ausrede einfallen zu lassen, setzte sich der Schatten in Bewegung. Die Person ging gemächlich, als gäbe es keinen Grund zur Eile, und dann fiel im Zimmer nebenan die Tür leise ins Schloss. Das Klacken hallte sachte im Gang nach.

Und dann hörte sie es. Ein ächzendes, knarzendes Geräusch,

das sich monoton wiederholte. Jemand stieg Stufen hinunter. Als endlich Stille herrschte, atmete sie stoßweise aus. Ein Zittern machte sich in ihrem Körper breit, und erst jetzt spürte sie, wie angespannt sie die ganze Zeit über gewesen war. Leichter Schwindel befiel sie, als sie sich mit den Händen auf ihren Knien abstützte. Es war so knapp gewesen. Wer hatte das verstaubte Zimmer betreten wollen, das offenbar so gut wie nie in Benutzung war?

Sie erlaubte sich nicht, dem Gedanken weiter nachzuhängen. Sie musste, so schnell es ging, fliehen, damit, wer auch vor der Tür gestanden hatte, nicht noch zurückkehrte und sie doch noch auf frischer Tat ertappte. Mit klopfendem Herzen lauschte sie an der Tür, doch außer dem Pochen in ihren Ohren war nichts zu vernehmen. So leise wie möglich schob sie den Schrank wieder in seine Ausgangsposition zurück. Dann schlich sie aus dem Zimmer. Als das Licht ansprang, musste sie die Augen zusammenkneifen, bis sie sich an die Helligkeit gewöhnt hatten. Mit steifem Nacken blickte sie sich um, darauf gefasst, unvermittelt gepackt zu werden, doch sie war nach wie vor allein. Links von ihr ging eine Abzweigung zu den Duschräumen ab und zu einem weiteren Treppenhaus, unmittelbar neben Zimmer 1022 war nur eine kleine schmale Tür, »Abstellraum« stand auf dem kleinen Schild. Schräg gegenüber lag die Gemeinschaftsküche, in der es dunkel war, wie sie durch das kleine Fenster in der Tür erkennen konnte. Einen Moment spielte sie mit dem Gedanken, jeden Raum zu überprüfen, doch ihr ganzer Körper war wie in Angst getaucht, und so ging sie eiligen Schrittes davon, mit dem starken Gefühl, jemand sei ihr auf den Fersen.

# TEIL 4

## 31. 12. 2010

# 1

Charlotte tigerte, seit sie aufgewacht war, in ihrem Zimmer umher. Nach ihrer nächtlichen Aktion hatte sie erwartet, kein Auge zumachen zu können, doch sobald sie eine Glasflasche umständlich mit einem ihrer Schnürsenkel an die Tür gehängt und abgeschlossen hatte, war sie vor lauter Erschöpfung sofort in traumlosen Schlaf gefallen.

Der Ausflug in Luciles ehemaliges Zimmer hatte keinen Durchbruch erzielt, war aber auch nicht gänzlich erfolglos gewesen. Ein weiteres Mal war jemand im Korridor in ihrer unmittelbaren Nähe umhergeschlichen, und sie konnte sich kaum eingebildet haben, dass dieser Jemand direkt vor Zimmer 1022 stehen geblieben war. Entweder, weil er gewusst hatte, dass Charlotte sich darin versteckte, oder, weil er selbst hineinwollte und es sich anders überlegt hatte. In Charlottes Gefühl war das Verharren vor dem Zimmer einer Warnung gleichgekommen. Jemand musste sie gehört haben und wollte ihr einen Schrecken einjagen. Er wollte sie wissen lassen, dass er wusste, dass sie sich in Luciles Zimmer versteckte, und das verlieh ihm eine gewisse Macht, gestand sich Charlotte fröstelnd ein. Sie war wie eine Gefangene, wie eine Maus im Reich einer hungrigen Katze. Und sie war dieser Person unterlegen. Weder kannte sie sich in den Gängen dieses verqueren Gebäudes aus, noch wusste sie, wer es auf sie abgesehen hatte – hier war sie ein Eindringling, von dem jemand wusste.

Nach einem schnellen Frühstück in einem kleinen Bistro beschloss sie, einen Blick in ihre Wohnung zu werfen. Wie ihre Vermieterin am Telefon versichert hatte, war tatsächlich ein Kammerjäger da gewesen.

Scharfer Geruch nach Chemikalien drang in ihre Nase, als sie die Tür öffnete. Sämtliche Möbel waren mit einer durchsichtigen Plane zugedeckt. Jemand hatte alle Fenster aufgerissen, so dass eiskalte Dezemberluft die Wohnung erfüllte.

Nach nur fünf Minuten bekam Charlotte Kopfschmerzen und kehrte widerwillig ins Wohnheim zurück. Sie wusste einfach nicht mehr weiter. Sie hatte nichts erreicht, hatte lediglich die Erkenntnis gewonnen, dass die Möbel in Raum 1022 aus dem ursprünglichen Wohnheim stammten. Sie hatte nichts vorzuweisen, das Detective Inspector Wilson veranlassen würde, ihr zu glauben.

Port Wilmoor, Lucile und Violet. Das Haus der Clarks. Charlotte konnte den Gedanken nicht aufgeben, dass alles irgendwie zusammenhing, doch konnte sie ihren Verdacht weder belegen noch logisch erklären. Wieder kam ihr die kleine Tür hinter dem Schrank in den Sinn. Hatte die Polizei nicht bereits sämtliche Zimmer durchsucht und nichts gefunden? Die Vorstellung, jemand könnte sich in einem Stromkasten hinter einem Schrank verstecken, kam ihr unwahrscheinlich vor. Und selbst wenn, wie sollte er oder sie aus dem Versteck herauskommen, wo doch der schwere Schrank davorstand? Die Rückseite des Schranks ließ sich nicht bewegen, das hatte sie überprüft. Das Resümee war erdrückend. Keine Falltür unter dem Teppich, kein geheimer Gang hinter dem Schrank. Violet war und blieb verschwunden, und wenn nicht einmal die Polizei, die mit Spürhunden das Wohnheim durchsucht hatte, einen Hinweis fand, wie konnte sie sich anmaßen, selbst in ein paar Tagen dahinterzukommen?

*Weil du mich kennst,* flüsterte Luciles sanfte Stimme in ihre Gedanken hinein. *Wir sind immer füreinander da. Versprochen.*

Charlotte stand, um besseren Empfang zu haben, im Innenhof und wählte immer wieder Josys Nummer. Jedes Mal sprang die Mailbox an. Es war mittlerweile gegen zehn Uhr morgens, ein eisiger Dezemberwind hatte die grauen Wolken vertrieben und einen stahlblauen Himmel hinterlassen. Sie hätte sich ihre Jacke anziehen sollen, dachte Charlotte und zog sich die Kapuze ihres Hoodies über den Kopf. Ihr Atem drang in weißen Wölkchen aus ihrer Nase, während sie nach oben blickte und die Fenster begutachtete. Hinter den meisten waren die dunkelgrünen Vorhänge zugezogen. Charlotte spürte geradezu, wie die Zeit ihr durch die Finger rann, die Sekunden wie Sandkörner. Wie sollte sie es nur schaffen, Violet zu finden?

Ihr Blick blieb am Fenster einer der größeren Gemeinschaftsküchen im Erdgeschoss hängen. Gerade waren zwei Personen darin zu erkennen, einer der Haustechniker und ein Mädchen mit Brille, das sie noch nie gesehen hatte. Die Studentin zeigte auf den Herd und gestikulierte mit den Händen. Wahrscheinlich machte der Mitarbeiter seinen wöchentlichen Kontrollrundgang durch alle Küchen, checkte die Gasmelder oder reparierte defekte Geräte. Charlotte musste an Violets kaputte Heizung denken. Ständig schien hier irgendetwas nicht zu funktionieren. Da konnte man sich ja schon wundern, dass noch nichts in die Luft geflogen war. Wobei das auch nicht stimmte, wenn man an Green Hall Manor dachte, rief sie sich in Erinnerung.

Der Mann zog den Herd ein Stück von der Wand und beugte sich darüber, um sich die Rückseite anzuschauen. Dann leuchtete er mit einer Taschenlampe dahinter.

Charlotte blickte sich um. Sie war froh, dass sie nur noch ein paar Stunden hierbleiben musste und dann das Wohnheim hinter sich lassen konnte. Diesem Innenhof, der eher an einen Gefängnishof erinnerte, würde sie bestimmt nicht nachtrauern.

Sie wurde aus ihren Gedanken gerissen, als die Tür auf der gegenüberliegenden Seite aufging. Der Mann, den sie in der Gemeinschaftsküche gesehen hatte, trat heraus. Er trug eine engsitzende beige Uniform mit dem Logo einer Installationsfirma aus Harlesden. Mit einem kurzen Nicken in Charlottes Richtung zündete sich der Mann eine Zigarette an. Noch bevor Charlotte es sich anders überlegen konnte, ging sie zu ihm hinüber und schnorrte ihn nach einer Kippe an. Er musterte sie einen Moment, holte die Schachtel aus seiner Hosentasche. Als sie sich eine Zigarette genommen hatte, gab er ihr Feuer. Charlotte bedankte sich, und schweigend standen sie eine Weile nebeneinander.

»Hey«, war plötzlich aus dem Eingangsbereich zu hören. Charlotte fuhr herum und sah Quinn winkend auf sie zukommen. Nervös überlegte sie sich eine Ausrede, warum sie hier draußen stand. Quinn schien sich aber nur für den Handwerker zu interessieren, den er mit einem freundschaftlichen Handschlag begrüßte.

»Also, hier ist noch Einiges zu tun, Carl, bevor du dein Feuerwerk zünden kannst«, sagte Quinn mit gewohnter Lässigkeit.

Carl lachte laut auf. »Wann ist denn hier mal nichts zu tun?«, sagte er mit einem Akzent, den Charlotte nicht zu identifizieren wusste. Seine Stimme klang tief und kehlig.

»Also, schreib es dir am besten auf, ich will dich nicht noch mal herzitieren, falls du die Hälfte vergisst. Küche in Haus vier, dritte Etage, Gang acht – defekte Spülmaschine.«

Carl hatte einen kleinen Block aus seiner Hemdtasche genommen und notierte.

Charlotte spähte unauffällig auf das Papier. Die Ziffern waren kaum lesbar, aber dann fiel Charlotte fast die Zigarette aus der

Hand. H4E3G8 – Küche Spülmaschine. H4 für Haus vier, E3 für dritte Etage, G8 für Gang acht.

Auch wenn sie innerlich bebte, zwang sie sich, ruhigen Schrittes zu ihrem Hausabschnitt zurückzugehen. Sie zog ein letztes Mal an ihrer Zigarette und drückte sie im Aschenbecher auf einem der Rundtische aus.

Zitternd öffnete sie die Eingangstür und eilte zu ihrem Zimmer. Bevor sie es aufschloss, sah sie den Gang entlang, doch noch immer schien sie die Einzige auf diesem Flur zu sein. In ihrem Zimmer drehte sie den Schlüssel zweimal im Schloss, eilte dann zum Schrank hinüber und rückte ihn vorsichtig ein Stück von der Wand. Dahinter fielen die Blätter heraus, die sie zuvor dort versteckt hatte. Sollte jemand erneut in ihr Zimmer einbrechen wollen, um etwas zu stehlen, hätte sie es ihm dieses Mal wenigstens schwerer gemacht. Sie setzte sich an ihren Schreibtisch und zog ihren Kalender aus ihrem Rucksack. Nervös blätterte sie zu dem Post-it und schrieb die Zeichenkombination auf ein leeres Blatt Papier.

GHM H2E3 27^35^G<

Dann schrieb sie die Kombination erneut auf. Diesmal ergänzte sie die fehlenden Räume und schrieb sie aus:

Green Hall Manor Haus 2 Etage 3 27^35^Gang<

Ihre Finger klammerten sich schwitzend um den Stift. Die Zimmernummer auf der Rückseite des Schranks. Lautete die nicht 35? Wie von selbst ergänzte ihre Hand die Pfeile.

Green Hall Manor Haus 2 Etage 3 27↑35↑Gang←

Was, wenn es genau das war. Eine Art Lageplan. Eine Wegbeschreibung zu etwas, das Lucile womöglich in den Tod getrieben hatte.

# 2

Sie hatte den Weg durch das Innere des Hauses gewählt, um Quinn möglichst aus dem Weg zu gehen. Eigentlich hatte sie erwogen zu warten, bis die Arbeiten im Haus abgeschlossen waren, aber sie wollte nicht noch eine Nacht durchs Wohnheim schleichen. Nun stand sie am Fuß der Treppe und starrte durch das kleine Fenster in der Tür. Der Gang im dritten Stock war leer. Auch wenn es um diese Tageszeit nicht ganz so furchterregend war, die Vermutung, dass hier gleich zwei Frauen etwas zugestoßen sein könnte, ließ Charlotte schaudern.

Nach kurzem Zögern trat sie in den Gang und horchte an der ersten Zimmertür mit der Nummer 1015. In ihrer Hosentasche hielt sie den Generalschlüssel fest umklammert. Hinter der Tür blieb alles still. Sie klopfte. Nichts. Für den Fall, dass jemand ihr geöffnet hätte, hatte sie sich eine simple Ausrede überlegt. Ob sie vielleicht eine Batterie borgen könnte oder einen Föhn. Sie würde sich einfach als neue Mitbewohnerin der Green Lodge ausgeben. Aber niemand öffnete. Charlotte warf noch einmal einen Blick in jede Richtung des Gangs, dann schloss sie die Tür auf und schlich in das Zimmer. Es war eindeutig bewohnt. Die Pinnwand über dem Schreibtisch war voll mit Fotos einer lächelnden jungen Frau, die mit ihren Freundinnen vor dem Big Ben und der London Bridge posierte. Wahrscheinlich war auch sie wie so viele über die Feiertage weggefahren, das konnte Charlotte jedenfalls nur hoffen. Aber sie hatte keine Zeit zu verlieren. Sie ging zu dem altmodischen Eichenschrank, und unter Aufwendung all ihrer Kraft rückte sie ihn ein Stückchen von der Wand ab.

Mit ihrem Handy leuchtete sie auf die Rückwand. Und tatsächlich, auch hier entdeckte sie den Stempel von Green Hall Manor, allerdings auf der anderen Seite oben, so dass sie sich weit in den schmalen Spalt zwängen musste. Dann aber stieg ihre Aufregung. Denn sie las die Nummer – 27. Sie hatte recht gehabt. Der Zahlencode markierte das erste Zimmer auf dem Gang in der dritten Etage und das war 1015, ehemals Zimmernummer 27.

Vorsichtig geworden lauschte Charlotte nach irgendwelchen Geräuschen. Sie schob den Schrank zurück und verließ das Zimmer rasch wieder. Der Pfeil hatte nach oben gezeigt, was vermutlich »geradeaus« bedeutete. Im Stillen zählte sie mit, wie die Räume, an denen sie vorbeikam, früher beziffert gewesen sein mussten. 27, 28, 29, 30, 31, 32, 33, 34, 35. Sie schaute noch einmal auf den Zettel, den sie eingesteckt hatte. Laut Plan musste sie an Luciles Zimmer vorbeigehen und in den nächsten Korridor links abbiegen, aber das konnte nicht sein. Auf der rechten Seite befand sich nur die Tür zur Gemeinschaftsküche, und der Gang führte nach rechts statt nach links. Unschlüssig stand sie vor Luciles Tür. Dahinter gab es nur noch den Abstellraum, eine schmale Tür, die ebenfalls verschlossen war. Wieder kramte Charlotte den Generalschlüssel aus der Hosentasche und schloss die Tür auf. Ein kleiner Raum öffnete sich vor ihr, kaum vier Quadratmeter groß. An den Wänden hingen weiße Regale, vollgestellt mit Putzmitteln, Eimern und Papierhandtüchern, wie man sie in den Toiletten vorfand. Große Packen Klopapier waren aufeinandergestapelt, und in einer Ecke standen mehrere Besen und Wischmopps.

Ein scharfer Geruch nach Chlor stieg Charlotte in die Nase. Direkt nach Zimmer 1022 nach links abbiegen, legte der Plan nahe. Während sie dastand, erinnerte sie sich an den schmalen Zwischengang, den sie in den anderen Hausabschnitten passiert hatte.

Wieder befiel Charlotte ein bedrückendes klaustrophobisches Gefühl, als würden die Wände sich ihr nähern. Sie schob die Putzeimer aus dem untersten Regal zur Seite. Dann die Lappen, die einen modrigen Geruch verbreiteten. Das Regal vor ihr war voll von Variationen an Rohrreinigern, scharfen Chlormitteln und Scheuermilchflaschen. Was, wenn …

Charlotte stieß gegen die Wand, die nun freigelegt war, aber nichts tat sich. Sie drückte noch einmal, fester. Irgendwas musste da doch sein. Ihre Verzweiflung ließ sie nicht innehalten. Wut mischte sich dazu, die ihre Kraft steigerte. Beim vierten Stoß gab die Wand ein wenig nach. Ein kleiner Spalt tat sich auf. Charlotte atmete scharf ein. Bei näherem Hinsehen zeigte sich tatsächlich eine Art Tür. *Ich kann es nachts hören. Schritte und ein Kratzen, direkt neben mir.* Ihr Atem ging schneller.

Violet hatte recht gehabt, schoss es ihr durch den Kopf, und der Gedanke lähmte sie. Violet war nicht verrückt gewesen. Aber sie, Charlotte, hatte ihr nicht geglaubt. Zitternd tastete sie die Wand ab, gab ihr einen sanften Stoß. *Es ist alles wahr,* schrien ihre Gedanken panisch. Dunkelheit und Kälte krochen aus der Öffnung, wieder wehte ihr der modrige Geruch um die Nase, diesmal gepaart mit dem Gestank der Reinigungsmittel.

Die Polizei war hier gewesen, angeblich hatte sie sämtliche Räume des Gebäudes mit Spürhunden durchsucht. Aber war sie auch hier gewesen? Immerhin hatten die Beamten nicht wie Charlotte eine Art Wegweiser gehabt. *Den hatten sie nicht, weil du Violets Tagebuch aus ihrem Zimmer gestohlen hast,* dachte sie bitter. Oder hatten die Hunde versagt, weil die Chemikalien ihnen die Sinne getrübt hatten?

Charlotte war jetzt auf den Knien, sah in den Spalt hinein, konnte aber nichts als Schwärze erkennen. Ihre Augen mussten sich erst an die Dunkelheit gewöhnen. Was würde sie dahinter vorfinden?

Gerade als sie überlegte, dass es schlauer wäre, Quinn oder, noch besser, Detective Inspector Wilson um Hilfe zu bitten, krallte sich jemand an ihrem Knöchel fest und zog mit aller Kraft. Ruckartig fiel Charlotte mit dem Gesicht auf den Boden. Höllischer Schmerz durchfuhr sie. Dann merkte sie, wie jemand in ihre Haare griff, daran zerrte. Sie wollte schreien. Ihr Kopf wurde auf den Boden geschlagen. Sie hörte etwas in ihrem Gesicht knacken, und ihr wurde schwarz vor Augen. Und dann war nichts mehr.

# 3

Lucile und Charlie saßen oben im Baumhaus und schnitzten Figuren aus Holzscheiten, die sie sich vom Holzstapel vor dem Haus geholt hatten. Lucile hatte ein Jagdmesser aus Mr Clarks Angeltasche stibitzt, mit dem sie die ganze Zeit angab. Beim ersten Versuch war Luciles Holzstück in zwei Teile gebrochen, nun ritzte sie zwei Kerben in eine flache Holzfläche.

»Siehst du?«, lachte sie triumphierend und zeigte auf ihr Werk.

»Na ja, da ist noch Luft nach oben«, lachte Charlie.

Lucile hatte als Augen zwei Löcher in das Holz gebohrt und einen nach unten weisenden Bogen als traurigen Mund hineingeschnitzt. Nun hielt sie die Maske vor ihr Gesicht und musterte Charlie durch die zwei Löcher hindurch.

»Ach, wirklich? Du hast auch schon mal besser ausgesehen.« Noch immer die Maske vor dem Gesicht, reichte Lucile ihrer Freundin das Messer. »Du musst jetzt aufstehen.«

Charlie sah auf das Messer in ihrer Hand, ohne sich zu bewegen.

»Du musst jetzt los, sonst wirst du nicht wieder aufwachen«, mahnte Lucile.

Mit einem Mal war Charlie erfüllt von Traurigkeit. Sie wollte nicht nach Hause. Warum musste Lucile immer alles kaputt machen? »Und was, wenn ich nicht will? Was, wenn ich einfach hierbleibe?«, entgegnete Charlie trotzig.

Aber Luciles Maske bewegte sich einfach nur langsam hin und her. »Das kannst du nicht. Sonst wirst du enden wie ich.« Die Maske sank auf ihren Schoß. Ihr Mund bewegte sich, ohne dass Charlie auch nur ein Wort davon verstand. Dröhnender Lärm übertönte die Stimme ihrer Freundin, und doch konnte sie die Worte von ihren Lippen ablesen. *Du musst jetzt gehen.*

Ihre Lider waren zu schwer, egal, wie sehr sie versuchte, ihre Augen zu öffnen. Immer wieder driftete Charlotte in die Dunkelheit ab. Als sie die Augen einen Spaltbreit zu öffnen schaffte, spürte sie ein schmerzhaftes Brennen auf ihrer Netzhaut. Ihr Körper schien nur aus Schmerz zu bestehen. Alles, was sie durch einen Tränenfilm erkennen konnte, waren schmutzige Deckenfluter, in einen undurchdringlichen Nebel getaucht. Es schrillte in ihren Ohren, so laut, dass ihr Trommelfell surrte. Dann wurde ihr klar, dass der Feueralarm angegangen war. Sie hob den Kopf, spürte etwas Warmes ihre linke Gesichtshälfte hinunterrinnen. Ihre Hand wanderte zur Stirn und dann zur Nase, zuckte zusammen, sobald die Finger die geschwollene Haut berührten. Von hier schien der stechende Schmerz auszugehen.

Ihre Augen gewöhnten sich langsam an das schummrige Licht. Beim Aufstehen musste sie sich an der Bettkante festhalten. Ein seltsamer Geruch benebelte ihre Sinne. Sie erkannte die grüne zerschlissene Tagesdecke, die über eine blanke Matratze gespannt war. Gegenüber der kleine leere Schreibtisch. Sie befand sich wieder in Zimmer 1022. In Luciles Raum. Rauch kam unter der Türschwelle hereingekrochen, wanderte über den Teppich. Wenn du nicht ersticken willst, musst du hier raus, sagte eine Stimme in ihrem Kopf, während sie sich bemühte aufzustehen. Und zwar sofort.

Auf wackligen Beinen stolperte sie zum Fenster, um nach Luft zu schnappen, doch das Fenster ließ sich nur ein paar Zentimeter weit aufkippen. Sie wollte um Hilfe rufen, brachte jedoch nur ein heiseres Husten zustande.

Sie spähte aus dem Fenster, entdeckte Blaulicht, vielleicht von der Feuerwehr oder der Polizei, aber sie konnte nicht bis auf die Straße sehen. Charlotte bekam schon jetzt kaum mehr Luft. Wusste irgendjemand, dass sie noch im Haus war? Wie lange war sie bewusstlos gewesen?

Verzweifelt drehte Charlotte sich um, schrak zurück, als sie im Spiegel des Kleiderschranks ihr Gesicht entdeckte. Es schien eine einzige blutende Wunde zu sein. Sie stolperte zur Tür und zog mit aller Kraft am Türknauf, aber sie war verriegelt. In blinder Panik warf sie sich dagegen, schrie auf vor Schmerz in der Schulter. Okay, Charlotte, denk nach, denk nach …

Hustend und mit zitternden Fingern durchsuchte sie ihre Jeans. Ein kleiner Widerstand in der hinteren Hosentasche ließ sie vor Glück aufkreischen. Der Generalschlüssel. Sie würde es schaffen! Sie würde es schaffen, sich zu befreien.

Mit einem Ruck gab das Schloss nach, und die Tür sprang auf. Sofort schreckte sie wieder zurück, denn auf dem Gang war der Rauch noch viel dichter. Eine Salve von Hustenanfällen überkam sie, und Charlotte hielt sich rasch den Ärmel ihres Pullovers vors Gesicht.

Die Rauchschwaden nahmen ihr alle Sicht, aber sie hatte keine andere Wahl. Entschlossen trat sie aus dem Zimmer, stützte sich an der Wand ab, um nicht zu fallen. Trotz des dichten grauen Schleiers und ihrer brennenden Augen versuchte sie, sich zu orientieren. Direkt vor ihr lag eine aus den Angeln gesprengte Küchentür. Der Türrahmen war ein einziges klaffendes Loch, aus dem Flammen nach allen Seiten sprühten, als wäre hier die Pforte zur Hölle. Auf dem Teppich gab es immer wieder Brandherde, die ihr den Weg verwehren würden. Sie schob sich vorsichtig an der Wand entlang, bis sie gegen etwas stieß. Wieder dauerte es einen Moment, bis Charlotte etwas auf dem Boden erkannte. Durch den Rauch zeigten sich Umrisse einer Person. Charlotte unterdrückte einen Aufschrei. Sie durfte den Mund nicht aufmachen. Sie bekam ohnehin schon kaum mehr Luft.

Sie erkannte die Uniform des Haustechnikers wieder, den sie nach der Zigarette gefragt hatte.

Charlotte beugte sich über den Körper und sah in die starren, leblosen Augen. Vollkommen schockiert merkte sie erst nach ein paar Sekunden, dass sie lautlos weinte.

Übelkeit stieg in ihr auf, doch sie zwang sich weiterzugehen. Vielleicht könnte sie den Waschraum erreichen und dann das Treppenhaus. Sie bog um die Ecke und hielt jäh inne. Eine Wand aus Flammen versperrte ihr den Weg. Das Feuer fraß sich durch die Tapeten und bildete Säulen aus Feuer. Ein Wimmern entfuhr ihrer Kehle. Sie war von allen Seiten vom Feuer eingeschlossen.

# 4

Sie warf noch einmal einen Blick zum Treppenhaus, sah, wie die Flammen sich zu ihr hindurchfraßen. Panik erfasste sie. In der Küche gab es ein Fenster. Vielleicht würde sie es irgendwie schaffen, aus dem dritten Stock an der Fassade hinunterzuklettern. Aber in die Küche musste sie erst einmal gelangen. Und selbst wenn die Feuerwehr nach ihr suchte, würden die Rettungskräfte es niemals rechtzeitig ins dritte Stockwerk schaffen.

Ein leises Schluchzen entfuhr Charlotte, als sie zu der einzigen Tür blickte, aus der kein Rauch zu kommen schien. Die Tür zum Abstellraum war nur angelehnt, direkt neben dem Zimmer, in dem sie eingesperrt worden war. Als sie die Tür vorsichtig aufstieß, entdeckte sie auf den Boden geworfene Putzmittelflaschen und zerborstene Plastikeimer. Sie trat ein und schloss die Tür rasch hinter sich. Kaum einen halben Meter vom Boden hoch tat sich eine Öffnung auf, wie eine Tür, von der nur das untere Drittel geöffnet worden war. Dort wollte sie hineinkriechen, als sie überfallen und niedergeschlagen worden war. Sie hatte das Versteck der fremden Person entdeckt, und nun schien darin die einzige Möglichkeit zu liegen, dem sicheren Tod durch Ersticken zu entkommen. Was würde sie dort erwarten? Charlotte blickte sich noch einmal um. Dann kniete sie sich auf den Boden. Auf allen Vieren kroch sie durch die Öffnung, merkte, wie die Temperatur um sie herum sofort abkühlte, und atmete tief ein. Ihre Sicht klärte sich ein wenig. Ein weiterer Gang tat sich vor ihr auf, von einer weiteren Tür begrenzt. Vorsichtig erhob sich Charlotte, ging darauf zu und versuchte sie zu öffnen. Auch diese war verschlossen. Erneut zückte Charlotte den Generalschlüssel. Ihre Finger waren mittlerweile rußgeschwärzt. Sie hätte weinen können, als sie das wohlwollende Klicken des Riegels vernahm. Sie musste sich mächtig dagegendrücken, dann aber ließ sich die Tür mit einem schabenden Geräusch über den Boden aufschieben. Dahinter verlor sich eine enge dunkle Treppe in die Tiefe. Entsetzt erinnerte sich Charlotte an Violets Bericht, die ein Kratzen gehört hatte. Als würde etwas an der Wand entlangschaben. Violets Zimmer musste irgendwo unter diesem Gang liegen. Ganz in der Nähe. Das musste diese Tür gewesen sein, jedes Mal, wenn die fremde Person sie benutzt hatte.

Charlotte nahm ihr Handy aus der Tasche. Wie erwartet sendete es kein einziges Signal.

Etwas in ihr sträubte sich zutiefst, die Treppe hinunterzugehen, aber gleichzeitig wusste sie, dass sie keine andere Wahl hatte. Ihre Lunge schmerzte, die Haut spannte am ganzen Körper und prickelte. Wenn sie nicht hinunterging, würde sie sterben. Was aber erwartete sie, wenn sie hinabstieg? Dann schaffst du es vielleicht zu überleben, sagte eine verängstigte Stimme in ihrem Inneren.

Mit den Füßen ertastete sie Stufe für Stufe. Das Treppenhaus glich einem Schacht, es war so eng, dass sie sich des Gefühls nicht erwehren konnte, in ein Grab hinabzusteigen. Der schrillende Feueralarm wurde immer leiser, je tiefer sie kam. Charlotte hatte jegliches Zeitgefühl verloren. Vermutlich waren mehrere Minuten vergangen, bis sie das Ende der Treppe erreicht hatte. Die Luft war modrig, der Hustenreiz jedoch ließ allmählich nach. Sie zückte ihr Handy, das schwaches Licht auf die Stufen warf.

Eine Hand stets an die Wand gestützt, versuchte Charlotte sich in dem kleinen Lichtkegel zu orientieren. Gleichzeitig schnürte ihr die Angst, auf etwas zu stoßen, schier den Hals zu. Schließlich ertastete sie den Griff einer Tür. So leise wie möglich drückte sie ihn hinunter, sie gab tatsächlich nach und öffnete sich mit einem Krächzen. Schwaches Licht drang zu Charlotte vor. Schnell schaltete sie die Taschenlampe ihres Handys aus. Sie erkannte eine Art Tunnel, an dessen Decke Kabel und Rohre verliefen. Ohne lange zu überlegen, stolperte sie den Gang entlang. Befand sie sich in einer Art Kellergewölbe des Wohnheims? Am Ende des Gangs fanden sich drei Stahltüren, von denen sich nur eine öffnen ließ. Der Generalschlüssel half dieses Mal nicht weiter, und so hatte Charlotte keine Wahl. Vorsichtig sah sie in den Türspalt, konnte jedoch nur Dunkelheit erkennen.

Erneut führten Stufen in die Tiefe. Als ihre Schuhe am Ende der Treppe den Boden berührten, knirschte es, als wäre sie auf Kies getreten. Sie machte ein paar Schritte und stolperte über etwas Hartes. Ihre Hände griffen ins Leere, und sie konnte sich gerade noch fangen. Dann aber sah sie, dass sich in einiger Entfernung der Tunnel lichtete. Und dann erkannte sie auch, worüber sie gestolpert war … Es waren Gleise. Zwei parallel verlaufende Schienen lagen vor ihr.

War das alles ein vom Rauch vergifteter Traum? Wo zum Teufel war sie gelandet? Erneut stieg Panik in ihr auf. Hatte die Person Violet auf diesem Weg verschleppt? Eine Flut aus Bildern schwemmte durch ihren Kopf. Janet und sie selbst im Keller des Wohnheims, als die Gegenstände um sie herum durch die vorbeifahrende U-Bahn zu vibrieren begonnen hatten, Violets Verschwinden, all die seltsamen Geräusche, die sie in ihrem Zimmer vernommen hatte. Das immer wiederkehrende Gefühl, beobachtet zu werden. Und nun dieser Tunnel. Die vielen ungeklärten Fragen schienen hier ihre Antwort zu finden. War der Fremde auf diesem Weg unbeobachtet ins Wohnheim gelangt und genauso wieder verschwunden?

Ein Rascheln ließ sie aufschrecken. Quietschende Laute und Trippeln ganz in ihrer Nähe. Charlotte schrie entsetzt auf. Es mussten Ratten sein. Ratten, die hier unten lebten.

Ihr blieb nichts anderes übrig, als in Bewegung zu bleiben, und nach einer schieren Ewigkeit erreichte sie das Ende des Tunnels. Es war eine Art U-Bahn-Station, die sich vor ihr auftat, verdreckt und offensichtlich vor langer Zeit stillgelegt. Vorsichtig, im Schatten des Tunnels versteckt, verschaffte sie sich einen Überblick. Etwa einen Meter erhöht befand sich vor ihr eine Plattform, die eigentlich von wartenden Menschenmassen gefüllt sein sollte. Diese hier war leer. Wandkacheln lagen zertrümmert am Boden. Ein paar wenige Lampen an der Decke spendeten schwach flackerndes Licht. Am linken Ende der Plattform, wenige Meter vor ihr, war Stufen zu sehen, die in die Dunkelheit nach oben verschwanden. Sie waren durch ein von der Decke abgelassenes Metallgitter versperrt. Charlotte bezweifelte, dass sie das Gitter hochschieben oder es irgendwie durchbrechen konnte. Am anderen Ende der Plattform sah sie einen weiteren Gang. Dieser war ebenfalls erleuchtet. Möglicherweise diente dieser als Durchgang zu einer anderen U-Bahn-Linie. Charlotte hatte von den unzähligen stillgelegten U-Bahn-Tunneln gelesen, die seit Jahrzehnten verrotteten. Sogar von palastartigen von Touristen umschwärmten Stationen wie der prunkvollen Crystal-Palace-Unterführung. Sie selbst hatte vor Jahren einmal über den katakombenartigen Bau gestaunt, der mit seinen prachtvollen Säulen und Ornamenten eher einer byzantinischen Kirche als einer U-Bahn-Station glich.

Und sie meinte sich daran zu erinnern, dass alle Versuche, die Tunnel touristisch auszuschlachten, im Keim erstickt worden waren. Die Sicherheitsvorkehrungen wären horrend gewesen, die Chancen, sich zu verirren oder vielleicht sogar eine Massenpanik auszulösen, waren zu hoch.

Mit aufkeimender Panik dachte Charlotte daran, was man stattdessen mit vielen der Stationen gemacht hatte. Um Vandalismus und unerlaubtes Betreten zu verhindern, hatte man die Ein- und Ausgänge zugemauert. Vielleicht gab es keinen anderen Ausgang, dachte sie verzweifelt. Doch wie war der Fremde dann hier ein- und ausgegangen? Sie zwang sich weiterzugehen.

So leise wie möglich lief Charlotte zur anderen Seite und atmete kurz durch, bevor sie sich schließlich umdrehte, um den Gang zu inspizieren. Ein langer abschüssiger Weg, der in einer Abbiegung endete. Hatte sie eine Wahl? Sie kletterte auf den Vorsprung und lief los. Ihre Schritte hallten von den Wänden wider, so dass sie ihr Tempo verlangsamen musste. Sie erreichte die Abbiegung und blickte vorsichtig um die Ecke. Der Tunnel teilte sich in drei Gänge. Der rechte mündete in eine nicht fertig gebaute Treppe, die zerfallen in Trümmern lag. Da würde sie sich wahrscheinlich auf halbem Weg das Genick brechen. Der mittlere bestand aus einer großen breiten Treppe, die nach unten führte. Links setzte sich der Gang fort, allerdings unbeleuchtet und zu dunkel, um etwas zu erkennen. Charlotte lauschte einen Moment, dann setzte sie, als nichts zu vernehmen war, ihren Weg auf der breiten Treppe fort, hinab zur nächsten Ebene.

Dort eröffnete sich ihr eine kreisförmige Halle mit weiteren abzweigenden Gängen. Sie blickte sich in alle Richtungen um. Wie sollte sie hier bloß hinausfinden? Alles schien ihr sinnlos. Wenn sie in einen der Gänge laufen und sich verirren würde, verlor sie womöglich nicht nur den Verstand, sondern verdurstete oder verhungerte irgendwo in den Tiefen der Schächte, es sei denn, sie fiel in irgendein Loch und verendete dort. Oder, dachte sie bitter, der

Fremde fand sie vorher. Tränen der Wut stiegen ihr in die Augen. So konnte es doch nicht enden! Ihr Blick fiel auf eine Tür – die einzige Tür weit und breit. Sie war rot gestrichen. Vielleicht war es ein Notausgang, dachte sie und ging hoffnungsvoll darauf zu. Sie drückte die Türklinke herunter und zog daran. Die Tür ließ sich öffnen. Auch hier funktionierte das Licht, wenn auch nur in stockendem Stakkato. Ein länglicher Raum erstreckte sich vor ihr. An der Wand neben der Tür lag aller möglicher Krempel, Farbeimer, Spachtel, Tüten, Schutt. Ein kleines Eisenregal stand schief an der gegenüberliegenden Wand. Vorsichtig trat sie ein. Ungläubig fuhr sie mit der Hand über die Gegenstände. Beschriftete Tupperdosen mit Essen darin, Konservendosen, Bettbezüge, die sie in der Green Lodge gesehen hatte. Toilettenpapier. Ihr kamen die Studentinnen in den Sinn, die sich im Hof bei Janet beschwert hatten. *Jemand hat unser Essen geklaut. Schon wieder.* Hier war es also, das geklaute Hab und Gut der Green-Lodge-Bewohner. Jemand hatte sich an all den Habseligkeiten bedient und sie hier unten gebunkert.

Am Ende des Raums war eine weitere Eisentür. Sie ließ sich mühelos öffnen. Das Erste, was Charlotte wahrnahm, war die Dunkelheit. Es gab keinen Lichtschalter. Und gleich darauf musste sie sich die Nase zuhalten. Ein stechender, modriger Gestank kam ihr entgegen. Voller Angst öffnete sie die Tür, so dass etwas Licht ins Dunkel fiel. Es war ein kleiner Raum, kaum mehr als vier Quadratmeter. An der Wand, auf einer schmutzigen Matratze, lag eine zusammengekauerte Gestalt. Charlottes Atem setzte aus. Sie warf sich auf die Knie, direkt vor die Matratze. Die Gestalt lag auf der Seite, mit dem Rücken zu Charlotte gewandt. Es sah aus, als würde sie schlafen.

»Violet?«, flüsterte Charlotte, in der Hoffnung, sie würde sich zu ihr umdrehen. Ihre Haare lagen zerzaust auf dem Kissen ausgebreitet. Sie rührte sich nicht.

Und als Charlotte wagte, den Körper zu berühren, wusste sie auch, dass nichts mehr kommen würde. Der Arm war eiskalt. »Nein«, flüsterte Charlotte leise. Das darfst nicht du sein, dachte sie. Es durfte nicht zu spät sein.

Vorsichtig strich sie Violet das Haar aus dem Gesicht. Die Augen waren geschlossen. Es wirkte, als würde Violet schlafen.

»Nein«, flüsterte Charlotte erneut unter Tränen. Du hättest nicht hier sein sollen, dachte sie, und eine Woge des Schmerzes überkam sie. Auf der Stirn hatte Violet etwas Dunkles, das nach einer vertrockneten Wunde aussah. Charlotte sackte in sich zusammen, als hätte der Fund ihre letzten Kräfte geraubt, und weinte. Vorsichtig strich sie über eine von Violets Händen. Alle Hoffnung war dahin.

Endlich hatte sie Violet gefunden, aber sie war zu spät gekommen. Violet war hier in diesem unterirdischen Tunnel gestorben. Entsetzt fand Charlotte zu der Erkenntnis, dass sie nichts mehr tun konnte. Langsam, als hätte sich das Gewicht ihres Körpers vervielfacht, erhob sie sich. Ihr Körper bewegte sich wie fremdgesteuert.

Charlotte stolperte zur Tür und schlug sie hinter sich zu. In ihren Ohren pochte es, während ihr Atem raste. Violet war tot, und sie musste hier weg. Sie musste überleben, damit die Welt von dieser unsäglichen Tat erfuhr.

Charlotte versuchte sich den Weg zu vergegenwärtigen, den sie gekommen war. Was sollte sie bloß tun? In ihrem Kopf drehte sich alles. Violet war tot. Sie war wirklich tot, ermordet, und Charlotte war ihr die ganze Zeit so nahe gewesen. *Sie war direkt unter mir.*

# 5

Sie wusste nicht, wie lange sie schon in dem Raum mit den gestohlenen Vorräten verharrt hatte. Die ersten Minuten hatte sie kaum zu atmen oder sich gar zu bewegen gewagt. Violet tot in dem kleinen Raum hinter sich zu wissen, ließ sie erstarren. Sonst war da niemand. Nur der Tod. Schwacher Fäulnisgeruch drang ihr in die Nase. Jeden Augenblick rechnete sie damit, dass die Tür aufgestoßen und sie in die Augen eines Monsters blicken würde.

Je länger Charlotte so verharrte, desto weniger konnte sie ihre Machtlosigkeit ertragen. Sie konnte hierbleiben, in diesem Versteck, und hoffen, irgendwann von der Feuerwehr oder der Polizei gefunden zu werden, aber in ihrem Kopf kreiste der Gedanke, dass es nicht ihr Versteck war, sondern das eines Mörders. Und wenn diese Person sie hier fand, würde sie nicht zurückschrecken, Charlotte zu töten. Genau wie Violet.

Bevor sie sich auf den Weg machte, blickte sie sich suchend um. Sie klaubte einen alten rostigen Spachtel vom Boden auf. Die Metallspitze war schmal, die Kanten scharf, und Charlotte musste hoffen, dass er notfalls als Waffe fungieren würde. Etwas Besseres war nicht zu finden.

Das stählerne Krächzen der Tür ließ sie zusammenfahren. Sie atmete kurz aus, dann ging sie los und erreichte nach wenigen Schritten den gewölbten Gang, von dem mehrere Abzweigungen abliefen. Sie hatte keine Ahnung, welchen sie nehmen sollte.

Ausgerechnet eine vorbeihuschende Ratte, die in den mittleren schummrigen Gang lief, wies ihr den Weg. Ratten kannten sich hier sicher gut aus, dachte Charlotte bitter und folgte dem Tier.

Trotzdem sah sie sich alle paar Sekunden um. Ihre Schritte hallten verräterisch von den Wänden wider. Sie orientierte sich an dem flackernden Licht der alten Deckenlampen. Irgendwo musste es doch einen Ausgang geben, dachte sie zunehmend verzweifelt. Alle Tunnel ähnelten einander, jede Abbiegung sah aus wie die vorangegangene, und Charlotte fürchtete schon, im Kreis zu laufen. Es war, als hätten die unterirdischen Tunnel sie verschluckt und weigerten sich, sie wieder freizugeben.

Charlotte spürte große Müdigkeit aufkommen und sehnte sich nach einem Schluck Wasser. Gerade als sie mit dem Gedanken spielte, sich kraftlos an eine der Tunnelwände zu setzen, hörte sie wenige Meter vor sich etwas.

Ja, da war jemand, sie hatte die Schritte gehört. Und dann … Charlotte erschrak zu Tode. Jemand hustete und stellte etwas auf dem Boden ab. Es klang wie eine Glasflasche. Vorsichtig näherte sie sich der Abbiegung und spähte um die Ecke. Wenige Schritte vor ihr eröffnete sich erneut eine stillgelegte Station. Und dort lag jemand zusammengekauert auf dem Boden. Sie umklammerte den Griff des Spachtels noch fester. Es gab keine andere Möglichkeit. Sie musste an der Person vorbei, wenn sie nicht den ganzen Weg zurücklaufen wollte.

Je näher sie kam, desto unsicherer wurde sie. Vor ihr lag ein Mann. Zur Seite gedreht, seinen löchrigen Mantel um seinen Körper geschlungen, lag er eng an die Wand gelehnt und schien zu schlafen. Um ihn herum konnte sie nichts als ein paar Decken und Tüten mit Habseligkeiten erkennen, keine Waffe, nichts, womit er auf sie losgehen konnte, außer vielleicht der Flasche Hochprozentigem neben sich.

Würde der Mörder sich hier einfach hinlegen und … schlafen? Alles an diesem Mann wirkte eher bedauernswert, er schien kaum etwas zu besitzen. Vermutlich hatte er irgendwo einen Unterschlupf gesucht, um sich zu wärmen. Aber das hieß auch, dass er den Weg hinaus kannte. Sollte er sie angreifen, würde sie sich mit der provisorischen Waffe in ihrer Hand bis zuletzt zur Wehr setzen.

»Hey, hören Sie mich?«, flüsterte Charlotte.

Mit zusammengekniffenen Augen sah er zu ihr auf, die Hand wanderte automatisch zur Flasche neben sich. Charlotte trat einen Schritt zurück. Sie vergegenwärtigte sich, wie sie aussehen musste. Voller Ruß, verdreckt und das Gesicht mit Blut beschmiert. Kein Wunder, dass er sie so erschrocken anstarrte. Einen Moment lang blickte Charlotte ihn irritiert an, dann wurde es ihr klar. Sie kannte ihn. Es war der Obdachlose, den sie in der Suppenküche gesehen hatte. Der Mann richtete sich ein wenig auf. Er schien genauso viel Angst vor ihr zu haben wie sie vor ihm.

»Was …?«, sagte er mit krächzender Stimme.

»Bitte«, sagte sie und musste ein Husten unterdrücken. »Gibt es einen Weg hier raus? Sie müssen mir helfen. Bitte …«

»Wie kommen Sie denn hierher?« Seine Stimme klang belegt. Charlotte schüttelte den Kopf. Für Erklärungen hatte sie keine Zeit. »Bitte, können Sie mich zum Ausgang bringen?« Hastig kramte sie in ihrer Jackentasche. Ihr Portemonnaie. Verzweifelt reichte sie ihm alles an Bargeld, das sich darin befunden hatte, und schob es ihm über den Boden zu. »Ich kann Ihnen noch mehr geben, wenn Sie mich nach draußen führen. Bitte.«

Der Obdachlose griff rasch nach den wenigen Scheinen und ließ seine Hand in seinem abgewetzten Mantelärmel verschwinden. Schweigend nickte er und erhob sich unbeholfen.

Charlotte trat zurück. Sie wollte ihm nicht zu nahe kommen für den Fall, dass er sie angreifen würde, aber er schien mindestens so zerstreut, wie er aussah. Vielleicht ist er betrunken, dachte sie und begutachtete die halbleere Flasche.

Mit einem kurzen Nicken deutete er auf den Gang neben sich. »Ich gehe immer da durch. Ein Stück weiter gibt es einen Durchgang, der nicht verschlossen ist, weil er halb unter Wasser steht. Da kommen Sie nach draußen.«

Mit unsicheren Schritten setzte er sich in Bewegung. Seine Haare standen ihm wirr vom Kopf ab. Noch immer hätte Charlotte nicht sagen können, wie alt er war.

»Haben Sie hier außer mir noch jemanden gesehen?«, fragte sie, während sie den Gang entlanggingen.

Er schüttelte den Kopf. »Ich habe hier noch nie jemanden gesehen.«

Sie näherten sich einem vergitterten Durchgang, das Gitter war im unteren Drittel aufgebogen. Nacheinander zwängten sie sich hindurch.

»Hier«, sagte er und deutete auf eine geschlossene Stahltür.

»Da rein?«

Er nickte. »Wie gesagt, es steht Wasser darin. Bis zu den Knien etwa. Danach kommt man an die Oberfläche.«

Charlotte versuchte den Griff hinunterzudrücken. Die Tür bewegte sich kaum. »Helfen Sie mir bitte, ich schaffe es nicht allein«, sagte sie unter angestrengtem Keuchen.

Sie drehte sich um, nahm die Vorsicht in seinem Gesicht wahr. Er wollte ihr nicht zu nahe kommen. Dann aber schien er sich anders zu entscheiden und trat neben sie.

Gemeinsam drückten sie sich gegen die Tür. Charlottes Verstand schien unter der Anstrengung zu bersten. Sie sah Sternchen vor ihren Augen.

Der Mann war so dicht neben ihr, dass sie ihn riechen konnte.

»Da muss sich was eingeklemmt haben«, keuchte er, nachdem sie es geschafft hatten, die Tür einen halben Meter aufzustemmen.

Charlotte sah hinein. Eine Treppe führte ins Dunkel. Ihr Herz pochte so laut in ihren Ohren, dass sie fürchtete, er würde es hören. Sie trat einen Schritt nach vorne. Sie überlegte fieberhaft, was sie tun sollte. Es konnte nicht sein … oder doch? Sie setzte ihren Fuß auf die erste Treppenstufe, als sie einen Windstoß hinter sich spürte.

Aus den Augenwinkeln sah sie auf seine Hand, machte einen großen Satz in seine Richtung und stach mit dem Spachtel zu.

# 6

Das Blut rann ihm über die Wange. Die scharfe Kante des Spachtels hatte ihm dicht unter dem rechten Auge eine tiefe Wunde zugefügt. Er lag auf dem Boden, hielt sich die eine Wange und kroch stöhnend zur Wand hinter ihm zurück. Weg von ihr. In Charlottes Kopf explodierte es förmlich. Ihre innere Stimme befahl ihr laut, wegzurennen, aber sie rührte sich nicht vom Fleck.

Die Wollmütze war ihm vom Kopf gerutscht, seine Haare standen verfilzt vom Kopf ab. Schweigend sah er sie an.

Charlotte hatte es gerochen, als er neben ihr an der Tür gezerrt hatte. Außer Schweiß und Alkohol hatte sie den scharfen Geruch nach Feuer wahrgenommen, der ganz eindeutig in seinen Kleidern hing.

Wie eine unsichtbare Mauer breitete sich die angespannte Stille zwischen ihnen aus. Voller Grauen richtete Charlotte ihren Blick auf die Eisenstange am Boden, die ihm entglitten war. Er musste sie im letzten Moment in die Hand bekommen haben. Sein Gesicht lag im Schatten. Ein Monster ohne Gesicht.

Sofort fiel ihr Violet ein, die vierjährige Violet, die angstvoll vom Monster im Baumhaus erzählt hatte. Ohne Augen, mit einem roten Licht. Das also musste das Mädchen gesehen haben. Einen Mann, der im Baumhaus ausharrte, sie aus dem Schatten heraus beobachtete und dabei eine Zigarette rauchte.

Erneut zückte sie ihr Handy, doch es zeigte noch immer keinen

Empfang an. Schnell schaltete sie die Taschenlampenfunktion ein und leuchtete ihn an.

»Warum?«, schrie sie mit vor Angst bebender Stimme.

Langsam erhob er sich und blickte Charlotte an. Ließ die Hand von seiner Wunde sinken, so dass sie sein Gesicht nun deutlicher erkennen konnte.

Sie kannte ihn. Nicht nur von der Straße. Einen Moment glaubte sie, ihr verwirrter Verstand würde sie nun endgültig im Stich lassen.

»Das kann nicht wahr sein«, flüsterte sie. »… Mr Bernard?« Ihr Atem ging stockend. Sie versuchte zu verstehen. Sie sah den Lehrer vor sich, mit der Locke, die ihm galant in die Stirn fiel. Die klugen Augen, die sie betrachteten. Er war kaum gealtert. Hatte Mr Bernard nicht bereits weiße Ansätze in Haar und Bart gehabt, als er sie damals unterrichtet hatte?

Langsam schüttelte er den Kopf. »Mr Bernard.« Abfälligkeit lag in seiner Stimme. »So nannte man nur meinen Vater. Ich habe darauf bestanden, den Namen meiner Mutter zu tragen. Meine Mutter …«, seine Stimme brach für einen Moment, »… war Rachel Hester.«

In ihrem Kopf ratterte es, aber ihr wollte kein Name einfallen. Sie staunte nur über die unfassbare Ähnlichkeit mit ihrem Kunstlehrer, dem er bis aufs Haar glich.

»Natürlich erinnerst du dich nicht.«

Sie erschauderte bei seinen Worten. Jetzt fiel es ihr wieder ein. Hester. Tom Hester war einer der Namen auf dem Foto gewesen. Als wäre er ein jahrzehntealter Schatten, der nun vor sie getreten war.

»Damals, bei der Trauerfeier auf der Insel … da hast du mich so angesehen … Als hättest du alles gewusst.« Ein Bild flammte vor Charlottes innerem Auge auf. Der Junge, der hinter ihr stand, neben Oliver. Die Verzweiflung in seinen Augen. Nun erkannte sie die Züge, nach all den Jahren verhärmt, und doch glichen sie noch dem Gesicht, das sie von früher zu kennen glaubte.

Sie erkannte die dunklen Augen wieder. Den traurig-resignierten Gesichtsausdruck.

»Ich verstehe das alles nicht.« Mr Bernard war nur ein Jahr an ihrer Schule gewesen, danach hatte er sich wieder an eine Schule in London versetzen lassen. All die Jahre hatte sie nicht mehr an ihn gedacht.

»Hast du sie getötet? Bist du …« *Der geheime Freund*, wollte sie sagen, doch die Worte blieben ihr im Hals stecken. Charlotte versuchte die Angst zu unterdrücken. Schwere legte sich auf ihre Schultern. Sie war so unendlich müde.

Eine Weile war es still, dann sagte er: »Sie hätte nicht herkommen dürfen. Und auch daran«, er deutete in die Richtung, aus der sie gekommen waren, »auch daran ist *sie* schuld.«

Im ersten Moment wusste Charlotte nicht, wen er meinte.

»Es war ein Unfall.« Seine Augen verengten sich zu kleinen Schlitzen, und sein Kiefer mahlte.

»Lucile …«, flüsterte Charlotte dann.

Tom nickte, und in seinen Augen lag vollkommene Hoffnungslosigkeit.

»Du warst das auf dem Foto, nicht wahr? Luciles heimlicher Freund.«

Charlotte wollte es verstehen. Aber sie wollte auch überleben. Sie konnte nur hoffen, ihn in ein Gespräch zu verwickeln, bis die Polizei sie fand. Oder es ihr gelingen würde, ihm den Spachtel in den Hals zu rammen.

»Wir hatten uns durch Oliver kennengelernt.«

Charlotte sah sich wieder im Gang ihrer alten Schule stehen, neben sich Lucile. Sie waren Zeugen geworden, wie Oliver einem

Lehrer eine blutige Lippe verpasst hatte, weil er einen anderen Schüler aus einer Schlägerei gezerrt hatte. Einer Schlägerei mit Tom.

»Aber warum …« *Warum hast du sie dann getötet,* brüllte es in ihrem Kopf. Warum hast du sie dann beide getötet?

Er schüttelte nur müde den Kopf. »Ich … wollte das alles hier nicht. Lucile und ich … wir waren durch unsere Geschichte verbunden, durch unsere zerrütteten Elternhäuser. Wir haben einander Halt gegeben, weil niemand sonst uns verstanden hätte.«

»Ellen …«, sagte sie leise. »Dein Vater war mit Ellen zusammen. Ich habe sie damals zusammen gesehen.«

Er lachte hämisch auf. »Er war nicht mit Ellen *zusammen*. Er hat einfach wild durch die Gegend gevögelt und meiner Mutter damit ein weiteres Mal das Herz gebrochen. Er hat alle ausgenutzt und sie dann fallen gelassen, so wie Dahlia Saunders. Wie das geendet hat, daran erinnerst du dich noch, nicht wahr?«

Der Name verhallte in Charlottes Kopf wie ein Echo. Die Leiche. Die Gruppe um Oliver herum, die sie aus dem Fluss herausgezogen hatte. Noch immer hatte sie den Leichengeruch aus dem Raum nebenan in der Nase, den Geruch von Violet, der sie an den Fluss zurückkatapultierte, zur Leiche von Dahlia Saunders.

»Dahlia Saunders hat sich umgebracht, weil mein Vater sie ausgenutzt und dann fallen gelassen hat. So wie er es davor unzählige Male mit seinen Geliebten tat.« Seine Stimme war lauter geworden, er atmete heftig.

»Du warst damals dabei, nicht wahr? Du hast sie …«

Er nickte erneut. »Wir haben sie damals aus dem Fluss gezogen. Ich habe sie erst erkannt, als sie …« Er sah auf seine Hände herab, als würde er noch immer spüren, wie sich die Leiche von Dahlia Saunders angefühlt hatte. »Ein paar Tage davor habe ich sie mit meinem Vater gesehen. Als sie in der Stadt aus seinem

Wagen ausgestiegen ist.« Er fuhr sich durchs Haar. Auch diese Bewegung glich der seines Vaters bis auf jedes Detail. Er war die jüngere Kopie von Mr Bernard. »Ich bin ihm damals am Abend der Party gefolgt. Ich wusste, dass er sich wieder mit Ellen trifft. Deshalb wollte ich sie beide zur Rede stellen. Er war schließlich noch mit meiner Mutter verheiratet! Sie lag zuhause, und ich musste für sie sorgen, weil sie zu schwach war, um zu essen, um zu schlafen, um zu leben. Mein Vater hat sie in den Tod getrieben mit seiner Untreue. Dabei sind wir extra in dieses Kaff gezogen, um neu anzufangen. Meine Mutter hatte wirklich an einen Neuanfang geglaubt.«

Charlotte atmete leise aus, sah auf die Eisenstange ganz in seiner Nähe.

»Lucile und ich, wir haben uns heimlich getroffen. Ich habe sie zuhause besucht, wenn alle schliefen. Oder wenn Ellen mal wieder ausgegangen war und Lucile mit ihrer kleinen Schwester alleine gelassen hat. Und dann hat Lucile das Monster erfunden. Das Monster, das Violet Angst machen sollte, wenn Ellen mal wieder durchgedreht ist.«

Es war, als würde sich nach all den Jahren endlich das Puzzle zusammenfügen. Die Stimme an Silvester, zu der Lucile gesprochen hatte, als sie mit ihrem Rausch betrunken im Bett gelegen hatte. Das war Tom gewesen. Nun gab es endlich ein Gesicht zum vermeintlich gesichtslosen Monster.

»Hast du es denn nie mitbekommen? Hast du nie hingesehen?« Er musterte sie verachtend. »Ellen, die sich so gut wie keinen Abend mehr unter Kontrolle hatte? Die kleine Violet, die ihr Zimmer nicht verlassen durfte, weil die Mutter in der Küche mit dem Geschirr um sich warf? Lucile musste einen Weg finden, damit Violet nichts davon mitbekam.«

Seine Worte trafen Charlotte unvermittelt hart. Natürlich

hatte sie nicht alles gesehen, und doch konnte sie sich vorstellen, dass der Tag, an dem Oliver verzweifelt seine Schwester zu den Edwards gebracht hatte, nicht Ellens einziger Ausraster war.

»Dann warst du das Monster, von dem Violet immer gesprochen hat? Du warst das im Baumhaus?«

Langsam nickte Tom.

Eine Woge der Schuld überrollte Charlotte, und sie fing an zu schluchzen. Jedes Wort von Violet hatte der Wahrheit entsprochen. Und niemand hatte ihr geglaubt. Es schien unbegreiflich, dass Lucile daran beteiligt gewesen war, ihrer Schwester eine solche Angst einzujagen.

»Lucile war der Auffassung, es sei besser, sie würde ein Monster erfinden, als dass Violet ihre Mutter so miterlebte. Sie wollte ihre Schwester beschützen. Und ich wollte *sie* beschützen.« Kraftlos ließ er die Schultern hängen.

Charlotte sah ihm an, wie er mit sich und seinem Gewissen rang. Er musste doch begreifen, was er getan hatte, dachte sie. »Trotzdem sind deinetwegen drei Menschen tot. Lucile, Violet ... und Finley.«

»Es war nicht meine Schuld. Es war die Schuld meines Vaters. Seinetwegen bin ich hier gelandet. Nur wegen dieser einen Nacht. Es ist alles schief gelaufen damals. Einfach alles.«

»Welche Nacht?«, fragte Charlotte.

Tom sah kurz auf. »Als mein Vater dich fast überfahren hat. Und ich Ellen in den See gestoßen habe.«

Charlottes Narbe begann zu jucken. Nur zu gut erinnerte sie sich an jene Nacht, als sie im Straßengraben lag.

In jener Nacht, als Charlie Lucile vergeblich auf der Party gesucht hatte, erzählte Tom, hatten Lucile und Tom seinen Vater und Ellen zur Rede gestellt. Die Nacht, die Charlotte noch immer manchmal in ihren Albträumen heimsuchte und ihr das Gefühl gab, wertlos zu sein. Wäre sie nicht eigenständig den kleinen Hang hinaufgekrochen, wäre sie womöglich erfroren.

»Ich habe es nur für sie getan. Für Lucile. Weißt du, was sie zu mir gesagt hat? Immer, wenn es wieder schlimm war mit ihrer Mutter? Ob ich das Monster nicht endlich zum Schweigen bringen könnte. Genau das habe ich getan. Ich habe ihr den Wunsch erfüllt.« Er atmete tief aus.

Ellen war schon sehr betrunken, fuhr Tom fort, und sein Vater war mindestens genauso angetrunken weggefahren, nachdem er von seinem Sohn mit seiner Untreue konfrontiert worden war.

Deshalb war Lucile nicht auf der Party gewesen, dachte Charlotte. Lucile war am Pale Blue Lake gewesen, um zusammen mit Tom ihre Mutter und Mr Bernard in flagranti zu erwischen.

»Er ist betrunken eingestiegen und einfach davongefahren. So war er. Am nächsten Tag hat er dann alles meiner Mutter gestanden. Sie hat ihm wieder mal alles verziehen. Einen Monat später ist sie gestorben.«

Charlottes Kehle war trocken. Der Gedanke daran, dass Toms Vater sie fast getötet hatte, ließ Wut durch ihren Körper strömen. Alte Wut, die sie längst begraben geglaubt hatte.

»Ich wollte Ellen nicht stoßen, es ist im Affekt passiert. Sie war so … arrogant und selbstgerecht. Sie ist in das Eis eingebrochen, und ich konnte sie nicht herausziehen. Lucile kam erst später am See an. Dann sind wir abgehauen, Lucile und ich. Sie war völlig teilnahmslos. Als hätte sie längst geahnt, wohin das mit Ellen führen würde. Ich habe ihnen einen Gefallen getan.« Er wischte sich das Blut weg, das weiter aus seiner Wange sickerte.

»Und das war der Grund, warum ich nach Green Hall Manor kam. Als mein Vater erfuhr, dass Ellen tot war, hatte er mich sofort im Verdacht. Er wollte mich nicht um sich haben und verfrachtete mich in dieses Jungeninternat.« Er hielt einen Moment inne, bevor er fortfuhr. »Nur Luciles Briefe haben mich aufrecht gehalten. Wenn ich wieder an der Reihe war, misshandelt zu werden. Geschlagen. Eingesperrt. Das hier …«, er sah sich um, »… war kein normales Wohnheim für Jugendliche. Es war ein Internat für verhaltensauffällige männliche Heranwachsende«, zitierte er wie aus einer Reklame. »Hier galt Zucht und Ordnung. Und Fehlverhalten wurde mit Strafe reguliert. Ich habe meinen Vater angefleht, mich hier rauszuholen, habe ihm von den Gräueltaten hier berichtet, aber er hat auf keinen meiner Briefe reagiert. Er hielt mich ja für einen Mörder. Er drohte mir, zur Polizei zu gehen, wenn ich es wagen würde abzuhauen. Der einzige Weg zu meiner Freiheit war der Tod.«

Charlotte begriff noch immer nicht. War Lucile deswegen in die Green Lodge gekommen? Weil sie auf der Suche nach Tom war?

»Aber wie … hast du das alles hier unten gefunden? Bist du durch die Gänge abgehauen?«

»Eines Abends habe ich mich nicht in mein Zimmer getraut. Ich wusste, früher oder später würden sie kommen und mir wieder etwas antun. Irgendeine Lektion. Die Schüler dort waren mindestens genauso grausam wie die Lehrer. Ich habe mich im Abstellraum versteckt und die Bedienstetengänge zu den Versorgungsräumen und zu den alten Heizungsanlagen entdeckt. Im alten Gebäude gibt es ein paar von diesen Schlupflöchern. Und schließlich fand ich sogar den Weg zu den U-Bahn-Schächten hier. Das hat mein Leben vereinfacht.«

»Befand sich dein Zimmer im dritten Stock?«, fragte Charlotte mit einer traurigen Vorahnung.

Er nickte. »Zimmer 35. Oder 1022, wie es die Green Lodge beziffert hat.« Darum also bestand Lucile auf diesem Zimmer. Sie wollte Toms Spuren folgen … aber warum bloß? Charlotte erinnerte sich an das gerahmte Bild und die Erläuterung darunter, die drei Schüler für verstorben erklärte.

»In einem Bericht stand, dass du tot bist. Dass es eine Explosion im Gebäude gab, bei der drei Leute starben.«

Tom sah sie ausdruckslos an. »Ich sah nur einen Ausweg. Und dann hat Lucile sich in ihren letzten Briefen gegen mich gewandt. Sie gab mir die Schuld am Tod ihrer Mutter. Und an ihrem verpfuschten Leben bei ihrem Vater. Zuletzt forderte sie eine Art Geständnis von mir. Da wusste ich, dass ich allein war. Es war Zeit für mich zu verschwinden.«

»Das Problem war nur, dass sie von den Gängen wusste, oder?«

Tom kratzte sich am Kopf, und für eine Sekunde bekam Charlotte einen Schreck, er könnte beschließen, genug erzählt zu haben. Stattdessen verzog er nur den Mund.

»Ich dachte, sie liebt mich. Ich habe ihr von den Geheimgängen erzählt, keine Details, aber trotzdem ... Sie kannte meine Zimmernummer und wusste von der Abstellkammer, von der aus es einen Gang gab, der nach unten führte. Hätte ich gewusst, was sie vorhat, hätte ich ihr keine Silbe davon erzählt.« Er atmete schwer aus. »In unserem letzten Telefonat sagte sie, sie wolle Schluss machen und mich verraten. Aber auch ich hatte etwas gegen sie in der Hand. Ich hatte all unsere Briefe aufbewahrt. Darin stand die Wahrheit. Über das Monster, Ellen, uns beide. Unsere Pläne. Einfach alles.«

»Und deshalb hast du sie getötet? Ihr Tabletten eingeflößt, bis sie ganz allein in ihrem Zimmer gestorben ist?«

»Sie wollte mich allein verantwortlich machen für etwas, woran sie ebenso viel Schuld trug wie ich. Sie wollte einfach nur mit dem Finger auf mich zeigen, um selbst ein besseres Leben führen zu können. Nur logisch, dass ihre Schwester niemals erfahren durfte, was Lucile ihr angetan hatte.«

Charlotte musste aufkeimende Tränen unterdrücken. Er gab es wirklich zu. Lucile hatte keinen Selbstmord begangen.

»Sie hat die Briefe gesucht. Früher oder später hätte sie alles gefunden, und das konnte ich nicht zulassen. Ich wollte einfach nur, dass die Vergangenheit ruht.«

»Aber warum das ganze Wohnheim?«

»Irgendwann musste es sein. Dieses Wohnheim musste vernichtet werden. Auch wenn es auf eine gewisse Weise mein Zuhause war. Da draußen habe ich kein Leben. Auch dafür haben sie alle gesorgt«, sagte er resigniert. »Aber ich werde mich nie wieder einsperren lassen.« Es klang wie eine Drohung. Dann sah er Charlotte scharf an. »Wieso hast du die Sache nur wieder heraufbeschworen? Wieso konntest du sie nicht auf sich beruhen lassen? Finley und Violet, eine tragische Liebesgeschichte. Hat dich mein Brief nicht erreicht? Du bist genauso verbohrt wie die Clarks. Sie haben uns allen das Leben zur Hölle gemacht, siehst du das nicht?«

Charlotte dachte an den Brief. Die Schaben. Auch eine Botschaft von Tom, die sie nicht verstanden hatte. Charlotte umklammerte den Spachtel noch fester. Er war verrückt. Und unberechenbar. Traurigkeit und lodernder Hass lagen in seinem Gesicht. Beim nächsten Wutanfall würde er womöglich einfach mit der Eisenstange auf sie einschlagen.

»Was hat dir Violet getan? Sie war noch ein Kind, als das alles passiert ist.«

Tom schnaubte abfällig auf. »Sie wollte das Gleiche wie Lucile. Im Wohnheim herumschnüffeln und mich für alles verantwortlich machen. Ich wollte ihr nichts tun.«

Charlotte schauderte, als sie an Violets Erinnerungen dachte. An das Monster, das an ihrem Bett stand, und wie sie nicht wagte, zu atmen, bis es endlich weg war. Das alles war Luciles Lügenspiel gewesen und für Violet … ein Albtraum, der sie seit der Kindheit begleitet hatte. Die Lügen waren zu einer schrecklichen Wahrheit geworden, die ihrer aller Leben zerstört hatte.

»Ich wollte sie nicht verletzen. Ich habe sie hier runtergebracht, um … nachdenken zu können. Dann, als ich in Finley einen Sündenbock für Violets Verschwinden gefunden hatte, ist sie entwischt. Sie hat sich sein Handy geschnappt und … und ist auf der Treppe gestürzt. Sie war fast oben, zurück im Wohnheim, als ich sie erwischt habe. Ich wollte ihr das Telefon aus der Hand reißen, dabei ist sie mit dem Kopf gegen die Kante der Stufe geschlagen. Und nicht mehr zu sich gekommen.«

»Und Finley?«

»Ich hatte keine andere Wahl. Alle Aufmerksamkeit war auf ihn gerichtet. Ich hoffte, mit den Überresten von Violets Sachen im Pub würde man sich mit der Geschichte zufriedengeben. Auch ohne Leiche.«

In diesem Moment fing der Boden an zu vibrieren. Offenbar fuhr irgendwo ganz in der Nähe ein Zug ein.

Ohne nachzudenken, ohne sich einen Plan zurechtzulegen, machte Charlotte einen Satz auf Tom zu. Und bevor er die Eisenstange ergreifen konnte, warf sie sich auf ihn. Gemeinsam fielen sie nach hinten, knallten auf den Boden. Blind vor Wut und Angst schlug Charlotte mit dem Griff des Spachtels gegen seinen Kopf und traf ihn an der Schläfe.

Ein Schrei gellte durch die Luft. Die Stange rollte zur Seite und prallte gegen eine Wand. Charlotte rappelte sich auf, rannte los, in jedem Augenblick darauf gefasst, zurückgerissen zu werden. Doch Toms Schmerzensschreie wurden leiser, je weiter sie sich entfernte.

Blindlings rannte Charlotte in die Richtung, aus der sie den Zug vernommen hatte, verbot sich, einen Blick nach hinten zu werfen oder stehen zu bleiben. Sie wusste nicht, wie lange sie ziellos umhergeirrt war, als sie plötzlich ein ohrenbetäubendes Geräusch ganz in ihrer Nähe hörte. Eine Tür barst aus ihren Angeln und sprang auf. Tom kam schmerzerfüllt auf sie zugerannt.

Panisch lief Charlotte weiter. Sie nahm nur noch ihren eigenen stoßenden Atem und ihr Herz wahr, das schwer in ihrer Brust schlug. Und sie spürte, wie dicht er hinter ihr war.

Als die Kräfte sie schon zu verlassen schienen, hörte Charlotte von irgendwoher Stimmen. Hoffnung, endlich Hilfe zu finden, machte sich in ihr breit. Sie erreichte eine weitere Eisentür – genau in dem Moment, als er sie zu packen bekam. Hände rissen an ihren Haaren. Charlotte keuchte. Da gab die Tür nach, und sie wurde von gleißendem Licht und Stimmengewirr niedergezwungen. Ein Pulk aus Menschen teilte sich mit erschrockenen Gesichtern. Frauen begannen zu schreien. Charlotte stolperte weiter, Tom hinter sich. Der Lärm der einfahrenden Bahn war ohrenbetäubend. Aller Augen waren auf Charlotte gerichtet, ihr Gesicht von Ruß geschwärzt, der Pullover und die Hose an mehreren Stellen gerissen, als sie um sich schlug und sich zu befreien versuchte.

Aber das Monster gab nicht auf. Charlotte spürte seine Hände, die sich wie Krallen um ihren Hals legten. Mit einem letzten gewaltigen Tritt wehrte sie sich und rang nach Luft, als er endlich von ihr abließ. Weitere Schreie erklangen, die Charlotte nur noch dumpf wahrnahm, als sie zu Boden ging.

Irgendwann spürte sie Hände, die sie zart berührten. Worte wurden an sie gerichtet, aber sie verstand einfach nicht, was sie bedeuteten. Ihr Blick fiel auf die U-Bahn vor ihr, ein Mann deutete auf das Gleisbett. Alles drehte sich, sie musste die Augen schließen, nur einen Moment ausruhen. Dann wurde es schwarz um sie herum.

# Epilog

Nach fast einer Woche im Krankenhaus hatte sich Charlotte beinahe an ihr Zimmer und die Geräusche auf dem Gang gewöhnt. Die Anwesenheit ihrer Bettnachbarin Margaret beruhigte Charlotte, sogar das gelegentliche Schnarchen der älteren Dame. An diesem Morgen war sie allein im Zimmer, das Frühstück vor sich auf dem Beistelltisch. Nur langsam kehrte ihr Appetit zurück.

Erst vor ein paar Minuten hatte eine Krankenschwester nach ihr gesehen, jetzt klopfte es erneut an der Tür. Charlotte erwartete ihre Eltern, die sie jeden Tag besuchen kamen, doch es war Detective Inspector Wilson, der seinen Kopf hereinstreckte.

»Ah, Sie sind wach. Sehr gut«, sagte er mit einem freundlichen Nicken. »Wie geht es Ihnen?«

Man hatte Charlotte mitgeteilt, dass sie eine Rauchvergiftung erlitten hatte. Sie selbst hatte das Gefühl, der Geruch nach Rauch dringe noch immer aus jeder Pore ihres Körpers. »Ging mir schon mal besser«, flüsterte sie, bevor ihre Stimme zu versagen drohte.

Sie wusste, welchen Anblick ihr Gesicht noch immer bot, erinnerte sich an seinen besorgten Blick in der U-Bahn-Station. Charlotte hatte ein paar Worte gestammelt und auf den Durchgang gezeigt, und hatte dann das Bewusstsein wieder verloren.

Besorgt betrachtete Wilson ihr lädiertes Gesicht. Ihre Nase war tatsächlich gebrochen, sie konnte noch immer nur durch den Mund atmen, und Hämatome färbten ihre geschwollenen Wangen dunkel. Am Hals zeigten sich schmerzhafte Spuren von Toms Würgegriff.

»Ich bin froh, dass es Ihnen zumindest etwas besser geht. Und ich will Sie auch nicht lange stören. Ich wollte Ihnen nur das hier geben. Es ist doch Ihres, oder?«

Er nahm einen Plastikbeutel aus seiner schwarzen Ledertasche und zog daraus ihr Mobiltelefon hervor. Sie nahm es dankbar entgegen.

»Wir haben es im Tunnel gefunden. Es muss Ihnen aus der Hosentasche gefallen sein.«

Sie lächelte ihm kurz zu und warf einen Blick auf das Display, das drei Anrufe in Abwesenheit sowie zwölf Nachrichten von Josy anzeigte.

»Ist er …« Ihre Stimme versagte erneut.

Wilson nickte. »Seine … Überreste wurden mittlerweile geborgen. Wir sind noch dabei, alle Aussagen abzugleichen. Ein paar Zeugen behaupten, er hätte sich vor die U-Bahn geworfen. Können Sie das bestätigen?«

Charlotte richtete sich auf. Alles in ihrem Kopf war verschwommen, die Erinnerungen an die Nacht glichen einem Albtraum, der in Bruchstücke zerfallen war.

»Ich weiß es nicht«, antwortete sie und fasste sich an den Hals. »Als er hat mich gewürgt hat, habe ich versucht, mich zu befreien, und dann war da plötzlich niemand mehr. Ich vermute, er ist gestürzt …«

Es hatte eine ganze Weile gedauert, bis sie für sich Ordnung in die Geschichte gebracht hatte. Konnte es sein, dass Tom, nachdem sie sich losgerissen hatte, keinen anderen Ausweg gesehen und sich auf die Gleise geworfen hatte?

»Wir durchsuchen gerade noch die stillgelegten Tunnel sowie die Eingänge des Wohnheims. Er scheint nicht zu den Green-

Lodge-Mitarbeitern gehört zu haben, aber wir bleiben natürlich dran. Wir wollen alles aufklären.« Wilson bemerkte Charlottes Beunruhigung und hob die Hände. »Keine Sorge. Es gibt keinerlei Hinweise auf eine Mittäterschaft.«

»Aber wie ist es möglich, dass er jederzeit ins Wohnheim gelangen konnte? Dass er Zugang zu allen Räumen hatte …«

Wilson schüttelte den Kopf. »Vermutlich hat er Schlüssel und Mitarbeiterkleidung gestohlen. Als wir sein Foto herumgezeigt haben, meinte einer der Angestellten, Mr. Hester hätte Ähnlichkeit mit einem der Haustechniker gehabt, er sei sich aber nicht sicher. Die Fluktuation ist relativ hoch im Wohnheim, die meisten Stellen sind Durchlaufposten. Dazu jedes Semester neue Bewohner. Da lässt die Aufmerksamkeit schnell nach.«

Charlotte ließ sich mutlos in die Kissen sinken. »Haben Sie Violet gefunden?«

Er nickte. »Durch den Brand hatten wir erstmal keinen Zugang ins Gebäude, also sind wir durch die U-Bahn-Station.«

»Weiß Mr. Clark schon Bescheid?« Die Nachricht über Violets Tod würde ihn zerstören. »Und was ist mit der Green Lodge? Die hat er auch in Brand gesteckt, oder?«

»Nachdem Sie seinen Geheimgang gefunden haben, hatte er keine andere Wahl. Das vermuten wir jedenfalls. In der Nähe von Zimmer 1022 haben wir eine männliche Leiche mit tödlichen Kopfverletzungen entdeckt. Tom Hester muss ganz in Ihrer Nähe gewesen sein. Wahrscheinlich wurde er von dem Haustechniker überrascht. Um ehrlich zu sein, weiß ich nicht, ob die Green Lodge noch zu retten ist.«

Charlotte erinnerte sich an den Mann, der kurz vor Feierabend noch mit Quinn herumgewitzelt hatte.

»Es tut mir sehr leid«, sagte sie, obwohl sie nicht wusste, wofür genau sie sich entschuldigte. Es tat ihr leid um den unschuldigen

Mann, der zur falschen Zeit am falschen Ort war. Es tat ihr leid um Violet, die nur eine Erklärung für den vermeintlichen Selbstmord ihrer großen Schwester gesucht und einen grausamen Tod gefunden hatte. Und genauso trauerte sie um ihre Freundin, die einen schrecklichen Fehler begangen und sie alle ins Verderben gestürzt hatte.

Nachdem D. I. Wilson sich verabschiedet hatte, warf sie einen Blick auf ihr Handy. Das Gespräch hatte ihre Kopfschmerzen erneut verschlimmert, und sie war schrecklich müde. Sobald sie ihr Telefon entsperrte, ploppten jede Menge Nachrichten auf, und sie drückte auf eine der ersten. Ihre Augen huschten über die Zeilen, während ihr Atem immer schneller ging.

Josy, 2. 1. 2011, 10:38

*Happy new year! Entschuldige, dass ich mich jetzt erst melde, wir hatten allesamt Grippe, und ich bin kaum aus dem Bett gekommen.*

Josy, 2. 1. 2011, 10:42

*Interessant, schnüffelst du immer noch im Wohnheim herum? :)*

Josy, 2. 1. 2011, 10:50.

*Ich kann mich natürlich täuschen, aber ich könnte schwören, dass er das auf dem Foto ist! Ich kenne ihn zwar nicht unter dem Namen Hester, aber vielleicht hat seine Mutter neu geheiratet oder so?*

Und schließlich ploppte ein verschwommenes Bild auf, das von einem Ladekreis überblendet wurde. Selbst hier im Krankenhaus schien das Netz nicht besser zu sein, und sie streckte das Handy in Richtung Fenster. Das Bild öffnete sich schließlich. Es war eines der Klassenfotos aus dem Jahr 1995. Es zeigte Oliver, der sich in einer Gruppe Schüler für ein Klassenfoto aufgestellt hatte. Sie erkannte Mr Charles, ihren Englischlehrer, der mit hinter dem Rücken verschränkten Händen in die Kamera lächelte.

Aber Josys Finger, der in das Bild hineinragte, zeigte auf einen anderen Schüler. Auf einen, der zwei Reihen hinter Oliver stand.

Dunkelhaarig, schmalgesichtig und ohne die Spur eines Lächelns auf den Lippen, jedoch mit demselben welligen Haar und den tiefen Augen, die ihn später zu einem ebenso attraktiven Mann wie seinen Vater machen sollten. Und dann sah sie ihn im Fluss. Das Gesicht zu einer Grimasse verzogen, als er half, die Leiche von Dahlia Saunders aus dem Wasser zu bergen. Wie schrecklich musste es gewesen sein, sie zu entdecken. Was ging in einem Jungen vor sich, der genau wusste, dass seine Familie nicht mehr zu retten war? Und welchen Hass weckten die Fehler des eigenen Vaters?

Erschöpft legte Charlotte das Handy auf die Bettdecke. Den Schmerz über Violets und Luciles gewaltsamen Tod würde sie allmählich verarbeiten. Jetzt aber wurde ihr alles zu viel. Sie wollte nur schlafen.

Eine Krankenschwester kam herein und brachte ihr eine dünne Suppe mit ein paar Kräutern.

Während Charlotte in von Medikamenten vernebelten Schlaf sank, sah sie sich selbst, Lucile und Violet zu dritt im Baumhaus sitzen. Lucile mit ihrem glänzenden lockigen Haar, die verschmitzt zu ihr herüberblinzelte, die Hand gegen die Strahlen der einfallenden Sonne erhoben. Ihre Lippen bewegten sich, sagten etwas Kurzes, so etwas wie *Danke,* aber Charlotte konnte nichts hören. Im Hintergrund schmiegte sich Violet an ihre Schwester, dazwischen ihre geliebte Arielle. Es wird ein endloser Sommer werden, dachte Charlotte. Wir werden alle zusammen sein.

Und dann schlief sie ein.